I0818044

The War of the Worlds
La guerra de los mundos

H. G. Wells

The War of the Worlds
La guerra de los mundos

Texto paralelo bilingüe
Bilingual edition

Inglés - Español
English - Spanish

texto en español, traducido del inglés por Guillermo Tirelli

ROSETTA EDU

Título original: *The War of the Worlds*

Primera publicación: 1898

Primera edición: Marzo 2022

Publicado por Rosetta Edu
Londres, Marzo 2022

ISBN: 978-1-83647-084-7

Rosetta Edu
Ediciones bilingües

Páginas enfrentadas
Páginas enfrentadas de la traducción y texto original en libros impresos.

Párrafos alineados en libros impresos
En libros impresos, los párrafos alineados entre los dos idiomas facilitan la comparación y la comprensión, ahorrando la necesidad de referirse constantemente al diccionario.

Párrafos enlazados en libros electrónicos
En libros electrónicos la comparación y la comprensión son facilitadas por citas al pie colocadas al principio de cada párrafo enlazando el texto en el idioma original y su traducción.

Integridad y fidelidad
Traducciones íntegras, fieles y no abreviadas del texto original.

Cuidado del vocabulario
Traducciones especiales para ediciones bilingües, con especial cuidado por la hegemonía de vocabulario utilizando glosarios en el proceso de traducción.

Contexto educativo
Ediciones enfocadas a estudiantes intermedios y avanzados del idioma original del texto en libros coleccionables y aptos para el contexto educativo.

INDICE

But who shall dwell in these worlds if they be inhabited?
. . . Are we or they Lords of the World? . . .
And how are all things made for man?

KEPLER (quoted in *The Anatomy of Melancholy*)

Pero, ¿quién vivirá en estos mundos si están habitados?
... ¿Somos nosotros o ellos los Señores del Mundo? ...
¿Y cómo es que están hechas todas las cosas para el hombre?

KEPLER (citado en *La anatomía de la melancolía*)

BOOK ONE — THE COMING OF THE MARTIANS

I — THE EVE OF THE WAR

No one would have believed in the last years of the nineteenth century that this world was being watched keenly and closely by intelligences greater than man's and yet as mortal as his own; that as men busied themselves about their various concerns they were scrutinised and studied, perhaps almost as narrowly as a man with a microscope might scrutinise the transient creatures that swarm and multiply in a drop of water. With infinite complacency men went to and fro over this globe about their little affairs, serene in their assurance of their empire over matter. It is possible that the infusoria under the microscope do the same. No one gave a thought to the older worlds of space as sources of human danger, or thought of them only to dismiss the idea of life upon them as impossible or improbable. It is curious to recall some of the mental habits of those departed days. At most terrestrial men fancied there might be other men upon Mars, perhaps inferior to themselves and ready to welcome a missionary enterprise. Yet across the gulf of space, minds that are to our minds as ours are to those of the beasts that perish, intellects vast and cool and unsympathetic, regarded this earth with envious eyes, and slowly and surely drew their plans against us. And early in the twentieth century came the great disillusionment.

The planet Mars, I scarcely need remind the reader, revolves about the sun at a mean distance of 140,000,000 miles, and the light and heat it receives from the sun is barely half of that received by this world. It must be, if the nebular hypothesis has any truth, older than our world; and long before this earth ceased to be molten, life upon its surface must have begun its course. The fact that it is scarcely one seventh of the volume of the earth must have accelerated its cooling to the temperature at which life could begin. It has air and water and all that is necessary for the support of animated existence.

Yet so vain is man, and so blinded by his vanity, that no writer, up to the very end of the nineteenth century, expressed any idea that intelligent life might have developed there far, or indeed at all, beyond its earthly level. Nor was it generally understood that since Mars is older than our earth, with scarcely a quarter of the superficial area and remoter from the sun, it necessarily follows that it is not only more distant from time's beginning but nearer its end.

The secular cooling that must someday overtake our planet has already gone far indeed with our neighbour. Its physical condition is still largely a

LIBRO UNO — LA LLEGADA DE LOS MARCIANOS

I — LA VÍSPERA DE LA GUERRA

Nadie habría creído en los últimos años del siglo XIX que este mundo estaba siendo observado aguda y estrechamente por inteligencias más grandes que la del hombre y, sin embargo, tan mortales como la suya propia; que mientras los hombres se ocupaban de sus diversas preocupaciones eran escrutados y estudiados, quizás casi tan estrechamente como un hombre con un microscopio podría escudriñar las criaturas transitorias que pululan y se multiplican en una gota de agua. Con infinita complacencia los hombres iban de un lado a otro de este globo sobre sus pequeños asuntos, serenos en la seguridad de su imperio sobre la materia. Es posible que los infusorios bajo el microscopio hagan lo mismo. Nadie pensó en los mundos más antiguos del espacio como fuentes de peligro para el hombre, o pensó en ellos sólo para descartar la idea de vida en ellos como imposible o improbable. Es curioso recordar algunos de los hábitos mentales de aquellos días pasados. A lo sumo, los hombres, en la Tierra, pensaban que podría haber otros hombres en Marte, tal vez inferiores a ellos y dispuestos a acoger una empresa misionera. Sin embargo, al otro lado del golfo del espacio, mentes que son a nuestras mentes como las nuestras a las de las bestias que perecen, intelectos vastos y fríos e insolidarios, miraban a esta tierra con ojos envidiosos, y lenta y seguramente trazaban sus planes contra nosotros. Y a principios del siglo XX llegó la gran desilusión.

El planeta Marte, apenas necesito recordar al lector, gira alrededor del sol a una distancia media de 140.000.000 de millas, y la luz y el calor que recibe del sol es apenas la mitad de la que recibe este mundo. Debe ser, si la hipótesis nebular tiene algo de cierto, más antiguo que nuestro mundo; y mucho antes de que esta tierra dejara de estar líquida, la vida en su superficie debe haber comenzado su curso. El hecho de que apenas sea una séptima parte del volumen de la Tierra debe haber acelerado su enfriamiento hasta la temperatura en la que la vida pudo comenzar. Tiene aire y agua y todo lo necesario para el mantenimiento de la existencia animada.

Sin embargo, el hombre es tan vano y está tan cegado por su vanidad, que ningún escritor, hasta finales del siglo XIX, expresó la idea de que la vida inteligente pudiera haberse desarrollado allí de una manera notable, o incluso más allá de su nivel terrestre. Tampoco se comprendió en general que, dado que Marte es más antiguo que nuestra Tierra, con apenas una cuarta parte de la superficie y más alejado del sol, se deduce necesariamente que no sólo está más alejado desde el principio del tiempo, sino más cerca de su fin.

El enfriamiento secular que algún día se producirá en nuestro planeta ya ha llegado muy lejos en el caso de nuestro vecino. Su estado físico sigue siendo

mystery, but we know now that even in its equatorial region the midday temperature barely approaches that of our coldest winter. Its air is much more attenuated than ours, its oceans have shrunk until they cover but a third of its surface, and as its slow seasons change huge snowcaps gather and melt about either pole and periodically inundate its temperate zones. That last stage of exhaustion, which to us is still incredibly remote, has become a present-day problem for the inhabitants of Mars. The immediate pressure of necessity has brightened their intellects, enlarged their powers, and hardened their hearts. And looking across space with instruments, and intelligences such as we have scarcely dreamed of, they see, at its nearest distance only 35,000,000 of miles sunward of them, a morning star of hope, our own warmer planet, green with vegetation and grey with water, with a cloudy atmosphere eloquent of fertility, with glimpses through its drifting cloud wisps of broad stretches of populous country and narrow, navy-crowded seas.

And we men, the creatures who inhabit this earth, must be to them at least as alien and lowly as are the monkeys and lemurs to us. The intellectual side of man already admits that life is an incessant struggle for existence, and it would seem that this too is the belief of the minds upon Mars. Their world is far gone in its cooling and this world is still crowded with life, but crowded only with what they regard as inferior animals. To carry warfare sunward is, indeed, their only escape from the destruction that, generation after generation, creeps upon them.

And before we judge of them too harshly we must remember what ruthless and utter destruction our own species has wrought, not only upon animals, such as the vanished bison and the dodo, but upon its inferior races. The Tasmanians, in spite of their human likeness, were entirely swept out of existence in a war of extermination waged by European immigrants, in the space of fifty years. Are we such apostles of mercy as to complain if the Martians warred in the same spirit?

The Martians seem to have calculated their descent with amazing subtlety—their mathematical learning is evidently far in excess of ours—and to have carried out their preparations with a well-nigh perfect unanimity. Had our instruments permitted it, we might have seen the gathering trouble far back in the nineteenth century. Men like Schiaparelli watched the red planet—it is odd, by-the-bye, that for countless centuries Mars has been the star of war—but failed to interpret the fluctuating appearances of the markings they mapped so well. All that time the Martians must have been getting ready.

un gran misterio, pero ahora sabemos que incluso en su región ecuatorial la temperatura al mediodía apenas se aproxima a la de nuestro invierno más frío. Su aire está mucho más atenuado que el nuestro, sus océanos se han encogido hasta no cubrir más que un tercio de su superficie, y a medida que cambian sus lentas estaciones se acumulan y derriten enormes capas de nieve alrededor de ambos polos y periódicamente inundan sus zonas templadas. Esa última etapa de agotamiento, que para nosotros se encuentra aún increíblemente remota, se ha convertido en un problema actual para los habitantes de Marte. La presión inmediata de la necesidad ha iluminado sus intelectos, ampliado sus poderes y endurecido sus corazones. Y mirando a través del espacio con instrumentos e inteligencias como las que apenas hemos soñado, ven, a su distancia más cercana, sólo 35.000.000 de millas hacia el sol, una estrella matutina de esperanza, nuestro propio planeta más cálido, verde de vegetación y gris de agua, con una atmósfera nublada elocuente de fecundidad, con vislumbres a través de sus volutas de nubes a la deriva de amplias extensiones de países poblados y mares estrechos y atestados de barcos.

Y nosotros, los humanos, las criaturas que habitamos esta tierra, debemos ser para ellos al menos tan extraños y humildes como lo son los monos y los lémures para nosotros. El lado intelectual del ser humano ya admite que la vida es una lucha incesante por la existencia, y parece que ésta es también la creencia de las mentes de Marte. Su mundo está muy avanzado en su enfriamiento y este mundo está todavía lleno de vida, pero lleno sólo de lo que ellos consideran animales inferiores. Llevar la guerra hacia delante es, de hecho, su único escape de la destrucción que, generación tras generación, se cierne sobre ellos.

Y antes de juzgarlos con demasiada dureza, debemos recordar la destrucción despiadada y total que nuestra propia especie ha provocado, no sólo en animales, como el desaparecido bisonte y el dodo, sino en sus razas inferiores. Los tasmanos, a pesar de su apariencia humana, fueron barridos por completo de la existencia en una guerra de exterminio emprendida por los inmigrantes europeos en el espacio de cincuenta años. ¿Somos realmente apóstoles de la misericordia como para quejarnos si los marcianos nos hacen la guerra con el mismo espíritu?

Los marcianos parecen haber calculado su descenso con una sutileza asombrosa —su conocimiento matemático es evidentemente muy superior al nuestro— y haber llevado a cabo sus preparativos con una unanimidad casi perfecta. Si nuestros instrumentos lo hubieran permitido, habríamos podido ver el problema que se estaba gestando en el siglo XIX. Científicos como Schiaparelli observaron el planeta rojo —es curioso, por cierto, que durante incontables siglos Marte haya sido la estrella de la guerra— pero no supieron interpretar las fluctuantes apariciones de las marcas que tan bien cartografiaron. Durante todo ese tiempo, los marcianos deben haber estado prepa-

During the opposition of 1894 a great light was seen on the illuminated part of the disk, first at the Lick Observatory, then by Perrotin of Nice, and then by other observers. English readers heard of it first in the issue of *Nature* dated August 2. I am inclined to think that this blaze may have been the casting of the huge gun, in the vast pit sunk into their planet, from which their shots were fired at us. Peculiar markings, as yet unexplained, were seen near the site of that outbreak during the next two oppositions.

The storm burst upon us six years ago now. As Mars approached opposition, Lavelle of Java set the wires of the astronomical exchange palpitating with the amazing intelligence of a huge outbreak of incandescent gas upon the planet. It had occurred towards midnight of the twelfth; and the spectroscope, to which he had at once resorted, indicated a mass of flaming gas, chiefly hydrogen, moving with an enormous velocity towards this earth. This jet of fire had become invisible about a quarter past twelve. He compared it to a colossal puff of flame suddenly and violently squirted out of the planet, "as flaming gases rushed out of a gun."

A singularly appropriate phrase it proved. Yet the next day there was nothing of this in the papers except a little note in the Daily Telegraph, and the world went in ignorance of one of the gravest dangers that ever threatened the human race. I might not have heard of the eruption at all had I not met Ogilvy, the well-known astronomer, at Ottershaw. He was immensely excited at the news, and in the excess of his feelings invited me up to take a turn with him that night in a scrutiny of the red planet.

In spite of all that has happened since, I still remember that vigil very distinctly: the black and silent observatory, the shadowed lantern throwing a feeble glow upon the floor in the corner, the steady ticking of the clockwork of the telescope, the little slit in the roof—an oblong profundity with the stardust streaked across it. Ogilvy moved about, invisible but audible. Looking through the telescope, one saw a circle of deep blue and the little round planet swimming in the field. It seemed such a little thing, so bright and small and still, faintly marked with transverse stripes, and slightly flattened from the perfect round. But so little it was, so silvery warm—a pin's head of light! It was as if it quivered, but really this was the telescope vibrating with the activity of the clockwork that kept the planet in view.

As I watched, the planet seemed to grow larger and smaller and to advance

rándose.

Durante la oposición de 1894 se vio una gran luz en la parte iluminada del disco, primero en el Observatorio Lick, luego por Perrotin, en Niza, y después por otros observadores. Los lectores ingleses oyeron hablar de ella por primera vez en el número de *Nature* del 2 de agosto. Me inclino a pensar que este resplandor puede haber sido la fundición del enorme cañón, en la vasta fosa hundida en su planeta, desde la cual se dispararon sus tiros contra nosotros. Durante las dos siguientes oposiciones se vieron marcas peculiares, todavía inexplicables, cerca del lugar de ese estallido.

La tormenta estalló sobre nosotros hace ahora seis años. Cuando Marte se acercaba a la oposición, Lavelle, de Java, hizo temblar los cables con la sorprendente noticia de un enorme brote de gas incandescente en el planeta. Había ocurrido hacia la medianoche del día doce; y el espectroscopio, al que había recurrido inmediatamente, indicaba una masa de gas en llamas, principalmente hidrógeno, que se movía con una enorme velocidad hacia la Tierra. Este chorro de fuego se había vuelto invisible hacia las doce y cuarto. Él lo comparó con una colosal ráfaga de llamas que salía súbita y violentamente del planeta, «como los gases llameantes salidos de una pistola».

Fue una frase singularmente apropiada. Sin embargo, al día siguiente no había nada de esto en los periódicos, salvo una pequeña nota en el *Daily Telegraph*, y el mundo seguía ignorando uno de los peligros más graves que jamás haya amenazado a la raza humana. Es posible que no me hubiera enterado de la erupción si no hubiera conocido a Ogilvy, el conocido astrónomo, en Ottershaw. Estaba inmensamente emocionado por la noticia, y en el exceso de sus sentimientos me invitó a subir con él esa noche para escudriñar el planeta rojo.

A pesar de todo lo que ha sucedido desde entonces, todavía recuerdo con mucha claridad aquella vigilia: el observatorio negro y silencioso, la linterna en sombra que arrojaba un débil resplandor sobre el suelo del rincón, el constante tic—tac del mecanismo del telescopio, la pequeña rendija del techo, una profundidad oblonga con el polvo de las estrellas esparcido por ella. Ogilvy se movía de un lado a otro, invisible pero audible. Mirando por el telescopio, se veía un círculo de azul intenso y el pequeño planeta redondo nadando en el campo. Parecía una cosa tan pequeña, tan brillante y pequeña y quieta, débilmente marcada con rayas transversales, y ligeramente aplanada desde la redondez perfecta. Pero era tan pequeño, tan plateado y cálido: ¡una cabeza de alfiler de luz! Era como si temblara, pero en realidad se trataba del telescopio que vibraba con la actividad del mecanismo de relojería que mantenía el planeta a la vista.

Mientras observaba, el planeta parecía crecer y reducirse y avanzar y re-

and recede, but that was simply that my eye was tired. Forty millions of miles it was from us—more than forty millions of miles of void. Few people realise the immensity of vacancy in which the dust of the material universe swims.

Near it in the field, I remember, were three faint points of light, three telescopic stars infinitely remote, and all around it was the unfathomable darkness of empty space. You know how that blackness looks on a frosty starlight night. In a telescope it seems far profounder. And invisible to me because it was so remote and small, flying swiftly and steadily towards me across that incredible distance, drawing nearer every minute by so many thousands of miles, came the Thing they were sending us, the Thing that was to bring so much struggle and calamity and death to the earth. I never dreamed of it then as I watched; no one on earth dreamed of that unerring missile.

That night, too, there was another jetting out of gas from the distant planet. I saw it. A reddish flash at the edge, the slightest projection of the outline just as the chronometer struck midnight; and at that I told Ogilvy and he took my place. The night was warm and I was thirsty, and I went stretching my legs clumsily and feeling my way in the darkness, to the little table where the siphon stood, while Ogilvy exclaimed at the streamer of gas that came out towards us.

That night another invisible missile started on its way to the earth from Mars, just a second or so under twenty-four hours after the first one. I remember how I sat on the table there in the blackness, with patches of green and crimson swimming before my eyes. I wished I had a light to smoke by, little suspecting the meaning of the minute gleam I had seen and all that it would presently bring me. Ogilvy watched till one, and then gave it up; and we lit the lantern and walked over to his house. Down below in the darkness were Ottershaw and Chertsey and all their hundreds of people, sleeping in peace.

He was full of speculation that night about the condition of Mars, and scoffed at the vulgar idea of its having inhabitants who were signalling us. His idea was that meteorites might be falling in a heavy shower upon the planet, or that a huge volcanic explosion was in progress. He pointed out to me how unlikely it was that organic evolution had taken the same direction in the two adjacent planets.

"The chances against anything manlike on Mars are a million to one," he said.

Hundreds of observers saw the flame that night and the night after about midnight, and again the night after; and so for ten nights, a flame each night. Why the shots ceased after the tenth no one on earth has attempted to ex-

troceder, pero eso era simplemente que mi ojo estaba cansado. Estaba a cuarenta millones de millas de nosotros... más de cuarenta millones de millas de vacío. Pocas personas se dan cuenta de la inmensidad del vacío en el que nada el polvo del universo material.

Recuerdo que cerca de él, en el mismo campo visual, había tres débiles puntos de luz, tres estrellas telescópicas infinitamente remotas, y a su alrededor estaba la insondable oscuridad del espacio vacío. Ya sabes cómo se ve esa negrura en una noche helada de estrellas. En un telescopio parece mucho más profunda. E invisible para mí, porque era tan remota y pequeña, volando rápida y firmemente hacia mí a través de esa increíble distancia, acercándose cada minuto por tantos miles de millas, venía la Cosa que nos enviaban, la Cosa que iba a traer tanta lucha y calamidad y muerte a la Tierra. Jamás soñé con ello mientras lo observaba; nadie en la Tierra soñó con ese misil infalible.

Esa noche, también, hubo otro chorro de gas del planeta distante. Yo lo vi. Un destello rojizo en el borde, la más leve proyección de la silueta justo cuando el cronómetro marcaba la medianoche; y en ese momento se lo dije a Ogilvy y él ocupó mi lugar. La noche era cálida y yo tenía sed, y fui estirando las piernas torpemente y tanteando el terreno en la oscuridad, hasta la mesita donde estaba el sifón, mientras Ogilvy exclamaba ante la serpentina de gas que salía hacia nosotros.

Aquella noche otro misil invisible se puso en camino hacia la Tierra desde Marte, apenas un segundo o algo menos de veinticuatro horas después del primero. Recuerdo cómo me senté en la mesa, en la oscuridad, con manchas verdes y carmesí nadando ante mis ojos. Deseaba tener una luz para fumar, sin sospechar el significado del diminuto destello que había visto y todo lo que me traería en breve. Ogilvy observó hasta la una, y luego se rindió; encendimos la linterna y nos dirigimos a su casa. Abajo, en la oscuridad, estaban Ottershaw y Chertsey y todos sus cientos de personas, durmiendo en paz.

Aquella noche Ogilvy especuló mucho sobre el estado de Marte, y se burlaba de la idea vulgar de que tuviera habitantes que nos hicieran señales. Su idea era que podían estar cayendo meteoritos en una fuerte lluvia sobre el planeta, o que se estaba produciendo una enorme explosión volcánica. Me señaló lo improbable que era que la evolución orgánica hubiera tomado la misma dirección en los dos planetas adyacentes.

«La posibilidad de que haya algo parecido a un hombre en Marte es de una en un millón», dijo.

Cientos de observadores vieron la llama esa noche y la noche siguiente alrededor de la medianoche, y de nuevo la noche siguiente; y así durante diez noches, una llama cada noche. Nadie en la Tierra ha intentado explicar por

plain. It may be the gases of the firing caused the Martians inconvenience. Dense clouds of smoke or dust, visible through a powerful telescope on earth as little grey, fluctuating patches, spread through the clearness of the planet's atmosphere and obscured its more familiar features.

Even the daily papers woke up to the disturbances at last, and popular notes appeared here, there, and everywhere concerning the volcanoes upon Mars. The seriocomic periodical Punch, I remember, made a happy use of it in the political cartoon. And, all unsuspected, those missiles the Martians had fired at us drew earthward, rushing now at a pace of many miles a second through the empty gulf of space, hour by hour and day by day, nearer and nearer. It seems to me now almost incredibly wonderful that, with that swift fate hanging over us, men could go about their petty concerns as they did. I remember how jubilant Markham was at securing a new photograph of the planet for the illustrated paper he edited in those days. People in these latter times scarcely realise the abundance and enterprise of our nineteenth-century papers. For my own part, I was much occupied in learning to ride the bicycle, and busy upon a series of papers discussing the probable developments of moral ideas as civilisation progressed.

One night (the first missile then could scarcely have been 10,000,000 miles away) I went for a walk with my wife. It was starlight and I explained the Signs of the Zodiac to her, and pointed out Mars, a bright dot of light creeping zenithward, towards which so many telescopes were pointed. It was a warm night. Coming home, a party of excursionists from Chertsey or Isleworth passed us singing and playing music. There were lights in the upper windows of the houses as the people went to bed. From the railway station in the distance came the sound of shunting trains, ringing and rumbling, softened almost into melody by the distance. My wife pointed out to me the brightness of the red, green, and yellow signal lights hanging in a framework against the sky. It seemed so safe and tranquil.

qué los disparos cesaron después de la décima vez. Puede ser que los gases de los disparos causaran molestias a los marcianos. Densas nubes de humo o de polvo, visibles en la Tierra con un potente telescopio como pequeñas manchas grises y fluctuantes, se extendieron a través de la claridad de la atmósfera del planeta y oscurecieron sus rasgos más familiares.

Incluso los diarios se despertaron por fin a los disturbios, y aparecieron notas populares aquí, allá y en todas partes sobre los volcanes de Marte. El periódico serocómico *Punch*, recuerdo, hizo un feliz uso de ello en la caricatura política. Y, sin que nos diéramos cuenta, esos misiles que los marcianos habían disparado se acercaban a la Tierra, corriendo ahora a un ritmo de muchas millas por segundo a través del vacío golfo del espacio; hora tras hora y día tras día, cada vez más cerca. Ahora me parece casi increíblemente maravilloso que, con ese vertiginoso destino que se cernía sobre nosotros, los hombres pudieran dedicarse a sus insignificantes preocupaciones como lo hicieron. Recuerdo el júbilo de Markham al conseguir una nueva fotografía del planeta para el periódico ilustrado que dirigía en aquellos días. La gente de estos últimos tiempos apenas se da cuenta de la abundancia y el emprendimiento de nuestros periódicos del siglo XIX. Por mi parte, me puse a aprender a montar en bicicleta con afán y me ocupé de una serie de artículos que discutían la probable evolución de las ideas morales a medida que progresaba la civilización.

Una noche (el primer misil debía estar a apenas diez millones de millas) salí a pasear con mi mujer. Había luz de estrellas y le expliqué los signos del Zodiaco, y le señalé Marte, un punto brillante de luz que se arrastraba hacia el zenit, hacia el que apuntaban tantos telescopios. Era una noche cálida. Al volver a casa, un grupo de excursionistas de Chertsey o Isleworth pasó ante nosotros cantando y tocando música. Había luces en las ventanas superiores de las casas mientras la gente se acostaba. Desde la estación de ferrocarril, a lo lejos, llegaba el sonido de los trenes que hacían maniobras, sonando y retumbando, suavizado casi hasta convertirse en melodía por la distancia. Mi mujer me señaló el brillo de las luces de señalización rojas, verdes y amarillas que colgaban en un marco contra el cielo. Todo parecía tan seguro y tranquilo.

II — THE FALLING STAR

Then came the night of the first falling star. It was seen early in the morning, rushing over Winchester eastward, a line of flame high in the atmosphere. Hundreds must have seen it, and taken it for an ordinary falling star. Albin described it as leaving a greenish streak behind it that glowed for some seconds. Denning, our greatest authority on meteorites, stated that the height of its first appearance was about ninety or one hundred miles. It seemed to him that it fell to earth about one hundred miles east of him.

I was at home at that hour and writing in my study; and although my French windows face towards Ottershaw and the blind was up (for I loved in those days to look up at the night sky), I saw nothing of it. Yet this strangest of all things that ever came to earth from outer space must have fallen while I was sitting there, visible to me had I only looked up as it passed. Some of those who saw its flight say it travelled with a hissing sound. I myself heard nothing of that. Many people in Berkshire, Surrey, and Middlesex must have seen the fall of it, and, at most, have thought that another meteorite had descended. No one seems to have troubled to look for the fallen mass that night.

But very early in the morning poor Ogilvy, who had seen the shooting star and who was persuaded that a meteorite lay somewhere on the common between Horsell, Ottershaw, and Woking, rose early with the idea of finding it. Find it he did, soon after dawn, and not far from the sand-pits. An enormous hole had been made by the impact of the projectile, and the sand and gravel had been flung violently in every direction over the heath, forming heaps visible a mile and a half away. The heather was on fire eastward, and a thin blue smoke rose against the dawn.

The Thing itself lay almost entirely buried in sand, amidst the scattered splinters of a fir tree it had shivered to fragments in its descent. The uncovered part had the appearance of a huge cylinder, caked over and its outline softened by a thick scaly dun-coloured incrustation. It had a diameter of about thirty yards. He approached the mass, surprised at the size and more so at the shape, since most meteorites are rounded more or less completely. It was, however, still so hot from its flight through the air as to forbid his near approach. A stirring noise within its cylinder he ascribed to the unequal cooling of its surface; for at that time it had not occurred to him that it might be hollow.

He remained standing at the edge of the pit that the Thing had made for itself, staring at its strange appearance, astonished chiefly at its unusual shape

II — LA ESTRELLA FUGAZ

Entonces llegó la noche de la primera estrella fugaz. Fue vista temprano en la mañana, corriendo sobre Winchester hacia el este, una línea de llamas en lo alto de la atmósfera. Cientos de personas debieron verla, y la tomaron por una estrella fugaz ordinaria. Albin la describió como una estrella fugaz dejando una raya verdosa por detrás que brilló durante algunos segundos. Denning, nuestra mayor autoridad en meteoritos, declaró que la altura de su primera aparición fue de unas noventa o cien millas. Le pareció que cayó a la Tierra a unas cien millas al este de él.

Yo estaba en casa a esa hora y escribía en mi estudio; y aunque mis ventanas francesas dan a Ottershaw y la persiana estaba levantada (porque en aquellos días me encantaba mirar el cielo nocturno), no vi nada de eso. Sin embargo, la más extraña de todas las cosas que han venido a la Tierra desde el espacio exterior debe haber caído mientras yo estaba sentado allí, visible si yo tan sólo hubiera mirado hacia arriba mientras pasaba. Algunos de los que vieron su vuelo dicen que viajó con un sonido sibilante. Yo no oí nada de eso. Muchas personas de Berkshire, Surrey y Middlesex debieron ver su caída y, a lo sumo, pensado que había descendido otro meteorito. Nadie parece haberse preocupado de buscar la masa caída aquella noche.

Pero muy temprano en la mañana el pobre Ogilvy, que había visto la estrella fugaz y que estaba convencido de que un meteorito yacía en algún lugar del campo abierto entre Horsell, Ottershaw y Woking, se levantó temprano con la idea de encontrarlo. Lo encontró, poco después del amanecer, y no muy lejos de los pozos de arena. El impacto del proyectil había hecho un enorme agujero, y la arena y la grava habían sido arrojadas violentamente en todas direcciones sobre el páramo, formando montones visibles a una milla y media de distancia. El brezo ardía hacia el este, y un fino humo azul se elevaba contra el amanecer.

La Cosa yacía casi enterrada en la arena, entre las astillas dispersas de un abeto que había hecho añicos en su descenso. La parte descubierta tenía el aspecto de un enorme cilindro, cubierto y con un contorno suavizado por una gruesa incrustación escamosa de color marrón. Tenía un diámetro de unas treinta yardas. Él se acercó a la masa, sorprendido por el tamaño y más aún por la forma, ya que la mayoría de los meteoritos son más o menos redondeados. Sin embargo, todavía estaba tan caliente por su vuelo en el aire que no podía acercarse. El ruido que se producía en el interior del cilindro lo atribuyó al enfriamiento desigual de su superficie, ya que en aquel momento no se le había ocurrido que pudiera estar hueco.

Permaneció de pie al borde de la fosa que la Cosa había hecho por sí misma, mirando su extraña apariencia, asombrado principalmente por su forma y

and colour, and dimly perceiving even then some evidence of design in its arrival. The early morning was wonderfully still, and the sun, just clearing the pine trees towards Weybridge, was already warm. He did not remember hearing any birds that morning, there was certainly no breeze stirring, and the only sounds were the faint movements from within the cindery cylinder. He was all alone on the common.

Then suddenly he noticed with a start that some of the grey clinker, the ashy incrustation that covered the meteorite, was falling off the circular edge of the end. It was dropping off in flakes and raining down upon the sand. A large piece suddenly came off and fell with a sharp noise that brought his heart into his mouth.

For a minute he scarcely realised what this meant, and, although the heat was excessive, he clambered down into the pit close to the bulk to see the Thing more clearly. He fancied even then that the cooling of the body might account for this, but what disturbed that idea was the fact that the ash was falling only from the end of the cylinder.

And then he perceived that, very slowly, the circular top of the cylinder was rotating on its body. It was such a gradual movement that he discovered it only through noticing that a black mark that had been near him five minutes ago was now at the other side of the circumference. Even then he scarcely understood what this indicated, until he heard a muffled grating sound and saw the black mark jerk forward an inch or so. Then the thing came upon him in a flash. The cylinder was artificial—hollow—with an end that screwed out! Something within the cylinder was unscrewing the top!

"Good heavens!" said Ogilvy. "There's a man in it—men in it! Half roasted to death! Trying to escape!"

At once, with a quick mental leap, he linked the Thing with the flash upon Mars.

The thought of the confined creature was so dreadful to him that he forgot the heat and went forward to the cylinder to help turn. But luckily the dull radiation arrested him before he could burn his hands on the still-glowing metal. At that he stood irresolute for a moment, then turned, scrambled out of the pit, and set off running wildly into Woking. The time then must have been somewhere about six o'clock. He met a waggoner and tried to make him understand, but the tale he told and his appearance were so wild—his hat had fallen off in the pit—that the man simply drove on. He was equally unsuccessful with the potman who was just unlocking the doors of the public-house by Horsell Bridge. The fellow thought he was a lunatic at large and made an

color inusuales, y percibiendo vagamente, incluso entonces, alguna evidencia de diseño en su llegada. La mañana estaba maravillosamente tranquila, y el sol, que acababa de revelar los pinos en dirección a Weybridge, ya calentaba. Él no recordaba haber oído ningún pájaro aquella mañana, ciertamente no se movía ninguna brisa, y los únicos sonidos eran los débiles movimientos que se producían en el interior del cilindro de ceniza. Estaba completamente solo en el campo abierto.

Entonces, de repente, se dio cuenta con un sobresalto de que parte del escombro gris, la incrustación cenicienta que cubría el meteorito, se estaba desprendiendo del borde circular en el extremo. Se desprendía en copos y llovía sobre la arena. Un gran trozo se desprendió de repente y cayó con un ruido agudo, lo que le llevó el corazón a la boca.

Durante un minuto apenas se dio cuenta de lo que esto significaba y, aunque el calor era excesivo, bajó a la fosa cerca del bulto para ver la Cosa con más claridad. Ya entonces pensó que el enfriamiento del cuerpo podía ser la causa, pero lo que perturbaba esa idea fue el hecho de que la ceniza caía sólo desde el extremo del cilindro.

Y entonces percibió que, muy lentamente, la parte superior circular del cilindro giraba sobre su cuerpo. Era un movimiento tan gradual que sólo lo descubrió al notar que una marca negra que había estado cerca de él hace cinco minutos estaba ahora al otro lado de la circunferencia. Incluso entonces apenas entendió lo que esto indicaba, hasta que oyó un sonido sordo y vio que la marca negra se movía hacia delante una pulgada. Entonces lo entendió de golpe. ¡El cilindro era artificial, hueco, con un extremo que se enroscaba! ¡Algo dentro del cilindro estaba desenroscando la parte superior!

«¡Cielos!», dijo Ogilvy. «¡Hay un hombre dentro... gente dentro! ¡Medio asada hasta la muerte! ¡Intentando escapar!».

De inmediato, con un rápido salto en la mente, relacionó la Cosa con el destello sobre Marte.

La idea de una criatura confinada le resultó tan espantosa que olvidó el calor y se adelantó al cilindro para ayudar a girarlo. Pero, por suerte, la radiación atenuada le detuvo antes de que pudiera quemarse las manos en el metal aún brillante. En ese momento se quedó indeciso por un momento, luego se dio la vuelta, salió del pozo y salió corriendo a toda prisa hacia Woking. Debían de ser las seis de la tarde. Se encontró con un carretero y trató de hacerle comprender, pero la historia que le contó y su aspecto eran tan disparatados —se le había caído el sombrero en la fosa— que el hombre se limitó a seguir adelante. Tampoco tuvo éxito con el hombre de la cocina que acababa de abrir las puertas de la taberna de Horsell Bridge. El hombre pensó que se trataba

unsuccessful attempt to shut him into the taproom. That sobered him a little; and when he saw Henderson, the London journalist, in his garden, he called over the palings and made himself understood.

"Henderson," he called, "you saw that shooting star last night?"

"Well?" said Henderson.

"It's out on Horsell Common now."

"Good Lord!" said Henderson. "Fallen meteorite! That's good."

"But it's something more than a meteorite. It's a cylinder—an artificial cylinder, man! And there's something inside."

Henderson stood up with his spade in his hand.

"What's that?" he said. He was deaf in one ear.

Ogilvy told him all that he had seen. Henderson was a minute or so taking it in. Then he dropped his spade, snatched up his jacket, and came out into the road. The two men hurried back at once to the common, and found the cylinder still lying in the same position. But now the sounds inside had ceased, and a thin circle of bright metal showed between the top and the body of the cylinder. Air was either entering or escaping at the rim with a thin, sizzling sound.

They listened, rapped on the scaly burnt metal with a stick, and, meeting with no response, they both concluded the man or men inside must be insensible or dead.

Of course the two were quite unable to do anything. They shouted consolation and promises, and went off back to the town again to get help. One can imagine them, covered with sand, excited and disordered, running up the little street in the bright sunlight just as the shop folks were taking down their shutters and people were opening their bedroom windows. Henderson went into the railway station at once, in order to telegraph the news to London. The newspaper articles had prepared men's minds for the reception of the idea.

By eight o'clock a number of boys and unemployed men had already started for the common to see the "dead men from Mars." That was the form the story took. I heard of it first from my newspaper boy about a quarter to nine when I went out to get my Daily Chronicle. I was naturally startled, and lost no time in going out and across the Ottershaw bridge to the sand-pits.

de un lunático suelto e intentó sin éxito encerrarlo en el bar. Eso le hizo recuperar la sobriedad; y cuando vio a Henderson, el periodista londinense, en su jardín, llamó por encima de los barrotes y se hizo entender.

«Henderson», llamó, «¿viste esa estrella fugaz anoche?».

«¿Sí, y bien?», dijo Henderson.

«Ahora está en Horsell Common».

«¡Dios mío!», dijo Henderson. «¡Un meteorito ha caído! Eso es bueno».

«Pero es algo más que un meteorito. Es un cilindro... ¡un cilindro artificial, hombre! Y hay algo dentro».

Henderson se levantó con la pala en la mano.

«¿Qué dices?», dijo. Era sordo de un oído.

Ogilvy le contó todo lo que había visto. Henderson estuvo más o menos un minuto asimilándolo. Luego dejó la pala, cogió su chaqueta y salió a la carretera. Los dos hombres se apresuraron a volver al campo abierto y encontraron el cilindro todavía en la misma posición. Pero ahora los sonidos del interior habían cesado, y un delgado círculo de metal brillante se mostraba entre la parte superior y el cuerpo del cilindro. El aire entraba o salía por el borde con un sonido fino y sibilante.

Escucharon, golpearon el metal quemado y escamoso con un palo y, al no encontrar respuesta, ambos concluyeron que el hombre o la gente que estaban dentro debían estar inconscientes o muertos.

Por supuesto, los dos no pudieron hacer nada. Gritaron consuelo y promesas, y se fueron de nuevo al pueblo a buscar ayuda. Uno puede imaginárselos, cubiertos de arena, excitados y desaliñados, corriendo por la pequeña calle a la brillante luz del sol, justo cuando los comerciantes bajaban sus persianas y la gente abría las ventanas de sus habitaciones. Henderson se dirigió inmediatamente a la estación de ferrocarril para telegrafiar la noticia a Londres. Los artículos de los periódicos habían preparado la mente de la gente para la recepción de la idea.

A las ocho de la tarde, varios muchachos y desempleados ya habían partido hacia el campo abierto para ver a los «muertos de Marte». Esa fue la forma que tomó la historia. Me enteré por primera vez a través de mi repartidor de periódicos, a eso de las nueve menos cuarto, cuando salí a buscar mi *Daily Chronicle*. Como es natural, me sobresalté y no perdí tiempo en salir y cruzar el puente de Ottershaw hacia los fosos de arena.

III — ON HORSELL COMMON

I found a little crowd of perhaps twenty people surrounding the huge hole in which the cylinder lay. I have already described the appearance of that colossal bulk, embedded in the ground. The turf and gravel about it seemed charred as if by a sudden explosion. No doubt its impact had caused a flash of fire. Henderson and Ogilvy were not there. I think they perceived that nothing was to be done for the present, and had gone away to breakfast at Henderson's house.

There were four or five boys sitting on the edge of the Pit, with their feet dangling, and amusing themselves—until I stopped them—by throwing stones at the giant mass. After I had spoken to them about it, they began playing at "touch" in and out of the group of bystanders.

Among these were a couple of cyclists, a jobbing gardener I employed sometimes, a girl carrying a baby, Gregg the butcher and his little boy, and two or three loafers and golf caddies who were accustomed to hang about the railway station. There was very little talking. Few of the common people in England had anything but the vaguest astronomical ideas in those days. Most of them were staring quietly at the big table like end of the cylinder, which was still as Ogilvy and Henderson had left it. I fancy the popular expectation of a heap of charred corpses was disappointed at this inanimate bulk. Some went away while I was there, and other people came. I clambered into the pit and fancied I heard a faint movement under my feet. The top had certainly ceased to rotate.

It was only when I got thus close to it that the strangeness of this object was at all evident to me. At the first glance it was really no more exciting than an overturned carriage or a tree blown across the road. Not so much so, indeed. It looked like a rusty gas float. It required a certain amount of scientific education to perceive that the grey scale of the Thing was no common oxide, that the yellowish-white metal that gleamed in the crack between the lid and the cylinder had an unfamiliar hue. "Extra-terrestrial" had no meaning for most of the onlookers.

At that time it was quite clear in my own mind that the Thing had come from the planet Mars, but I judged it improbable that it contained any living creature. I thought the unscrewing might be automatic. In spite of Ogilvy, I still believed that there were men in Mars. My mind ran fancifully on the possibilities of its containing manuscript, on the difficulties in translation that might arise, whether we should find coins and models in it, and so forth. Yet it was a little too large for assurance on this idea. I felt an impatience to see it opened. About eleven, as nothing seemed happening, I walked back, full of such thought, to my home in Maybury. But I found it difficult to get to work

III – EN HORSELL COMMON

Encontré una pequeña multitud de unas veinte personas rodeando el enorme agujero en el que yacía el cilindro. Ya he descrito el aspecto de aquel bulto colosal, incrustado en el suelo. El césped y la grava que lo rodeaban parecían carbonizados, como si se hubiera producido una explosión repentina. Sin duda, su impacto había provocado un destello de fuego. Henderson y Ogilvy no estaban allí. Creo que se habían dado cuenta de que no había nada por hacer en ese momento y se habían ido a desayunar a la casa de Henderson.

Había cuatro o cinco muchachos sentados en el borde de la Fosa, con los pies colgando, y se divertían —hasta que yo los detuve— lanzando piedras a la gigantesca masa. Después de que les hablara de ello, empezaron a jugar a la mancha entre el grupo de espectadores.

Entre ellos había un par de ciclistas, un jardinero que yo empleaba a veces, una chica con un bebé, Gregg, el carnicero, y su hijo pequeño, y dos o tres vagos y caddies de golf que solían merodear por la estación de tren. Hablaban muy poco. Pocos de los habitantes de Inglaterra tenían algo más que vagas nociones astronómicas en aquellos días. La mayoría de ellos miraba tranquilamente al extremo del cilindro, que parecía una gran mesa y que seguía como la habían dejado Ogilvy y Henderson. Me imagino que la expectativa popular de un montón de cadáveres carbonizados se vio defraudada ante este bulto inanimado. Algunos se fueron mientras yo estaba allí, y otras personas vinieron. Me metí en la fosa y me pareció oír un débil movimiento bajo mis pies. Sin duda, la parte superior había dejado de girar.

Sólo cuando me acerqué a él me di cuenta de la extrañeza de aquel objeto. A primera vista, no era más emocionante que un carruaje volcado o un árbol atravesado en la carretera. De hecho, ni siquiera tanto. Parecía un tambor de gas oxidado. Hacía falta una cierta educación científica para percibir que la escala de grises de la Cosa no era un óxido común, que el metal blanco amarillento que brillaba en la grieta entre la tapa y el cilindro tenía un matiz desconocido. «Extra-terrestre» no tenía ningún significado para la mayoría de los espectadores.

En aquel momento tenía muy claro que la Cosa había venido del planeta Marte, pero juzgaba improbable que contuviera algún ser vivo. Pensaba que el desenroscamiento podría ser automático. A pesar de Ogilvy, yo seguía creyendo que había habitantes en Marte. Mi mente se puso a pensar en las posibilidades de que contuviera un manuscrito, en las dificultades de traducción que podrían surgir, en si encontraríamos monedas y modelos en él, etc. Sin embargo, era demasiado grande para estar seguro de esta idea. Sentí una impaciencia por verlo abierto. Hacia las once, como no parecía ocurrir nada, volví caminando, lleno de esos pensamientos, a mi casa en Maybury. Pero me

upon my abstract investigations.

In the afternoon the appearance of the common had altered very much. The early editions of the evening papers had startled London with enormous headlines:

"A MESSAGE RECEIVED FROM MARS."
"REMARKABLE STORY FROM WOKING,"

and so forth. In addition, Ogilvy's wire to the Astronomical Exchange had roused every observatory in the three kingdoms.

There were half a dozen flys or more from the Woking station standing in the road by the sand-pits, a basket-chaise from Chobham, and a rather lordly carriage. Besides that, there was quite a heap of bicycles. In addition, a large number of people must have walked, in spite of the heat of the day, from Woking and Chertsey, so that there was altogether quite a considerable crowd—one or two gaily dressed ladies among the others.

It was glaringly hot, not a cloud in the sky nor a breath of wind, and the only shadow was that of the few scattered pine trees. The burning heather had been extinguished, but the level ground towards Ottershaw was blackened as far as one could see, and still giving off vertical streamers of smoke. An enterprising sweet-stuff dealer in the Chobham Road had sent up his son with a barrow-load of green apples and ginger beer.

Going to the edge of the pit, I found it occupied by a group of about half a dozen men—Henderson, Ogilvy, and a tall, fair-haired man that I afterwards learned was Stent, the Astronomer Royal, with several workmen wielding spades and pickaxes. Stent was giving directions in a clear, high-pitched voice. He was standing on the cylinder, which was now evidently much cooler; his face was crimson and streaming with perspiration, and something seemed to have irritated him.

A large portion of the cylinder had been uncovered, though its lower end was still embedded. As soon as Ogilvy saw me among the staring crowd on the edge of the pit he called to me to come down, and asked me if I would mind going over to see Lord Hilton, the lord of the manor.

The growing crowd, he said, was becoming a serious impediment to their excavations, especially the boys. They wanted a light railing put up, and help to keep the people back. He told me that a faint stirring was occasionally still audible within the case, but that the workmen had failed to unscrew the top, as it afforded no grip to them. The case appeared to be enormously thick, and

resultó difícil ponerme a trabajar en mis investigaciones abstractas.

Por la tarde, el aspecto del campo abierto había cambiado mucho. Las primeras ediciones de los periódicos de la tarde habían sorprendido a Londres con enormes titulares:

«MENSAJE RECIBIDO DE MARTE»
«UNA HISTORIA EXTRAORDINARIA DESDE WOKING»

y así sucesivamente. Además, el cable de Ogilvy a la Oficina de Astronomía había despertado a todos los observatorios pertenecientes a los tres reinos.

Había media docena de coches de la estación de Woking, o más, parados en la carretera, junto a los arenales, un sulky de Chobham y un carruaje bastante lujoso. Aparte de eso, había un montón de bicicletas. Además, un gran número de personas debían de haber venido a pie, a pesar del calor del día, desde Woking y Chertsey, de modo que en total había una multitud considerable, incluyendo una o dos señoras elegantemente vestidas entre los demás.

Hacía mucho calor, no había ni una nube en el cielo ni un soplo de viento, y la única sombra era la de los pocos pinos dispersos. El páramo en llamas se había extinguido, pero el terreno llano en dirección a Ottershaw estaba ennegrecido hasta donde se podía ver, y seguía desprendiendo serpentinas verticales de humo. Un vendedor de dulces de la carretera de Chobham había enviado a su hijo con una carretilla cargada de manzanas verdes y cerveza de jengibre.

Al acercarme al borde de la fosa, la encontré ocupada por un grupo de media docena de hombres: Henderson, Ogilvy y un hombre alto y rubio que, según supe después, era Stent, el Astrónomo Real, junto a varios obreros que manejaban palas y picos. Stent daba instrucciones con una voz clara y aguda. Estaba de pie sobre el cilindro, que ahora estaba evidentemente mucho más frío; su rostro se había puesto carmesí y chorreaba sudor, y algo parecía haberle irritado.

Una gran parte del cilindro había quedado al descubierto, aunque su extremo inferior seguía incrustado. En cuanto Ogilvy me vio entre la multitud que miraba fijamente al borde de la fosa, me llamó para que bajara y me preguntó si me importaría ir a ver a Lord Hilton, el señor del castillo.

La creciente multitud, dijo, se estaba convirtiendo en un serio impedimento para sus excavaciones, especialmente los muchachos. Querían que se colocara una barandilla ligera y que se ayudara a mantener a la gente alejada. Me dijo que de vez en cuando se oía un leve movimiento dentro de la carcasa, pero que los obreros no habían conseguido desenroscar la parte superior, ya

it was possible that the faint sounds we heard represented a noisy tumult in the interior.

I was very glad to do as he asked, and so become one of the privileged spectators within the contemplated enclosure. I failed to find Lord Hilton at his house, but I was told he was expected from London by the six o'clock train from Waterloo; and as it was then about a quarter past five, I went home, had some tea, and walked up to the station to waylay him.

que no tenían ningún tipo de agarre. La carcasa parecía ser enormemente gruesa, y era posible que los débiles sonidos que oímos correspondieran a un ruidoso tumulto en el interior.

Me alegré gustoso de hacer lo que me pedía y de convertirme así en uno de los espectadores privilegiados dentro del recinto señalado. No encontré a Lord Hilton en su casa, pero me dijeron que lo esperaban de Londres en el tren desde Waterloo a las seis de la tarde; y como eran entonces las cinco y cuarto, me fui a casa, tomé un poco de té y me dirigí a la estación para adelantarme a él.

IV — THE CYLINDER OPENS

When I returned to the common the sun was setting. Scattered groups were hurrying from the direction of Woking, and one or two persons were returning. The crowd about the pit had increased, and stood out black against the lemon yellow of the sky—a couple of hundred people, perhaps. There were raised voices, and some sort of struggle appeared to be going on about the pit. Strange imaginings passed through my mind. As I drew nearer I heard Stent's voice:

"Keep back! Keep back!"

A boy came running towards me.

"It's a-movin'," he said to me as he passed; "a-screwin' and a-screwin' out. I don't like it. I'm a-goin' 'ome, I am."

I went on to the crowd. There were really, I should think, two or three hundred people elbowing and jostling one another, the one or two ladies there being by no means the least active.

"He's fallen in the pit!" cried some one.

"Keep back!" said several.

The crowd swayed a little, and I elbowed my way through. Every one seemed greatly excited. I heard a peculiar humming sound from the pit.

"I say!" said Ogilvy; "help keep these idiots back. We don't know what's in the confounded thing, you know!"

I saw a young man, a shop assistant in Woking I believe he was, standing on the cylinder and trying to scramble out of the hole again. The crowd had pushed him in.

The end of the cylinder was being screwed out from within. Nearly two feet of shining screw projected. Somebody blundered against me, and I narrowly missed being pitched onto the top of the screw. I turned, and as I did so the screw must have come out, for the lid of the cylinder fell upon the gravel with a ringing concussion. I stuck my elbow into the person behind me, and turned my head towards the Thing again. For a moment that circular cavity seemed perfectly black. I had the sunset in my eyes.

I think everyone expected to see a man emerge—possibly something a little unlike us terrestrial men, but in all essentials a man. I know I did. But, look-

IV — EL CILINDRO SE ABRE

Cuando regresé al campo abierto, el sol se estaba poniendo. Grupos dispersos se apresuraban desde la dirección de Woking, y una o dos personas regresaban. La muchedumbre en torno a la fosa había aumentado y se destacaba en negro contra el amarillo limón del cielo: un par de cientos de personas, tal vez. Se alzaban las voces y parecía haber una especie de lucha en torno a la fosa. Por mi mente pasaron extrañas imaginaciones. Al acercarme, oí la voz de Stent:

«¡Atrás! ¡Atrás!».

Un muchacho vino corriendo hacia mí.

«Se está moviendo», me dijo al pasar; «se está desenroscando y desenroscando. No me gusta. Me voy a casa, de verdad».

Seguí avanzando hacia la multitud. Había realmente, creo, doscientas o trescientas personas que se daban codazos y empujones, y una o dos señoras no eran en absoluto las menos activas.

«¡Se ha caído al foso!», gritó alguien.

«¡Atrás!», dijeron varios.

La multitud se agitó un poco y me abrí paso a codazos. Todo el mundo parecía muy excitado. Oí un peculiar zumbido en el foso.

«¡Yo digo!», dijo Ogilvy; «ayuda a mantener a estos idiotas atrás. No sabemos lo que hay en esa maldita cosa, ¿sabes?».

Vi a un joven, creo que era un dependiente de una tienda de Woking, de pie sobre el cilindro y tratando de salir del agujero de nuevo. La multitud le había empujado.

El extremo del cilindro estaba siendo desenroscado desde dentro. Casi dos pies de tornillo brillante sobresalía. Alguien se tropezó contra mí, y por poco no caigo sobre la parte superior del tornillo. Me giré y, al hacerlo, el tornillo debió de salirse, porque la tapa del cilindro cayó sobre la grava con una sonora conmoción. Clavé el codo en la persona que estaba detrás de mí y volví a girar la cabeza hacia la Cosa. Por un momento aquella cavidad circular pareció perfectamente negra. Tenía la puesta de sol en mis ojos.

Creo que todo el mundo esperaba ver surgir a un hombre, tal vez un poco diferente a nosotros, los hombres terrestres, pero en esencia un hombre. Yo

ing, I presently saw something stirring within the shadow: greyish billowy movements, one above another, and then two luminous disks—like eyes. Then something resembling a little grey snake, about the thickness of a walking stick, coiled up out of the writhing middle, and wriggled in the air towards me—and then another.

A sudden chill came over me. There was a loud shriek from a woman behind. I half turned, keeping my eyes fixed upon the cylinder still, from which other tentacles were now projecting, and began pushing my way back from the edge of the pit. I saw astonishment giving place to horror on the faces of the people about me. I heard inarticulate exclamations on all sides. There was a general movement backwards. I saw the shopman struggling still on the edge of the pit. I found myself alone, and saw the people on the other side of the pit running off, Stent among them. I looked again at the cylinder, and ungovernable terror gripped me. I stood petrified and staring.

A big greyish rounded bulk, the size, perhaps, of a bear, was rising slowly and painfully out of the cylinder. As it bulged up and caught the light, it glistened like wet leather.

Two large dark-coloured eyes were regarding me steadfastly. The mass that framed them, the head of the thing, was rounded, and had, one might say, a face. There was a mouth under the eyes, the lipless brim of which quivered and panted, and dropped saliva. The whole creature heaved and pulsated convulsively. A lank tentacular appendage gripped the edge of the cylinder, another swayed in the air.

Those who have never seen a living Martian can scarcely imagine the strange horror of its appearance. The peculiar V-shaped mouth with its pointed upper lip, the absence of brow ridges, the absence of a chin beneath the wedgelike lower lip, the incessant quivering of this mouth, the Gorgon groups of tentacles, the tumultuous breathing of the lungs in a strange atmosphere, the evident heaviness and painfulness of movement due to the greater gravitational energy of the earth—above all, the extraordinary intensity of the immense eyes—were at once vital, intense, inhuman, crippled and monstrous. There was something fungoid in the oily brown skin, something in the clumsy deliberation of the tedious movements unspeakably nasty. Even at this first encounter, this first glimpse, I was overcome with disgust and dread.

Suddenly the monster vanished. It had toppled over the brim of the cylinder and fallen into the pit, with a thud like the fall of a great mass of leather. I heard it give a peculiar thick cry, and forthwith another of these creatures appeared darkly in the deep shadow of the aperture.

también lo esperaba. Pero, al mirar, enseguida vi algo que se movía dentro de la sombra: movimientos grises y ondulantes, uno sobre otro, y luego dos ojos luminosos en forma de disco. Luego, algo parecido a una pequeña serpiente gris, del grosor de un bastón, se enroscó en el medio y se retorció en el aire hacia mí, y luego otro.

Un repentino escalofrío me invadió. Se oyó un fuerte grito de una mujer detrás. Me giré a medias, manteniendo los ojos fijos en el cilindro, del que ahora se proyectaban otros tentáculos, y comencé a retroceder desde el borde de la fosa. Vi que el asombro se convertía en horror en los rostros de la gente que me rodeaba. Oí exclamaciones inarticuladas por todos lados. Hubo un movimiento general hacia atrás. Vi al comerciante luchando todavía en el borde de la fosa. Me encontré solo, y vi a la gente del otro lado del pozo salir corriendo, Stent entre ellos. Volví a mirar el cilindro y un terror incontrolable se apoderó de mí. Me quedé petrificado y con la mirada fija.

Un gran bulto grisáceo y redondeado, del tamaño, quizás, de un oso, se elevaba lenta y penosamente fuera del cilindro. Al abultarse y captar la luz, brillaba como el cuero mojado.

Dos grandes ojos de color oscuro me miraban fijamente. La masa que los enmarcaba, la cabeza de la cosa, era redondeada y tenía, podría decirse, una cara. Había una boca bajo los ojos, cuyo borde sin labios temblaba y jadeaba, y dejaba caer saliva. Toda la criatura se agitaba y palpitaba convulsivamente. Un larguísimo apéndice tentacular se agarraba al borde del cilindro, otro se balanceaba en el aire.

Los que nunca han visto un marciano vivo apenas pueden imaginar el extraño horror de su aspecto. La peculiar boca en forma de V con su labio superior puntiagudo, la ausencia de crestas en las cejas, la ausencia de una barbilla bajo el labio inferior en forma de cuña, el incesante temblor de esta boca, los grupos de tentáculos de Gorgona, la tumultuosa respiración de los pulmones en una atmósfera extraña, la evidente pesadez y el dolor del movimiento debido a la mayor energía gravitacional de la tierra... sobre todo, la extraordinaria intensidad de los inmensos ojos... eran a la vez vitales, intensos, inhumanos, tullidos y monstruosos. Había algo fungoso en la aceitosa piel marrón, algo en la torpe deliberación de los tediosos movimientos indeciblemente desagradable. Incluso en este primer encuentro, en este primer vistazo, me invadió el asco y el temor.

De repente, el monstruo desapareció. Se había desplomado sobre el borde del cilindro y había caído en la fosa, con un golpe seco como la caída de una gran masa de cuero. Le oí dar un peculiar y ronco grito, e inmediatamente apareció otra de esas criaturas en la profunda sombra de la abertura.

I turned and, running madly, made for the first group of trees, perhaps a hundred yards away; but I ran slantingly and stumbling, for I could not avert my face from these things.

There, among some young pine trees and furze bushes, I stopped, panting, and waited further developments. The common round the sand-pits was dotted with people, standing like myself in a half-fascinated terror, staring at these creatures, or rather at the heaped gravel at the edge of the pit in which they lay. And then, with a renewed horror, I saw a round, black object bobbing up and down on the edge of the pit. It was the head of the shopman who had fallen in, but showing as a little black object against the hot western sun. Now he got his shoulder and knee up, and again he seemed to slip back until only his head was visible. Suddenly he vanished, and I could have fancied a faint shriek had reached me. I had a momentary impulse to go back and help him that my fears overruled.

Everything was then quite invisible, hidden by the deep pit and the heap of sand that the fall of the cylinder had made. Anyone coming along the road from Chobham or Woking would have been amazed at the sight—a dwindling multitude of perhaps a hundred people or more standing in a great irregular circle, in ditches, behind bushes, behind gates and hedges, saying little to one another and that in short, excited shouts, and staring, staring hard at a few heaps of sand. The barrow of ginger beer stood, a queer derelict, black against the burning sky, and in the sand-pits was a row of deserted vehicles with their horses feeding out of nosebags or pawing the ground.

Me di la vuelta y, corriendo alocadamente, me dirigí hacia el primer grupo de árboles, tal vez a unas cien yardas de distancia; pero corrí a hurtadillas y a trompicones, pues no podía apartar el rostro de aquellas cosas.

Allí, entre algunos pinos jóvenes y arbustos de tojo, me detuve, jadeando, y esperé a que se produjeran nuevos acontecimientos. La zona común que rodeaba el arenal estaba salpicada de gente que, como yo, estaba aterrorizada y miraba a esas criaturas, o más bien a la grava amontonada en el borde de la fosa en la que yacían. Y entonces, con un renovado horror, vi un objeto negro y redondo que se balanceaba hacia arriba y hacia abajo en el borde de la fosa. Era la cabeza del comerciante que había caído, pero mostrándose como un pequeño objeto negro contra el caliente sol del oeste. Levantó el hombro y la rodilla, y de nuevo pareció deslizarse hacia atrás hasta que sólo era visible su cabeza. De repente se desvaneció, y podría haber creído que un débil grito me había llegado. Tuve un impulso momentáneo de volver a ayudarlo, pero mis temores no lo permitieron.

Todo era entonces bastante invisible, oculto por la profunda fosa y el montón de arena que la caída del cilindro había hecho. Cualquiera que viniera por la carretera desde Chobham o Woking se habría asombrado ante el espectáculo: una multitud menguante de quizá un centenar de personas o más, de pie en un gran círculo irregular, en las zanjas, detrás de los arbustos, detrás de las puertas y los setos, hablándose poco entre sí y de ser así en gritos cortos y excitados, y mirando, mirando fijamente a unos cuantos montones de arena. La carretilla de la cerveza de jengibre se mantenía en pie, una extraña ruina, negra contra el cielo ardiente, y en los fosos de arena había una hilera de vehículos desiertos con sus caballos alimentándose de los morrales o dando patadas en el suelo.

V — THE HEAT-RAY

After the glimpse I had had of the Martians emerging from the cylinder in which they had come to the earth from their planet, a kind of fascination paralysed my actions. I remained standing knee-deep in the heather, staring at the mound that hid them. I was a battleground of fear and curiosity.

I did not dare to go back towards the pit, but I felt a passionate longing to peer into it. I began walking, therefore, in a big curve, seeking some point of vantage and continually looking at the sand-heaps that hid these new-comers to our earth. Once a leash of thin black whips, like the arms of an octopus, flashed across the sunset and was immediately withdrawn, and afterwards a thin rod rose up, joint by joint, bearing at its apex a circular disk that spun with a wobbling motion. What could be going on there?

Most of the spectators had gathered in one or two groups—one a little crowd towards Woking, the other a knot of people in the direction of Chobham. Evidently they shared my mental conflict. There were few near me. One man I approached—he was, I perceived, a neighbour of mine, though I did not know his name—and accosted. But it was scarcely a time for articulate conversation.

"What ugly brutes!" he said. "Good God! What ugly brutes!" He repeated this over and over again.

"Did you see a man in the pit?" I said; but he made no answer to that. We became silent, and stood watching for a time side by side, deriving, I fancy, a certain comfort in one another's company. Then I shifted my position to a little knoll that gave me the advantage of a yard or more of elevation and when I looked for him presently he was walking towards Woking.

The sunset faded to twilight before anything further happened. The crowd far away on the left, towards Woking, seemed to grow, and I heard now a faint murmur from it. The little knot of people towards Chobham dispersed. There was scarcely an intimation of movement from the pit.

It was this, as much as anything, that gave people courage, and I suppose the new arrivals from Woking also helped to restore confidence. At any rate, as the dusk came on a slow, intermittent movement upon the sand-pits began, a movement that seemed to gather force as the stillness of the evening about the cylinder remained unbroken. Vertical black figures in twos and

V — EL RAYO DE CALOR

Después de la visión que había tenido de los marcianos saliendo del cilindro en el que habían llegado a la tierra desde su planeta una especie de fascinación paralizó mis acciones. Permanecí de pie, hundido hasta las rodillas en el brezo, mirando el montículo que los escondía. Era una batalla entre el miedo y la curiosidad.

No me atreví a volver hacia la fosa, pero sentí un apasionado deseo de asomarme a ella. Empecé a caminar, por tanto, en una gran curva, buscando algún punto ventajoso y mirando continuamente los montones de arena que ocultaban a estos recién llegados a nuestra tierra. En una ocasión, una correa de finos látigos negros, como los brazos de un pulpo, atravesó la puesta de sol y se retiró inmediatamente, y después una fina varilla se elevó, juntura a juntura, llevando en su vértice un disco circular que giraba con un movimiento oscilante. ¿Qué podía estar ocurriendo allí?

La mayoría de los espectadores se habían reunido en uno o dos grupos: uno de ellos, una pequeña multitud en dirección a Woking, el otro, un nudo de gente en dirección a Chobham. Evidentemente, compartían mi conflicto mental. Había pocos cerca de mí. Me acerqué a una persona —que era, según percibí, un vecino mío, aunque no sabía su nombre— y la abordé. Pero no era el momento de entablar una conversación.

«¡Qué brutos más feos!», dijo. «¡Dios mío! ¡Qué brutos más feos!». Lo repitió una y otra vez.

«¿Viste a un hombre en la fosa?», le dije, pero él no respondió. Nos quedamos en silencio, y permanecimos observando durante un tiempo uno al lado del otro, obteniendo, me imagino, un cierto confort en la compañía del otro. Luego cambié mi posición a una pequeña loma que me daba la ventaja de una yarda o más de elevación, y cuando lo busqué con la vista él estaba, en ese momento, caminando hacia Woking.

El atardecer se convirtió en crepúsculo antes de que ocurriera nada más. La multitud que se encontraba a lo lejos, a la izquierda, en dirección a Woking, parecía crecer, y ahora oía un débil murmullo procedente de ella. El pequeño grupo de gente hacia Chobham se dispersó. Apenas había un indicio de movimiento desde la fosa.

Fue esto, más que nada, lo que dio coraje a la gente, y supongo que los recién llegados de Woking también ayudaron a restaurar la confianza. En cualquier caso, a medida que se acercaba el crepúsculo comenzó un movimiento lento e intermitente en los fosos de arena, un movimiento que parecía cobrar fuerza a medida que la quietud de la noche en torno al cilindro se mantenía

threes would advance, stop, watch, and advance again, spreading out as they did so in a thin irregular crescent that promised to enclose the pit in its attenuated horns. I, too, on my side began to move towards the pit.

Then I saw some cabmen and others had walked boldly into the sand-pits, and heard the clatter of hoofs and the gride of wheels. I saw a lad trundling off the barrow of apples. And then, within thirty yards of the pit, advancing from the direction of Horsell, I noted a little black knot of men, the foremost of whom was waving a white flag.

This was the Deputation. There had been a hasty consultation, and since the Martians were evidently, in spite of their repulsive forms, intelligent creatures, it had been resolved to show them, by approaching them with signals, that we too were intelligent.

Flutter, flutter, went the flag, first to the right, then to the left. It was too far for me to recognise anyone there, but afterwards I learned that Ogilvy, Stent, and Henderson were with others in this attempt at communication. This little group had in its advance dragged inward, so to speak, the circumference of the now almost complete circle of people, and a number of dim black figures followed it at discreet distances.

Suddenly there was a flash of light, and a quantity of luminous greenish smoke came out of the pit in three distinct puffs, which drove up, one after the other, straight into the still air.

This smoke (or flame, perhaps, would be the better word for it) was so bright that the deep blue sky overhead and the hazy stretches of brown common towards Chertsey, set with black pine trees, seemed to darken abruptly as these puffs arose, and to remain the darker after their dispersal. At the same time a faint hissing sound became audible.

Beyond the pit stood the little wedge of people with the white flag at its apex, arrested by these phenomena, a little knot of small vertical black shapes upon the black ground. As the green smoke arose, their faces flashed out pallid green, and faded again as it vanished. Then slowly the hissing passed into a humming, into a long, loud, droning noise. Slowly a humped shape rose out of the pit, and the ghost of a beam of light seemed to flicker out from it.

Forthwith flashes of actual flame, a bright glare leaping from one to another, sprang from the scattered group of men. It was as if some invisible jet im-

intacta. Figuras negras verticales de a dos y de a tres avanzaban, se detenían, miraban y volvían a avanzar, extendiéndose al hacerlo en una fina media luna irregular que prometía encerrar el foso en sus cuernos atenuados. También yo, por mi parte, comencé a avanzar hacia la fosa.

Entonces vi que algunos cocheros y otros se habían adentrado audazmente en los fosos de arena, y oí el estruendo de los cascos y el rechinar de las ruedas. Vi que un muchacho se llevaba la carretilla de las manzanas. Y luego, a menos de treinta yardas del foso, avanzando desde la dirección de Horsell, observé un pequeño grupo negro de hombres, el primero de los cuales ondeaba una bandera blanca.

Esta era la Delegación. Se había hecho una consulta apresurada, y como los marcianos eran evidentemente, a pesar de sus formas repulsivas, criaturas inteligentes, se había resuelto mostrarles, acercándose a ellos con señales, que nosotros también éramos inteligentes.

Flameando, flameando, iba la bandera, primero a la derecha, luego a la izquierda. Yo estaba demasiado lejos como para reconocer a alguien allí, pero después supe que Ogilvy, Stent y Henderson formaban parte junto a otros de este intento de comunicación. Este pequeño grupo, en su avance, había arrastrado hacia adentro, por así decirlo, la circunferencia del círculo de gente, ahora casi completo, y un número de tenues figuras oscuras lo seguía a discretas distancias.

De repente se produjo un destello de luz, y una cantidad de humo verdoso y luminoso salió de la fosa en tres bocanadas definidas, que subieron, una tras otra, directamente al aire quieto.

Este humo (o llama, tal vez, sería la mejor palabra para definirlo) era tan brillante que el cielo azul profundo que había sobre él y los tramos brumosos de la zona comunitaria hacia Chertsey, con pinos negros, parecían oscurecerse abruptamente a medida que surgían estas bocanadas, y permanecer más oscuros después de su dispersión. Al mismo tiempo, se oyó un débil silbido.

Más allá de la fosa estaba la pequeña cuña de gente con la bandera blanca en su vértice, detenida por estos fenómenos, un pequeño grupo de formitas oscuras verticales sobre el suelo negro. A medida que surgía el humo verde, sus rostros resplandecían de un verde pálido, y se desvanecían de nuevo al desaparecer el humo. Luego, lentamente, el silbido se convirtió en un zumbido, en un ruido largo y fuerte, como un tambor. Lentamente, una forma jorobada salió del pozo, y el fantasma de un rayo de luz pareció parpadear desde él.

De inmediato, destellos de llamas reales, un resplandor brillante que saltaba de uno a otro, surgieron del grupo disperso de hombres. Era como si un

pinged upon them and flashed into white flame. It was as if each man were suddenly and momentarily turned to fire.

Then, by the light of their own destruction, I saw them staggering and falling, and their supporters turning to run.

I stood staring, not as yet realising that this was death leaping from man to man in that little distant crowd. All I felt was that it was something very strange. An almost noiseless and blinding flash of light, and a man fell headlong and lay still; and as the unseen shaft of heat passed over them, pine trees burst into fire, and every dry furze bush became with one dull thud a mass of flames. And far away towards Knaphill I saw the flashes of trees and hedges and wooden buildings suddenly set alight.

It was sweeping round swiftly and steadily, this flaming death, this invisible, inevitable sword of heat. I perceived it coming towards me by the flashing bushes it touched, and was too astounded and stupefied to stir. I heard the crackle of fire in the sand-pits and the sudden squeal of a horse that was as suddenly stilled. Then it was as if an invisible yet intensely heated finger were drawn through the heather between me and the Martians, and all along a curving line beyond the sand-pits the dark ground smoked and crackled. Something fell with a crash far away to the left where the road from Woking station opens out on the common. Forth-with the hissing and humming ceased, and the black, dome-like object sank slowly out of sight into the pit.

All this had happened with such swiftness that I had stood motionless, dumbfounded and dazzled by the flashes of light. Had that death swept through a full circle, it must inevitably have slain me in my surprise. But it passed and spared me, and left the night about me suddenly dark and unfamiliar.

The undulating common seemed now dark almost to blackness, except where its roadways lay grey and pale under the deep blue sky of the early night. It was dark, and suddenly void of men. Overhead the stars were mustering, and in the west the sky was still a pale, bright, almost greenish blue. The tops of the pine trees and the roofs of Horsell came out sharp and black against the western afterglow. The Martians and their appliances were altogether invisible, save for that thin mast upon which their restless mirror wobbled. Patches of bush and isolated trees here and there smoked and glowed still, and the houses towards Woking station were sending up spires of flame into the stillness of the evening air.

Nothing was changed save for that and a terrible astonishment. The little

chorro invisible incidiera sobre ellos y se convirtiera en una llama blanca. Era como si cada hombre se convirtiera repentina y momentáneamente en fuego.

Entonces, a la luz de su propia destrucción, los vi tambalearse y caer, y a sus partidarios volverse para correr.

Me quedé mirando, sin darme cuenta todavía de que era la muerte la que saltaba de hombre a hombre en aquella pequeña y distante multitud. Todo lo que sentí fue que se trataba de algo muy extraño. Un destello de luz casi silencioso y cegador, y entonces un hombre cayó de cabeza y se quedó inmóvil; y cuando el invisible rayo de calor pasó por encima de ellos, los pinos estallaron en llamas, y todos los arbustos secos se convirtieron en una masa de fuego con un ruido sordo. Y a lo lejos, en dirección a Knaphill, vi los destellos de los árboles y los setos y los edificios de madera que ardían de repente.

Esta muerte en llamas, esta espada invisible e inevitable de calor, se movía rápida y constantemente. La percibí viniendo hacia mí por los arbustos centelleantes que tocaba, y estaba demasiado asombrado y estupefacto como para moverme. Oí el crepitar del fuego en los fosos de arena y el súbito chillido de un caballo que se aquietó repentinamente. Entonces fue como si un dedo invisible, pero intensamente caliente, atravesara el brezo entre los marcianos y yo, y a lo largo de una línea curva más allá de los fosos de arena el suelo oscuro humeaba y crepitaba. Algo cayó con estrépito a lo lejos, a la izquierda, donde la carretera de la estación de Woking se abre al campo abierto. El silbido y el zumbido cesaron y el objeto negro en forma de cúpula se hundió lentamente en el pozo.

Todo había sucedido con tal rapidez que yo me había quedado inmóvil, aturdido y deslumbrado por los destellos de luz. Si esa muerte hubiera recorrido un círculo completo, inevitablemente me habría matado en mi sorpresa. Pero pasó y me perdonó, y dejó la noche a mi alrededor repentinamente oscura y desconocida.

La ondulante llanura parecía ahora oscura casi hasta la negrura, excepto donde sus calzadas yacían grises y pálidas bajo el profundo cielo azul de la temprana noche. Estaba oscuro y, de repente, vacío de gente. En lo alto, las estrellas se reunían, y en el oeste el cielo seguía siendo de un azul pálido y brillante, casi verdoso. Las copas de los pinos y los tejados de Horsell se veían nítidos y negros contra el resplandor del oeste. Los marcianos y sus aparatos eran del todo invisibles, salvo aquel delgado mástil sobre el que se tambaleaba su inquieto espejo. Parches de arbustos y árboles aislados aquí y allá humeaban y brillaban todavía, y las casas hacia la estación de Woking lanzaban espirales de llamas en la quietud del aire vespertino.

Nada había cambiado, salvo eso y un terrible asombro. El pequeño grupo de

group of black specks with the flag of white had been swept out of existence, and the stillness of the evening, so it seemed to me, had scarcely been broken.

It came to me that I was upon this dark common, helpless, unprotected, and alone. Suddenly, like a thing falling upon me from without, came—fear.

With an effort I turned and began a stumbling run through the heather.

The fear I felt was no rational fear, but a panic terror not only of the Martians, but of the dusk and stillness all about me. Such an extraordinary effect in unmanning me it had that I ran weeping silently as a child might do. Once I had turned, I did not dare to look back.

I remember I felt an extraordinary persuasion that I was being played with, that presently, when I was upon the very verge of safety, this mysterious death—as swift as the passage of light—would leap after me from the pit about the cylinder, and strike me down.

manchas negras con la bandera blanca había sido barrido de la existencia, y la quietud de la noche, así me pareció, apenas se había roto.

Me di cuenta de que estaba en este oscuro campo abierto, indefenso, desprotegido y solo. De repente, como una cosa que cae sobre mí desde fuera, vino... el miedo.

Con un esfuerzo me di la vuelta y empecé a correr a tropezones por el brezo.

El miedo que sentí no era un miedo racional, sino un terror de pánico no sólo a los marcianos, sino al crepúsculo y a la quietud que me rodeaban. Tuvo un efecto tan extraordinario, desconcertándome, que corrí llorando en silencio como lo haría un niño. Una vez que me hube dado la vuelta, no me atreví a mirar atrás.

Recuerdo que sentí una extraordinaria persuasión de que estaban jugando conmigo, de que pronto, cuando estuviera alcanzando la seguridad, esta misteriosa muerte —tan rápida como el paso de la luz— saltaría tras de mí desde el pozo del cilindro y me abatiría.

VI — THE HEAT-RAY IN THE CHOBHAM ROAD

It is still a matter of wonder how the Martians are able to slay men so swiftly and so silently. Many think that in some way they are able to generate an intense heat in a chamber of practically absolute non-conductivity. This intense heat they project in a parallel beam against any object they choose, by means of a polished parabolic mirror of unknown composition, much as the parabolic mirror of a lighthouse projects a beam of light. But no one has absolutely proved these details. However it is done, it is certain that a beam of heat is the essence of the matter. Heat, and invisible, instead of visible, light. Whatever is combustible flashes into flame at its touch, lead runs like water, it softens iron, cracks and melts glass, and when it falls upon water, incontinently that explodes into steam.

That night nearly forty people lay under the starlight about the pit, charred and distorted beyond recognition, and all night long the common from Horsell to Maybury was deserted and brightly ablaze.

The news of the massacre probably reached Chobham, Woking, and Ottershaw about the same time. In Woking the shops had closed when the tragedy happened, and a number of people, shop people and so forth, attracted by the stories they had heard, were walking over the Horsell Bridge and along the road between the hedges that runs out at last upon the common. You may imagine the young people brushed up after the labours of the day, and making this novelty, as they would make any novelty, the excuse for walking together and enjoying a trivial flirtation. You may figure to yourself the hum of voices along the road in the gloaming...

As yet, of course, few people in Woking even knew that the cylinder had opened, though poor Henderson had sent a messenger on a bicycle to the post office with a special wire to an evening paper.

As these folks came out by twos and threes upon the open, they found little knots of people talking excitedly and peering at the spinning mirror over the sand-pits, and the newcomers were, no doubt, soon infected by the excitement of the occasion.

By half past eight, when the Deputation was destroyed, there may have been a crowd of three hundred people or more at this place, besides those who had left the road to approach the Martians nearer. There were three policemen too, one of whom was mounted, doing their best, under instructions from Stent, to keep the people back and deter them from approaching the

VI – EL RAYO DE CALOR EN LA CARRETERA DE CHOBHAM

Sigue siendo una cuestión de asombro cómo los marcianos son capaces de matar a los hombres tan rápida y silenciosamente. Muchos piensan que de alguna manera son capaces de generar un intenso calor en una cámara con una falta de conductividad prácticamente absoluta. Este calor intenso lo proyectan en un rayo paralelo contra cualquier objeto que elijan, por medio de un espejo parabólico pulido de composición desconocida, de la misma manera que el espejo parabólico de un faro proyecta un rayo de luz. Pero nadie ha demostrado absolutamente estos detalles. Sea como sea, lo cierto es que un haz de calor es la esencia del asunto. Calor, y luz invisible, en lugar de visible. Todo lo que es combustible se convierte en llama al tocarlo, el plomo corre como el agua, ablanda el hierro, agrieta y derrite el vidrio, y cuando cae sobre el agua, incontinentemente ésta estalla en vapor.

Aquella noche casi cuarenta personas yacían bajo la luz de las estrellas en torno a la fosa, carbonizadas y distorsionadas hasta quedar irreconocibles, y durante toda la noche el campo abierto de Horsell a Maybury estuvo desierto y en llamas.

La noticia de la masacre probablemente llegó a Chobham, Woking y Ottershaw más o menos al mismo tiempo. En Woking las tiendas habían cerrado cuando ocurrió la tragedia, y un número de personas, comerciantes y demás, atraídos por las historias que habían escuchado, caminaban por Horsell Bridge y por el camino entre los setos que desemboca finalmente en el campo abierto. Puede imaginarse a los jóvenes que se refrescaban después de las labores del día, y que hacían de esta novedad, como de cualquier otra, la excusa para pasear juntos y disfrutar de un coqueteo trivial. Puede imaginarse el zumbido de las voces a lo largo del camino en la penumbra...

Hasta ahora, por supuesto, poca gente en Woking sabía que el cilindro se había abierto, aunque el pobre Henderson había enviado un mensajero en bicicleta a la oficina de correos con un cable especial para un periódico vespertino.

A medida que esta gente salía de dos en dos al descampado, se encontraban con pequeños grupos de personas que hablaban animadamente y miraban el espejo giratorio sobre los fosos de arena, y los recién llegados, sin duda, pronto se contagiaron del entusiasmo de la ocasión.

A las ocho y media, cuando la Delegación fue destruida, debía haber una multitud de trescientas personas o más en este lugar, además de los que habían abandonado la carretera para acercarse a los marcianos. También había tres policías, uno de ellos a caballo, que hacían todo lo posible, bajo instrucciones de Stent, para mantener a la gente alejada y disuadirla de acercarse al

cylinder. There was some booing from those more thoughtless and excitable souls to whom a crowd is always an occasion for noise and horse-play.

Stent and Ogilvy, anticipating some possibilities of a collision, had telegraphed from Horsell to the barracks as soon as the Martians emerged, for the help of a company of soldiers to protect these strange creatures from violence. After that they returned to lead that ill-fated advance. The description of their death, as it was seen by the crowd, tallies very closely with my own impressions: the three puffs of green smoke, the deep humming note, and the flashes of flame.

But that crowd of people had a far narrower escape than mine. Only the fact that a hummock of heathery sand intercepted the lower part of the Heat-Ray saved them. Had the elevation of the parabolic mirror been a few yards higher, none could have lived to tell the tale. They saw the flashes and the men falling and an invisible hand, as it were, lit the bushes as it hurried towards them through the twilight. Then, with a whistling note that rose above the droning of the pit, the beam swung close over their heads, lighting the tops of the beech trees that line the road, and splitting the bricks, smashing the windows, firing the window frames, and bringing down in crumbling ruin a portion of the gable of the house nearest the corner.

In the sudden thud, hiss, and glare of the igniting trees, the panic-stricken crowd seems to have swayed hesitatingly for some moments. Sparks and burning twigs began to fall into the road, and single leaves like puffs of flame. Hats and dresses caught fire. Then came a crying from the common. There were shrieks and shouts, and suddenly a mounted policeman came galloping through the confusion with his hands clasped over his head, screaming.

"They're coming!" a woman shrieked, and incontinently everyone was turning and pushing at those behind, in order to clear their way to Woking again. They must have bolted as blindly as a flock of sheep. Where the road grows narrow and black between the high banks the crowd jammed, and a desperate struggle occurred. All that crowd did not escape; three persons at least, two women and a little boy, were crushed and trampled there, and left to die amid the terror and the darkness.

cilindro. Hubo algunos abucheos por parte de las almas más desconsideradas y excitadas, para las que una multitud es siempre una ocasión para el ruido y la payasada.

Stent y Ogilvy, previendo algunas posibilidades de colisión, habían telegrafiado desde Horsell al cuartel en cuanto aparecieron los marcianos, solicitando la ayuda de una compañía de soldados para proteger a esas extrañas criaturas de la violencia. Después de eso, volvieron a liderar aquel malogrado avance. La descripción de su muerte, tal y como la vio la multitud, coincide en gran medida con mis propias impresiones: las tres bocanadas de humo verde, el zumbido profundo y los destellos de las llamas.

Pero esa multitud de personas tuvo una escapada mucho más estrecha que la mía. Sólo les salvó el hecho de que un montículo de arena calcárea interceptara la parte inferior del Rayo de Calor. Si la elevación del espejo parabólico hubiera sido unas yardas más alta, nadie habría vivido para contar el cuento. Vieron los destellos y a los hombres caer y una mano invisible, por así decirlo, iluminó los arbustos mientras se apresuraba hacia ellos a través de la penumbra. Luego, con una nota silbante que se elevó por encima del zumbido de la fosa, el rayo giró cerca de sus cabezas, iluminando las copas de las hayas que bordean el camino, y partiendo los ladrillos, rompiendo las ventanas, disparando los marcos de las ventanas, y derribando en ruinas una parte del altillo de la casa más cercana a la esquina.

Ante el repentino golpe, el silbido y el resplandor de los árboles en llamas, la multitud, presa del pánico, parece haberse agitado vacilante durante unos instantes. Las chispas y las ramitas ardientes empezaron a caer en el camino; las hojas sueltas caían como bocanadas de llamas. Se incendiaron sombreros y vestidos. Entonces llegó un llanto desde el campo abierto. Se oyeron gritos y chillidos, y de repente un policía montado llegó galopando a través de la confusión con las manos juntas sobre la cabeza, gritando.

«¡Ya vienen!», gritó una mujer, y desesperadamente todos se volvieron y empujaron a los que venían detrás, para despejar de nuevo el camino hacia Woking. Deben haber salido corriendo tan ciegamente como un rebaño de ovejas. Donde el camino se hace estrecho y negro entre los altos bancos, la multitud se atascó, y se produjo una lucha desesperada. No todos escaparon en la multitud: tres personas al menos, dos mujeres y un muchacho, fueron aplastados y pisoteados allí, y se les dejó morir en medio del terror y la oscuridad.

VII – HOW I REACHED HOME

For my own part, I remember nothing of my flight except the stress of blundering against trees and stumbling through the heather. All about me gathered the invisible terrors of the Martians; that pitiless sword of heat seemed whirling to and fro, flourishing overhead before it descended and smote me out of life. I came into the road between the crossroads and Horsell, and ran along this to the crossroads.

At last I could go no further; I was exhausted with the violence of my emotion and of my flight, and I staggered and fell by the wayside. That was near the bridge that crosses the canal by the gasworks. I fell and lay still.

I must have remained there some time.

I sat up, strangely perplexed. For a moment, perhaps, I could not clearly understand how I came there. My terror had fallen from me like a garment. My hat had gone, and my collar had burst away from its fastener. A few minutes before, there had only been three real things before me—the immensity of the night and space and nature, my own feebleness and anguish, and the near approach of death. Now it was as if something turned over, and the point of view altered abruptly. There was no sensible transition from one state of mind to the other. I was immediately the self of every day again—a decent, ordinary citizen. The silent common, the impulse of my flight, the starting flames, were as if they had been in a dream. I asked myself had these latter things indeed happened? I could not credit it.

I rose and walked unsteadily up the steep incline of the bridge. My mind was blank wonder. My muscles and nerves seemed drained of their strength. I dare say I staggered drunkenly. A head rose over the arch, and the figure of a workman carrying a basket appeared. Beside him ran a little boy. He passed me, wishing me good night. I was minded to speak to him, but did not. I answered his greeting with a meaningless mumble and went on over the bridge.

Over the Maybury arch a train, a billowing tumult of white, firelit smoke, and a long caterpillar of lighted windows, went flying south—clatter, clatter, clap, rap, and it had gone. A dim group of people talked in the gate of one of the houses in the pretty little row of gables that was called Oriental Terrace. It was all so real and so familiar. And that behind me! It was frantic, fantastic! Such things, I told myself, could not be.

Perhaps I am a man of exceptional moods. I do not know how far my experience is common. At times I suffer from the strangest sense of detachment

VII — CÓMO LLEGUÉ A CASA

Por mi parte, no recuerdo nada de mi huida, salvo la tensión de chocar con los árboles y de tropezar en el brezo. A mi alrededor se acumulaban los terrores invisibles de los marcianos; aquella despiadada espada de calor parecía girar de un lado a otro, floreciendo en lo alto antes de descender para quitarme la vida. Llegué al camino entre el cruce y Horsell, y corrí por él hasta el cruce.

Al final no pude ir más lejos; estaba agotado por la violencia de mi emoción y de mi huida, y me tambaleé y caí al borde del camino. Eso fue cerca del puente que cruza el canal junto a la fábrica de gas. Caí y me quedé inmóvil.

Debí de permanecer allí algún tiempo.

Me senté, extrañamente perplejo. Por un momento, tal vez, no pude entender claramente cómo había llegado allí. Mi terror se había desprendido de mí como una prenda de vestir. Mi sombrero había desaparecido y mi cuello se había desprendido de su cierre. Unos minutos antes, sólo había habido tres cosas reales ante mí: la inmensidad de la noche, el espacio y la naturaleza, mi propia debilidad y angustia, y la proximidad de la muerte. Ahora era como si algo hubiera dado un vuelco y el punto de vista se hubiera alterado bruscamente. No hubo una transición sensible de un estado mental al otro. Inmediatamente volví a ser el mismo de todos los días: un ciudadano decente y común. El silencio del campo abierto, el impulso de mi huida, las llamas que comenzaban, eran como si hubieran sucedido en un sueño. Me pregunté si estas últimas cosas habían ocurrido realmente. No podía creerlo.

Me levanté y caminé inseguro por la empinada pendiente del puente. Mi mente estaba en blanco. Mis músculos y mis nervios parecían agotados. Me atrevo a decir que me tambaleé borracho. Una cabeza se alzó sobre el arco y apareció la figura de un obrero que llevaba una cesta. A su lado corría un muchachito. Pasó junto a mí, deseándome buenas noches. Tuve la intención de hablarle, pero no lo hice. Respondí a su saludo con un balbuceo sin sentido y seguí por el puente.

Por encima del arco de Maybury, un tren, un tumulto ondulante de humo blanco e iluminado por el fuego, y una larga oruga de ventanas encendidas, volaba hacia el sur: ruido, ruido, golpes, y se había ido. Un tenue grupo de personas hablaba en la puerta de una de las casas de la bonita hilera de tejados que se llamaba Oriental Terrace. Todo era tan real y tan familiar. ¡Y eso detrás de mí! ¡Era frenético, fantástico! Esas cosas, me dije, no podían ser.

Tal vez sea un hombre con un humor excepcional. No sé hasta qué punto mi experiencia es común. A veces sufro una extraña sensación de desprendi-

from myself and the world about me; I seem to watch it all from the outside, from somewhere inconceivably remote, out of time, out of space, out of the stress and tragedy of it all. This feeling was very strong upon me that night. Here was another side to my dream.

But the trouble was the blank incongruity of this serenity and the swift death flying yonder, not two miles away. There was a noise of business from the gasworks, and the electric lamps were all alight. I stopped at the group of people.

"What news from the common?" said I.

There were two men and a woman at the gate.

"Eh?" said one of the men, turning.

"What news from the common?" I said.

"Ain't yer just been there?" asked the men.

"People seem fair silly about the common," said the woman over the gate. "What's it all abart?"

"Haven't you heard of the men from Mars?" said I; "the creatures from Mars?"

"Quite enough," said the woman over the gate. "Thenks"; and all three of them laughed.

I felt foolish and angry. I tried and found I could not tell them what I had seen. They laughed again at my broken sentences.

"You'll hear more yet," I said, and went on to my home.

I startled my wife at the doorway, so haggard was I. I went into the dining room, sat down, drank some wine, and so soon as I could collect myself sufficiently I told her the things I had seen. The dinner, which was a cold one, had already been served, and remained neglected on the table while I told my story.

"There is one thing," I said, to allay the fears I had aroused; "they are the most sluggish things I ever saw crawl. They may keep the pit and kill people who come near them, but they cannot get out of it. . . . But the horror of them!"

miento de mí mismo y del mundo que me rodea; parece que lo observo todo desde fuera, desde algún lugar inconcebiblemente remoto, fuera del tiempo, del espacio, del estrés y de la tragedia de todo ello. Esta sensación fue muy fuerte en mí esa noche. Éste era otro aspecto de mi sueño.

Pero el problema era la incongruencia en blanco de esta serenidad y la rápida muerte que volaba allá, a menos de dos millas de distancia. Se oía el ruido de la fábrica de gas y las lámparas eléctricas estaban encendidas. Me detuve ante el grupo de personas.

«¿Qué noticias hay del campo abierto?», dije.

Había dos hombres y una mujer en la puerta.

«¿Eh?», dijo uno de los hombres, volviéndose.

«¿Qué noticias hay del campo abierto?», dije.

«¿No acabas de estar allí?», preguntaron los hombres.

«La gente que ha ido a ese campo parece bastante tonta», dijo la mujer sobre la puerta. «¿De qué se trata?».

«¿No han oído hablar de los hombres de Marte?», dije yo; «¿las criaturas de Marte?».

«Bastante», dijo la mujer sobre la puerta. «Gracias»; y los tres se rieron.

Me sentí tonto y enfadado. Lo intenté pero descubrí que no podía contarles lo que había visto. Volvieron a reírse de mis frases rotas.

«Ya oirán más», dije, y seguí hacia mi casa.

Sorprendí a mi mujer en la puerta, tan demacrado estaba. Entré en el comedor, me senté, bebí un poco de vino y, en cuanto pude recomponerme lo suficiente, le conté las cosas que había visto. La cena, que era fría, ya estaba servida, y permaneció descuidada sobre la mesa mientras yo contaba mi historia.

«Hay una cosa», dije, para disipar los temores que había despertado; «son las cosas más perezosas que he visto arrastrarse. Pueden vigilar la fosa y matar a la gente que se les acerca, pero no pueden salir de ella... ¡Pero qué horror!».

"Don't, dear!" said my wife, knitting her brows and putting her hand on mine.

"Poor Ogilvy!" I said. "To think he may be lying dead there!"

My wife at least did not find my experience incredible. When I saw how deadly white her face was, I ceased abruptly.

"They may come here," she said again and again.

I pressed her to take wine, and tried to reassure her.

"They can scarcely move," I said.

I began to comfort her and myself by repeating all that Ogilvy had told me of the impossibility of the Martians establishing themselves on the earth. In particular I laid stress on the gravitational difficulty. On the surface of the earth the force of gravity is three times what it is on the surface of Mars. A Martian, therefore, would weigh three times more than on Mars, albeit his muscular strength would be the same. His own body would be a cope of lead to him, therefore. That, indeed, was the general opinion. Both The Times and the Daily Telegraph, for instance, insisted on it the next morning, and both overlooked, just as I did, two obvious modifying influences.

The atmosphere of the earth, we now know, contains far more oxygen or far less argon (whichever way one likes to put it) than does Mars'. The invigorating influences of this excess of oxygen upon the Martians indisputably did much to counterbalance the increased weight of their bodies. And, in the second place, we all overlooked the fact that such mechanical intelligence as the Martian possessed was quite able to dispense with muscular exertion at a pinch.

But I did not consider these points at the time, and so my reasoning was dead against the chances of the invaders. With wine and food, the confidence of my own table, and the necessity of reassuring my wife, I grew by insensible degrees courageous and secure.

"They have done a foolish thing," said I, fingering my wineglass. "They are dangerous because, no doubt, they are mad with terror. Perhaps they expected to find no living things—certainly no intelligent living things."

"A shell in the pit," said I, "if the worst comes to the worst, will kill them all."

«¡No, querido!», dijo mi esposa, frunciendo las cejas y poniendo su mano sobre la mía.

«¡Pobre Ogilvy!», dije. «¡Pensar que puede estar ahí muerto!».

A mi mujer, al menos, no le pareció increíble mi experiencia. Cuando vi lo mortalmente blanco que estaba su rostro, me detuve abruptamente.

«Pueden venir aquí», dijo una y otra vez.

La presioné para que tomara vino y traté de tranquilizarla.

«Apenas si pueden moverse», le dije.

Empecé a consolarla y a consolarme repitiendo todo lo que Ogilvy me había dicho sobre la imposibilidad de que los marcianos se establecieran en la Tierra. En particular, hice hincapié en la dificultad gravitacional. En la superficie de la Tierra la fuerza de gravedad es tres veces mayor que en la superficie de Marte. Un marciano, por tanto, pesaría tres veces más aquí que en Marte, aunque su fuerza muscular sería la misma. Su propio cuerpo sería, por tanto, una capa de plomo para él. Esa era, en efecto, la opinión general. Tanto *The Times* como el *Daily Telegraph*, por ejemplo, insistieron en ello a la mañana siguiente, y ambos pasaron por alto, al igual que yo, dos influencias atenuantes evidentes.

Ahora sabemos que la atmósfera de la Tierra contiene mucho más oxígeno o mucho menos argón (como uno prefiera) que la de Marte. Las influencias vigorizantes de este exceso de oxígeno sobre los marcianos contribuyeron indiscutiblemente a contrarrestar el mayor peso de sus cuerpos. Y, en segundo lugar, todos pasamos por alto el hecho de que una inteligencia mecánica como la que poseían los marcianos era bastante capaz de prescindir del esfuerzo muscular en un instante.

Pero no consideré estos puntos en ese momento, y por eso mi razonamiento fracasaba ante las posibilidades de los invasores. Con el vino y la comida, la confianza que me daba mi propia mesa, y la necesidad de tranquilizar a mi esposa, me volví, sin darme cuenta, gradualmente, valiente y seguro.

«Han hecho una tontería», me dije, tocando mi copa de vino. «Son peligrosos porque, sin duda, están locos de terror. Tal vez no esperaban encontrar algún ser vivo, ciertamente no un ser vivo inteligente».

«Un proyectil en la fosa», dije yo, «en el peor de los casos, los matará a todos».

The intense excitement of the events had no doubt left my perceptive powers in a state of erethism. I remember that dinner table with extraordinary vividness even now. My dear wife's sweet anxious face peering at me from under the pink lamp shade, the white cloth with its silver and glass table furniture—for in those days even philosophical writers had many little luxuries—the crimson-purple wine in my glass, are photographically distinct. At the end of it I sat, tempering nuts with a cigarette, regretting Ogilvy's rashness, and denouncing the short-sighted timidity of the Martians.

So some respectable dodo in the Mauritius might have lorded it in his nest, and discussed the arrival of that shipful of pitiless sailors in want of animal food. "We will peck them to death tomorrow, my dear."

I did not know it, but that was the last civilised dinner I was to eat for very many strange and terrible days.

La intensa excitación de los acontecimientos había dejado, sin duda, mis facultades perceptivas en un estado de eretismo. Incluso ahora recuerdo aquella mesa con extraordinaria vivacidad. El dulce y ansioso rostro de mi querida esposa, que me miraba desde la pantalla rosa de la lámpara, el mantel blanco con los utensilios de plata y cristal de la mesa —pues en aquella época incluso los escritores filosóficos se daban muchos pequeños lujos— y el vino púrpura-carmesí en mi copa, son fotográficamente inconfundibles. Al final me senté, fumando un cigarrillo, lamentando la imprudencia de Ogilvy y denunciando la miope timidez de los marcianos.

De la misma manera, algún respetable dodo de las Islas Mauricio podría haberse enseñoreado en su nido y haber discutido la llegada de aquel cargamento de despiadados marineros en busca de alimento animal. «Mañana los mataremos a picotazos, querida».

Yo no lo sabía, pero aquella fue la última cena civilizada que iba a tomar durante muchos —extraños y terribles— días.

VIII – FRIDAY NIGHT

The most extraordinary thing to my mind, of all the strange and wonderful things that happened upon that Friday, was the dovetailing of the commonplace habits of our social order with the first beginnings of the series of events that was to topple that social order headlong. If on Friday night you had taken a pair of compasses and drawn a circle with a radius of five miles round the Woking sand-pits, I doubt if you would have had one human being outside it, unless it were some relation of Stent or of the three or four cyclists or London people lying dead on the common, whose emotions or habits were at all affected by the new-comers. Many people had heard of the cylinder, of course, and talked about it in their leisure, but it certainly did not make the sensation that an ultimatum to Germany would have done.

In London that night poor Henderson's telegram describing the gradual unscrewing of the shot was judged to be a canard, and his evening paper, after wiring for authentication from him and receiving no reply—the man was killed—decided not to print a special edition.

Even within the five-mile circle the great majority of people were inert. I have already described the behaviour of the men and women to whom I spoke. All over the district people were dining and supping; working men were gardening after the labours of the day, children were being put to bed, young people were wandering through the lanes love-making, students sat over their books.

Maybe there was a murmur in the village streets, a novel and dominant topic in the public-houses, and here and there a messenger, or even an eye-witness of the later occurrences, caused a whirl of excitement, a shouting, and a running to and fro; but for the most part the daily routine of working, eating, drinking, sleeping, went on as it had done for countless years—as though no planet Mars existed in the sky. Even at Woking station and Horsell and Chobham that was the case.

In Woking junction, until a late hour, trains were stopping and going on, others were shunting on the sidings, passengers were alighting and waiting, and everything was proceeding in the most ordinary way. A boy from the town, trenching on Smith's monopoly, was selling papers with the afternoon's news. The ringing impact of trucks, the sharp whistle of the engines from the junction, mingled with their shouts of "Men from Mars!" Excited men came into the station about nine o'clock with incredible tidings, and caused no more disturbance than drunkards might have done. People rattling Londonwards peered into the darkness outside the carriage windows, and saw only a rare,

VIII — VIERNES POR LA NOCHE

Lo más extraordinario, en mi opinión, de todas las cosas extrañas y maravillosas que ocurrieron aquel viernes, fue el encadenamiento de los hábitos comunes de nuestro orden social con los primeros comienzos de la serie de acontecimientos que iban a derribar ese mismo orden social frontalmente. Si el viernes por la noche se hubiera tomado un compás y se hubiera trazado un círculo con un radio de cinco millas alrededor de los arenales de Woking, dudo que hubiera habido un solo ser humano fuera de él, a menos que fuera algún pariente de Stent o de los tres o cuatro ciclistas o londinenses que yacían muertos en el campo abierto, cuyas emociones o hábitos se vieran afectados por los recién llegados. Mucha gente había oído hablar del cilindro, por supuesto, y hablaba de él en su tiempo libre, pero ciertamente no causó la sensación que habría causado un ultimátum a Alemania.

Aquella noche, en Londres, el telegrama del pobre Henderson en el que se describía el desenroscamiento gradual del disparo fue juzgado como una patraña, y su periódico vespertino, tras solicitar su autentificación y no recibir respuesta —él había sido asesinado—, decidió no imprimir una edición especial.

Incluso dentro del círculo de cinco millas la gran mayoría de la gente no hacía nada especial. Ya he descrito el comportamiento de los hombres y mujeres con los que hablé. En todo el distrito la gente comía y cenaba; los trabajadores se dedicaban a la jardinería después de las labores del día, los niños se acostaban, los jóvenes deambulaban por las callejuelas haciendo el amor, los estudiantes se sentaban a leer sus libros.

Tal vez hubo un murmullo en las calles del barrio, un tema novedoso y dominante en las tabernas, y aquí y allá un mensajero, o incluso un testigo presencial de los sucesos posteriores, provocó un torbellino de excitación, un griterío y una corrida de un lado a otro; pero en su mayor parte la rutina diaria de trabajar, comer, beber, dormir, continuó como lo había hecho durante incontables años, como si no existiera el planeta Marte en el cielo. Incluso en la estación de Woking y en Horsell y Chobham era así.

En el cruce de Woking, hasta una hora tardía, los trenes se detenían y avanzaban, otros hacían maniobras en las vías laterales, los pasajeros se apeaban y esperaban, y todo transcurría de la manera más ordinaria. Un muchacho de la ciudad, aprovechando el monopolio de Smith, vendía periódicos con las noticias de la tarde. El sonoro impacto de los camiones, el agudo silbido de las locomotoras del cruce, se mezclaban con sus gritos de «¡Hombres de Marte!». Unos hombres excitados entraron en la estación hacia las nueve con noticias increíbles, y no causaron más disturbios que los que podrían haber causado los borrachos. La gente que traqueteaba hacia Londres se asomó a

flickering, vanishing spark dance up from the direction of Horsell, a red glow and a thin veil of smoke driving across the stars, and thought that nothing more serious than a heath fire was happening. It was only round the edge of the common that any disturbance was perceptible. There were half a dozen villas burning on the Woking border. There were lights in all the houses on the common side of the three villages, and the people there kept awake till dawn.

A curious crowd lingered restlessly, people coming and going but the crowd remaining, both on the Chobham and Horsell bridges. One or two adventurous souls, it was afterwards found, went into the darkness and crawled quite near the Martians; but they never returned, for now and again a light-ray, like the beam of a warship's searchlight swept the common, and the Heat-Ray was ready to follow. Save for such, that big area of common was silent and desolate, and the charred bodies lay about on it all night under the stars, and all the next day. A noise of hammering from the pit was heard by many people.

So you have the state of things on Friday night. In the centre, sticking into the skin of our old planet Earth like a poisoned dart, was this cylinder. But the poison was scarcely working yet. Around it was a patch of silent common, smouldering in places, and with a few dark, dimly seen objects lying in contorted attitudes here and there. Here and there was a burning bush or tree. Beyond was a fringe of excitement, and farther than that fringe the inflammation had not crept as yet. In the rest of the world the stream of life still flowed as it had flowed for immemorial years. The fever of war that would presently clog vein and artery, deaden nerve and destroy brain, had still to develop.

All night long the Martians were hammering and stirring, sleepless, indefatigable, at work upon the machines they were making ready, and ever and again a puff of greenish-white smoke whirled up to the starlit sky.

About eleven a company of soldiers came through Horsell, and deployed along the edge of the common to form a cordon. Later a second company marched through Chobham to deploy on the north side of the common. Several officers from the Inkerman barracks had been on the common earlier in the day, and one, Major Eden, was reported to be missing. The colonel of the regiment came to the Chobham bridge and was busy questioning the crowd at midnight. The military authorities were certainly alive to the seriousness of the business. About eleven, the next morning's papers were able to say, a

la oscuridad fuera de las ventanas de los vagones, y sólo vio una chispa rara, parpadeante, que se desvanecía, subiendo desde la dirección de Horsell, un resplandor rojo y un fino velo de humo que atravesaba las estrellas, y pensó que no ocurría nada más serio que un incendio en el brezo. Sólo en los alrededores del campo se percibía alguna perturbación. Había media docena de villas ardiendo en el límite de Woking. Había luces en todas las casas del lado del campo abierto rodeando las tres aldeas, y la gente que habitaba allí se mantuvo despierta hasta el amanecer.

Una curiosa multitud permanecía inquieta, la gente iba y venía, pero la multitud permanecía, tanto en el puente de Chobham como en el de Horsell. Uno o dos aventureros, según se supo después, se adentraron en la oscuridad y se arrastraron hasta llegar muy cerca de los marcianos; pero nunca regresaron, pues de vez en cuando un rayo de luz, como el haz de un reflector de un buque de guerra, barría el campo abierto, y el Rayo de Calor estaba listo para seguirlo. Salvo por esto, aquella gran zona del campo abierto estaba silenciosa y desolada, y los cuerpos carbonizados permanecieron en ella toda la noche, bajo las estrellas, y todo el día siguiente. Un ruido de martilleo procedente de la fosa fue escuchado por muchas personas.

Así pues, el estado de las cosas el viernes por la noche. En el centro, clavado en la piel de nuestro viejo planeta Tierra como un dardo envenenado, estaba este cilindro. Pero el veneno apenas hacía su efecto. A su alrededor había un campo abierto silencioso, humeante en algunos lugares, y con algunos objetos oscuros y poco visibles que yacían, con formas contorsionadas, aquí y allá. Aquí y allá había un arbusto o un árbol en llamas. Más allá había una franja de excitación, y más allá de esa franja la inflamación no se había arrastrado todavía. En el resto del mundo la corriente de la vida seguía fluyendo como lo había hecho durante años inmemoriales. La fiebre de la guerra, que pronto obstruiría las venas y las arterias, que mataría los nervios y destruiría el cerebro, aún no se había desarrollado.

Durante toda la noche, los marcianos estuvieron martillando y revolviendo, insomnes, infatigables, trabajando en las máquinas que estaban preparando, y de vez en cuando una bocanada de humo blanco verdoso se elevaba hacia el cielo estrellado.

Hacia las once, una compañía de soldados pasó por Horsell y se desplegó a lo largo del campo abierto para formar un cordón. Más tarde, una segunda compañía atravesó Chobham para desplegarse en el lado norte del campo abierto. Varios oficiales del cuartel de Inkerman habían estado en el campo abierto a primera hora del día, y se informó de que uno de ellos, el Comandante Eden, había desaparecido. El coronel del regimiento llegó al puente de Chobham y se ocupó de interrogar a la multitud a medianoche. Las autoridades militares eran ciertamente conscientes de la gravedad del asunto. Hacia las

squadron of hussars, two Maxims, and about four hundred men of the Cardigan regiment started from Aldershot.

A few seconds after midnight the crowd in the Chertsey road, Woking, saw a star fall from heaven into the pine woods to the northwest. It had a greenish colour, and caused a silent brightness like summer lightning. This was the second cylinder.

once, según los periódicos de la mañana siguiente, un escuadrón de húsares, dos ametralladoras Maxim y unos cuatrocientos hombres del regimiento de Cardigan partieron de Aldershot.

Unos segundos después de la medianoche, la multitud que se encontraba en la carretera de Chertsey, en Woking, vio cómo una estrella caía del cielo en el bosque de pinos del noroeste. Tenía un color verdoso, y provocaba un brillo silencioso como un relámpago de verano. Se trataba del segundo cilindro.

IX – THE FIGHTING BEGINS

Saturday lives in my memory as a day of suspense. It was a day of lassitude too, hot and close, with, I am told, a rapidly fluctuating barometer. I had slept but little, though my wife had succeeded in sleeping, and I rose early. I went into my garden before breakfast and stood listening, but towards the common there was nothing stirring but a lark.

The milkman came as usual. I heard the rattle of his chariot and I went round to the side gate to ask the latest news. He told me that during the night the Martians had been surrounded by troops, and that guns were expected. Then—a familiar, reassuring note—I heard a train running towards Woking.

"They aren't to be killed," said the milkman, "if that can possibly be avoided."

I saw my neighbour gardening, chatted with him for a time, and then strolled in to breakfast. It was a most unexceptional morning. My neighbour was of opinion that the troops would be able to capture or to destroy the Martians during the day.

"It's a pity they make themselves so unapproachable," he said. "It would be curious to know how they live on another planet; we might learn a thing or two."

He came up to the fence and extended a handful of strawberries, for his gardening was as generous as it was enthusiastic. At the same time he told me of the burning of the pine woods about the Byfleet Golf Links.

"They say," said he, "that there's another of those blessed things fallen there—number two. But one's enough, surely. This lot'll cost the insurance people a pretty penny before everything's settled." He laughed with an air of the greatest good humour as he said this. The woods, he said, were still burning, and pointed out a haze of smoke to me. "They will be hot under foot for days, on account of the thick soil of pine needles and turf," he said, and then grew serious over "poor Ogilvy."

After breakfast, instead of working, I decided to walk down towards the common. Under the railway bridge I found a group of soldiers—sappers, I think, men in small round caps, dirty red jackets unbuttoned, and showing their blue shirts, dark trousers, and boots coming to the calf. They told me no one was allowed over the canal, and, looking along the road towards the bridge, I saw one of the Cardigan men standing sentinel there. I talked

IX — LA LUCHA COMIENZA

El sábado vive en mi memoria como un día de suspenso. También fue un día de lasitud, caluroso y pesado, con, según me han dicho, un barómetro que fluctuaba rápidamente. Yo había dormido poco, aunque mi esposa había logrado dormir, y me levanté temprano. Salí a mi jardín antes del desayuno y me quedé escuchando, pero desde el campo abierto no llegaba nada más que el canto de una alondra.

El lechero vino como siempre. Oí el traqueteo de su carro y me acerqué a la puerta lateral para preguntar las últimas noticias. Me dijo que durante la noche los marcianos habían sido rodeados por tropas, y que se esperaban disparos. Entonces —una nota familiar y tranquilizadora— oí un tren que se dirigía a Woking.

«No para matarlos», dijo el lechero, «si se puede evitar».

Vi a mi vecino trabajando en el jardín, charlé con él un rato y luego entré a desayunar. Era una mañana de lo más inusual. Mi vecino opinaba que las tropas podrían capturar o destruir a los marcianos durante el día.

«Es una pena que se hagan tan inaccesibles», dijo. «Sería curioso saber cómo viven en otro planeta; podríamos aprender un par de cosas».

Se acercó a la valla y me tendió un puñado de fresas, pues su jardinería era tan generosa como entusiasta. Al mismo tiempo, me habló del incendio de los pinares en torno al Byfleet Golf Links.

«Dicen», dijo él, «que hay otra de esas benditas cosas caídas allí... la número dos. Pero con una es suficiente, seguramente. Este lote le costará a la gente del seguro un buen dinero antes de que todo se arregle». Se rió con buen humor al decir esto. El bosque, dijo, seguía ardiendo, y me señaló una neblina de humo. «El suelo estará caliente durante días, a causa de la espesa tierra de agujas de pino y césped», dijo, y luego se puso serio por «el pobre Ogilvy».

Después del desayuno, en lugar de trabajar, decidí bajar hacia el campo abierto. Bajo el puente del ferrocarril me encontré con un grupo de soldados —del Cuerpo de Zapadores, creo—, hombres con pequeñas gorras redondas, chaquetas rojas sucias desabrochadas y mostrando sus camisas azules, pantalones oscuros y botas que llegaban a la pantorrilla. Me dijeron que no se permitía a nadie cruzar el canal, y, mirando a lo largo del camino hacia el

with these soldiers for a time; I told them of my sight of the Martians on the previous evening. None of them had seen the Martians, and they had but the vaguest ideas of them, so that they plied me with questions. They said that they did not know who had authorised the movements of the troops; their idea was that a dispute had arisen at the Horse Guards. The ordinary sapper is a great deal better educated than the common soldier, and they discussed the peculiar conditions of the possible fight with some acuteness. I described the Heat-Ray to them, and they began to argue among themselves.

"Crawl up under cover and rush 'em, say I," said one.

"Get aht!" said another. "What's cover against this 'ere 'eat? Sticks to cook yer! What we got to do is to go as near as the ground'll let us, and then drive a trench."

"Blow yer trenches! You always want trenches; you ought to ha' been born a rabbit Snippy."

"Ain't they got any necks, then?" said a third, abruptly—a little, contemplative, dark man, smoking a pipe.

I repeated my description.

"Octopuses," said he, "that's what I calls 'em. Talk about fishers of men—fighters of fish it is this time!"

"It ain't no murder killing beasts like that," said the first speaker.

"Why not shell the darned things strite off and finish 'em?" said the little dark man. "You carn tell what they might do."

"Where's your shells?" said the first speaker. "There ain't no time. Do it in a rush, that's my tip, and do it at once."

So they discussed it. After a while I left them, and went on to the railway station to get as many morning papers as I could.

But I will not weary the reader with a description of that long morning and of the longer afternoon. I did not succeed in getting a glimpse of the common, for even Horsell and Chobham church towers were in the hands of the military authorities. The soldiers I addressed didn't know anything; the officers were mysterious as well as busy. I found people in the town quite secure again in the presence of the military, and I heard for the first time from Marshall, the tobacconist, that his son was among the dead on the common. The sol-

puente, vi a uno de los hombres del Cardigan haciendo guardia allí. Hablé con estos soldados durante un rato; les conté que había visto a los marcianos la noche anterior. Ninguno de ellos había visto a los marcianos, y sólo tenían una vaga idea de ellos, por lo que me acribillaron a preguntas. Dijeron que no sabían quién había autorizado los movimientos de las tropas; su idea era que había surgido una disputa en la Guardia de Caballería. El zapador ordinario es mucho más instruido que el soldado común, y discutieron con cierta agudeza las peculiares condiciones del posible combate. Les describí el Rayo de Calor, y comenzaron a discutir entre ellos.

«Arrástrate a cubierto y acércate a ellos, digo yo», dijo uno.

«¡Bah!», dijo otro. «Qué es lo que te cubre de este calor? ¡Te cocina! Lo que tenemos que hacer es acercarnos tanto como el suelo nos permita, y luego abrir una trinchera».

«¡Olvida tus trincheras! Siempre quieres trincheras; pareces un conejo».

«¿No tienen cuello, entonces?», dijo un tercero, bruscamente; un hombre pequeño, contemplativo y moreno, que fumaba en pipa.

Repetí mi descripción.

«Pulpos», dijo, «así es como los llamo. Hablando de pescadores de hombres, ¡esta vez son luchadores de peces!».

«No es un asesinato matar bestias así», dijo el primer orador.

«¿Por qué no bombardear a las malditas cosas y acabar con ellas?», dijo el moreno. «No se sabe lo que podrían hacer».

«¿Dónde están tus proyectiles?», dijo el primero. «No hay tiempo. Hazlo rápido, ese es mi consejo, y hazlo de una vez».

Así discutían. Después de un rato los dejé, y me dirigí a la estación de tren para conseguir todos los periódicos de la mañana que pudiera.

Pero no cansaré al lector con la descripción de aquella larga mañana y de la más larga tarde. No conseguí echar un vistazo al campo abierto, pues incluso las torres de las iglesias de Horsell y Chobham estaban en manos de las autoridades militares. Los soldados a los que me dirigí no sabían nada; los oficiales estaban tan misteriosos como ocupados. Volví a encontrar a la gente del pueblo bastante segura ante la presencia de los militares, y oí por primera vez a Marshall, el cigarrero, diciendo que su hijo estaba entre los muertos del

diers had made the people on the outskirts of Horsell lock up and leave their houses.

I got back to lunch about two, very tired for, as I have said, the day was extremely hot and dull; and in order to refresh myself I took a cold bath in the afternoon. About half past four I went up to the railway station to get an evening paper, for the morning papers had contained only a very inaccurate description of the killing of Stent, Henderson, Ogilvy, and the others. But there was little I didn't know. The Martians did not show an inch of themselves. They seemed busy in their pit, and there was a sound of hammering and an almost continuous streamer of smoke. Apparently they were busy getting ready for a struggle. "Fresh attempts have been made to signal, but without success," was the stereotyped formula of the papers. A sapper told me it was done by a man in a ditch with a flag on a long pole. The Martians took as much notice of such advances as we should of the lowing of a cow.

I must confess the sight of all this armament, all this preparation, greatly excited me. My imagination became belligerent, and defeated the invaders in a dozen striking ways; something of my schoolboy dreams of battle and heroism came back. It hardly seemed a fair fight to me at that time. They seemed very helpless in that pit of theirs.

About three o'clock there began the thud of a gun at measured intervals from Chertsey or Addlestone. I learned that the smouldering pine wood into which the second cylinder had fallen was being shelled, in the hope of destroying that object before it opened. It was only about five, however, that a field gun reached Chobham for use against the first body of Martians.

About six in the evening, as I sat at tea with my wife in the summerhouse talking vigorously about the battle that was lowering upon us, I heard a muffled detonation from the common, and immediately after a gust of firing. Close on the heels of that came a violent rattling crash, quite close to us, that shook the ground; and, starting out upon the lawn, I saw the tops of the trees about the Oriental College burst into smoky red flame, and the tower of the little church beside it slide down into ruin. The pinnacle of the mosque had vanished, and the roof line of the college itself looked as if a hundred-ton gun had been at work upon it. One of our chimneys cracked as if a shot had hit it, flew, and a piece of it came clattering down the tiles and made a heap of broken red fragments upon the flower bed by my study window.

I and my wife stood amazed. Then I realised that the crest of Maybury Hill

campo abierto. Los soldados habían ordenado que la gente de las afueras de Horsell cerrara y abandonara sus casas.

Volví a almorzar hacia las dos, muy cansado porque, como he dicho, el día era extremadamente caluroso y pesado; y para refrescarme me di un baño frío por la tarde. A eso de las cuatro y media fui a la estación de ferrocarril para conseguir un periódico vespertino, pues los periódicos de la mañana sólo contenían una descripción muy inexacta del asesinato de Stent, Henderson, Ogilvy y los demás. Pero había poco que no supiera. Los marcianos no mostraron ni una pulgada de sí mismos. Parecían ocupados en su foso, y se oía un ruido de martillos y había una corriente de humo casi continua. Al parecer, estaban ocupados preparándose para la lucha. «Se han hecho nuevos intentos de comunicación, pero sin éxito», era la fórmula estereotipada de los periódicos. Un zapador me dijo que se trataba de un hombre en una zanja con una bandera en un palo largo. Los marcianos hacían tanto caso de tales avances como nosotros del mugido de una vaca.

Debo confesar que la visión de todo este armamento, de toda esta preparación, me excitó enormemente. Mi imaginación se volvió beligerante, y derrotó a los invasores de una docena de maneras sorprendentes; algo de mis sueños escolares de batalla y heroísmo regresó. En aquel momento no me pareció una lucha justa. Ellos parecían muy indefensos en ese pozo suyo.

Alrededor de las tres comenzó el ruido de un cañón a intervalos medidos desde Chertsey o Addlestone. Me enteré de que estaban bombardeando el pinar humeante en el que había caído el segundo cilindro, con la esperanza de destruir ese objeto antes de que se abriera. Sin embargo, sólo hacia las cinco llegó a Chobham un cañón de campaña para utilizarlo contra el primer grupo de marcianos.

Hacia las seis de la tarde, mientras estaba sentado tomando el té con mi mujer en el invernadero, hablando enérgicamente de la batalla que se nos venía encima, oí una detonación apagada en el campo abierto, e inmediatamente después una ráfaga de disparos. A continuación se produjo un violento estruendo, muy cerca de nosotros, que hizo temblar el suelo; y, al salir al césped, vi que las copas de los árboles que rodeaban el Oriental College estallaban en llamas rojas y humeantes, y que la torre de la pequeña iglesia que estaba al lado se deslizaba hacia su ruina. El pináculo de la mezquita se había desvanecido, y la línea del tejado del propio colegio parecía como si un cañón de cien toneladas hubiera disparado sobre él. Una de nuestras chimeneas se resquebrajó como si un disparo hubiera impactado en ella, voló, y un trozo bajó estrepitosamente por las tejas convirtiéndose en un montón de fragmentos rojos rotos sobre el parterre junto a la ventana de mi estudio.

Mi mujer y yo nos quedamos asombrados. Entonces me di cuenta de que la

must be within range of the Martians' Heat-Ray now that the college was cleared out of the way.

At that I gripped my wife's arm, and without ceremony ran her out into the road. Then I fetched out the servant, telling her I would go upstairs myself for the box she was clamouring for.

"We can't possibly stay here," I said; and as I spoke the firing reopened for a moment upon the common.

"But where are we to go?" said my wife in terror.

I thought perplexed. Then I remembered her cousins at Leatherhead.

"Leatherhead!" I shouted above the sudden noise.

She looked away from me downhill. The people were coming out of their houses, astonished.

"How are we to get to Leatherhead?" she said.

Down the hill I saw a bevy of hussars ride under the railway bridge; three galloped through the open gates of the Oriental College; two others dismounted, and began running from house to house. The sun, shining through the smoke that drove up from the tops of the trees, seemed blood red, and threw an unfamiliar lurid light upon everything.

"Stop here," said I; "you are safe here"; and I started off at once for the Spotted Dog, for I knew the landlord had a horse and dog cart. I ran, for I perceived that in a moment everyone upon this side of the hill would be moving. I found him in his bar, quite unaware of what was going on behind his house. A man stood with his back to me, talking to him.

"I must have a pound," said the landlord, "and I've no one to drive it."

"I'll give you two," said I, over the stranger's shoulder.

"What for?"

"And I'll bring it back by midnight," I said.

"Lord!" said the landlord; "what's the hurry? I'm selling my bit of a pig. Two pounds, and you bring it back? What's going on now?"

I explained hastily that I had to leave my home, and so secured the dog cart.

cresta de la colina de Maybury debía estar al alcance de los Rayos de Calor de los marcianos, ahora que el colegio estaba despejado.

En ese momento agarré a mi mujer del brazo y, sin ceremonias, la saqué a la calle. Luego llamé a la criada, diciéndole que yo mismo subiría por la caja que ella pedía a gritos.

«No podemos quedarnos aquí», dije, y mientras hablaba se reabrió el fuego por un momento en el campo abierto.

«Pero, ¿a dónde vamos a ir?», dijo mi mujer aterrorizada.

Me quedé perplejo. Entonces recordé a sus primos de Leatherhead.

«¡Leatherhead!», grité por encima del repentino ruido.

Ella apartó la vista de mí y miró cuesta abajo. La gente salía de sus casas, asombrada.

«¿Cómo vamos a llegar a Leatherhead?», dijo.

Bajando la colina, vi a un grupo de húsares pasar por debajo del puente del ferrocarril; tres galoparon a través de las puertas abiertas del Oriental College; otros dos desmontaron y empezaron a correr de casa en casa. El sol, que brillaba a través del humo que salía de las copas de los árboles, parecía rojo sangre, y arrojaba una extraña luz escabrosa sobre todo.

«Quédate aquí», le dije, «estás a salvo aquí», y partí de inmediato hacia el «Perro manchado», pues sabía que el propietario tenía un coche y un caballo. Corrí, pues en un momento todo el mundo de este lado de la colina se pondría en movimiento. Lo encontré en su bar, sin darse cuenta de lo que ocurría detrás de su casa. Un hombre estaba de espaldas a mí, hablándole.

«Quiero una libra», dijo el propietario, «y no tengo a nadie que lo lleve».

«Te daré dos», dije, por encima del hombro del desconocido.

«¿Para qué?».

«Y lo traeré de vuelta a medianoche», dije.

«¡Dios!», dijo el propietario, «¿a qué viene tanta prisa? Estoy vendiendo un cerdo. Dos libras, ¿y lo traes de vuelta? ¿Qué es eso?».

Me apresuré a explicar que tenía que dejar mi casa y logré alquilar el vehí-

At the time it did not seem to me nearly so urgent that the landlord should leave his. I took care to have the cart there and then, drove it off down the road, and, leaving it in charge of my wife and servant, rushed into my house and packed a few valuables, such plate as we had, and so forth. The beech trees below the house were burning while I did this, and the palings up the road glowed red. While I was occupied in this way, one of the dismounted hussars came running up. He was going from house to house, warning people to leave. He was going on as I came out of my front door, lugging my treasures, done up in a tablecloth. I shouted after him:

"What news?"

He turned, stared, bawled something about "crawling out in a thing like a dish cover," and ran on to the gate of the house at the crest. A sudden whirl of black smoke driving across the road hid him for a moment. I ran to my neighbour's door and rapped to satisfy myself of what I already knew, that his wife had gone to London with him and had locked up their house. I went in again, according to my promise, to get my servant's box, lugged it out, clapped it beside her on the tail of the dog cart, and then caught the reins and jumped up into the driver's seat beside my wife. In another moment we were clear of the smoke and noise, and spanking down the opposite slope of Maybury Hill towards Old Woking.

In front was a quiet sunny landscape, a wheat field ahead on either side of the road, and the Maybury Inn with its swinging sign. I saw the doctor's cart ahead of me. At the bottom of the hill I turned my head to look at the hillside I was leaving. Thick streamers of black smoke shot with threads of red fire were driving up into the still air, and throwing dark shadows upon the green treetops eastward. The smoke already extended far away to the east and west—to the Byfleet pine woods eastward, and to Woking on the west. The road was dotted with people running towards us. And very faint now, but very distinct through the hot, quiet air, one heard the whirr of a machine-gun that was presently stilled, and an intermittent cracking of rifles. Apparently the Martians were setting fire to everything within range of their Heat-Ray.

I am not an expert driver, and I had immediately to turn my attention to the horse. When I looked back again the second hill had hidden the black smoke. I slashed the horse with the whip, and gave him a loose rein until Woking and Send lay between us and that quivering tumult. I overtook and passed the doctor between Woking and Send.

culo. En aquel momento no me pareció tan urgente que el propietario dejara la suya. Me aseguré de obtener el carro inmediatamente, lo conduje por el camino y, dejándolo a cargo de mi mujer y la criada, me apresuré a entrar en mi casa y empaqué unos cuantos objetos de valor, la platería que teníamos, etc. Las hayas que había debajo de la casa ardían mientras yo hacía esto, y los palos de la carretera brillaban al rojo vivo. Mientras estaba ocupado en esto, uno de los húsares llegó corriendo. Iba de casa en casa, advirtiendo a la gente que se fuera. Él seguía avanzando mientras yo salía por la puerta de mi casa, cargando mis tesoros envueltos en un mantel. Grité tras él:

«¿Qué novedades hay?».

Se volvió, miró fijamente, berreó algo sobre «salen arrastrándose de una cosa como una tapa de plato», y corrió hacia la puerta de la casa en la cresta. Un repentino remolino de humo negro que atravesaba la carretera le ocultó por un momento. Corrí a la puerta de mi vecino y golpeé para convencerme de lo que ya sabía, que su esposa se había ido a Londres con él y había cerrado su casa. Volví a entrar, de acuerdo con mi promesa, para coger la caja de mi criada, la saqué, la coloqué junto a ella en la cola del carro, y luego cogí las riendas y salté al asiento del conductor junto a mi mujer. En un momento más, nos alejamos del humo y del ruido, y bajamos por la ladera opuesta de Maybury Hill hacia Old Woking.

Delante había un paisaje tranquilo y soleado, un campo de trigo a ambos lados de la carretera y la posada «Maybury» con su cartel oscilante. Vi el carro del médico delante de mí. Al pie de la colina giré la cabeza para mirar la ladera que dejaba. Gruesos hilos de humo negro con hilos de fuego rojo se elevaban en el aire quieto y arrojaban sombras oscuras sobre las verdes copas de los árboles hacia el este. El humo se extendía ya muy lejos, hacia el este y el oeste, hasta los pinares de Byfleet, al este, y hasta Woking, al oeste. La carretera estaba salpicada de gente que corría hacia nosotros. Y muy débilmente ahora, pero muy claro a través del aire caliente y silencioso, se oía el zumbido de una ametralladora que se apagaba enseguida, y un chasquido intermitente de rifles. Al parecer, los marcianos estaban prendiendo fuego a todo lo que estaba al alcance de sus Rayos de Calor.

No soy un conductor experto, y tuve que dedicar inmediatamente mi atención al caballo. Cuando volví a mirar hacia atrás, la segunda colina había ocultado el humo negro. Golpeé al caballo con la fusta y le di rienda suelta hasta que Woking y Send se interpusieron entre nosotros y aquel tumulto tembloroso. Alcancé y adelanté al doctor entre Woking y Send.

X — IN THE STORM

Leatherhead is about twelve miles from Maybury Hill. The scent of hay was in the air through the lush meadows beyond Pyrford, and the hedges on either side were sweet and gay with multitudes of dog-roses. The heavy firing that had broken out while we were driving down Maybury Hill ceased as abruptly as it began, leaving the evening very peaceful and still. We got to Leatherhead without misadventure about nine o'clock, and the horse had an hour's rest while I took supper with my cousins and commended my wife to their care.

My wife was curiously silent throughout the drive, and seemed oppressed with forebodings of evil. I talked to her reassuringly, pointing out that the Martians were tied to the pit by sheer heaviness, and at the utmost could but crawl a little out of it; but she answered only in monosyllables. Had it not been for my promise to the innkeeper, she would, I think, have urged me to stay in Leatherhead that night. Would that I had! Her face, I remember, was very white as we parted.

For my own part, I had been feverishly excited all day. Something very like the war fever that occasionally runs through a civilised community had got into my blood, and in my heart I was not so very sorry that I had to return to Maybury that night. I was even afraid that that last fusillade I had heard might mean the extermination of our invaders from Mars. I can best express my state of mind by saying that I wanted to be in at the death.

It was nearly eleven when I started to return. The night was unexpectedly dark; to me, walking out of the lighted passage of my cousins' house, it seemed indeed black, and it was as hot and close as the day. Overhead the clouds were driving fast, albeit not a breath stirred the shrubs about us. My cousins' man lit both lamps. Happily, I knew the road intimately. My wife stood in the light of the doorway, and watched me until I jumped up into the dog cart. Then abruptly she turned and went in, leaving my cousins side by side wishing me good hap.

I was a little depressed at first with the contagion of my wife's fears, but very soon my thoughts reverted to the Martians. At that time I was absolutely in the dark as to the course of the evening's fighting. I did not know even the circumstances that had precipitated the conflict. As I came through Ockham (for that was the way I returned, and not through Send and Old Woking) I saw along the western horizon a blood-red glow, which as I drew nearer, crept slowly up the sky. The driving clouds of the gathering thunderstorm mingled there with masses of black and red smoke.

X – EN LA TORMENTA

Leatherhead está a unas doce millas de Maybury Hill. El aroma del heno flotaba en el aire a través de los exuberantes prados más allá de Pyrford, y los setos a ambos lados eran agradables y alegres con multitud de rosas silvestres. El intenso tiroteo que había estallado mientras bajábamos por Maybury Hill cesó tan bruscamente como había empezado, dejando la noche muy tranquila y silenciosa. Llegamos a Leatherhead sin contratiempos a eso de las nueve, y el caballo tuvo una hora de descanso mientras yo cenaba con mis primos y encomendaba a mi esposa a sus cuidados.

Mi esposa guardó un curioso silencio durante todo el trayecto, y parecía oprimida por los malos presentimientos. Le hablé para tranquilizarla, indicándole que los marcianos estaban atados al pozo por la pura pesadez, y que a lo sumo podrían salir de él arrastrándose un poco; pero sólo me respondió con monosílabos. Si no hubiera sido por mi promesa al posadero, creo que me habría instado a quedarme en Leatherhead aquella noche. ¡Ojalá lo hubiera hecho! Recuerdo que su rostro estaba muy blanco cuando nos separamos.

Por mi parte, había estado febrilmente excitado todo el día. Se me había metido en la sangre algo muy parecido a la fiebre de guerra que de vez en cuando recorre una comunidad civilizada, y en mi corazón no lamentaba tanto tener que volver a Maybury aquella noche. Incluso temía que aquella última descarga que había escuchado pudiera significar el exterminio de nuestros invasores de Marte. Puedo expresar mejor mi estado de ánimo diciendo que quería estar en el momento de la muerte.

Eran casi las once cuando emprendí el regreso. La noche estaba inesperadamente oscura; a mí, saliendo del pasillo iluminado de la casa de mis primos, me pareció realmente negra, y era tan calurosa y pesada como el día. Por encima, las nubes se movían con rapidez, aunque ni un soplo agitaba los arbustos que nos rodeaban. El criado de mis primos encendió ambas lámparas. Felizmente, yo conocía el camino a la perfección. Mi mujer se quedó bajo la luz de la puerta y me observó hasta que subí al carro. Entonces, bruscamente, se dio la vuelta y entró, dejando a mis primos uno al lado del otro deseándome buena suerte.

Al principio estaba un poco deprimido ya que mi esposa me había contagiado sus temores, pero muy pronto mis pensamientos volvieron a los marcianos. En ese momento carecía por completo de información sobre el desarrollo del combate de la noche. Ni siquiera conocía las circunstancias que habían precipitado el conflicto. Al pasar por Ockham (ya que ése era mi camino de regreso, y no a través de Send y Old Woking) vi a lo largo del horizonte, al oeste, un resplandor de color rojo sangre que, a medida que me acercaba, subía lentamente por el cielo. Las nubes de la tormenta que se avecinaba se

Ripley Street was deserted, and except for a lighted window or so the village showed not a sign of life; but I narrowly escaped an accident at the corner of the road to Pyrford, where a knot of people stood with their backs to me. They said nothing to me as I passed. I do not know what they knew of the things happening beyond the hill, nor do I know if the silent houses I passed on my way were sleeping securely, or deserted and empty, or harassed and watching against the terror of the night.

From Ripley until I came through Pyrford I was in the valley of the Wey, and the red glare was hidden from me. As I ascended the little hill beyond Pyrford Church the glare came into view again, and the trees about me shivered with the first intimation of the storm that was upon me. Then I heard midnight pealing out from Pyrford Church behind me, and then came the silhouette of Maybury Hill, with its tree-tops and roofs black and sharp against the red.

Even as I beheld this a lurid green glare lit the road about me and showed the distant woods towards Addlestone. I felt a tug at the reins. I saw that the driving clouds had been pierced as it were by a thread of green fire, suddenly lighting their confusion and falling into the field to my left. It was the third falling star!

Close on its apparition, and blindingly violet by contrast, danced out the first lightning of the gathering storm, and the thunder burst like a rocket overhead. The horse took the bit between his teeth and bolted.

A moderate incline runs towards the foot of Maybury Hill, and down this we clattered. Once the lightning had begun, it went on in as rapid a succession of flashes as I have ever seen. The thunderclaps, treading one on the heels of another and with a strange crackling accompaniment, sounded more like the working of a gigantic electric machine than the usual detonating reverberations. The flickering light was blinding and confusing, and a thin hail smote gustily at my face as I drove down the slope.

At first I regarded little but the road before me, and then abruptly my attention was arrested by something that was moving rapidly down the opposite slope of Maybury Hill. At first I took it for the wet roof of a house, but one flash following another showed it to be in swift rolling movement. It was an elusive vision—a moment of bewildering darkness, and then, in a flash like daylight, the red masses of the Orphanage near the crest of the hill, the green tops of the pine trees, and this problematical object came out clear and sharp and bright.

mezclaban con masas de humo negro y rojo.

Ripley Street estaba desierto y, salvo alguna ventana iluminada, el pueblo no daba señales de vida; pero me libré por poco de un accidente en la esquina de la carretera a Pyrford, donde un grupo de personas estaba de espaldas a mí. No me dijeron nada al pasar. No sé qué sabían de lo que ocurría más allá de la colina, ni sé si las silenciosas casas que pasé en mi camino dormían seguras, o estaban desiertas y vacías, o atormentadas y vigilantes contra el terror de la noche.

Desde Ripley hasta que pasé por Pyrford estuve en el valle del Wey, y el resplandor rojo quedó oculto para mí. Cuando subí la pequeña colina más allá de la iglesia de Pyrford, el resplandor volvió a aparecer, y los árboles que me rodeaban temblaron con el primer indicio de la tormenta que se cernía sobre mí. Entonces oí el repiqueteo de medianoche de la iglesia de Pyrford, detrás de mí, y luego apareció la silueta de Maybury Hill, con sus copas de árboles y tejados negros y nítidos contra el rojo.

Mientras contemplaba esto, un escabroso resplandor verde iluminaba el camino a mi alrededor y mostraba los lejanos bosques hacia Addlestone. Sentí un tirón de las riendas. Vi que las nubes que se desplazaban habían sido atravesadas como por un hilo de fuego verde, que iluminaba súbitamente su confusión y caía en el campo a mi izquierda. ¡Era la tercera estrella fugaz!

Cerca de su aparición, y cegadoramente violeta en el contraste, danzaron los primeros relámpagos de la tormenta que se avecinaba, y el trueno estalló como un cohete en lo alto. El caballo tomó el freno entre los dientes y salió disparado.

Una pendiente moderada corre hacia el pie de la colina de Maybury, y por ella bajamos con estrépito. Una vez que comenzaron los relámpagos, se sucedieron con la mayor rapidez que jamás he visto. Los truenos, que se sucedían unos a otros y tenían un extraño acompañamiento crepitante, parecían más el funcionamiento de una gigantesca máquina eléctrica que las habituales reverberaciones detonantes. La luz parpadeante era cegadora y confusa, y un fino granizo me golpeaba con fuerza la cara mientras bajaba la pendiente.

Al principio no veía más que la carretera que tenía ante mí, y de repente mi atención se vio interrumpida por algo que se movía rápidamente por la ladera opuesta de Maybury Hill. Al principio lo tomé por el tejado mojado de una casa, pero un destello tras otro demostró que se trataba de un rápido movimiento rodante. Fue una visión evasiva: un momento de desconcertante oscuridad, y luego, en un destello como la luz del día, las masas rojas del Orfanato cerca de la cima de la colina, las verdes copas de los pinos y este problemático objeto se mostraron claros, nítidos y brillantes.

And this Thing I saw! How can I describe it? A monstrous tripod, higher than many houses, striding over the young pine trees, and smashing them aside in its career; a walking engine of glittering metal, striding now across the heather; articulate ropes of steel dangling from it, and the clattering tumult of its passage mingling with the riot of the thunder. A flash, and it came out vividly, heeling over one way with two feet in the air, to vanish and reappear almost instantly as it seemed, with the next flash, a hundred yards nearer. Can you imagine a milking stool tilted and bowled violently along the ground? That was the impression those instant flashes gave. But instead of a milking stool imagine it a great body of machinery on a tripod stand.

Then suddenly the trees in the pine wood ahead of me were parted, as brittle reeds are parted by a man thrusting through them; they were snapped off and driven headlong, and a second huge tripod appeared, rushing, as it seemed, headlong towards me. And I was galloping hard to meet it! At the sight of the second monster my nerve went altogether. Not stopping to look again, I wrenched the horse's head hard round to the right and in another moment the dog cart had heeled over upon the horse; the shafts smashed noisily, and I was flung sideways and fell heavily into a shallow pool of water.

I crawled out almost immediately, and crouched, my feet still in the water, under a clump of furze. The horse lay motionless (his neck was broken, poor brute!) and by the lightning flashes I saw the black bulk of the overturned dog cart and the silhouette of the wheel still spinning slowly. In another moment the colossal mechanism went striding by me, and passed uphill towards Pyrford.

Seen nearer, the Thing was incredibly strange, for it was no mere insensate machine driving on its way. Machine it was, with a ringing metallic pace, and long, flexible, glittering tentacles (one of which gripped a young pine tree) swinging and rattling about its strange body. It picked its road as it went striding along, and the brazen hood that surmounted it moved to and fro with the inevitable suggestion of a head looking about. Behind the main body was a huge mass of white metal like a gigantic fisherman's basket, and puffs of green smoke squirted out from the joints of the limbs as the monster swept by me. And in an instant it was gone.

So much I saw then, all vaguely for the flickering of the lightning, in blinding highlights and dense black shadows.

As it passed it set up an exultant deafening howl that drowned the thun-

¡Y esta Cosa que vi! ¿Cómo puedo describirla? Un trípode monstruoso, más alto que muchas casas, que pasaba por encima de los pinos jóvenes y los destrozaba en su carrera; una máquina andante de metal reluciente que atravesaba el brezo; cuerdas articuladas de acero que colgaban de él, y el estruendo de su paso se mezclaba con el alboroto del trueno. Un relámpago, y apareció vívidamente, escorándose hacia un lado con dos pies en el aire, para desaparecer y reaparecer casi instantáneamente, con el siguiente relámpago, cien yardas más cerca. ¿Se imaginan un taburete de ordeñar inclinado y lanzado violentamente por el suelo? Esa era la impresión que daban esos destellos instantáneos. Pero en lugar de un taburete de ordeñar, imagínense un gran cuerpo de maquinaria sobre un trípode.

Entonces, de repente, los árboles del pinar que tenía delante se separaron, como se separan los juncos quebradizos cuando un hombre los atraviesa; se partieron y se lanzaron de cabeza, y apareció un segundo trípode enorme que se precipitaba, según parecía, de cabeza hacia mí. ¡Y yo galopaba rápidamente para alcanzarlo! Al ver el segundo monstruo perdí completamente el valor. Sin detenerme a mirar de nuevo, giré bruscamente la cabeza del caballo hacia la derecha y en un momento el carro volcó sobre el caballo; las varas chocaron ruidosamente, y yo salí despedido hacia un lado y caí pesadamente en un charco de agua poco profundo.

Me arrastré saliendo del carro casi inmediatamente y me agaché, con los pies todavía en el agua, debajo de un macizo de tojo. El caballo yacía inmóvil (tenía el cuello roto la pobre bestia) y gracias a los destellos de los relámpagos vi el bulto negro del carro volcado y la silueta de la rueda que seguía girando lentamente. A continuación, el colosal mecanismo pasó a mi lado a grandes zancadas, y siguió cuesta arriba hacia Pyrford.

Vista de cerca, la Cosa era increíblemente extraña, pues no era una simple máquina insensible que seguía su camino automáticamente. Sí que era una máquina, con un ritmo metálico resonante, y tenía largos tentáculos flexibles y brillantes (uno de los cuales agarraba un joven pino) que se balanceaban y traqueteaban alrededor de su extraño cuerpo. Elegía su camino mientras avanzaba a grandes zancadas, y la capucha de bronce que lo coronaba se movía de un lado a otro con la inevitable sugerencia de una cabeza que miraba a su alrededor. Detrás del cuerpo principal había una enorme masa de metal blanco, como una gigantesca cesta de pescador, y bocanadas de humo verde salían de las articulaciones de las extremidades cuando el monstruo pasó a mi lado. En un instante desapareció.

Eso es lo que vi entonces, todo vagamente debido al parpadeo de los relámpagos, en luces cegadoras y densas sombras negras.

Al pasar, lanzó un exultante y ensordecedor aullido que ahogó los truenos:

der—"Aloo! Aloo!"—and in another minute it was with its companion, half a mile away, stooping over something in the field. I have no doubt this Thing in the field was the third of the ten cylinders they had fired at us from Mars.

For some minutes I lay there in the rain and darkness watching, by the intermittent light, these monstrous beings of metal moving about in the distance over the hedge tops. A thin hail was now beginning, and as it came and went their figures grew misty and then flashed into clearness again. Now and then came a gap in the lightning, and the night swallowed them up.

I was soaked with hail above and puddle water below. It was some time before my blank astonishment would let me struggle up the bank to a drier position, or think at all of my imminent peril.

Not far from me was a little one-roomed squatter's hut of wood, surrounded by a patch of potato garden. I struggled to my feet at last, and, crouching and making use of every chance of cover, I made a run for this. I hammered at the door, but I could not make the people hear (if there were any people inside), and after a time I desisted, and, availing myself of a ditch for the greater part of the way, succeeded in crawling, unobserved by these monstrous machines, into the pine woods towards Maybury.

Under cover of this I pushed on, wet and shivering now, towards my own house. I walked among the trees trying to find the footpath. It was very dark indeed in the wood, for the lightning was now becoming infrequent, and the hail, which was pouring down in a torrent, fell in columns through the gaps in the heavy foliage.

If I had fully realised the meaning of all the things I had seen I should have immediately worked my way round through Byfleet to Street Cobham, and so gone back to rejoin my wife at Leatherhead. But that night the strangeness of things about me, and my physical wretchedness, prevented me, for I was bruised, weary, wet to the skin, deafened and blinded by the storm.

I had a vague idea of going on to my own house, and that was as much motive as I had. I staggered through the trees, fell into a ditch and bruised my knees against a plank, and finally splashed out into the lane that ran down from the College Arms. I say splashed, for the storm water was sweeping the sand down the hill in a muddy torrent. There in the darkness a man blundered into me and sent me reeling back.

«¡Alú! ¡Alú!», y al minuto siguiente estaba con su compañero, a media milla de distancia, inclinándose sobre algo en el campo. No tengo duda de que esta Cosa en el campo era el tercero de los diez cilindros que nos habían disparado desde Marte.

Durante algunos minutos me quedé allí, bajo la lluvia y en la oscuridad, observando, con la luz intermitente, a estos monstruosos seres de metal que se movían a lo lejos por encima de los setos. Comenzaba a caer un fino granizo, y a medida que éste iba y venía sus figuras se empañaban y luego volvían a brillar con claridad. De vez en cuando se producía un intervalo entre los relámpagos, y la noche se los tragaba.

Estaba empapado de granizo por encima y de agua del charco por debajo. Pasó algún tiempo antes de que mi inexpresivo asombro me permitiera forcejear hacia la orilla hasta un lugar más seco, o que pudiera pensar en mi inminente peligro.

No muy lejos de mí había una pequeña cabaña de madera de una sola habitación, rodeada de un huerto de patatas. Me puse en pie con dificultad y, agachado y aprovechando cualquier posibilidad de cobertura, corrí hacia ella. Golpeé la puerta, pero no pude hacer que la gente me oyera (si es que había gente dentro), y después de un tiempo desistí, y, aprovechando una zanja para hacer la mayor parte del camino, logré arrastrarme sin ser observado por estas monstruosas máquinas hacia el bosque de pinos en dirección a Maybury.

Al amparo de esto seguí adelante, mojado y temblando ahora, hacia mi propia casa. Caminé entre los árboles tratando de encontrar el sendero. El bosque estaba muy oscuro, pues los relámpagos eran cada vez menos frecuentes y el granizo, que caía a raudales, se precipitaba en columnas a través de los huecos del espeso follaje.

Si me hubiera dado cuenta del significado de todo lo que había visto, habría vuelto inmediatamente por Byfleet hasta Street Cobham para volver a reunirme con mi esposa en Leatherhead. Pero aquella noche la extrañeza de las cosas que me rodeaban y mi desdicha física me lo impidieron, pues estaba magullado, cansado, mojado hasta los huesos, ensordecido y cegado por la tormenta.

Tenía una vaga idea de seguir hasta mi propia casa, y ése era todo el motivo que tenía. Me tambaleé entre los árboles, caí en una zanja y me lastimé las rodillas contra un tablón, y finalmente salpiqué el sendero que bajaba desde el College Arms. Digo salpicar, porque el agua de la tormenta arrastraba la arena colina abajo en un torrente de barro. Allí, en la oscuridad, un hombre tropezó conmigo y me hizo retroceder.

He gave a cry of terror, sprang sideways, and rushed on before I could gather my wits sufficiently to speak to him. So heavy was the stress of the storm just at this place that I had the hardest task to win my way up the hill. I went close up to the fence on the left and worked my way along its palings.

Near the top I stumbled upon something soft, and, by a flash of lightning, saw between my feet a heap of black broadcloth and a pair of boots. Before I could distinguish clearly how the man lay, the flicker of light had passed. I stood over him waiting for the next flash. When it came, I saw that he was a sturdy man, cheaply but not shabbily dressed; his head was bent under his body, and he lay crumpled up close to the fence, as though he had been flung violently against it.

Overcoming the repugnance natural to one who had never before touched a dead body, I stooped and turned him over to feel for his heart. He was quite dead. Apparently his neck had been broken. The lightning flashed for a third time, and his face leaped upon me. I sprang to my feet. It was the landlord of the Spotted Dog, whose conveyance I had taken.

I stepped over him gingerly and pushed on up the hill. I made my way by the police station and the College Arms towards my own house. Nothing was burning on the hillside, though from the common there still came a red glare and a rolling tumult of ruddy smoke beating up against the drenching hail. So far as I could see by the flashes, the houses about me were mostly uninjured. By the College Arms a dark heap lay in the road.

Down the road towards Maybury Bridge there were voices and the sound of feet, but I had not the courage to shout or to go to them. I let myself in with my latchkey, closed, locked and bolted the door, staggered to the foot of the staircase, and sat down. My imagination was full of those striding metallic monsters, and of the dead body smashed against the fence.

I crouched at the foot of the staircase with my back to the wall, shivering violently.

Lanzó un grito de terror, se echó a un lado y huyó antes de que yo pudiera reunir el suficiente ánimo como para hablarle. Tan fuerte era la tensión de la tormenta en este lugar que tuve una ardua tarea para hacer mi camino hacia la colina. Me acerqué a la valla de la izquierda y me abrí paso ayudado por sus postes.

Cerca de la cima tropecé con algo blando y, gracias a un relámpago, vi entre mis pies un montón de telas negras y un par de botas. Antes de que pudiera distinguir claramente cómo yacía el hombre, el destello de luz había pasado. Me quedé junto a él esperando el siguiente destello. Cuando llegó, vi que era un hombre robusto, vestido de forma barata pero no desaliñada; tenía la cabeza doblada bajo el cuerpo y yacía arrugado cerca de la valla como si hubiera sido arrojado violentamente contra ella.

Superando la repugnancia natural de quien nunca había tocado un cadáver, me agaché y le di la vuelta para palpar su corazón. Estaba completamente muerto. Al parecer, se había roto el cuello. El relámpago brilló por tercera vez y su rostro apareció repentinamente. Me puse en pie de un salto. Era el propietario del «Perro manchado», cuyo vehículo yo había tomado.

Pasé por encima de él con cautela y seguí subiendo la colina. Pasé por la comisaría de policía y el College Arms en dirección a mi propia casa. No había nada ardiendo en la ladera, aunque desde el campo abierto seguía llegando un resplandor rojo y un tumulto de humo rojizo que golpeaba contra el granizo. Por lo que pude ver por los destellos, las casas que me rodeaban estaban en su mayoría intactas. Junto al College Arms, un oscuro montón yacía en el camino.

En el camino hacia el puente de Maybury se oían voces y el sonido de unos pies, pero no tuve el valor de gritar ni de ir hacia ellos. Entré con mi llave, cerré la puerta con llave y eché el cerrojo, me tambaleé al pie de la escalera y me senté. Mi imaginación estaba llena de aquellos monstruos metálicos que daban zancadas, y del cadáver aplastado contra la valla.

Me agaché al pie de la escalera con la espalda pegada a la pared, temblando violentamente.

XI – AT THE WINDOW

I have already said that my storms of emotion have a trick of exhausting themselves. After a time I discovered that I was cold and wet, and with little pools of water about me on the stair carpet. I got up almost mechanically, went into the dining room and drank some whisky, and then I was moved to change my clothes.

After I had done that I went upstairs to my study, but why I did so I do not know. The window of my study looks over the trees and the railway towards Horsell Common. In the hurry of our departure this window had been left open. The passage was dark, and, by contrast with the picture the window frame enclosed, the side of the room seemed impenetrably dark. I stopped short in the doorway.

The thunderstorm had passed. The towers of the Oriental College and the pine trees about it had gone, and very far away, lit by a vivid red glare, the common about the sand-pits was visible. Across the light huge black shapes, grotesque and strange, moved busily to and fro.

It seemed indeed as if the whole country in that direction was on fire—a broad hillside set with minute tongues of flame, swaying and writhing with the gusts of the dying storm, and throwing a red reflection upon the cloud scud above. Every now and then a haze of smoke from some nearer conflagration drove across the window and hid the Martian shapes. I could not see what they were doing, nor the clear form of them, nor recognise the black objects they were busied upon. Neither could I see the nearer fire, though the reflections of it danced on the wall and ceiling of the study. A sharp, resinous tang of burning was in the air.

I closed the door noiselessly and crept towards the window. As I did so, the view opened out until, on the one hand, it reached to the houses about Woking station, and on the other to the charred and blackened pine woods of Byfleet. There was a light down below the hill, on the railway, near the arch, and several of the houses along the Maybury road and the streets near the station were glowing ruins. The light upon the railway puzzled me at first; there were a black heap and a vivid glare, and to the right of that a row of yellow oblongs. Then I perceived this was a wrecked train, the fore part smashed and on fire, the hinder carriages still upon the rails.

Between these three main centres of light—the houses, the train, and the burning county towards Chobham—stretched irregular patches of dark coun-

XI — EN LA VENTANA

Ya he dicho que mis explosiones de emoción tienen el hábito de agotarse. Al cabo de un rato descubrí que tenía frío y estaba mojado; había pequeños charcos de agua a mi alrededor en la alfombra de la escalera. Me levanté casi mecánicamente, fui al comedor y bebí un poco de whisky y luego me dispuse a cambiarme de ropa.

Después de hacerlo, subí a mi estudio, pero no sé por qué lo hice. La ventana de mi estudio da a los árboles y al ferrocarril en dirección a Horsell Common. Con la prisa de nuestra partida, esta ventana había quedado abierta. El pasillo estaba oscuro y, contrastando con el cuadro encerrado por el marco de la ventana, el lado de la habitación parecía impenetrablemente oscuro. Me detuve en el umbral de la puerta.

La tormenta eléctrica había pasado. Las torres del Oriental College y los pinos que lo rodeaban habían desaparecido, y a lo lejos, iluminado por un vívido resplandor rojo, se veía el campo abierto alrededor de los arenales. A través de la luz, enormes formas negras, grotescas y extrañas, se movían afanosamente de un lado a otro.

Parecía, en efecto, que toda la región en aquella dirección estaba en llamas: una amplia ladera con diminutas lenguas de fuego, que se balanceaban y retorcían con las ráfagas de la tormenta que agonizaba y que arrojaban un reflejo rojo sobre el manto de nubes que había encima. De vez en cuando, una neblina de humo procedente de alguna conflagración más cercana atravesaba la ventana y ocultaba las formas marcianas. No podía ver lo que estaban haciendo, ni su forma claramente, ni reconocer los objetos negros de los que se ocupaban. Tampoco pude ver el fuego más cercano, aunque sus reflejos danzaban en la pared y el techo del estudio. En el aire se percibía un fuerte y resinoso olor a quemado.

Cerré la puerta sin hacer ruido y me arrastré hacia la ventana. Al hacerlo, la vista se abrió hasta alcanzar, por un lado, las casas de la estación de Woking y, por otro, los pinares carbonizados y ennegrecidos de Byfleet. Había una luz bajo la colina, sobre el ferrocarril, cerca del arco, y varias de las casas a lo largo de la carretera de Maybury y de las calles cercanas a la estación estaban en ruinas. La luz sobre la vía férrea me desconcertó al principio; se veía un montón negro y un vivo resplandor, y a la derecha de éste una hilera de formas oblongas amarillas. Luego me di cuenta de que se trataba de un tren destrozado, con la parte delantera hecha añicos y en llamas, los vagones traseros todavía estaban sobre los rieles.

Entre estos tres centros principales de luz —las casas, el tren y el campo en llamas hacia Chobham— se extendían manchas irregulares de tierra oscu-

try, broken here and there by intervals of dimly glowing and smoking ground. It was the strangest spectacle, that black expanse set with fire. It reminded me, more than anything else, of the Potteries at night. At first I could distinguish no people at all, though I peered intently for them. Later I saw against the light of Woking station a number of black figures hurrying one after the other across the line.

And this was the little world in which I had been living securely for years, this fiery chaos! What had happened in the last seven hours I still did not know; nor did I know, though I was beginning to guess, the relation between these mechanical colossi and the sluggish lumps I had seen disgorged from the cylinder. With a queer feeling of impersonal interest I turned my desk chair to the window, sat down, and stared at the blackened country, and particularly at the three gigantic black things that were going to and fro in the glare about the sand-pits.

They seemed amazingly busy. I began to ask myself what they could be. Were they intelligent mechanisms? Such a thing I felt was impossible. Or did a Martian sit within each, ruling, directing, using, much as a man's brain sits and rules in his body? I began to compare the things to human machines, to ask myself for the first time in my life how an ironclad or a steam engine would seem to an intelligent lower animal.

The storm had left the sky clear, and over the smoke of the burning land the little fading pinpoint of Mars was dropping into the west, when a soldier came into my garden. I heard a slight scraping at the fence, and rousing myself from the lethargy that had fallen upon me, I looked down and saw him dimly, clambering over the palings. At the sight of another human being my torpor passed, and I leaned out of the window eagerly.

"Hist!" said I, in a whisper.

He stopped astride of the fence in doubt. Then he came over and across the lawn to the corner of the house. He bent down and stepped softly.

"Who's there?" he said, also whispering, standing under the window and peering up.

"Where are you going?" I asked.

"God knows."

"Are you trying to hide?"

ra, interrumpidas aquí y allá por intervalos de tierra tenuemente brillante y humeante. Era el espectáculo más extraño, esa extensión negra y en llamas. Me recordaba, más que nada, a las Potteries de noche. Al principio no pude distinguir a ninguna persona, aunque miré atentamente en busca de ello. Más tarde vi, a contraluz con la estación de Woking, varias figuras negras que se apresuraban una tras otra a cruzar la línea.

¡Y este era el pequeño mundo en el que había vivido con seguridad durante años, este caos ardiente! Todavía no sabía lo que había sucedido en las últimas siete horas; tampoco sabía, aunque empezaba a adivinar, la relación entre estos colosos mecánicos y los bultos perezosos que había visto vomitados del cilindro. Con una extraña sensación de interés impersonal, giré la silla de mi escritorio hacia la ventana, me senté y contemplé el país ennegrecido y, en particular, las tres gigantescas cosas negras que iban y venían en el resplandor de los fosos de arena.

Parecían increíblemente ocupados. Empecé a preguntarme qué podían ser. ¿Eran mecanismos inteligentes? Tal cosa me parecía imposible. ¿O acaso un marciano estaba sentado dentro de cada uno de ellos, gobernando, dirigiendo, utilizando, de la misma manera que el cerebro de un hombre se sienta y gobierna en su cuerpo? Empecé a comparar las cosas con las máquinas humanas, a preguntarme por primera vez en mi vida qué le parecería un acorazado o una máquina de vapor a un animal inteligente inferior.

La tormenta había dejado el cielo despejado y, sobre el humo de la tierra en llamas, el luminoso punto que es Marte se desvanecía en el oeste, cuando un soldado entró en mi jardín. Oí un leve roce en la valla, y despertándome del letargo que me había invadido, miré hacia abajo y lo vi vagamente, trepando por los postes. Al ver a otro ser humano se me pasó el letargo y me asomé a la ventana con avidez.

«¡Hey!», dije en un susurro.

Se detuvo a horcajadas sobre la valla en señal de duda. Luego se acercó y cruzó el césped hasta la esquina de la casa. Se agachó y pisó suavemente.

«¿Quién está ahí?», dijo, también susurrando, poniéndose bajo la ventana y mirando hacia arriba.

«¿Adónde vas?», pregunté.

«Sólo Dios sabe».

«¿Intentas esconderte?».

"That's it."

"Come into the house," I said.

I went down, unfastened the door, and let him in, and locked the door again. I could not see his face. He was hatless, and his coat was unbuttoned.

"My God!" he said, as I drew him in.

"What has happened?" I asked.

"What hasn't?" In the obscurity I could see he made a gesture of despair. "They wiped us out—simply wiped us out," he repeated again and again.

He followed me, almost mechanically, into the dining room.

"Take some whisky," I said, pouring out a stiff dose.

He drank it. Then abruptly he sat down before the table, put his head on his arms, and began to sob and weep like a little boy, in a perfect passion of emotion, while I, with a curious forgetfulness of my own recent despair, stood beside him, wondering.

It was a long time before he could steady his nerves to answer my questions, and then he answered perplexingly and brokenly. He was a driver in the artillery, and had only come into action about seven. At that time firing was going on across the common, and it was said the first party of Martians were crawling slowly towards their second cylinder under cover of a metal shield.

Later this shield staggered up on tripod legs and became the first of the fighting-machines I had seen. The gun he drove had been unlimbered near Horsell, in order to command the sand-pits, and its arrival it was that had precipitated the action. As the limber gunners went to the rear, his horse trod in a rabbit hole and came down, throwing him into a depression of the ground. At the same moment the gun exploded behind him, the ammunition blew up, there was fire all about him, and he found himself lying under a heap of charred dead men and dead horses.

"I lay still," he said, "scared out of my wits, with the fore quarter of a horse atop of me. We'd been wiped out. And the smell—good God! Like burnt meat! I was hurt across the back by the fall of the horse, and there I had to lie until I felt better. Just like parade it had been a minute before—then stumble, bang,

«Eso es».

«Entra en la casa», dije.

Bajé, destrabé la puerta, le dejé entrar y volví a cerrar la puerta. No pude verle la cara. Él no tenía sombrero y tenía el abrigo desabrochado.

«¡Dios mío!», dijo, cuando le hice entrar.

«¿Qué ha pasado?», le pregunté.

«¿Qué no ha pasado?». En la oscuridad pude ver que hizo un gesto de desesperación. «Nos han aniquilado... simplemente nos han aniquilado», repetía una y otra vez.

Me siguió, casi mecánicamente, hasta el comedor.

«Toma un poco de whisky», le dije, sirviendo una buena dosis.

Se lo bebió. Luego, bruscamente, se sentó ante la mesa, apoyó la cabeza en los brazos y comenzó a sollozar y a llorar como un niño, en una perfecta pasión de la emoción, mientras yo, con un curioso olvido de mi propia desesperación reciente, permanecía a su lado, maravillado.

Pasó mucho tiempo antes de que pudiera templar sus nervios para responder a mis preguntas, y cuando lo logró contestó de manera perpleja y entrecortada. Era conductor de la artillería y sólo había entrado en acción hacia las siete. En ese momento había disparos a través del campo abierto y se decía que el primer grupo de marcianos se arrastraba lentamente hacia su segundo cilindro al amparo de un escudo metálico.

Más tarde, este escudo se tambaleó sobre las patas del trípode y se convirtió en la primera de las máquinas de combate que yo había visto. El cañón que él transportaba había sido colocado cerca de Horsell, para dominar los fosos de arena, y su llegada fue lo que precipitó la acción. Mientras los artilleros de la unidad se dirigían a la retaguardia, su caballo tropezó en una madriguera y se vino abajo, arrojándolo a una depresión del terreno. En el mismo momento, el cañón explotó detrás de él, la munición estalló, hubo fuego a su alrededor, y él se encontró tumbado bajo un montón de hombres y caballos muertos, carbonizados.

«Me quedé quieto», dijo, «muerto de miedo, con el cuarto delantero de un caballo encima de mí. Habíamos sido aniquilados. Y el olor... ¡Dios mío! Como a carne quemada. La caída del caballo me hirió en la espalda y tuve que quedarme allí hasta que me sentí mejor. Un momento antes era como si hubiéra-

swish!"

"Wiped out!" he said.

He had hid under the dead horse for a long time, peeping out furtively across the common. The Cardigan men had tried a rush, in skirmishing order, at the pit, simply to be swept out of existence. Then the monster had risen to its feet and had begun to walk leisurely to and fro across the common among the few fugitives, with its headlike hood turning about exactly like the head of a cowled human being. A kind of arm carried a complicated metallic case, about which green flashes scintillated, and out of the funnel of this there smoked the Heat-Ray.

In a few minutes there was, so far as the soldier could see, not a living thing left upon the common, and every bush and tree upon it that was not already a blackened skeleton was burning. The hussars had been on the road beyond the curvature of the ground, and he saw nothing of them. He heard the Maxims rattle for a time and then become still. The giant saved Woking station and its cluster of houses until the last; then in a moment the Heat-Ray was brought to bear, and the town became a heap of fiery ruins. Then the Thing shut off the Heat-Ray, and turning its back upon the artilleryman, began to waddle away towards the smouldering pine woods that sheltered the second cylinder. As it did so a second glittering Titan built itself up out of the pit.

The second monster followed the first, and at that the artilleryman began to crawl very cautiously across the hot heather ash towards Horsell. He managed to get alive into the ditch by the side of the road, and so escaped to Woking. There his story became ejaculatory. The place was impassable. It seems there were a few people alive there, frantic for the most part and many burned and scalded. He was turned aside by the fire, and hid among some almost scorching heaps of broken wall as one of the Martian giants returned. He saw this one pursue a man, catch him up in one of its steely tentacles, and knock his head against the trunk of a pine tree. At last, after nightfall, the artilleryman made a rush for it and got over the railway embankment.

Since then he had been skulking along towards Maybury, in the hope of getting out of danger Londonward. People were hiding in trenches and cellars, and many of the survivors had made off towards Woking village and Send. He had been consumed with thirst until he found one of the water mains near the railway arch smashed, and the water bubbling out like a spring upon the road.

mos estado desfilando, luego un tropezón y ¡pum, pum!».

«¡Aniquilados!», dijo.

Se había escondido bajo el caballo muerto durante mucho tiempo, asomándose furtivamente al campo abierto. Los hombres de Cardigan habían intentado una avanzada en forma de escaramuza pero, contra el foso, fueron simplemente barridos de la existencia. Entonces el monstruo se había puesto en pie y había comenzado a caminar tranquilamente de un lado a otro del campo abierto entre los pocos fugitivos, con su capucha en forma de cabeza que giraba exactamente como la cabeza de un ser humano encapuchado. Una especie de brazo llevaba una complicada caja metálica, alrededor de la cual centelleaban destellos verdes, y del embudo de ésta salía el Rayo de Calor.

En pocos minutos, por lo que el soldado pudo ver, no quedaba ni un ser vivo en el campo abierto, y todos los arbustos y árboles que no eran ya un esqueleto ennegrecido estaban ardiendo. Los húsares habían estado en el camino más allá de la curvatura del terreno, y no vio nada de ellos. Oyó el traqueteo de los Maxims durante un tiempo y luego todo estuvo quieto. El gigante dejó a salvo la estación de Woking y su grupo de casas hasta el final; entonces, en un momento, el Rayo de Calor se puso en marcha y la ciudad se convirtió en un montón de ruinas ardientes. Luego la Cosa apagó el Rayo de Calor y, dando la espalda al artillero, comenzó a alejarse hacia el bosque de pinos ardientes que albergaba el segundo cilindro. Mientras lo hacía, un segundo Titán reluciente salió de la fosa.

El segundo monstruo siguió al primero, y en ese momento el artillero comenzó a arrastrarse con mucha cautela por la ceniza de brezo caliente hacia Horsell. Consiguió meterse con vida en la zanja al lado de la carretera, y así escapó hasta Woking. Allí su historia se volvió jaculatoria. El lugar era intransitable. Parece que había unas pocas personas vivas allí, frenéticas en su mayoría y muchas quemadas y escaldadas. El fuego lo desvió y se escondió entre unos montones de escombros, casi abrasados, mientras uno de los gigantes marcianos regresaba. Vio cómo éste perseguía a un hombre, lo atrapaba con uno de sus acerados tentáculos y le golpeaba la cabeza contra el tronco de un pino. Por fin, al anochecer, el artillero se apresuró y pasó el terraplén del ferrocarril.

Desde entonces había estado merodeando hacia Maybury, con la esperanza de salir del peligro hacia Londres. La gente se escondía en trincheras y sótanos, y muchos de los supervivientes se habían alejado hacia el pueblo de Woking y hacia Send. La sed le había consumido hasta que encontró una de las tuberías de agua cerca del arco del ferrocarril destrozada, y el agua brotaba como un manantial sobre la carretera.

That was the story I got from him, bit by bit. He grew calmer telling me and trying to make me see the things he had seen. He had eaten no food since midday, he told me early in his narrative, and I found some mutton and bread in the pantry and brought it into the room. We lit no lamp for fear of attracting the Martians, and ever and again our hands would touch upon bread or meat. As he talked, things about us came darkly out of the darkness, and the trampled bushes and broken rose trees outside the window grew distinct. It would seem that a number of men or animals had rushed across the lawn. I began to see his face, blackened and haggard, as no doubt mine was also.

When we had finished eating we went softly upstairs to my study, and I looked again out of the open window. In one night the valley had become a valley of ashes. The fires had dwindled now. Where flames had been there were now streamers of smoke; but the countless ruins of shattered and gutted houses and blasted and blackened trees that the night had hidden stood out now gaunt and terrible in the pitiless light of dawn. Yet here and there some object had had the luck to escape—a white railway signal here, the end of a greenhouse there, white and fresh amid the wreckage. Never before in the history of warfare had destruction been so indiscriminate and so universal. And shining with the growing light of the east, three of the metallic giants stood about the pit, their cowls rotating as though they were surveying the desolation they had made.

It seemed to me that the pit had been enlarged, and ever and again puffs of vivid green vapour streamed up and out of it towards the brightening dawn—streamed up, whirled, broke, and vanished.

Beyond were the pillars of fire about Chobham. They became pillars of bloodshot smoke at the first touch of day.

Esa fue la historia que me contó, poco a poco. Se fue tranquilizando al contarme y al tratar de hacerme ver las cosas que había visto. No había comido nada desde el mediodía, me dijo al principio de su relato, y yo encontré algo de cordero y pan en la despensa y lo llevé a la habitación. No encendimos ninguna lámpara por miedo a atraer a los marcianos, y de vez en cuando nuestras manos se tocaban al tomar el pan o la carne. Mientras hablaba, las cosas que nos rodeaban emergían de la oscuridad, y los arbustos pisoteados y los rosales rotos que había fuera de la ventana se distinguían. Parecía que varios hombres o animales habían pasado corriendo por el césped. Empecé a ver el rostro del artillero, ennegrecido y demacrado, como sin duda lo estaba también el mío.

Cuando terminamos de comer subimos despacio a mi estudio, y volví a mirar por la ventana abierta. En una noche el valle se había convertido en un valle de cenizas. Los incendios habían disminuido. Donde habían estado las llamas había ahora volutas de humo; pero las innumerables ruinas de casas destrozadas y los árboles destruidos y ennegrecidos que la noche había ocultado se destacaban ahora arruinados y terribles a la luz despiadada del amanecer. Sin embargo, aquí y allá algún objeto había tenido la suerte de escapar: una señal de ferrocarril blanca aquí, el extremo de un invernadero allá, blanco y fresco entre los escombros. Nunca antes en la historia de la guerra la destrucción había sido tan indiscriminada y universal. Y brillando con la creciente luz del este, tres de los gigantes metálicos se situaron alrededor del foso, con sus capuchas girando como si estuvieran inspeccionando la desolación que habían causado.

Me pareció que la fosa se había agrandado, y una y otra vez bocanadas de vívido vapor verde subían y salían de ella hacia el brillante amanecer; subían, giraban, se rompían y desaparecían.

Más allá estaban las columnas de fuego en torno a Clobham. Se convirtieron en pilares de humo sanguinolento al despuntar el día.

XII — WHAT I SAW OF THE DESTRUCTION OF WEYBRIDGE AND SHEPPERTON

As the dawn grew brighter we withdrew from the window from which we had watched the Martians, and went very quietly downstairs.

The artilleryman agreed with me that the house was no place to stay in. He proposed, he said, to make his way Londonward, and thence rejoin his battery—No. 12, of the Horse Artillery. My plan was to return at once to Leatherhead; and so greatly had the strength of the Martians impressed me that I had determined to take my wife to Newhaven, and go with her out of the country forthwith. For I already perceived clearly that the country about London must inevitably be the scene of a disastrous struggle before such creatures as these could be destroyed.

Between us and Leatherhead, however, lay the third cylinder, with its guarding giants. Had I been alone, I think I should have taken my chance and struck across country. But the artilleryman dissuaded me: "It's no kindness to the right sort of wife," he said, "to make her a widow"; and in the end I agreed to go with him, under cover of the woods, northward as far as Street Cobham before I parted with him. Thence I would make a big detour by Epsom to reach Leatherhead.

I should have started at once, but my companion had been in active service and he knew better than that. He made me ransack the house for a flask, which he filled with whisky; and we lined every available pocket with packets of biscuits and slices of meat. Then we crept out of the house, and ran as quickly as we could down the ill-made road by which I had come overnight. The houses seemed deserted. In the road lay a group of three charred bodies close together, struck dead by the Heat-Ray; and here and there were things that people had dropped—a clock, a slipper, a silver spoon, and the like poor valuables. At the corner turning up towards the post office a little cart, filled with boxes and furniture, and horseless, heeled over on a broken wheel. A cash box had been hastily smashed open and thrown under the debris.

Except the lodge at the Orphanage, which was still on fire, none of the houses had suffered very greatly here. The Heat-Ray had shaved the chimney tops and passed. Yet, save ourselves, there did not seem to be a living soul on Maybury Hill. The majority of the inhabitants had escaped, I suppose, by way of the Old Woking road—the road I had taken when I drove to Leatherhead—or they had hidden.

We went down the lane, by the body of the man in black, sodden now from

XII – LO QUE VI DE LA DESTRUCCIÓN DE WEYBRIDGE Y SHEPPERTON

Cuando el amanecer se hizo más brillante, nos retiramos de la ventana desde la que habíamos observado a los marcianos, y bajamos las escaleras en silencio.

El artillero coincidió conmigo en que la casa no era un lugar para quedarse. Propuso seguir su camino hacia Londres y desde allí reunirse con su batería, la número 12 de la Artillería de Caballería. Mi plan era regresar de inmediato a Leatherhead; y tanto me había impresionado la fuerza de los marcianos que había decidido llevar a mi esposa a Newhaven e ir con ella fuera del país inmediatamente. Porque ya percibía claramente que el territorio alrededor de Londres debía ser inevitablemente el escenario de una lucha desastrosa antes de que criaturas como éstas pudieran ser destruidas.

Sin embargo, entre nosotros y Leatherhead se encontraba el tercer cilindro, con sus gigantes guardianes. Si hubiera estado solo, creo que habría aprovechado la oportunidad y habría arremetido a través del terreno. Pero el artillero me disuadió: «No es justo para con tu esposa», dijo, «dejarla viuda»; y al final accedí a ir con él, al amparo de los bosques, hacia el norte, hasta Street Cobham, antes de separarme de él. Desde allí daría un gran rodeo por Epsom para llegar a Leatherhead.

Debería haberme puesto en marcha de inmediato, pero mi compañero había estado en el servicio activo y sabía más que nadie. Me hizo saquear la casa en busca de una petaca, que llenó de whisky, y llenamos todos los bolsillos disponibles con paquetes de galletas y trozos de carne. Luego salimos a hurtadillas de la casa y corrimos tan rápido como pudimos por el camino mal hecho por el que yo había venido durante la noche. Las casas parecían desiertas. En el camino yacía un grupo de tres cuerpos carbonizados muy juntos, golpeados por el Rayo de Calor; y aquí y allá había cosas que la gente había dejado caer: un reloj, una zapatilla, una cuchara de plata y otros objetos de valor. En la esquina que daba a la oficina de correos, un pequeño carro, lleno de cajas y muebles y sin caballo, se inclinaba sobre una rueda rota. Una caja de caudales había sido abierta apresuradamente y arrojada bajo los escombros.

Salvo el albergue del Orfanato, que seguía en llamas, ninguna de las casas había sufrido mucho aquí. El Rayo de Calor había afeitado las cimas de las chimeneas y había pasado. Sin embargo, salvo nosotros, no parecía haber ni un alma en Maybury Hill. La mayoría de los habitantes habían escapado, supongo, por el camino de Old Woking —el camino que yo había tomado cuando fui a Leatherhead— o se habían escondido.

Bajamos por el carril, junto al cuerpo del hombre de negro, empapado

the overnight hail, and broke into the woods at the foot of the hill. We pushed through these towards the railway without meeting a soul. The woods across the line were but the scarred and blackened ruins of woods; for the most part the trees had fallen, but a certain proportion still stood, dismal grey stems, with dark brown foliage instead of green.

On our side the fire had done no more than scorch the nearer trees; it had failed to secure its footing. In one place the woodmen had been at work on Saturday; trees, felled and freshly trimmed, lay in a clearing, with heaps of sawdust by the sawing-machine and its engine. Hard by was a temporary hut, deserted. There was not a breath of wind this morning, and everything was strangely still. Even the birds were hushed, and as we hurried along I and the artilleryman talked in whispers and looked now and again over our shoulders. Once or twice we stopped to listen.

After a time we drew near the road, and as we did so we heard the clatter of hoofs and saw through the tree stems three cavalry soldiers riding slowly towards Woking. We hailed them, and they halted while we hurried towards them. It was a lieutenant and a couple of privates of the 8th Hussars, with a stand like a theodolite, which the artilleryman told me was a heliograph.

"You are the first men I've seen coming this way this morning," said the lieutenant. "What's brewing?"

His voice and face were eager. The men behind him stared curiously. The artilleryman jumped down the bank into the road and saluted.

"Gun destroyed last night, sir. Have been hiding. Trying to rejoin battery, sir. You'll come in sight of the Martians, I expect, about half a mile along this road."

"What the dickens are they like?" asked the lieutenant.

"Giants in armour, sir. Hundred feet high. Three legs and a body like 'luminium, with a mighty great head in a hood, sir."

"Get out!" said the lieutenant. "What confounded nonsense!"

"You'll see, sir. They carry a kind of box, sir, that shoots fire and strikes you dead."

ahora por el granizo de la noche, y nos adentramos en el bosque al pie de la colina. Atravesamos estos bosques en dirección al ferrocarril sin encontrarnos con nadie. Los bosques del otro lado de la línea no eran más que ruinas cicatrizadas y ennegrecidas; la mayor parte de los árboles se habían caído, pero una cierta proporción seguía en pie, con tallos grises y lúgubres, con un follaje marrón oscuro en lugar de verde.

Por nuestro lado, el fuego no había hecho más que quemar los árboles más cercanos; no había conseguido afianzar su posición. En un lugar los leñadores habían estado trabajando el sábado; los árboles, talados y recién cortados, yacían en un claro, con montones de serrín junto a la máquina de aserrar y su motor. Muy cerca de allí había una cabaña provisional, desierta. Esta mañana no había ni un soplo de viento y todo estaba extrañamente tranquilo. Incluso los pájaros estaban callados, y mientras nos apresurábamos, el artillero y yo hablábamos en susurros y mirábamos de vez en cuando por encima del hombro. Una o dos veces nos detuvimos a escuchar.

Al cabo de un rato nos acercamos a la carretera, y al hacerlo oímos el ruido de cascos y vimos a través de los troncos de los árboles a tres soldados de caballería que cabalgaban lentamente hacia Woking. Los saludamos y se detuvieron mientras nos apresurábamos hacia ellos. Eran un teniente y un par de soldados rasos del Octavo de Húsares, con un soporte parecido a un teodolito, que el artillero me dijo que era un heliógrafo.

«Ustedes son los primeros hombres que he visto venir por aquí esta mañana», dijo el teniente. «¿Qué está sucediendo?».

Su voz y su rostro lo mostraban ansiosos. Los hombres que estaban detrás de él lo miraban con curiosidad. El artillero saltó por la orilla hasta la carretera y saludó.

«Arma destruida anoche, señor. He estado escondido. Intentando volver a la batería, señor. Se encontrará con los marcianos, supongo, a media milla por este camino».

«¿Cómo son?», preguntó el teniente.

«Gigantes con armadura, señor. Cien pies de altura. Tres piernas y un cuerpo como de aluminio, con una gran cabeza con capucha, señor».

«¡Cállese!», dijo el teniente. «¡Qué tonterías!».

«Ya verá, señor. Llevan una especie de caja, señor, que dispara fuego y lo fulmina».

"What d'ye mean—a gun?"

"No, sir," and the artilleryman began a vivid account of the Heat-Ray. Halfway through, the lieutenant interrupted him and looked up at me. I was still standing on the bank by the side of the road.

"It's perfectly true," I said.

"Well," said the lieutenant, "I suppose it's my business to see it too. Look here"—to the artilleryman—"we're detailed here clearing people out of their houses. You'd better go along and report yourself to Brigadier-General Marvin, and tell him all you know. He's at Weybridge. Know the way?"

"I do," I said; and he turned his horse southward again.

"Half a mile, you say?" said he.

"At most," I answered, and pointed over the treetops southward. He thanked me and rode on, and we saw them no more.

Farther along we came upon a group of three women and two children in the road, busy clearing out a labourer's cottage. They had got hold of a little hand truck, and were piling it up with unclean-looking bundles and shabby furniture. They were all too assiduously engaged to talk to us as we passed.

By Byfleet station we emerged from the pine trees, and found the country calm and peaceful under the morning sunlight. We were far beyond the range of the Heat-Ray there, and had it not been for the silent desertion of some of the houses, the stirring movement of packing in others, and the knot of soldiers standing on the bridge over the railway and staring down the line towards Woking, the day would have seemed very like any other Sunday.

Several farm waggons and carts were moving creakily along the road to Addlestone, and suddenly through the gate of a field we saw, across a stretch of flat meadow, six twelve-pounders standing neatly at equal distances pointing towards Woking. The gunners stood by the guns waiting, and the ammunition waggons were at a business-like distance. The men stood almost as if under inspection.

"That's good!" said I. "They will get one fair shot, at any rate."

The artilleryman hesitated at the gate.

«¿Qué quiere decir... con una pistola?».

«No, señor», y el artillero comenzó un vívido relato del Rayo de Calor. A mitad de camino, el teniente le interrumpió y me miró. Yo seguía de pie al costado de la carretera.

«Es perfectamente cierto», dije.

«Bueno», dijo el teniente, «supongo que también es asunto mío verlo. Mira», le dije al artillero, «estamos aquí desalojando a la gente de sus casas. Será mejor que vaya y se presente ante el general de brigada Marvin y le cuente todo lo que sabe. Está en Weybridge. ¿Conoce el camino?».

«Sí, yo lo conozco», dije; y él volvió a girar su caballo hacia el sur.

«¿Media milla, dice?», dijo.

«Como mucho», respondí, y señalé por encima de las copas de los árboles hacia el sur. Me dio las gracias y siguió cabalgando, y ya no los vimos más.

Más adelante nos encontramos con un grupo de tres mujeres y dos niños en la carretera, ocupados en limpiar la casa de un trabajador. Habían conseguido una pequeña carretilla de mano y la estaban apilando con bultos de aspecto sucio y muebles raídos. Estaban demasiado ocupados como para hablar con nosotros al pasar.

En la estación de Byfleet salimos de entre los pinos, y encontramos una región tranquila y pacífica bajo la luz del sol de la mañana. Estábamos mucho más allá del alcance del Rayo de Calor allí y, si no hubiera sido por la silenciosa deserción de algunas de las casas, el agitado movimiento de embalaje en otras, y el grupo de soldados de pie en el puente sobre el ferrocarril y mirando la línea hacia Woking, el día habría sido muy similar a cualquier otro domingo.

Varios carros y carretas se movían chirriantes a lo largo de la carretera de Addlestone, y de repente, a través de la puerta de un campo, vimos, en una extensión de pradera plana, seis cañones de doce libras colocados ordenadamente a igual distancia apuntando hacia Woking. Los artilleros estaban junto a los cañones esperando y los carros de municiones estaban a una distancia prudencial. Los hombres permanecían casi como si estuvieran bajo inspección.

«¡Eso está bien!», dije. «En todo caso, tendrán un tiro preciso».

El artillero dudó ante la entrada.

"I shall go on," he said.

Farther on towards Weybridge, just over the bridge, there were a number of men in white fatigue jackets throwing up a long rampart, and more guns behind.

"It's bows and arrows against the lightning, anyhow," said the artilleryman. "They 'aven't seen that fire-beam yet."

The officers who were not actively engaged stood and stared over the tree-tops southwestward, and the men digging would stop every now and again to stare in the same direction.

Byfleet was in a tumult; people packing, and a score of hussars, some of them dismounted, some on horseback, were hunting them about. Three or four black government waggons, with crosses in white circles, and an old omnibus, among other vehicles, were being loaded in the village street. There were scores of people, most of them sufficiently sabbatical to have assumed their best clothes. The soldiers were having the greatest difficulty in making them realise the gravity of their position. We saw one shrivelled old fellow with a huge box and a score or more of flower pots containing orchids, angrily expostulating with the corporal who would leave them behind. I stopped and gripped his arm.

"Do you know what's over there?" I said, pointing at the pine tops that hid the Martians.

"Eh?" said he, turning. "I was explainin' these is vallyble."

"Death!" I shouted. "Death is coming! Death!" and leaving him to digest that if he could, I hurried on after the artillery-man. At the corner I looked back. The soldier had left him, and he was still standing by his box, with the pots of orchids on the lid of it, and staring vaguely over the trees.

No one in Weybridge could tell us where the headquarters were established; the whole place was in such confusion as I had never seen in any town before. Carts, carriages everywhere, the most astonishing miscellany of conveyances and horseflesh. The respectable inhabitants of the place, men in golf and boating costumes, wives prettily dressed, were packing, river-side loafers energetically helping, children excited, and, for the most part, highly delighted at this astonishing variation of their Sunday experiences. In the midst of it all the worthy vicar was very pluckily holding an early celebration, and his bell was jangling out above the excitement.

«Seguiré viaje», dijo.

Más adelante, en dirección a Weybridge, justo al otro lado del puente, había varios hombres con chaquetas blancas de fatiga que levantaban una larga muralla y más armas detrás.

«Son arcos y flechas contra el relámpago, de todos modos», dijo el artillero. «Todavía no han visto ese Rayo de Fuego».

Los oficiales que no participaban activamente se quedaron mirando por encima de las copas de los árboles hacia el suroeste, y los hombres que cavaban se detenían de vez en cuando para mirar en la misma dirección.

Byfleet estaba alborotado; la gente empacaba y una veintena de húsares, algunos desmontados y otros a caballo, los perseguían. Tres o cuatro carros negros del gobierno, con cruces en círculos blancos, y un viejo ómnibus, entre otros vehículos, estaban siendo cargados en la calle del pueblo. Había decenas de personas, la mayoría de ellas lo suficientemente sabáticas como para haberse puesto sus mejores ropas. Los soldados tenían grandes dificultades para hacerles comprender la gravedad de su posición. Vimos a un viejo arrugado con una enorme caja y una veintena de macetas con orquídeas, discutiendo airadamente con el cabo que las dejaba atrás. Me detuve y le agarré del brazo.

«¿Sabes lo que hay allí?», dije, señalando las copas de los pinos que ocultaban a los marcianos.

«¿Eh?», dijo él, volviéndose. «Estaba explicando que estas son valiosas...».

«¡La muerte!», grité. «¡Viene la muerte! ¡La muerte!», y dejándole que digiriera eso si podía, me apresuré a seguir al artillero. En la esquina miré hacia atrás. El soldado lo había dejado, y seguía de pie junto a su caja, con las macetas de orquídeas en la tapa de la misma, y mirando vagamente por encima de los árboles.

Nadie en Weybridge pudo decirnos dónde estaba establecido el cuartel general; todo el lugar estaba en una confusión como nunca había visto en ninguna ciudad. Carros, carruajes por todas partes, la más asombrosa miscelánea de medios de transporte y carne de caballo. Los respetables habitantes del lugar, los hombres con trajes de golf y de navegación, las esposas bellamente vestidas, hacían las maletas; los holgazanes de la orilla del río ayudaban enérgicamente, los niños estaban excitados y, en su mayoría, sumamente encantados con esta asombrosa variación de sus experiencias dominicales. En medio de todo ello, el digno vicario estaba celebrando con mucho tino una ceremonia temprana y su campana tintineaba por encima de la excitación.

I and the artilleryman, seated on the step of the drinking fountain, made a very passable meal upon what we had brought with us. Patrols of soldiers—here no longer hussars, but grenadiers in white—were warning people to move now or to take refuge in their cellars as soon as the firing began. We saw as we crossed the railway bridge that a growing crowd of people had assembled in and about the railway station, and the swarming platform was piled with boxes and packages. The ordinary traffic had been stopped, I believe, in order to allow of the passage of troops and guns to Chertsey, and I have heard since that a savage struggle occurred for places in the special trains that were put on at a later hour.

We remained at Weybridge until midday, and at that hour we found ourselves at the place near Shepperton Lock where the Wey and Thames join. Part of the time we spent helping two old women to pack a little cart. The Wey has a treble mouth, and at this point boats are to be hired, and there was a ferry across the river. On the Shepperton side was an inn with a lawn, and beyond that the tower of Shepperton Church—it has been replaced by a spire—rose above the trees.

Here we found an excited and noisy crowd of fugitives. As yet the flight had not grown to a panic, but there were already far more people than all the boats going to and fro could enable to cross. People came panting along under heavy burdens; one husband and wife were even carrying a small outhouse door between them, with some of their household goods piled thereon. One man told us he meant to try to get away from Shepperton station.

There was a lot of shouting, and one man was even jesting. The idea people seemed to have here was that the Martians were simply formidable human beings, who might attack and sack the town, to be certainly destroyed in the end. Every now and then people would glance nervously across the Wey, at the meadows towards Chertsey, but everything over there was still.

Across the Thames, except just where the boats landed, everything was quiet, in vivid contrast with the Surrey side. The people who landed there from the boats went tramping off down the lane. The big ferryboat had just made a journey. Three or four soldiers stood on the lawn of the inn, staring and jesting at the fugitives, without offering to help. The inn was closed, as it was now within prohibited hours.

"What's that?" cried a boatman, and "Shut up, you fool!" said a man near me to a yelping dog. Then the sound came again, this time from the direction of Chertsey, a muffled thud—the sound of a gun.

El artillero y yo, sentados en el borde de la fuente, tuvimos una comida muy pasable con lo que habíamos traído. Patrullas de soldados —aquí ya no eran húsares, sino granaderos vestidos de blanco— advertían a la gente que se desplazara ahora o que se refugiara en sus sótanos en cuanto empezara el fuego. Al cruzar el puente del ferrocarril vimos que una creciente multitud de personas se había reunido en la estación y en sus alrededores, y que el andén, lleno de gente, estaba repleto de cajas y paquetes. El tráfico ordinario se había detenido, creo, para permitir el paso de las tropas y las armas a Chertsey, y escuché posteriormente que se había producido una lucha salvaje por las plazas en los trenes especiales que se pusieron en marcha a una hora más tardía.

Permanecimos en Weybridge hasta el mediodía y a esa hora nos encontramos en el lugar cercano a la esclusa de Shepperton donde se unen el Wey y el Támesis. Parte del tiempo lo dedicamos a ayudar a dos ancianas a preparar un pequeño carro. El Wey tiene una triple desembocadura y en este punto se alquilan barcas, también había un transbordador que cruzaba el río. En el lado de Shepperton había una posada con césped y más allá la torre de la iglesia de Shepperton —que ha sido sustituida por una aguja— se elevaba por encima de los árboles.

Aquí encontramos una excitada y ruidosa multitud de fugitivos. Todavía no se había desatado el pánico de la huida, pero ya había mucha más gente de la que podían cruzar todas las barcas que iban de un lado a otro. La gente venía jadeando bajo pesadas cargas; un matrimonio llevaba incluso una pequeña puerta de cobertizo entre ellos, con algunos de sus enseres domésticos apilados sobre ella. Un hombre nos dijo que quería intentar salir de la estación de Shepperton.

Se escuchaban muchos gritos e incluso un hombre bromeaba. La idea que la gente parecía tener aquí era que los marcianos eran simplemente seres humanos formidables, que podrían atacar y saquear la ciudad, para ser ciertamente destruidos al final. De vez en cuando, la gente miraba nerviosa al otro lado del Wey, en las praderas hacia Chertsey, pero todo estaba quieto allí.

Al otro lado del Támesis, excepto donde desembarcaban los barcos, todo estaba tranquilo, en vivo contraste con el lado de Surrey. La gente que desembarcaba allí desde los barcos se alejaba por el camino. El gran transbordador acababa de hacer un viaje. Tres o cuatro soldados se encontraban sobre el césped de la posada, mirando y bromeando con los fugitivos, sin ofrecerles ayuda. La posada estaba cerrada, ya que estaba prohibido el comercio a esa hora.

«¿Qué es eso?», gritó un barquero, y «¡Cállate, tonto!», dijo un hombre cerca de mí a un perro que chillaba. Entonces el sonido volvió a sonar, esta vez en dirección a Chertsey; un golpe sordo: el sonido de un cañón.

The fighting was beginning. Almost immediately unseen batteries across the river to our right, unseen because of the trees, took up the chorus, firing heavily one after the other. A woman screamed. Everyone stood arrested by the sudden stir of battle, near us and yet invisible to us. Nothing was to be seen save flat meadows, cows feeding unconcernedly for the most part, and silvery pollard willows motionless in the warm sunlight.

"The sojers'll stop 'em," said a woman beside me, doubtfully. A haziness rose over the treetops.

Then suddenly we saw a rush of smoke far away up the river, a puff of smoke that jerked up into the air and hung; and forthwith the ground heaved under foot and a heavy explosion shook the air, smashing two or three windows in the houses near, and leaving us astonished.

"Here they are!" shouted a man in a blue jersey. "Yonder! D'yer see them? Yonder!"

Quickly, one after the other, one, two, three, four of the armoured Martians appeared, far away over the little trees, across the flat meadows that stretched towards Chertsey, and striding hurriedly towards the river. Little cowled figures they seemed at first, going with a rolling motion and as fast as flying birds.

Then, advancing obliquely towards us, came a fifth. Their armoured bodies glittered in the sun as they swept swiftly forward upon the guns, growing rapidly larger as they drew nearer. One on the extreme left, the remotest that is, flourished a huge case high in the air, and the ghostly, terrible Heat-Ray I had already seen on Friday night smote towards Chertsey, and struck the town.

At sight of these strange, swift, and terrible creatures the crowd near the water's edge seemed to me to be for a moment horror-struck. There was no screaming or shouting, but a silence. Then a hoarse murmur and a movement of feet—a splashing from the water. A man, too frightened to drop the portmanteau he carried on his shoulder, swung round and sent me staggering with a blow from the corner of his burden. A woman thrust at me with her hand and rushed past me. I turned with the rush of the people, but I was not too terrified for thought. The terrible Heat-Ray was in my mind. To get under water! That was it!

"Get under water!" I shouted, unheeded.

Los combates comenzaban. Casi de inmediato, unas baterías invisibles al otro lado del río, a nuestra derecha, que no se veían a causa de los árboles, tomaron el relevo, disparando fuertemente uno tras otro. Una mujer gritó. Todo el mundo se quedó parado ante el repentino revuelo de la batalla cerca de nosotros y, sin embargo, invisible para nosotros. No se veía nada más que los prados llanos, las vacas alimentándose despreocupadamente en su mayor parte y los sauces plateados inmóviles bajo la cálida luz del sol.

«Los soldados los detendrán», dijo una mujer a mi lado, dudosa. Una neblina se elevó sobre las copas de los árboles.

Entonces, de repente, vimos una ráfaga de humo a lo lejos, río arriba; una bocanada de humo que se elevó en el aire y quedó suspendida; e inmediatamente el suelo se agitó bajo nuestros pies y una fuerte explosión sacudió el aire, rompiendo dos o tres ventanas de las casas cercanas y dejándonos atónitos.

«¡Aquí están!», gritó un hombre con una camiseta azul. «¡Allí! ¿Los ven? Allí.»

Rápidamente, uno tras otro, aparecieron uno, dos, tres, cuatro de los marcianos acorazados —a lo lejos, por encima de los arbolitos, a través de los prados planos que se extendían hacia Chertsey— dando zancadas a toda prisa hacia el río. Al principio parecían pequeñas figuras encapuchadas; avanzaban con un movimiento envolvente, tan rápido como pájaros volando.

Luego, avanzando oblicuamente hacia nosotros, llegó un quinto. Sus cuerpos blindados brillaban bajo el sol mientras avanzaban rápidamente hacia los cañones, haciéndose más grandes a medida que se acercaban. Uno de ellos, en el extremo izquierdo, el más alejado, levantó una enorme caja en el aire y el fantasmagórico y terrible Rayo de Calor que ya había visto el viernes por la noche se dirigió hacia Chertsey y alcanzó la ciudad.

A la vista de estas extrañas, veloces y terribles criaturas la multitud cercana a la orilla del agua pareció quedarse por un momento horrorizada. No hubo gritos ni alaridos, sino silencio. Luego, un ronco murmullo y un movimiento de pies: un chapoteo en el agua. Un hombre, demasiado asustado como para dejar caer el maletín que llevaba al hombro giró y me hizo tambalear golpeándome con su carga. Una mujer me empujó con la mano y cayó encima de mí. Giré debido a la prisa de la gente pero no estaba tan aterrado como para no poder pensar. El terrible Rayo de Calor estaba en mi mente. ¡Meterse bajo el agua! ¡Eso era!

«¡Métanse al agua!», grité, sin que me hicieran caso.

I faced about again, and rushed towards the approaching Martian, rushed right down the gravelly beach and headlong into the water. Others did the same. A boatload of people putting back came leaping out as I rushed past. The stones under my feet were muddy and slippery, and the river was so low that I ran perhaps twenty feet scarcely waist-deep. Then, as the Martian towered overhead scarcely a couple of hundred yards away, I flung myself forward under the surface. The splashes of the people in the boats leaping into the river sounded like thunderclaps in my ears. People were landing hastily on both sides of the river. But the Martian machine took no more notice for the moment of the people running this way and that than a man would of the confusion of ants in a nest against which his foot has kicked. When, half suffocated, I raised my head above water, the Martian's hood pointed at the batteries that were still firing across the river, and as it advanced it swung loose what must have been the generator of the Heat-Ray.

In another moment it was on the bank, and in a stride wading halfway across. The knees of its foremost legs bent at the farther bank, and in another moment it had raised itself to its full height again, close to the village of Shepperton. Forthwith the six guns which, unknown to anyone on the right bank, had been hidden behind the outskirts of that village, fired simultaneously. The sudden near concussion, the last close upon the first, made my heart jump. The monster was already raising the case generating the Heat-Ray as the first shell burst six yards above the hood.

I gave a cry of astonishment. I saw and thought nothing of the other four Martian monsters; my attention was riveted upon the nearer incident. Simultaneously two other shells burst in the air near the body as the hood twisted round in time to receive, but not in time to dodge, the fourth shell.

The shell burst clean in the face of the Thing. The hood bulged, flashed, was whirled off in a dozen tattered fragments of red flesh and glittering metal.

"Hit!" shouted I, with something between a scream and a cheer.

I heard answering shouts from the people in the water about me. I could have leaped out of the water with that momentary exultation.

The decapitated colossus reeled like a drunken giant; but it did not fall over. It recovered its balance by a miracle, and, no longer heeding its steps and with the camera that fired the Heat-Ray now rigidly upheld, it reeled swiftly upon Shepperton. The living intelligence, the Martian within the hood, was slain and splashed to the four winds of heaven, and the Thing was now but

Volví a dar la cara y me abalancé hacia el marciano que se acercaba, me di prisa por la playa de grava y me metí de cabeza en el agua. Otros hicieron lo mismo. Una barca cargada de gente que volvía salió disparada mientras yo pasaba a toda velocidad. Las piedras bajo mis pies estaban embarradas y resbaladizas y el río estaba tan bajo que corrí tal vez veinte pies con el agua apenas hasta la cintura. Entonces, cuando el marciano se alzaba en lo alto a apenas doscientas yardas de distancia, me lancé hacia delante bajo la superficie. Los chapoteos de la gente en las barcas, saltando al río, sonaban como truenos en mis oídos. La gente desembarcaba apresuradamente a ambos lados del río. Pero la máquina marciana no prestó más atención por el momento a la gente que corría de un lado a otro que la que prestaría un hombre a la confusión de hormigas en su hormiguero contra el que ha pateado con su pie. Cuando, medio sofocado, levanté la cabeza por encima del agua, el casco del marciano apuntaba a las baterías que seguían disparando al otro lado del río y, mientras avanzaba, soltó lo que debía ser el generador del Rayo de Calor.

Un momento después se encontraba en la orilla y de una zancada vadeaba la mitad del río. Las rodillas de sus patas delanteras se doblaron en la orilla más lejana, cerca del pueblo de Shepperton, y a continuación se alzó nuevamente a su máxima altura. De inmediato, los seis cañones que, sin que nadie lo supiera, habían estado ocultos en las afueras de esa aldea en la orilla derecha dispararon simultáneamente. Las repentinas detonaciones, la última muy cerca de la primera, hicieron que mi corazón diera un salto. El monstruo ya estaba levantando la caja que generaba el Rayo de Calor cuando el primer proyectil estalló a seis yardas por encima de la capucha.

Di un grito de asombro. No vi ni pensé en los otros cuatro monstruos marcianos; mi atención estaba fijada en el incidente más cercano. Simultáneamente, otros dos proyectiles estallaron en el aire, cerca del cuerpo, mientras la capucha giraba, justo a tiempo para recibir, pero no para esquivar, el cuarto proyectil.

El proyectil estalló en la cara de la Cosa. La capucha se abultó, centelleó y salió despedida en una docena de fragmentos de carne roja y metal brillante.

«¡En el blanco!», grité yo, con algo entre un grito y una ovación.

Oí los gritos de respuesta de la gente que estaba en el agua a mi alrededor. Podría haber saltado fuera del agua a causa de la exaltación momentánea.

El coloso decapitado se tambaleó como un gigante borracho, pero no cayó. Recuperó el equilibrio de milagro y, sin prestar atención a sus pasos y con la cámara que disparaba el Rayo de Calor ahora rígidamente sujeta, se tambaleó rápidamente sobre Shepperton. La inteligencia viviente, el marciano dentro de la capucha, había muerto y había salpicado a los cuatro puntos cardinales,

a mere intricate device of metal whirling to destruction. It drove along in a straight line, incapable of guidance. It struck the tower of Shepperton Church, smashing it down as the impact of a battering ram might have done, swerved aside, blundered on and collapsed with tremendous force into the river out of my sight.

A violent explosion shook the air, and a spout of water, steam, mud, and shattered metal shot far up into the sky. As the camera of the Heat-Ray hit the water, the latter had immediately flashed into steam. In another moment a huge wave, like a muddy tidal bore but almost scaldingly hot, came sweeping round the bend upstream. I saw people struggling shorewards, and heard their screaming and shouting faintly above the seething and roar of the Martian's collapse.

For a moment I heeded nothing of the heat, forgot the patent need of self-preservation. I splashed through the tumultuous water, pushing aside a man in black to do so, until I could see round the bend. Half a dozen deserted boats pitched aimlessly upon the confusion of the waves. The fallen Martian came into sight downstream, lying across the river, and for the most part submerged.

Thick clouds of steam were pouring off the wreckage, and through the tumultuously whirling wisps I could see, intermittently and vaguely, the gigantic limbs churning the water and flinging a splash and spray of mud and froth into the air. The tentacles swayed and struck like living arms, and, save for the helpless purposelessness of these movements, it was as if some wounded thing were struggling for its life amid the waves. Enormous quantities of a ruddy-brown fluid were spurting up in noisy jets out of the machine.

My attention was diverted from this death flurry by a furious yelling, like that of the thing called a siren in our manufacturing towns. A man, knee-deep near the towing path, shouted inaudibly to me and pointed. Looking back, I saw the other Martians advancing with gigantic strides down the riverbank from the direction of Chertsey. The Shepperton guns spoke this time unavailingly.

At that I ducked at once under water, and, holding my breath until movement was an agony, blundered painfully ahead under the surface as long as I could. The water was in a tumult about me, and rapidly growing hotter.

When for a moment I raised my head to take breath and throw the hair and water from my eyes, the steam was rising in a whirling white fog that at first hid the Martians altogether. The noise was deafening. Then I saw them dimly,

y la Cosa no era ahora más que un intrincado dispositivo de metal que giraba hacia su destrucción. Avanzó en línea recta, incapaz de guiarse. Chocó contra la torre de la iglesia de Shepperton, derribándola como lo hubiera hecho el impacto de un ariete, se desvió a un lado, siguió de manera torpe y se desplomó con tremenda fuerza en el río, fuera de mi vista.

Una violenta explosión sacudió el aire, y un chorro de agua, vapor, barro y metal destrozado salió disparado hacia el cielo. Cuando la cámara del Rayo de Calor golpeó el agua, ésta se convirtió inmediatamente en vapor. A continuación, una enorme ola, como una marea fangosa, pero casi hirviendo, llegó barriendo la curva, río arriba. Vi a la gente luchando hacia la orilla, y oí sus gritos por encima del bullicio y el rugido del colapso del marciano.

Por un momento no me importó el calor, olvidé la evidente necesidad de autopreservación. Chapoteé en el agua tumultuosa, empujando a un hombre de negro para hacerlo, hasta que pude ver la curva. Media docena de barcos abandonados se lanzaban sin rumbo sobre la confusión de las olas. El marciano caído apareció a mi vista río abajo, tendido al otro lado del río, y en su mayor parte sumergido.

Gruesas nubes de vapor se desprendían de los restos, y a través de las volutas que se arremolinaban tumultuosamente pude ver, de forma intermitente y vaga, los gigantescos miembros que agitaban el agua y lanzaban al aire salpicaduras y rociaban de barro y espuma. Los tentáculos se balanceaban y golpeaban como si fueran brazos vivos y, salvo por la impotencia de estos movimientos, era como si una cosa herida luchara por su vida en medio de las olas. Enormes cantidades de un fluido marrón rojizo brotaban en ruidosos chorros desde la máquina.

Mi atención se vio desviada de esta ráfaga de muerte por un grito furioso, como el de una sirena propia a nuestras ciudades manufactureras. Un hombre, con las rodillas hundidas cerca del camino, me gritó inaudiblemente y señaló. Mirando hacia atrás, vi a los otros marcianos avanzando a pasos agigantados por la orilla del río desde la dirección de Chertsey. Los cañones de Shepperton intervinieron esta vez infructuosamente.

En ese momento me sumergí en el agua y, aguantando la respiración hasta que todo movimiento era una agonía, avancé penosamente bajo la superficie todo lo que pude. El agua era un tumulto a mi alrededor, y se calentaba rápidamente.

Cuando por un momento levanté la cabeza para tomar aliento y apartar el pelo y el agua de mis ojos, el vapor se elevaba en una niebla blanca y arremolinada que al principio ocultaba por completo a los marcianos. El ruido era

colossal figures of grey, magnified by the mist. They had passed by me, and two were stooping over the frothing, tumultuous ruins of their comrade.

The third and fourth stood beside him in the water, one perhaps two hundred yards from me, the other towards Laleham. The generators of the Heat-Rays waved high, and the hissing beams smote down this way and that.

The air was full of sound, a deafening and confusing conflict of noises—the clangorous din of the Martians, the crash of falling houses, the thud of trees, fences, sheds flashing into flame, and the crackling and roaring of fire. Dense black smoke was leaping up to mingle with the steam from the river, and as the Heat-Ray went to and fro over Weybridge its impact was marked by flashes of incandescent white, that gave place at once to a smoky dance of lurid flames. The nearer houses still stood intact, awaiting their fate, shadowy, faint and pallid in the steam, with the fire behind them going to and fro.

For a moment perhaps I stood there, breast-high in the almost boiling water, dumbfounded at my position, hopeless of escape. Through the reek I could see the people who had been with me in the river scrambling out of the water through the reeds, like little frogs hurrying through grass from the advance of a man, or running to and fro in utter dismay on the towing path.

Then suddenly the white flashes of the Heat-Ray came leaping towards me. The houses caved in as they dissolved at its touch, and darted out flames; the trees changed to fire with a roar. The Ray flickered up and down the towing path, licking off the people who ran this way and that, and came down to the water's edge not fifty yards from where I stood. It swept across the river to Shepperton, and the water in its track rose in a boiling weal crested with steam. I turned shoreward.

In another moment the huge wave, well-nigh at the boiling-point had rushed upon me. I screamed aloud, and scalded, half blinded, agonised, I staggered through the leaping, hissing water towards the shore. Had my foot stumbled, it would have been the end. I fell helplessly, in full sight of the Martians, upon the broad, bare gravelly spit that runs down to mark the angle of the Wey and Thames. I expected nothing but death.

I have a dim memory of the foot of a Martian coming down within a score of yards of my head, driving straight into the loose gravel, whirling it this way and that and lifting again; of a long suspense, and then of the four carrying the debris of their comrade between them, now clear and then presently faint through a veil of smoke, receding interminably, as it seemed to me, across

ensordecedor. Luego los vi tenuemente, figuras colosales de color gris, magnificadas por la niebla. Habían pasado junto a mí, y dos se inclinaban sobre las ruinas espumosas y tumultuosas de su camarada.

El tercero y el cuarto estaban junto a él en el agua, uno quizás a doscientas yardas de mí, el otro hacia Laleham. Los generadores de los Rayos de Calor se agitaban en lo alto, y los rayos sibilantes golpeaban hacia un lado y otro.

El aire estaba lleno de sonidos, un conflicto ensordecedor y confuso de ruidos: el estruendo de los marcianos, el choque de las casas que caían, el golpe de los árboles, las vallas y los cobertizos que se incendiaban, y el crepitar y rugir del fuego. Una densa humareda negra saltaba para mezclarse con el vapor del río y, cuando el Rayo de Calor iba de un lado a otro sobre Weybridge, su impacto quedaba marcado por destellos de color blanco incandescente, que daban paso enseguida a una humeante danza de escabrosas llamas. Las casas más cercanas seguían intactas, esperando su destino, sombrías, débiles y pálidas en el vapor, con el fuego detrás de ellas yendo de un lado a otro.

Por un momento me quedé allí, con el pecho en alto en el agua casi hirviendo, aturdido en mi posición, sin poder escapar. A través del hedor pude ver a la gente que había estado conmigo en el río saliendo del agua a través de los juncos, como pequeñas ranas que se apresuraban a través de la hierba ante el avance de un hombre, corriendo de un lado a otro en el camino, totalmente consternados.

Entonces, de repente, los destellos blancos del Rayo de Calor vinieron saltando hacia mí. Las casas se derrumbaron al disolverse ante su contacto y salieron llamas; los árboles se convirtieron en fuego con un rugido. El Rayo parpadeó arriba y abajo del camino de sirga, lamiendo a la gente que corría de un lado a otro, y bajó hasta la orilla del agua a menos de cincuenta yardas de donde yo estaba. Atravesó el río hacia Shepperton y el agua en su trayectoria se elevó en un hervidero de vapor. Me volví hacia la orilla.

En un momento, la enorme ola, casi en su punto de ebullición, se precipitó sobre mí. Grité en voz alta y escaldado, medio ciego, agonizante, me tambaleé a través del agua que saltaba y silbaba hacia la orilla. Si mi pie hubiera tropezado habría sido el fin. Caí impotente, a la vista de los marcianos, sobre el ancho y desnudo espigón de grava que baja para marcar el ángulo del Wey y el Támesis. No esperaba otra cosa más que la muerte.

Tengo un vago recuerdo del pie de un marciano bajando a una veintena de yardas de mi cabeza, clavándose directamente en la grava suelta, haciéndola girar hacia un lado y hacia otro y levantándose de nuevo; recuerdo un largo suspenso y luego los cuatro llevando los restos de su camarada entre ellos, ahora claros y luego débiles a través de un velo de humo, retrocediendo

a vast space of river and meadow. And then, very slowly, I realised that by a miracle I had escaped.

interminablemente, como me pareció, a través de un vasto espacio de río y pradera. Y entonces, muy lentamente, me di cuenta de que por un milagro había escapado.

XIII – HOW I FELL IN WITH THE CURATE

After getting this sudden lesson in the power of terrestrial weapons, the Martians retreated to their original position upon Horsell Common; and in their haste, and encumbered with the debris of their smashed companion, they no doubt overlooked many such a stray and negligible victim as myself. Had they left their comrade and pushed on forthwith, there was nothing at that time between them and London but batteries of twelve-pounder guns, and they would certainly have reached the capital in advance of the tidings of their approach; as sudden, dreadful, and destructive their advent would have been as the earthquake that destroyed Lisbon a century ago.

But they were in no hurry. Cylinder followed cylinder on its interplanetary flight; every twenty-four hours brought them reinforcement. And meanwhile the military and naval authorities, now fully alive to the tremendous power of their antagonists, worked with furious energy. Every minute a fresh gun came into position until, before twilight, every copse, every row of suburban villas on the hilly slopes about Kingston and Richmond, masked an expectant black muzzle. And through the charred and desolated area—perhaps twenty square miles altogether—that encircled the Martian encampment on Horsell Common, through charred and ruined villages among the green trees, through the blackened and smoking arcades that had been but a day ago pine spinneys, crawled the devoted scouts with the heliographs that were presently to warn the gunners of the Martian approach. But the Martians now understood our command of artillery and the danger of human proximity, and not a man ventured within a mile of either cylinder, save at the price of his life.

It would seem that these giants spent the earlier part of the afternoon in going to and fro, transferring everything from the second and third cylinders—the second in Addlestone Golf Links and the third at Pyrford—to their original pit on Horsell Common. Over that, above the blackened heather and ruined buildings that stretched far and wide, stood one as sentinel, while the rest abandoned their vast fighting-machines and descended into the pit. They were hard at work there far into the night, and the towering pillar of dense green smoke that rose therefrom could be seen from the hills about Merrow, and even, it is said, from Banstead and Epsom Downs.

And while the Martians behind me were thus preparing for their next sally, and in front of me Humanity gathered for the battle, I made my way with infinite pains and labour from the fire and smoke of burning Weybridge towards London.

I saw an abandoned boat, very small and remote, drifting down-stream;

XIII — MI ENCUENTRO POR CASUALIDAD CON EL CURA

Después de recibir esta repentina lección sobre el poder de las armas terrestres, los marcianos se retiraron a su posición original en la zona común de Horsell; y en su prisa, y cargados con los restos de su compañero destrozado, sin duda pasaron por alto a muchas víctimas extraviadas e insignificantes como yo. Si hubiesen dejado a su compañero y hubiesen seguido adelante en aquel momento no había nada entre ellos y Londres más que baterías de cañones de doce proyectiles y sin duda habrían llegado a la capital antes que las noticias de su arribo; su llegada habría sido tan repentina, terrible y destructiva como el terremoto que aniquiló Lisboa hace un siglo.

Pero no tenían prisa. Un cilindro siguió a otro en su vuelo interplanetario; cada veinticuatro horas les traían refuerzos. Y mientras tanto, las autoridades militares y navales, ahora plenamente conscientes del tremendo poder de sus antagonistas, trabajaban con furiosa energía. Cada minuto un nuevo cañón entraba en posición hasta que, antes del crepúsculo, cada bosquecillo, cada hilera de villas suburbanas en las laderas de las colinas de Kingston y Richmond, enmascaraban una boca negra expectante. Y a través de la zona carbonizada y desolada —quizás veinte millas cuadradas en total— que rodeaba el campamento marciano en la zona común de Horsell, a través de los pueblos carbonizados y arruinados entre los verdes árboles, a través de las arcadas ennegrecidas y humeantes que habían sido hace un día pinos espinosos, se arrastraron los abnegados exploradores con los heliógrafos que en ese momento iban a avisar a los artilleros de la aproximación marciana. Pero los marcianos comprendían ahora nuestro dominio de la artillería y el peligro de la proximidad humana y ningún hombre se aventuró a menos de una milla de ambos cilindros, salvo a costa de su vida.

Al parecer, estos gigantes pasaron la primera parte de la tarde yendo de un lado a otro, trasladando todo desde el segundo y el tercer cilindro —el segundo en Addlestone Golf Links y el tercero en Pyrford— a su fosa original en Horsell Common. Por encima del brezo ennegrecido y de los edificios en ruinas que se extendían a lo largo y ancho, se situó uno como centinela, mientras el resto abandonaba sus vastas máquinas de combate y descendía a la fosa. Estuvieron trabajando duro allí hasta bien entrada la noche, y la imponente columna de denso humo verde que se elevaba desde allí podía verse desde las colinas de Merrow, e incluso, según se dice, desde Banstead y Epsom Downs.

Y mientras los marcianos detrás de mí se preparaban así para su próxima salida, y frente a mí la Humanidad se reunía para la batalla, yo me abrí camino con infinitos dolores y esfuerzos desde el fuego y el humo de la ardiente Weybridge hacia Londres.

Vi una barca abandonada, muy pequeña y remota, a la deriva río abajo; y

and throwing off the most of my sodden clothes, I went after it, gained it, and so escaped out of that destruction. There were no oars in the boat, but I contrived to paddle, as well as my parboiled hands would allow, down the river towards Halliford and Walton, going very tediously and continually looking behind me, as you may well understand. I followed the river, because I considered that the water gave me my best chance of escape should these giants return.

The hot water from the Martian's overthrow drifted downstream with me, so that for the best part of a mile I could see little of either bank. Once, however, I made out a string of black figures hurrying across the meadows from the direction of Weybridge. Halliford, it seemed, was deserted, and several of the houses facing the river were on fire. It was strange to see the place quite tranquil, quite desolate under the hot blue sky, with the smoke and little threads of flame going straight up into the heat of the afternoon. Never before had I seen houses burning without the accompaniment of an obstructive crowd. A little farther on the dry reeds up the bank were smoking and glowing, and a line of fire inland was marching steadily across a late field of hay.

For a long time I drifted, so painful and weary was I after the violence I had been through, and so intense the heat upon the water. Then my fears got the better of me again, and I resumed my paddling. The sun scorched my bare back. At last, as the bridge at Walton was coming into sight round the bend, my fever and faintness overcame my fears, and I landed on the Middlesex bank and lay down, deadly sick, amid the long grass. I suppose the time was then about four or five o'clock. I got up presently, walked perhaps half a mile without meeting a soul, and then lay down again in the shadow of a hedge. I seem to remember talking, wanderingly, to myself during that last spurt. I was also very thirsty, and bitterly regretful I had drunk no more water. It is a curious thing that I felt angry with my wife; I cannot account for it, but my impotent desire to reach Leatherhead worried me excessively.

I do not clearly remember the arrival of the curate, so that probably I dozed. I became aware of him as a seated figure in soot-smudged shirt sleeves, and with his upturned, clean-shaven face staring at a faint flickering that danced over the sky. The sky was what is called a mackerel sky—rows and rows of faint down-plumes of cloud, just tinted with the midsummer sunset.

I sat up, and at the rustle of my motion he looked at me quickly.

"Have you any water?" I asked abruptly.

arrojando la mayor parte de mis ropas empapadas, fui tras ella, la alcancé, y así escapé de aquella destrucción. No había remos en la barca, pero me las ingenié para remar, tan bien como me lo permitían mis manos sancochadas, río abajo en dirección a Halliford y Walton, yendo muy pesadamente y mirando continuamente detrás de mí, como bien pueden comprender. Seguí el río, porque consideré que el agua me daba la mejor oportunidad de escapar en caso de que esos gigantes volvieran.

El agua caliente del derrumbe marciano me acompañó río abajo, de modo que durante la mayor parte de una milla apenas pude ver ninguna de las dos orillas. Una vez, sin embargo, distinguí una serie de figuras negras que se apresuraban a cruzar los prados desde la dirección de Weybridge. Halliford, al parecer, estaba desierta, y varias de las casas que daban al río estaban en llamas. Era extraño ver el lugar tan tranquilo, tan desolado, bajo el cielo azul y caliente, con el humo y los pequeños hilos de llamas subiendo directamente al calor de la tarde. Nunca antes había visto casas ardiendo sin el acompañamiento de una multitud que obstruyera el paso. Un poco más allá, las cañas secas de la orilla humeaban y brillaban, y una línea de fuego en el interior marchaba constantemente a través de un campo de heno tardío.

Durante mucho tiempo estuve a la deriva, tan dolorido y cansado estaba después de la violencia que había sufrido, y tan intenso era el calor en el agua. Luego, mis temores se apoderaron de mí y reanudé la remada. El sol abrasaba mi espalda desnuda. Por fin, cuando el puente de Walton se acercaba a la vista tras la curva, mi fiebre y mi cansancio vencieron mis temores, y desembarqué en la orilla de Middlesex y me acosté, mortalmente enfermo, sobre el largo césped. Supongo que eran entonces las cuatro o las cinco de la tarde. Me levanté enseguida, caminé quizás media milla sin encontrarme con nadie, y luego me acosté de nuevo a la sombra de un seto. Me parece recordar que durante ese último tramo hablaba conmigo mismo, sin saber lo que decía. También tenía mucha sed y lamentaba amargamente no haber bebido más agua. Es curioso que me sintiera enfadado con mi mujer; no puedo explicarlo, pero mi impotente deseo de llegar a Leatherhead me preocupaba en exceso.

No recuerdo con claridad la llegada del cura, por lo que probablemente me quedé dormido. Me di cuenta de que había una figura sentada, en mangas de camisa manchadas de hollín y con el rostro volteado y bien afeitado mirando un tenue parpadeo que danzaba en el cielo. El cielo era lo que se llama un cielo de caballa: filas y filas de tenues penachos de nubes, apenas teñidos por la puesta de sol de pleno verano.

Me senté y, al oír mi movimiento, él me miró rápidamente.

«¿Tienes agua?», pregunté bruscamente.

He shook his head.

"You have been asking for water for the last hour," he said.

For a moment we were silent, taking stock of each other. I dare say he found me a strange enough figure, naked, save for my water-soaked trousers and socks, scalded, and my face and shoulders blackened by the smoke. His face was a fair weakness, his chin retreated, and his hair lay in crisp, almost flaxen curls on his low forehead; his eyes were rather large, pale blue, and blankly staring. He spoke abruptly, looking vacantly away from me.

"What does it mean?" he said. "What do these things mean?"

I stared at him and made no answer.

He extended a thin white hand and spoke in almost a complaining tone.

"Why are these things permitted? What sins have we done? The morning service was over, I was walking through the roads to clear my brain for the afternoon, and then—fire, earthquake, death! As if it were Sodom and Gomorrah! All our work undone, all the work—— What are these Martians?"

"What are we?" I answered, clearing my throat.

He gripped his knees and turned to look at me again. For half a minute, perhaps, he stared silently.

"I was walking through the roads to clear my brain," he said. "And suddenly—fire, earthquake, death!"

He relapsed into silence, with his chin now sunken almost to his knees.

Presently he began waving his hand.

"All the work—all the Sunday schools—What have we done—what has Weybridge done? Everything gone—everything destroyed. The church! We rebuilt it only three years ago. Gone! Swept out of existence! Why?"

Another pause, and he broke out again like one demented.

"The smoke of her burning goeth up for ever and ever!" he shouted.

Negó con la cabeza.

«Llevas una hora pidiendo agua», dijo.

Por un momento nos quedamos en silencio, observándonos mutuamente. Me atrevo a decir que debo haberle parecido una figura bastante extraña, desnudo, salvo por mis pantalones y calcetines empapados de agua, escaldado, y con la cara y los hombros ennegrecidos por el humo. Su rostro era de una debilidad pálida, su barbilla retraída, y su cabello caía en rizos marcados, casi de lino, sobre su frente baja; sus ojos eran más bien grandes, de color azul pálido y de mirada perdida. Habló con brusquedad, apartando la mirada de mí.

«¿Qué significa?», dijo. «¿Qué significan estas cosas?».

Le miré fijamente y no respondí.

Extendió una mano blanca y delgada y habló casi en tono de queja.

«¿Por qué se permiten estas cosas? ¿Qué pecados hemos cometido? El servicio de la mañana había terminado, yo estaba caminando por los senderos para despejar mi mente para la tarde, y entonces... ¡fuego, terremoto, muerte! ¡Como si fuera Sodoma y Gomorra! Todo nuestro trabajo deshecho, todo el trabajo... ¿Qué son estos marcianos?».

«¿Qué somos?», respondí, aclarando mi garganta.

Se agarró las rodillas y se volvió para mirarme de nuevo. Durante medio minuto, quizás, se quedó mirando en silencio.

«Estaba caminando por los senderos para despejar mi mente», dijo. «Y de repente... ¡fuego, terremoto, muerte!».

Se quedó en silencio, con la barbilla hundida casi hasta las rodillas.

Al cabo de un rato, empezó a agitar la mano.

«Todo el trabajo, todas las escuelas dominicales, ¿qué hemos hecho? ¿qué ha hecho Weybridge? Todo ha desaparecido, todo ha sido destruido. ¡La iglesia! La reconstruimos hace sólo tres años. Ha dasaparecido. ¡Barrida de la existencia! ¿Por qué?».

Otra pausa, y volvió a estallar como un demente.

«¡El humo de su incendio sube por los siglos de los siglos!», gritó.

His eyes flamed, and he pointed a lean finger in the direction of Weybridge.

By this time I was beginning to take his measure. The tremendous tragedy in which he had been involved—it was evident he was a fugitive from Weybridge—had driven him to the very verge of his reason.

"Are we far from Sunbury?" I said, in a matter-of-fact tone.

"What are we to do?" he asked. "Are these creatures everywhere? Has the earth been given over to them?"

"Are we far from Sunbury?"

"Only this morning I officiated at early celebration——"

"Things have changed," I said, quietly. "You must keep your head. There is still hope."

"Hope!"

"Yes. Plentiful hope—for all this destruction!"

I began to explain my view of our position. He listened at first, but as I went on the interest dawning in his eyes gave place to their former stare, and his regard wandered from me.

"This must be the beginning of the end," he said, interrupting me. "The end! The great and terrible day of the Lord! When men shall call upon the mountains and the rocks to fall upon them and hide them—hide them from the face of Him that sitteth upon the throne!"

I began to understand the position. I ceased my laboured reasoning, struggled to my feet, and, standing over him, laid my hand on his shoulder.

"Be a man!" said I. "You are scared out of your wits! What good is religion if it collapses under calamity? Think of what earthquakes and floods, wars and volcanoes, have done before to men! Did you think God had exempted Weybridge? He is not an insurance agent."

For a time he sat in blank silence.

"But how can we escape?" he asked, suddenly. "They are invulnerable, they are pitiless."

Sus ojos se encendieron y señaló con un dedo delgado en dirección a Weybridge.

Para entonces empezaba a tomarle la medida. La tremenda tragedia en la que se había visto envuelto —era evidente que era un fugitivo de Weybridge— le había llevado al límite de su razón.

«¿Estamos lejos de Sunbury?», dije, en un tono objetivo.

«¿Qué vamos a hacer?», preguntó. «¿Estas criaturas están por todas partes? ¿Se les ha entregado la Tierra?».

«¿Estamos lejos de Sunbury?».

«Esta misma mañana he oficiado una celebración temprana...».

«Las cosas han cambiado», dije, en voz baja. «Debes mantener la cabeza. Todavía hay esperanza».

«¡Esperanza!».

«Sí. ¡Mucha esperanza, a pesar de esta destrucción!».

Comencé a explicarle mi punto de vista sobre nuestra posición. Al principio me escuchó, pero a medida que avanzaba, el interés que surgía en sus ojos dejó de ser tal y su mirada se desvió de mí.

«Esto debe ser el principio del fin», dijo, interrumpiéndome. «¡El fin! ¡El gran y terrible día del Señor! Cuando los hombres invoquen a los montes y a las rocas para que caigan sobre ellos y los oculten, los oculten del rostro de Aquél que está sentado en el trono».

Empecé a comprender la posición. Dejé de razonar, me puse en pie con dificultad y, de pie sobre él, le puse la mano en el hombro.

«¡Sé hombre!», dije. «¡Estás asustado! ¿De qué sirve la religión si se derrumba ante las calamidades? Piensa en lo que los terremotos y las inundaciones, las guerras y los volcanes han hecho antes a los hombres. ¿Crees que Dios ha eximido a Weybridge? Él no es un agente de seguros».

Durante un rato se quedó en silencio.

«¿Pero cómo podemos escapar?», preguntó, de repente. «Son invulnerables, son despiadados».

"Neither the one nor, perhaps, the other," I answered. "And the mightier they are the more sane and wary should we be. One of them was killed yonder not three hours ago."

"Killed!" he said, staring about him. "How can God's ministers be killed?"

"I saw it happen." I proceeded to tell him. "We have chanced to come in for the thick of it," said I, "and that is all."

"What is that flicker in the sky?" he asked abruptly.

I told him it was the heliograph signalling—that it was the sign of human help and effort in the sky.

"We are in the midst of it," I said, "quiet as it is. That flicker in the sky tells of the gathering storm. Yonder, I take it are the Martians, and Londonward, where those hills rise about Richmond and Kingston and the trees give cover, earthworks are being thrown up and guns are being placed. Presently the Martians will be coming this way again."

And even as I spoke he sprang to his feet and stopped me by a gesture.

"Listen!" he said.

From beyond the low hills across the water came the dull resonance of distant guns and a remote weird crying. Then everything was still. A cockchafer came droning over the hedge and past us. High in the west the crescent moon hung faint and pale above the smoke of Weybridge and Shepperton and the hot, still splendour of the sunset.

"We had better follow this path," I said, "northward."

«Ni lo uno ni, quizás, lo otro», respondí. «Y cuanto más poderosos son, más cuerdos y precavidos debemos ser nosotros. Uno de ellos fue abatido allá hace menos de tres horas».

«¡Abatido!», dijo, mirando a su alrededor. «¿Cómo pueden ser abatidos los ministros de Dios?».

«Yo lo vi ocurrir». Procedí a contarle. «Hemos llegado por casualidad al meollo del asunto», dije, «y eso es todo».

«¿Qué es ese parpadeo en el cielo?», preguntó bruscamente.

Le dije que era la señal del heliógrafo, que era la señal de la ayuda y el esfuerzo humano en el cielo.

«Estamos en medio de la actividad», dije, «tranquilo como está. Ese parpadeo en el cielo indica que se avecina una batalla. Supongo que allá están los marcianos, y hacia Londres, donde esas colinas se elevan alrededor de Richmond y Kingston y los árboles dan cobertura, se están levantando terraplenes y se están colocando cañones. Pronto los marcianos vendrán de nuevo hacia aquí».

Y mientras yo hablaba él se puso de pie y me detuvo con un gesto.

«¡Escucha!», dijo.

Desde más allá de las colinas bajas, al otro lado del agua, llegó el sordo resonar de armas lejanas y un extraño y remoto llanto. Luego todo se quedó quieto. Un escarabajo pasó zumbando por encima del seto y delante de nosotros. En lo alto del oeste, la luna creciente colgaba tenue y pálida sobre el humo de Weybridge y Shepperton y el esplendor caliente y tranquilo de la puesta de sol.

«Será mejor que sigamos este camino», dije, «hacia el norte».

XIV — IN LONDON

My younger brother was in London when the Martians fell at Woking. He was a medical student working for an imminent examination, and he heard nothing of the arrival until Saturday morning. The morning papers on Saturday contained, in addition to lengthy special articles on the planet Mars, on life in the planets, and so forth, a brief and vaguely worded telegram, all the more striking for its brevity.

The Martians, alarmed by the approach of a crowd, had killed a number of people with a quick-firing gun, so the story ran. The telegram concluded with the words: "Formidable as they seem to be, the Martians have not moved from the pit into which they have fallen, and, indeed, seem incapable of doing so. Probably this is due to the relative strength of the earth's gravitational energy." On that last text their leader-writer expanded very comfortingly.

Of course all the students in the crammer's biology class, to which my brother went that day, were intensely interested, but there were no signs of any unusual excitement in the streets. The afternoon papers puffed scraps of news under big headlines. They had nothing to tell beyond the movements of troops about the common, and the burning of the pine woods between Woking and Weybridge, until eight. Then the St. James's Gazette, in an extra-special edition, announced the bare fact of the interruption of telegraphic communication. This was thought to be due to the falling of burning pine trees across the line. Nothing more of the fighting was known that night, the night of my drive to Leatherhead and back.

My brother felt no anxiety about us, as he knew from the description in the papers that the cylinder was a good two miles from my house. He made up his mind to run down that night to me, in order, as he says, to see the Things before they were killed. He dispatched a telegram, which never reached me, about four o'clock, and spent the evening at a music hall.

In London, also, on Saturday night there was a thunderstorm, and my brother reached Waterloo in a cab. On the platform from which the midnight train usually starts he learned, after some waiting, that an accident prevented trains from reaching Woking that night. The nature of the accident he could not ascertain; indeed, the railway authorities did not clearly know at that time. There was very little excitement in the station, as the officials, failing to realise that anything further than a breakdown between Byfleet and Woking junction had occurred, were running the theatre trains which usually passed through Woking round by Virginia Water or Guildford. They were busy making the necessary arrangements to alter the route of the Southampton and Portsmouth Sunday League excursions. A nocturnal newspaper report-

XIV – EN LONDRES

Mi hermano menor estaba en Londres cuando los marcianos cayeron en Woking. Era un estudiante de medicina y estaba estudiando para un examen inminente; no se enteró de la llegada de los marcianos hasta el sábado por la mañana. Ese día, los periódicos contenían, además de largos artículos especiales sobre el planeta Marte, sobre la vida en los planetas, etc., un telegrama breve y vagamente redactado, tanto más sorprendente por su brevedad.

Los marcianos, alarmados por la aproximación de una multitud, habían matado a varias personas con un arma de fuego rápido, según decía la historia. El telegrama concluía con las palabras: «Por muy formidables que parezcan, los marcianos no se han movido del pozo en el que han caído y, de hecho, parecen incapaces de hacerlo. Probablemente esto se deba a la fuerza relativa de la energía gravitatoria de la Tierra». Sobre esta última sentencia el escritor principal se explayó muy confortablemente.

Por supuesto, todos los alumnos de la clase de biología, a la que mi hermano acudió ese día, estaban intensamente interesados, pero no había signos de ninguna excitación inusual en las calles. Los periódicos de la tarde publicaban retazos de noticias bajo grandes titulares. Hasta las ocho no tenían nada que contar más allá de los movimientos de las tropas sobre el campo abierto y el incendio de los pinares entre Woking y Weybridge. *St. James's Gazette*, en una edición extra especial, anunció el simple hecho de la interrupción de la comunicación telegráfica. Se pensó que esto se debía a la caída de pinos en llamas a través de la línea. No se supo nada más de los combates esa noche, la noche de mi viaje de ida y vuelta a Leatherhead.

Mi hermano no sintió ninguna inquietud por nosotros, pues sabía, por la descripción de los periódicos, que el cilindro estaba a unas dos millas de mi casa. Decidió bajar esa noche a verme, para, según decía, ver las cosas antes de que las mataran. Envió un telegrama que nunca me llegó, hacia las cuatro, y pasó la noche en un salón de conciertos.

También en Londres, el sábado por la noche hubo una tormenta eléctrica, y mi hermano llegó a Waterloo en un taxi. En el andén desde el que suele partir el tren de medianoche se enteró, tras un rato de espera, de que un accidente había impedido que los trenes llegaran a Woking esa noche. No pudo averiguar la naturaleza del accidente; de hecho, las autoridades ferroviarias no lo sabían claramente en aquel momento. Había muy poca tensión en la estación, ya que los funcionarios, sin darse cuenta de que había ocurrido algo más que una avería entre el cruce de Byfleet y Woking, hacían pasar los trenes de teatro que habitualmente pasaban por Woking por Virginia Water o Guildford. Estaban ocupados haciendo los arreglos necesarios para alterar la ruta de las excursiones de la Liga Dominical de Southampton y Portsmouth. Un re-

er, mistaking my brother for the traffic manager, to whom he bears a slight resemblance, waylaid and tried to interview him. Few people, excepting the railway officials, connected the breakdown with the Martians.

I have read, in another account of these events, that on Sunday morning "all London was electrified by the news from Woking." As a matter of fact, there was nothing to justify that very extravagant phrase. Plenty of Londoners did not hear of the Martians until the panic of Monday morning. Those who did took some time to realise all that the hastily worded telegrams in the Sunday papers conveyed. The majority of people in London do not read Sunday papers.

The habit of personal security, moreover, is so deeply fixed in the Londoner's mind, and startling intelligence so much a matter of course in the papers, that they could read without any personal tremors: "About seven o'clock last night the Martians came out of the cylinder, and, moving about under an armour of metallic shields, have completely wrecked Woking station with the adjacent houses, and massacred an entire battalion of the Cardigan Regiment. No details are known. Maxims have been absolutely useless against their armour; the field guns have been disabled by them. Flying hussars have been galloping into Chertsey. The Martians appear to be moving slowly towards Chertsey or Windsor. Great anxiety prevails in West Surrey, and earthworks are being thrown up to check the advance Londonward." That was how the Sunday Sun put it, and a clever and remarkably prompt "handbook" article in the Referee compared the affair to a menagerie suddenly let loose in a village.

No one in London knew positively of the nature of the armoured Martians, and there was still a fixed idea that these monsters must be sluggish: "crawling," "creeping painfully"—such expressions occurred in almost all the earlier reports. None of the telegrams could have been written by an eyewitness of their advance. The Sunday papers printed separate editions as further news came to hand, some even in default of it. But there was practically nothing more to tell people until late in the afternoon, when the authorities gave the press agencies the news in their possession. It was stated that the people of Walton and Weybridge, and all the district were pouring along the roads Londonward, and that was all.

My brother went to church at the Foundling Hospital in the morning, still in ignorance of what had happened on the previous night. There he heard allusions made to the invasion, and a special prayer for peace. Coming out,

portero nocturno de un periódico, confundiendo a mi hermano con el jefe de tráfico, con el que tiene un ligero parecido, le abordó e intentó entrevistarle. Pocas personas, salvo los funcionarios del ferrocarril, relacionaron la avería con los marcianos.

He leído, en otro relato de estos acontecimientos, que el domingo por la mañana «todo Londres estaba electrizado por las noticias de Woking». En realidad, no había nada que justificara esa frase tan extravagante. Muchos londinenses no oyeron hablar de los marcianos hasta el pánico del lunes por la mañana. Los que lo hicieron tardaron algún tiempo en darse cuenta de todo lo que transmitían los telegramas redactados apresuradamente en los periódicos del domingo. La mayoría de la gente en Londres no lee los periódicos del domingo.

El hábito de la seguridad personal, además, está tan profundamente instalado en la mente del londinense, y la inteligencia asombrosa es dada por descontada de tal manera en los periódicos, que esto podía leerse sin ningún temblor personal: «Alrededor de las siete de la pasada noche los marcianos salieron del cilindro y, moviéndose bajo una coraza de escudos metálicos, han destrozado por completo la estación de Woking con las casas adyacentes, y han masacrado a todo un batallón del Regimiento de Cardigan. No se conocen detalles. Los húsares se han mostrado absolutamente ineficaces contra su coraza; los cañones de campaña han sido inutilizados por ellos. Los húsares aéreos han entrado a todo correr en Chertsey. Los marcianos parecen estar avanzando lentamente hacia Chertsey o Windsor. Prevalece una gran ansiedad en el oeste de Surrey, y se están cavando trincheras para frenar el avance hacia Londres». Así lo decía el *Sunday Sun*, y un inteligente y notablemente rápido artículo de «manual» en el *Referee* comparaba el asunto con unas fieras soltada de repente en un pueblo.

Nadie en Londres sabía con certeza la naturaleza de los marcianos acorazados, y seguía existiendo la idea fija de que estos monstruos debían ser lentos: «gateando», «arrastrándose penosamente» —tales expresiones aparecían en casi todos los primeros informes. Ninguno de los telegramas podía haber sido escrito por un testigo presencial de su avance. Los periódicos dominicales publicaron ediciones separadas a medida que llegaban nuevas noticias, algunas incluso en ausencia de ellas. Pero no hubo prácticamente nada más que contar a la gente hasta el final de la tarde, cuando las autoridades dieron a las agencias de prensa las noticias que tenían en su poder. Se decía que la gente de Walton y Weybridge, y de todo el distrito, se estaba dirigiendo por las carreteras hacia Londres, y eso era todo.

Mi hermano fue a la iglesia del Hospital Foundling por la mañana, todavía sin saber lo que había ocurrido la noche anterior. Allí escuchó alusiones a la invasión y una oración especial por la paz. Al salir, compró un *Referee*. Alar-

he bought a Referee. He became alarmed at the news in this, and went again to Waterloo station to find out if communication were restored. The omnibuses, carriages, cyclists, and innumerable people walking in their best clothes seemed scarcely affected by the strange intelligence that the newsvendors were disseminating. People were interested, or, if alarmed, alarmed only on account of the local residents. At the station he heard for the first time that the Windsor and Chertsey lines were now interrupted. The porters told him that several remarkable telegrams had been received in the morning from Byfleet and Chertsey stations, but that these had abruptly ceased. My brother could get very little precise detail out of them.

"There's fighting going on about Weybridge" was the extent of their information.

The train service was now very much disorganised. Quite a number of people who had been expecting friends from places on the South-Western network were standing about the station. One grey-headed old gentleman came and abused the South-Western Company bitterly to my brother. "It wants showing up," he said.

One or two trains came in from Richmond, Putney, and Kingston, containing people who had gone out for a day's boating and found the locks closed and a feeling of panic in the air. A man in a blue and white blazer addressed my brother, full of strange tidings.

"There's hosts of people driving into Kingston in traps and carts and things, with boxes of valuables and all that," he said. "They come from Molesey and Weybridge and Walton, and they say there's been guns heard at Chertsey, heavy firing, and that mounted soldiers have told them to get off at once because the Martians are coming. We heard guns firing at Hampton Court station, but we thought it was thunder. What the dickens does it all mean? The Martians can't get out of their pit, can they?"

My brother could not tell him.

Afterwards he found that the vague feeling of alarm had spread to the clients of the underground railway, and that the Sunday excursionists began to return from all over the South-Western "lung"—Barnes, Wimbledon, Richmond Park, Kew, and so forth—at unnaturally early hours; but not a soul had anything more than vague hearsay to tell of. Everyone connected with the terminus seemed ill-tempered.

About five o'clock the gathering crowd in the station was immensely excited by the opening of the line of communication, which is almost invaria-

mado por las noticias de éste, se dirigió de nuevo a la estación de Waterloo para saber si se había restablecido la comunicación. Los ómnibus, los carruajes, los ciclistas y las innumerables personas que paseaban con sus mejores galas parecían apenas afectados por la extraña información que difundían los vendedores de noticias. La gente estaba interesada o, si estaba alarmada, lo estaba sólo por los residentes locales. En la estación mi hermano escuchó por primera vez que las líneas de Windsor y Chertsey estaban interrumpidas. Los porteros le dijeron que por la mañana se habían recibido varios telegramas notables de las estaciones de Byfleet y Chertsey, pero que habían cesado abruptamente. Mi hermano pudo obtener muy pocos detalles precisos de ellos.

«Hay peleas en torno a Weybridge», ése era el alcance de su información.

El servicio de trenes estaba ahora muy desorganizado. Un buen número de personas que esperaban a sus amigos desde lugares de la red del South—Western estaban parados en la estación. Un anciano de cabeza gris se acercó a mi hermano e insultó amargamente a la South—Western Company. «Quiere hacerse notar», dijo.

Llegaron uno o dos trenes procedentes de Richmond, Putney y Kingston, con gente que había salido a pasar el día en barco y se encontró con las esclusas cerradas y una sensación de pánico en el aire. Un hombre con una chaqueta azul y blanca se dirigió a mi hermano, lleno de extrañas noticias.

«Hay hordas de personas que llegan a Kingston en trampas y carros y cosas, con cajas de objetos de valor y todo eso», dijo. «Vienen de Molesey y Weybridge y Walton, y dicen que se han oído cañones en Chertsey, fuertes disparos, y que los soldados a caballo les han dicho que se bajen enseguida porque vienen los marcianos. Hemos oído disparos en la estación de Hampton Court, pero pensamos que eran truenos. ¿Qué diablos significa todo esto? Los marcianos no pueden salir de su foso, ¿verdad?».

Mi hermano no pudo decirle nada.

Después descubrió que el vago sentimiento de alarma se había extendido a los clientes de los trenes subterráneos, y que los excursionistas de los domingos empezaron a regresar de todo el «pulmón» del suroeste —Barnes, Wimbledon, Richmond Park, Kew, etc.— a horas anormalmente tempranas; pero nadie tenía más que un vago rumor que contar. Todo el mundo en la terminal parecía malhumorado.

Alrededor de las cinco, la multitud que se reunía en la estación estaba inmensamente excitada por la apertura de la línea de comunicación, casi in-

bly closed, between the South-Eastern and the South-Western stations, and the passage of carriage trucks bearing huge guns and carriages crammed with soldiers. These were the guns that were brought up from Woolwich and Chatham to cover Kingston. There was an exchange of pleasantries: "You'll get eaten!" "We're the beast-tamers!" and so forth. A little while after that a squad of police came into the station and began to clear the public off the platforms, and my brother went out into the street again.

The church bells were ringing for evensong, and a squad of Salvation Army lassies came singing down Waterloo Road. On the bridge a number of loafers were watching a curious brown scum that came drifting down the stream in patches. The sun was just setting, and the Clock Tower and the Houses of Parliament rose against one of the most peaceful skies it is possible to imagine, a sky of gold, barred with long transverse stripes of reddish-purple cloud. There was talk of a floating body. One of the men there, a reservist he said he was, told my brother he had seen the heliograph flickering in the west.

In Wellington Street my brother met a couple of sturdy roughs who had just been rushed out of Fleet Street with still-wet newspapers and staring placards. "Dreadful catastrophe!" they bawled one to the other down Wellington Street. "Fighting at Weybridge! Full description! Repulse of the Martians! London in Danger!" He had to give threepence for a copy of that paper.

Then it was, and then only, that he realised something of the full power and terror of these monsters. He learned that they were not merely a handful of small sluggish creatures, but that they were minds swaying vast mechanical bodies; and that they could move swiftly and smite with such power that even the mightiest guns could not stand against them.

They were described as "vast spiderlike machines, nearly a hundred feet high, capable of the speed of an express train, and able to shoot out a beam of intense heat." Masked batteries, chiefly of field guns, had been planted in the country about Horsell Common, and especially between the Woking district and London. Five of the machines had been seen moving towards the Thames, and one, by a happy chance, had been destroyed. In the other cases the shells had missed, and the batteries had been at once annihilated by the Heat-Rays. Heavy losses of soldiers were mentioned, but the tone of the dispatch was optimistic.

The Martians had been repulsed; they were not invulnerable. They had retreated to their triangle of cylinders again, in the circle about Woking. Signal-

variablemente cerrada, entre las estaciones del sudeste y del sudoeste, y el paso de camiones de transporte que llevaban enormes cañones y carruajes abarrotados de soldados. Estos eran los cañones que se trajeron de Woolwich y Chatham para cubrir Kingston. Hubo un intercambio de bromas: «¡Los van a comer!», «¡Somos los domadores de bestias!», y así sucesivamente. Poco después, un escuadrón de policías entró en la estación y comenzó a desalojar al público de los andenes, y mi hermano salió de nuevo a la calle.

Las campanas de la iglesia tocaban a rebato, y un escuadrón de muchachas del Ejército de Salvación bajaba cantando por Waterloo Road. En el puente, varios holgazanes observaban una curiosa escoria marrón que bajaba por el arroyo a borbotones. El sol acababa de ponerse, y la Torre del Big Ben y las Casas del Parlamento se alzaban sobre uno de los cielos más tranquilos que es posible imaginar, un cielo dorado, barrado con largas franjas transversales de nubes rojizas y moradas. Se habló de un cuerpo flotante. Uno de los hombres allí presentes, que dijo ser un reservista, le dijo a mi hermano que había visto el heliógrafo parpadeando en el oeste.

En Wellington Street, mi hermano se encontró con un par de robustos matones con la mirada perdida que acababan de salir a toda prisa de Fleet Street con periódicos aún húmedos y pancartas. «¡Catástrofe espantosa!», gritaban uno a otro por Wellington Street. «¡Lucha en Weybridge! ¡Descripción completa! ¡Rechazo de los marcianos! ¡Peligra Londres!». Mi hermano tuvo que dar tres peniques por una copia de ese periódico.

Fue entonces, y sólo entonces, cuando se dio cuenta de todo el poder y el terror de estos monstruos. Se dio cuenta de que no eran simplemente un puñado de pequeñas criaturas perezosas, sino que eran mentes que manejaban vastos cuerpos mecánicos; y que podían moverse rápidamente y atacar con tal poder que ni siquiera los cañones más poderosos podrían enfrentarse a ellos.

Fueron descritas como «enormes máquinas con forma de araña, de casi cien pies de altura, capaces de alcanzar la velocidad de un tren expreso y de disparar un haz de calor intenso». Baterías camufladas, principalmente de cañones de campaña, habían sido desplegadas en el campo abierto de Horsell Common, y especialmente entre Londres y el distrito de Woking. Cinco de las máquinas habían sido vistas moviéndose hacia el Támesis, y una, por una feliz casualidad, había sido destruida. En los demás casos, los proyectiles habían fallado y las baterías habían sido aniquiladas de inmediato por los Rayos de Calor. Se mencionaron grandes pérdidas de soldados, pero el tono del despacho era optimista.

Los marcianos habían sido rechazados; no eran invulnerables. Se habían retirado a su triángulo de cilindros de nuevo, en el círculo alrededor de Wo-

lers with heliographs were pushing forward upon them from all sides. Guns were in rapid transit from Windsor, Portsmouth, Aldershot, Woolwich—even from the north; among others, long wire-guns of ninety-five tons from Woolwich. Altogether one hundred and sixteen were in position or being hastily placed, chiefly covering London. Never before in England had there been such a vast or rapid concentration of military material.

Any further cylinders that fell, it was hoped, could be destroyed at once by high explosives, which were being rapidly manufactured and distributed. No doubt, ran the report, the situation was of the strangest and gravest description, but the public was exhorted to avoid and discourage panic. No doubt the Martians were strange and terrible in the extreme, but at the outside there could not be more than twenty of them against our millions.

The authorities had reason to suppose, from the size of the cylinders, that at the outside there could not be more than five in each cylinder—fifteen altogether. And one at least was disposed of—perhaps more. The public would be fairly warned of the approach of danger, and elaborate measures were being taken for the protection of the people in the threatened southwestern suburbs. And so, with reiterated assurances of the safety of London and the ability of the authorities to cope with the difficulty, this quasi-proclamation closed.

This was printed in enormous type on paper so fresh that it was still wet, and there had been no time to add a word of comment. It was curious, my brother said, to see how ruthlessly the usual contents of the paper had been hacked and taken out to give this place.

All down Wellington Street people could be seen fluttering out the pink sheets and reading, and the Strand was suddenly noisy with the voices of an army of hawkers following these pioneers. Men came scrambling off buses to secure copies. Certainly this news excited people intensely, whatever their previous apathy. The shutters of a map shop in the Strand were being taken down, my brother said, and a man in his Sunday raiment, lemon-yellow gloves even, was visible inside the window hastily fastening maps of Surrey to the glass.

Going on along the Strand to Trafalgar Square, the paper in his hand, my brother saw some of the fugitives from West Surrey. There was a man with his wife and two boys and some articles of furniture in a cart such as greengrocers use. He was driving from the direction of Westminster Bridge; and close behind him came a hay waggon with five or six respectable-looking people

king. Los señalizadores con sus heliógrafos estaban avanzando sobre ellos desde todos los flancos. Los cañones transitaban rápidamente desde Windsor, Portsmouth, Aldershot, Woolwich, incluso desde el norte; entre otros, cañones largos de largo alcance y uno de noventa y cinco toneladas desde Woolwich. En total, ciento dieciséis cañones estaban en posición o siendo colocados apresuradamente, cubriendo Londres principalmente. Nunca antes en Inglaterra se había producido una concentración tan vasta y rápida de material militar.

Se esperaba que cualquier otro cilindro que cayera pudiera ser destruido de inmediato con explosivos de alta potencia, que se estaban fabricando y distribuyendo rápidamente. Sin duda, decía el informe, la situación era de lo más extraña y grave, pero se exhortaba al público a evitar el pánico y el desaliento. Sin duda, los marcianos eran extraños y terribles en extremo, pero aparte de ello no podían ser más de veinte contra nuestros millones.

Las autoridades tenían razones para suponer, por el tamaño de los cilindros, que a primera vista no podía haber más de cinco en cada cilindro, quince en total. Y se había dado muerte a uno por lo menos, tal vez más. El público sería advertido de la proximidad del peligro, y se estaban tomando elaboradas medidas para la protección de la gente en los amenazados suburbios del suroeste. Y así, con reiteradas garantías de la seguridad de Londres y de la capacidad de las autoridades para hacer frente a la dificultad, se cerró esta cuasi—proclamación.

Esto estaba impreso con una letra enorme en un papel tan fresco que aún estaba húmedo, y no había habido tiempo para añadir una palabra de comentario. Era curioso, dijo mi hermano, ver con qué crueldad se había acortado y eliminado el contenido habitual del periódico para darle cabida a esto.

Por toda Wellington Street se podía ver a la gente sacando las hojas rosas y leyendo, y el Strand se llenó de repente de ruido con las voces de un ejército de vendedores ambulantes que seguían a estos pioneros. Los hombres bajaban de los autobuses para conseguir ejemplares. Ciertamente, esta noticia excitaba intensamente a la gente, independientemente de su apatía anterior. Mi hermano dijo que habían bajado las persianas de una tienda de mapas en el Strand, y que un hombre con su vestimenta dominical, incluso con guantes amarillo limón, se veía dentro del escaparate fijando apresuradamente mapas de Surrey en el cristal.

Avanzando por el Strand hacia Trafalgar Square, con el periódico en la mano, mi hermano vio a algunos de los fugitivos de West Surrey. Había un hombre con su mujer y dos muchachos y algunos muebles en un carro como los que usan los verduleros. Venían desde Westminster Bridge; y cerca de él venía un carro de heno con cinco o seis personas de aspecto respetable, y

in it, and some boxes and bundles. The faces of these people were haggard, and their entire appearance contrasted conspicuously with the Sabbath-best appearance of the people on the omnibuses. People in fashionable clothing peeped at them out of cabs. They stopped at the Square as if undecided which way to take, and finally turned eastward along the Strand. Some way behind these came a man in workday clothes, riding one of those old-fashioned tricycles with a small front wheel. He was dirty and white in the face.

My brother turned down towards Victoria, and met a number of such people. He had a vague idea that he might see something of me. He noticed an unusual number of police regulating the traffic. Some of the refugees were exchanging news with the people on the omnibuses. One was professing to have seen the Martians. "Boilers on stilts, I tell you, striding along like men." Most of them were excited and animated by their strange experience.

Beyond Victoria the public-houses were doing a lively trade with these arrivals. At all the street corners groups of people were reading papers, talking excitedly, or staring at these unusual Sunday visitors. They seemed to increase as night drew on, until at last the roads, my brother said, were like Epsom High Street on a Derby Day. My brother addressed several of these fugitives and got unsatisfactory answers from most.

None of them could tell him any news of Woking except one man, who assured him that Woking had been entirely destroyed on the previous night.

"I come from Byfleet," he said; "a man on a bicycle came through the place in the early morning, and ran from door to door warning us to come away. Then came soldiers. We went out to look, and there were clouds of smoke to the south—nothing but smoke, and not a soul coming that way. Then we heard the guns at Chertsey, and folks coming from Weybridge. So I've locked up my house and come on."

At that time there was a strong feeling in the streets that the authorities were to blame for their incapacity to dispose of the invaders without all this inconvenience.

About eight o'clock a noise of heavy firing was distinctly audible all over the south of London. My brother could not hear it for the traffic in the main thoroughfares, but by striking through the quiet back streets to the river he was able to distinguish it quite plainly.

He walked from Westminster to his apartments near Regent's Park, about two. He was now very anxious on my account, and disturbed at the evident

alguna cajas y bultos. Los rostros de estas personas estaban demacrados, y todo su aspecto contrastaba notablemente con la vestimenta de sábado de la gente en los ómnibus. La gente vestida a la moda les miraba desde los taxis. Se detuvieron en la plaza como si estuvieran indecisos sobre qué camino tomar, y finalmente giraron hacia el este a lo largo del Strand. Detrás de ellos venía un hombre con ropa de trabajo, montado en uno de esos anticuados triciclos con una pequeña rueda delantera. Estaba sucio y tenía la cara blanca.

Mi hermano bajó hacia Victoria y se encontró con varias personas de este tipo. Tenía la vaga idea de que podría verme. Notó un número inusual de policías regulando el tráfico. Algunos de los refugiados intercambiaban noticias con la gente de los ómnibus. Uno de ellos afirmaba haber visto a los marcianos. «Calderas sobre zancos, te digo, caminando a zancadas como hombres». La mayoría de ellos estaban excitados y animados por su extraña experiencia.

Más allá de Victoria, los bares estaban muy animados con estos visitantes. En todas las esquinas había grupos de personas que leían periódicos, hablaban animadamente o miraban fijamente a estos inusuales visitantes dominicales. Parecía que aumentaban a medida que avanzaba la noche, hasta que por fin las calles, dijo mi hermano, eran como Epsom High Street en un día de Derby. Mi hermano se dirigió a varios de estos fugitivos y obtuvo respuestas insatisfactorias de la mayoría.

Ninguno de ellos pudo darle ninguna noticia sobre Woking, excepto un hombre, que le aseguró que Woking había sido completamente destruida la noche anterior.

«Vengo de Byfleet», dijo; «un hombre en bicicleta pasó por el lugar de madrugada y corrió de puerta en puerta advirtiéndonos que nos fuéramos. Luego vinieron los soldados. Salimos a mirar, y había nubes de humo hacia el sur, nada más que humo, y ni un alma que viniera en esa dirección. Luego oímos los cañones en Chertsey, y gente viniendo de Weybridge. Así que cerré mi casa y me vine».

En ese momento había un fuerte sentimiento en las calles de que las autoridades eran culpables por su incapacidad de deshacerse de los invasores sin causar estos inconvenientes.

Alrededor de las ocho de la tarde se oyeron claramente unos fuertes disparos en todo el sur de Londres. Mi hermano no pudo oírlo por el tráfico de las calles principales, pero al recorrer las tranquilas calles secundarias hacia el río pudo distinguirlo con bastante claridad.

Hacia las dos, caminó desde Westminster hasta sus apartamentos cerca de Regent's Park. Ahora estaba muy preocupado por mí y perturbado por la

magnitude of the trouble. His mind was inclined to run, even as mine had run on Saturday, on military details. He thought of all those silent, expectant guns, of the suddenly nomadic countryside; he tried to imagine "boilers on stilts" a hundred feet high.

There were one or two cartloads of refugees passing along Oxford Street, and several in the Marylebone Road, but so slowly was the news spreading that Regent Street and Portland Place were full of their usual Sunday-night promenaders, albeit they talked in groups, and along the edge of Regent's Park there were as many silent couples "walking out" together under the scattered gas lamps as ever there had been. The night was warm and still, and a little oppressive; the sound of guns continued intermittently, and after midnight there seemed to be sheet lightning in the south.

He read and re-read the paper, fearing the worst had happened to me. He was restless, and after supper prowled out again aimlessly. He returned and tried in vain to divert his attention to his examination notes. He went to bed a little after midnight, and was awakened from lurid dreams in the small hours of Monday by the sound of door knockers, feet running in the street, distant drumming, and a clamour of bells. Red reflections danced on the ceiling. For a moment he lay astonished, wondering whether day had come or the world gone mad. Then he jumped out of bed and ran to the window.

His room was an attic and as he thrust his head out, up and down the street there were a dozen echoes to the noise of his window sash, and heads in every kind of night disarray appeared. Enquiries were being shouted. "They are coming!" bawled a policeman, hammering at the door; "the Martians are coming!" and hurried to the next door.

The sound of drumming and trumpeting came from the Albany Street Barracks, and every church within earshot was hard at work killing sleep with a vehement disorderly tocsin. There was a noise of doors opening, and window after window in the houses opposite flashed from darkness into yellow illumination.

Up the street came galloping a closed carriage, bursting abruptly into noise at the corner, rising to a clattering climax under the window, and dying away slowly in the distance. Close on the rear of this came a couple of cabs, the forerunners of a long procession of flying vehicles, going for the most part to Chalk Farm station, where the North-Western special trains were loading up, instead of coming down the gradient into Euston.

For a long time my brother stared out of the window in blank astonishment, watching the policemen hammering at door after door, and delivering their

evidente magnitud del problema. Su mente se inclinaba a pensar, como la mía lo había hecho el sábado, en detalles militares. Pensó en todos esos cañones silenciosos y expectantes, en el campo repentinamente nómade; trató de imaginar «calderas sobre zancos» de cien pies de altura.

Había uno o dos carros de refugiados que pasaban por Oxford Street, y varios en Marylebone Road, pero la noticia se extendía tan lentamente que Regent Street y Portland Place estaban llenas de sus habituales paseantes de domingo por la noche, aunque hablaban en grupos, y a lo largo del borde de Regent's Park había tantas parejas silenciosas «paseando» bajo las dispersas lámparas de gas como nunca antes había habido. La noche era cálida y tranquila, y un poco opresiva; el sonido de los cañones continuaba de forma intermitente, y después de la medianoche parecía haber relámpagos en el sur.

Leyó y releyó el periódico, temiendo que me hubiera ocurrido lo peor. Estaba inquieto, y después de la cena volvió a merodear sin rumbo. Volvió y trató en vano de desviar su atención hacia sus notas para el examen. Se acostó un poco después de la medianoche, y se despertó de sus escabrosos sueños en la madrugada del lunes por el sonido de las aldabas de las puertas, los pies corriendo en la calle, el tamborileo lejano y el clamor de las campanas. Reflejos rojos bailaban en el techo. Durante un momento se quedó atónito, preguntándose si había llegado el día o el mundo se había vuelto loco. Entonces saltó de la cama y corrió hacia la ventana.

Su habitación era una buhardilla y, al sacar la cabeza, arriba y abajo de la calle había una docena de ecos al ruido de la persiana de su ventana, y aparecían cabezas en todo tipo de desorden nocturno. Alguien se hacía preguntas. «¡Ya vienen!», berreó un policía, golpeando la puerta; «¡los marcianos vienen!», y se apresuró a ir a la puerta de al lado.

El sonido de los tambores y las trompetas provenía de los cuarteles de Albany Street, y todas las iglesias que se encontraban al alcance de los oídos se afanaban en matar el sueño con un vehemente y desordenado tañido. Se oyó un ruido de puertas que se abrían, y una ventana tras otra de las casas de enfrente pasaron de la oscuridad a una iluminación amarilla.

Por la calle llegó al galope un vagón cerrado, que irrumpió bruscamente en la esquina, alcanzando un clímax de estrépito bajo la ventanilla y apagándose lentamente en la distancia. Detrás de él venían un par de taxis, precursores de una larga procesión de vehículos que habían huido y que se dirigían en su mayor parte a la estación de Chalk Farm, donde los trenes especiales del North–Western estaban cargándose, en lugar de hacerlo desde Euston.

Durante mucho tiempo, mi hermano se quedó mirando por la ventana con un asombro inexpresivo, observando a los policías que golpeaban una puerta

incomprehensible message. Then the door behind him opened, and the man who lodged across the landing came in, dressed only in shirt, trousers, and slippers, his braces loose about his waist, his hair disordered from his pillow.

"What the devil is it?" he asked. "A fire? What a devil of a row!"

They both craned their heads out of the window, straining to hear what the policemen were shouting. People were coming out of the side streets, and standing in groups at the corners talking.

"What the devil is it all about?" said my brother's fellow lodger.

My brother answered him vaguely and began to dress, running with each garment to the window in order to miss nothing of the growing excitement. And presently men selling unnaturally early newspapers came bawling into the street:

"London in danger of suffocation! The Kingston and Richmond defences forced! Fearful massacres in the Thames Valley!"

And all about him—in the rooms below, in the houses on each side and across the road, and behind in the Park Terraces and in the hundred other streets of that part of Marylebone, and the Westbourne Park district and St. Pancras, and westward and northward in Kilburn and St. John's Wood and Hampstead, and eastward in Shoreditch and Highbury and Haggerston and Hoxton, and, indeed, through all the vastness of London from Ealing to East Ham—people were rubbing their eyes, and opening windows to stare out and ask aimless questions, dressing hastily as the first breath of the coming storm of Fear blew through the streets. It was the dawn of the great panic. London, which had gone to bed on Sunday night oblivious and inert, was awakened, in the small hours of Monday morning, to a vivid sense of danger.

Unable from his window to learn what was happening, my brother went down and out into the street, just as the sky between the parapets of the houses grew pink with the early dawn. The flying people on foot and in vehicles grew more numerous every moment. "Black Smoke!" he heard people crying, and again "Black Smoke!" The contagion of such a unanimous fear was inevitable. As my brother hesitated on the door-step, he saw another newsvendor approaching, and got a paper forthwith. The man was running away with the rest, and selling his papers for a shilling each as he ran—a grotesque mingling of profit and panic.

And from this paper my brother read that catastrophic dispatch of the Commander-in-Chief:

tras otra y entregaban su incomprensible mensaje. Entonces se abrió la puerta detrás de él y entró el hombre que se alojaba al otro lado del rellano, vestido sólo con camisa, pantalones y zapatillas, los tiradores sueltos cayendo desde la cintura y el pelo desordenado por la almohada.

«¿Qué diablos es eso?», preguntó. «¿Un incendio? ¡Qué ruido endiablado!».

Ambos sacaron la cabeza por la ventana, esforzándose por oír lo que gritaban los policías. La gente salía de las calles laterales y se agrupaba en las esquinas para hablar.

«¿Qué diablos es todo esto?», dijo el compañero de mi hermano.

Mi hermano le contestó vagamente y comenzó a vestirse, corriendo con cada prenda hacia la ventana para no perderse nada de la creciente agitación. Y en seguida llegaron a la calle, vociferando, hombres que vendían periódicos anormalmente temprano:

«¡Londres en peligro de asfixia! ¡Las defensas de Kingston y Richmond han caído! ¡Temibles masacres en el valle del Támesis!».

Y a su alrededor —en las habitaciones de abajo, en las casas de cada lado y del otro lado de la calle, y detrás en Park Terrace y en las otras cien calles de esa parte de Marylebone, y en el distrito de Westbourne Park y St. John's Wood y Hampstead, y hacia el este en Shoreditch y Highbury y Haggerston y Hoxton, y, de hecho, en toda la inmensidad de Londres, desde Ealing hasta East Ham, la gente se frotaba los ojos y abría las ventanas para mirar hacia fuera y hacer preguntas sin sentido, vistiéndose apresuradamente mientras el primer aliento de la tormenta de miedo que se avecinaba soplaba por las calles. Era el amanecer del gran pánico. Londres, que se había ido a la cama el domingo por la noche, inocente e inerte, se despertó, en las primeras horas de la mañana del lunes, con una vívida sensación de peligro.

Incapaz de enterarse desde su ventana de lo que estaba ocurriendo, mi hermano bajó y salió a la calle, justo cuando el cielo entre los parapetos de las casas se volvía rosa con el temprano amanecer. Las personas que se apresuraban a pie y en vehículos eran cada vez más numerosas. «¡Humo Negro!», oyó gritar a la gente, y de nuevo, «¡Humo Negro!». El contagio de un miedo tan unánime era inevitable. Mientras mi hermano dudaba en el umbral de la puerta, vio que se acercaba otro vendedor de periódicos y cogió inmediatamente un diario. El hombre huía con el resto y vendía sus periódicos a un chelín cada uno mientras corría, una grotesca mezcla de beneficio y pánico.

Y en ese periódico mi hermano leyó ese catastrófico despacho del Comandante en Jefe:

"The Martians are able to discharge enormous clouds of a black and poisonous vapour by means of rockets. They have smothered our batteries, destroyed Richmond, Kingston, and Wimbledon, and are advancing slowly towards London, destroying everything on the way. It is impossible to stop them. There is no safety from the Black Smoke but in instant flight."

That was all, but it was enough. The whole population of the great six-million city was stirring, slipping, running; presently it would be pouring en masse northward.

"Black Smoke!" the voices cried. "Fire!"

The bells of the neighbouring church made a jangling tumult, a cart carelessly driven smashed, amid shrieks and curses, against the water trough up the street. Sickly yellow lights went to and fro in the houses, and some of the passing cabs flaunted unextinguished lamps. And overhead the dawn was growing brighter, clear and steady and calm.

He heard footsteps running to and fro in the rooms, and up and down stairs behind him. His landlady came to the door, loosely wrapped in dressing gown and shawl; her husband followed, ejaculating.

As my brother began to realise the import of all these things, he turned hastily to his own room, put all his available money—some ten pounds altogether—into his pockets, and went out again into the streets.

«Los marcianos son capaces de descargar enormes nubes de un vapor negro y venenoso por medio de cohetes. Han asfixiado nuestras baterías, han destruido Richmond, Kingston y Wimbledon, y avanzan lentamente hacia Londres, destruyendo todo en el camino. Es imposible detenerlos. No hay otra seguridad contra el Humo Negro más que en la huida instantánea».

Eso era todo, pero era suficiente. Toda la población de la gran ciudad, seis millones de habitantes, se agitaba, se deslizaba, corría; dentro de poco se vería en masa hacia el norte.

«¡Humo Negro!», gritaban las voces. «¡Fuego!».

Las campanas de la iglesia vecina producían un tintineo, un carro conducido con descuido se estrelló, entre gritos y maldiciones, contra el abrevadero de la calle. Las luces amarillas de las casas iban de un lado a otro, y algunos de los taxis que pasaban exhibían lámparas sin apagar. Y en lo alto, el amanecer era cada vez más brillante, claro, firme y tranquilo.

Mi hermano oyó pasos que iban y venían por las habitaciones y subían y bajaban las escaleras detrás de él. Su casera se acercó a la puerta, envuelta en una bata y un chal; su marido la siguió, maldiciendo.

Cuando mi hermano empezó a darse cuenta de la importancia de todas estas cosas, se dirigió apresuradamente a su propia habitación, puso todo el dinero que tenía disponible —unas diez libras en total— en sus bolsillos y salió de nuevo a la calle.

XV — WHAT HAD HAPPENED IN SURREY

It was while the curate had sat and talked so wildly to me under the hedge in the flat meadows near Halliford, and while my brother was watching the fugitives stream over Westminster Bridge, that the Martians had resumed the offensive. So far as one can ascertain from the conflicting accounts that have been put forth, the majority of them remained busied with preparations in the Horsell pit until nine that night, hurrying on some operation that disengaged huge volumes of green smoke.

But three certainly came out about eight o'clock and, advancing slowly and cautiously, made their way through Byfleet and Pyrford towards Ripley and Weybridge, and so came in sight of the expectant batteries against the setting sun. These Martians did not advance in a body, but in a line, each perhaps a mile and a half from his nearest fellow. They communicated with one another by means of sirenlike howls, running up and down the scale from one note to another.

It was this howling and firing of the guns at Ripley and St. George's Hill that we had heard at Upper Halliford. The Ripley gunners, unseasoned artillery volunteers who ought never to have been placed in such a position, fired one wild, premature, ineffectual volley, and bolted on horse and foot through the deserted village, while the Martian, without using his Heat-Ray, walked serenely over their guns, stepped gingerly among them, passed in front of them, and so came unexpectedly upon the guns in Painshill Park, which he destroyed.

The St. George's Hill men, however, were better led or of a better mettle. Hidden by a pine wood as they were, they seem to have been quite unsuspected by the Martian nearest to them. They laid their guns as deliberately as if they had been on parade, and fired at about a thousand yards' range.

The shells flashed all round him, and he was seen to advance a few paces, stagger, and go down. Everybody yelled together, and the guns were reloaded in frantic haste. The overthrown Martian set up a prolonged ululation, and immediately a second glittering giant, answering him, appeared over the trees to the south. It would seem that a leg of the tripod had been smashed by one of the shells. The whole of the second volley flew wide of the Martian on the ground, and, simultaneously, both his companions brought their Heat-Rays to bear on the battery. The ammunition blew up, the pine trees all about the guns flashed into fire, and only one or two of the men who were already running over the crest of the hill escaped.

XV — LO QUE SUCEDIÓ EN SURREY

Fue mientras el cura se había sentado a hablar tan desenfrenadamente conmigo, bajo el seto de los prados planos cerca de Halliford, y mientras mi hermano observaba la corriente de fugitivos por Westminster Bridge, que los marcianos habían reanudado la ofensiva. Por lo que se puede averiguar a partir de los relatos contradictorios que se han expuesto, la mayoría de ellos permanecieron ocupados con los preparativos en la fosa de Horsell hasta las nueve de la noche, apurando alguna operación que desencadenaba enormes volúmenes de humo verde.

Pero ciertamente salieron tres de ellos hacia las ocho y, avanzando lenta y cautelosamente, se abrieron paso a través de Byfleet y Pyrford hacia Ripley y Weybridge; así llegaron a estar a la vista de las expectantes baterías contra el sol poniente. Estos marcianos no avanzaban en masa, sino en línea, cada uno a una milla y media de su compañero más cercano. Se comunicaban entre sí mediante aullidos de sirena, subiendo y bajando la escala de una nota a otra.

Estos aullidos y disparos de los cañones en Ripley y St. George's Hill es lo que habíamos escuchado en Upper Halliford. Los artilleros de Ripley, voluntarios de artillería sin experiencia que nunca deberían haber sido colocados en esa posición, dispararon una andanada salvaje, prematura e ineficaz, y salieron escapando a pie y a caballo a través de la aldea desierta, mientras que el marciano, sin usar su Rayo de Calor, caminó serenamente ante los cañones, se desplazó con cautela entre ellos, pasó por delante, y así llegó por sorpresa a los cañones de Painshill Park, que destruyó.

Los hombres de St. George's Hill, sin embargo, estaban mejor dirigidos o tenían mejor temple. Escondidos tras un pinar parece que no fueron detectados por el marciano más cercano. Colocaron sus armas tan deliberadamente como si hubieran estado en un desfile, y dispararon a unas mil yardas de distancia.

Los proyectiles lo rodearon y se le vio avanzar unos pasos, tambalearse y caer. Todo el mundo gritó al unísono, y los cañones se recargaron con una prisa frenética. El marciano derribado lanzó una prolongada ululación, e inmediatamente un segundo gigante reluciente, que le respondía, apareció ante los árboles al sur. Al parecer, una pata del trípode había sido destrozada por uno de los proyectiles. La totalidad de la segunda descarga voló lejos del marciano en el suelo, y, simultáneamente, sus dos compañeros hicieron que sus Rayos de Calor cayeran sobre la batería. La munición estalló, los pinos que rodeaban los cañones se incendiaron, y sólo uno o dos de los hombres que ya corrían por la cresta de la colina escaparon.

After this it would seem that the three took counsel together and halted, and the scouts who were watching them report that they remained absolutely stationary for the next half hour. The Martian who had been overthrown crawled tediously out of his hood, a small brown figure, oddly suggestive from that distance of a speck of blight, and apparently engaged in the repair of his support. About nine he had finished, for his cowl was then seen above the trees again.

It was a few minutes past nine that night when these three sentinels were joined by four other Martians, each carrying a thick black tube. A similar tube was handed to each of the three, and the seven proceeded to distribute themselves at equal distances along a curved line between St. George's Hill, Weybridge, and the village of Send, southwest of Ripley.

A dozen rockets sprang out of the hills before them so soon as they began to move, and warned the waiting batteries about Ditton and Esher. At the same time four of their fighting machines, similarly armed with tubes, crossed the river, and two of them, black against the western sky, came into sight of myself and the curate as we hurried wearily and painfully along the road that runs northward out of Halliford. They moved, as it seemed to us, upon a cloud, for a milky mist covered the fields and rose to a third of their height.

At this sight the curate cried faintly in his throat, and began running; but I knew it was no good running from a Martian, and I turned aside and crawled through dewy nettles and brambles into the broad ditch by the side of the road. He looked back, saw what I was doing, and turned to join me.

The two halted, the nearer to us standing and facing Sunbury, the remoter being a grey indistinctness towards the evening star, away towards Staines.

The occasional howling of the Martians had ceased; they took up their positions in the huge crescent about their cylinders in absolute silence. It was a crescent with twelve miles between its horns. Never since the devising of gunpowder was the beginning of a battle so still. To us and to an observer about Ripley it would have had precisely the same effect—the Martians seemed in solitary possession of the darkling night, lit only as it was by the slender moon, the stars, the afterglow of the daylight, and the ruddy glare from St. George's Hill and the woods of Painshill.

Después de esto parece que los tres tomaron consejo juntos y se detuvieron, y los exploradores que los observaban informan que permanecieron absolutamente inmóviles durante la siguiente media hora. El marciano que había sido derribado se arrastró tímidamente fuera de su capucha, una pequeña figura marrón, extrañamente sugerente desde esa distancia, como una mancha de tizón, y aparentemente ocupado en la reparación de su soporte. Alrededor de las nueve había terminado, pues su capucha volvió a verse por encima de los árboles.

Habían pasado unos minutos de las nueve de la noche cuando a estos tres centinelas se les unieron otros cuatro marcianos, cada uno de los cuales llevaba un grueso tubo negro. Se entregó un tubo similar a cada uno de los tres, y los siete procedieron a distribuirse a igual distancia a lo largo de una línea curva entre St. George's Hill, Weybridge, y el pueblo de Send, al suroeste de Ripley.

Una docena de cohetes salieron de las colinas ante ellos tan pronto como comenzaron a moverse, y advirtieron a las baterías que esperaban sobre Ditton y Esher. Al mismo tiempo, cuatro de sus máquinas de combate, igualmente armadas con tubos, cruzaron el río, y dos de ellas, negras contra el cielo del oeste, quedaron a la vista del cura y de mí mientras nos dirigíamos cansada y penosamente por la carretera que sale de Halliford hacia el norte. Se movían, según nos parecía, sobre una nube, pues una niebla lechosa cubría los campos y se elevaba hasta un tercio de su altura.

Al ver esto, el cura lanzó un débil grito en su garganta y comenzó a correr; pero yo sabía que no era bueno huir de un marciano, y me aparté y me arrastré a través de las ortigas y las zarzas cubiertas de rocío hasta la amplia zanja que había al lado del camino. Él miró hacia atrás, vio lo que yo estaba haciendo y se volvió para unirse a mí.

Los dos se detuvieron, el más cercano a nosotros de pie y de cara a Sunbury, el más lejano con una indistinción gris hacia la estrella vespertina, en dirección a Staines.

Los aullidos ocasionales de los marcianos habían cesado; tomaron sus posiciones en forma de enorme media luna alrededor de sus cilindros en absoluto silencio. Era una media luna con doce millas entre sus cuernos. Nunca, desde la creación de la pólvora, el comienzo de una batalla había sido tan silencioso. Para nosotros y para un observador en los alrededores de Ripley habría tenido precisamente el mismo efecto: los marcianos parecían estar en posesión solitaria de la oscura noche, iluminada únicamente por la esbelta luna, las estrellas, el resplandor de la luz del día y el rojizo resplandor de St. George's Hill y los bosques de Painshill.

But facing that crescent everywhere—at Staines, Hounslow, Ditton, Esher, Ockham, behind hills and woods south of the river, and across the flat grass meadows to the north of it, wherever a cluster of trees or village houses gave sufficient cover—the guns were waiting. The signal rockets burst and rained their sparks through the night and vanished, and the spirit of all those watching batteries rose to a tense expectation. The Martians had but to advance into the line of fire, and instantly those motionless black forms of men, those guns glittering so darkly in the early night, would explode into a thunderous fury of battle.

No doubt the thought that was uppermost in a thousand of those vigilant minds, even as it was uppermost in mine, was the riddle—how much they understood of us. Did they grasp that we in our millions were organized, disciplined, working together? Or did they interpret our spurts of fire, the sudden stinging of our shells, our steady investment of their encampment, as we should the furious unanimity of onslaught in a disturbed hive of bees? Did they dream they might exterminate us? (At that time no one knew what food they needed.) A hundred such questions struggled together in my mind as I watched that vast sentinel shape. And in the back of my mind was the sense of all the huge unknown and hidden forces Londonward. Had they prepared pitfalls? Were the powder mills at Hounslow ready as a snare? Would the Londoners have the heart and courage to make a greater Moscow of their mighty province of houses?

Then, after an interminable time, as it seemed to us, crouching and peering through the hedge, came a sound like the distant concussion of a gun. Another nearer, and then another. And then the Martian beside us raised his tube on high and discharged it, gunwise, with a heavy report that made the ground heave. The one towards Staines answered him. There was no flash, no smoke, simply that loaded detonation.

I was so excited by these heavy minute-guns following one another that I so far forgot my personal safety and my scalded hands as to clamber up into the hedge and stare towards Sunbury. As I did so a second report followed, and a big projectile hurtled overhead towards Hounslow. I expected at least to see smoke or fire, or some such evidence of its work. But all I saw was the deep blue sky above, with one solitary star, and the white mist spreading wide and low beneath. And there had been no crash, no answering explosion. The silence was restored; the minute lengthened to three.

"What has happened?" said the curate, standing up beside me.

Pero frente a esa media luna, en todas partes —en Staines, Hounslow, Ditton, Esher, Ockham, detrás de las colinas y los bosques al sur del río, y a través de los prados de hierba plana al norte del mismo, dondequiera que un grupo de árboles o casas de pueblo dieran suficiente cobertura— los cañones estaban esperando. Los cohetes de señal estallaron y llovieron sus chispas a través de la noche y se desvanecieron, y el espíritu de todos aquellos que vigilaban las baterías se elevó a una tensa expectación. Los marcianos no tenían más que avanzar hacia la línea de fuego, y al instante aquellas formas negras e inmóviles que eran los hombres, aquellos cañones que brillaban con tanta oscuridad en la temprana noche, estallarían en una atronadora furia de batalla.

Sin duda, el pensamiento que primaba en mil de esas mentes vigilantes, al igual que en la mía, era el enigma: cuánto entendían de nosotros. ¿Comprendían que nuestros millones de personas estaban organizadas, eran disciplinadas y trabajaban juntas? ¿O interpretaban nuestras ráfagas de fuego, el repentino aguijoneo de nuestros proyectiles, nuestra constante invasión de su campamento, como si se tratara de la furiosa unanimidad de un ataque en una colmena de abejas alterada? ¿Soñaban con exterminarnos? (En aquel momento nadie sabía qué alimento necesitaban). Cientos de preguntas de este tipo se agolpaban en mi mente mientras observaba aquella vasta forma de centinela. Y en el fondo de mi mente estaba la sensación de todas las enormes fuerzas desconocidas y ocultas hacia Londres. ¿Habían preparado trampas? ¿Estaban listas las fábricas de pólvora de Hounslow? ¿Tendrían los londinenses el corazón y el coraje de hacer un Moscú más grande de su poderosa provincia de casas?

Entonces, después de un tiempo interminable, así nos pareció, agazapados y mirando a través del seto, llegó un sonido como la conmoción lejana de un arma. Otro más cercano, y luego otro. Y entonces el marciano que estaba a nuestro lado levantó su tubo en alto y lo descargó, a modo de pistola, con un pesado impacto que hizo temblar el suelo. El marciano que estaba hacia Staines le respondió. No hubo flash, ni humo, simplemente esa detonación cargada.

Yo estaba tan excitado por estos pesados cañones disparados minuto a minuto, que se sucedían unos a otros, que me olvidé de mi seguridad personal y de mis manos escaldadas para trepar por el seto y mirar hacia Sunbury. Mientras lo hacía, se oyó un segundo impacto y un gran proyectil salió disparado hacia Hounslow. Esperaba al menos ver humo o fuego, o alguna evidencia de su efecto. Pero todo lo que vi fue el cielo azul profundo, con una estrella solitaria, y la niebla blanca que se extendía a lo ancho y bajo. Y no había habido ningún choque, ninguna explosión que respondiera. El silencio se restableció; el minuto se alargó hasta tres.

«¿Qué ha pasado?», dijo el cura, poniéndose de pie a mi lado.

"Heaven knows!" said I.

A bat flickered by and vanished. A distant tumult of shouting began and ceased. I looked again at the Martian, and saw he was now moving eastward along the riverbank, with a swift, rolling motion.

Every moment I expected the fire of some hidden battery to spring upon him; but the evening calm was unbroken. The figure of the Martian grew smaller as he receded, and presently the mist and the gathering night had swallowed him up. By a common impulse we clambered higher. Towards Sunbury was a dark appearance, as though a conical hill had suddenly come into being there, hiding our view of the farther country; and then, remoter across the river, over Walton, we saw another such summit. These hill-like forms grew lower and broader even as we stared.

Moved by a sudden thought, I looked northward, and there I perceived a third of these cloudy black kopjes had risen.

Everything had suddenly become very still. Far away to the southeast, marking the quiet, we heard the Martians hooting to one another, and then the air quivered again with the distant thud of their guns. But the earthly artillery made no reply.

Now at the time we could not understand these things, but later I was to learn the meaning of these ominous kopjes that gathered in the twilight. Each of the Martians, standing in the great crescent I have described, had discharged, by means of the gunlike tube he carried, a huge canister over whatever hill, copse, cluster of houses, or other possible cover for guns, chanced to be in front of him. Some fired only one of these, some two—as in the case of the one we had seen; the one at Ripley is said to have discharged no fewer than five at that time. These canisters smashed on striking the ground—they did not explode—and incontinently disengaged an enormous volume of heavy, inky vapour, coiling and pouring upward in a huge and ebony cumulus cloud, a gaseous hill that sank and spread itself slowly over the surrounding country. And the touch of that vapour, the inhaling of its pungent wisps, was death to all that breathes.

It was heavy, this vapour, heavier than the densest smoke, so that, after the first tumultuous uprush and outflow of its impact, it sank down through the air and poured over the ground in a manner rather liquid than gaseous, abandoning the hills, and streaming into the valleys and ditches and watercourses even as I have heard the carbonic-acid gas that pours from volcanic clefts is wont to do. And where it came upon water some chemical action occurred,

«¡Sabe Dios!», dije yo.

Un murciélago pasó aleteando y desapareció. Un tumulto distante de gritos comenzó y cesó. Volví a mirar al marciano y vi que ahora se movía hacia el este por la orilla del río, con un movimiento rápido y oscilante.

A cada momento esperaba que el fuego de alguna batería oculta cayera sobre él; pero la calma de la noche no se rompió. La figura del marciano se hacía más pequeña a medida que se alejaba, y pronto la niebla y la noche que se cerraba se lo tragaron. Por un impulso común subimos más alto. Hacia Sunbury había una forma oscura, como si una colina cónica hubiera surgido repentinamente allí, ocultando nuestra vista del territorio más lejano; y luego, más lejos, al otro lado del río, sobre Walton, vimos otra cumbre de este tipo. Estas formas parecidas a colinas se hacían más bajas y más anchas mientras mirábamos.

Movido por un pensamiento repentino, miré hacia el norte, y allí percibí que se había levantado un tercio de estos neblinosos montes negros.

De repente, todo se había quedado muy quieto. A lo lejos, hacia el sureste, marcando la quietud, oímos a los marcianos ulular entre ellos, y luego el aire volvió a temblar con el lejano ruido de sus armas. Pero la artillería terrícola no respondió.

En aquel momento no podíamos entender estas cosas, pero más tarde aprendería el significado de estos ominosos montes que se reunían en el crepúsculo. Cada uno de los marcianos, de pie en la gran medialuna que he descrito, había descargado, por medio del tubo de pistola que llevaba, un enorme cartucho sobre cada colina, bosquecillo, grupo de casas u otra posible cobertura para las armas, que se encontrara frente a él. Algunos disparaban sólo uno de ellos, otros dos, como en el caso del que habíamos visto; se dice que el de Ripley descargó no menos de cinco en ese momento. Estos cartuchos se estrellaron al chocar contra el suelo —no explotaron— y desprendieron un enorme volumen sin contención de vapor pesado y entintado, que se enrolló y se derramó hacia arriba en un enorme cúmulo de ébano, una colina gaseosa que se hundió y se extendió lentamente por el país circundante. Y el contacto con ese vapor, la inhalación de sus punzantes volutas, era la muerte para todo lo que respiraba.

Este vapor era pesado, más pesado que el humo más denso, de modo que, tras el primer y tumultuoso ascenso y descenso de su impacto, se hundió en el aire y se derramó sobre el suelo de una manera más bien líquida que gaseosa, abandonando las colinas, y fluyendo en los valles y zanjas y cursos de agua, incluso como he oído que suele hacer el gas de ácido carbónico que se vierte desde las hendiduras volcánicas. Y cuando se encontraba con agua, se produ-

and the surface would be instantly covered with a powdery scum that sank slowly and made way for more. The scum was absolutely insoluble, and it is a strange thing, seeing the instant effect of the gas, that one could drink without hurt the water from which it had been strained. The vapour did not diffuse as a true gas would do. It hung together in banks, flowing sluggishly down the slope of the land and driving reluctantly before the wind, and very slowly it combined with the mist and moisture of the air, and sank to the earth in the form of dust. Save that an unknown element giving a group of four lines in the blue of the spectrum is concerned, we are still entirely ignorant of the nature of this substance.

Once the tumultuous upheaval of its dispersion was over, the black smoke clung so closely to the ground, even before its precipitation, that fifty feet up in the air, on the roofs and upper stories of high houses and on great trees, there was a chance of escaping its poison altogether, as was proved even that night at Street Cobham and Ditton.

The man who escaped at the former place tells a wonderful story of the strangeness of its coiling flow, and how he looked down from the church spire and saw the houses of the village rising like ghosts out of its inky nothingness. For a day and a half he remained there, weary, starving and sun-scorched, the earth under the blue sky and against the prospect of the distant hills a velvet-black expanse, with red roofs, green trees, and, later, black-veiled shrubs and gates, barns, outhouses, and walls, rising here and there into the sunlight.

But that was at Street Cobham, where the black vapour was allowed to remain until it sank of its own accord into the ground. As a rule the Martians, when it had served its purpose, cleared the air of it again by wading into it and directing a jet of steam upon it.

This they did with the vapour banks near us, as we saw in the starlight from the window of a deserted house at Upper Halliford, whither we had returned. From there we could see the searchlights on Richmond Hill and Kingston Hill going to and fro, and about eleven the windows rattled, and we heard the sound of the huge siege guns that had been put in position there. These continued intermittently for the space of a quarter of an hour, sending chance shots at the invisible Martians at Hampton and Ditton, and then the pale beams of the electric light vanished, and were replaced by a bright red glow.

Then the fourth cylinder fell—a brilliant green meteor—as I learned afterwards, in Bushey Park. Before the guns on the Richmond and Kingston line of hills began, there was a fitful cannonade far away in the southwest, due, I believe, to guns being fired haphazard before the black vapour could over-

cía una reacción química, y la superficie se cubría instantáneamente con una escoria polvorienta que se hundía lentamente. La escoria era absolutamente insoluble, y es una cosa extraña, viendo el efecto instantáneo del gas, que uno pudiera beber sin daño esta agua. El vapor no se difundía como lo haría un verdadero gas. Se acumulaba en bancos, fluyendo perezosamente por la pendiente del terreno y conduciéndose de mala gana ante el viento, y muy lentamente se combinaba con la niebla y la humedad del aire, y se hundía en la tierra en forma de polvo. Salvo que se trate de un elemento desconocido que da un grupo de cuatro líneas en el azul del espectro, seguimos ignorando por completo la naturaleza de esta sustancia.

Una vez terminada la tumultuosa agitación de su dispersión, el humo negro se adhería tan estrechamente al suelo, incluso antes de su precipitación, que a cincuenta pies de altura, en los tejados y pisos superiores de las casas altas y en los grandes árboles, existía la posibilidad de escapar por completo a su veneno, como se comprobó incluso aquella noche en Street Cobham y Ditton.

El hombre que se escapó del primer lugar cuenta una historia maravillosa sobre la extrañeza de su flujo en espiral, y cómo él miró desde la aguja de la iglesia y vio las casas del pueblo surgiendo como fantasmas de su nada entintada. Durante un día y medio permaneció allí, cansado, hambriento y abrasado por el sol, la tierra bajo el cielo azul y contra la perspectiva de las colinas distantes una extensión negra y aterciopelada, con tejados rojos, árboles verdes y, más tarde, arbustos con velos negros y puertas, graneros, dependencias y muros, que se elevaban aquí y allá a la luz del sol.

Pero eso ocurría en Street Cobham, donde se dejaba que el vapor negro permaneciera hasta que se hundía por sí mismo en el suelo. Por regla general, los marcianos, cuando el vapor había cumplido su propósito, volvían a limpiar el aire sumergiéndose en él y dirigiendo un chorro de vapor sobre éste.

Esto lo hicieron con los bancos de vapor cerca de nosotros, como vimos a la luz de las estrellas desde la ventana de una casa desierta en Upper Halliford, adonde habíamos regresado. Desde allí pudimos ver los reflectores de Richmond Hill y Kingston Hill yendo de un lado a otro, y alrededor de las once las ventanas traquetearon, y oímos el sonido de los enormes cañones de asedio que habían sido colocados allí. Éstos continuaron intermitentemente durante un cuarto de hora, enviando disparos fortuitos a los marcianos invisibles de Hampton y Ditton, y luego los pálidos rayos de la luz eléctrica se desvanecieron y fueron reemplazados por un brillante resplandor rojo.

Entonces cayó el cuarto cilindro, un brillante meteoro verde, como supe después, en Bushey Park. Antes de que comenzaran los cañones en la línea de colinas de Richmond y Kingston hubo un cañonco irregular a lo lejos, en el suroeste, debido, creo, a que los cañones fueron disparados al azar antes de

whelm the gunners.

So, setting about it as methodically as men might smoke out a wasps' nest, the Martians spread this strange stifling vapour over the Londonward country. The horns of the crescent slowly moved apart, until at last they formed a line from Hanwell to Coombe and Malden. All night through their destructive tubes advanced. Never once, after the Martian at St. George's Hill was brought down, did they give the artillery the ghost of a chance against them. Wherever there was a possibility of guns being laid for them unseen, a fresh canister of the black vapour was discharged, and where the guns were openly displayed the Heat-Ray was brought to bear.

By midnight the blazing trees along the slopes of Richmond Park and the glare of Kingston Hill threw their light upon a network of black smoke, blotting out the whole valley of the Thames and extending as far as the eye could reach. And through this two Martians slowly waded, and turned their hissing steam jets this way and that.

They were sparing of the Heat-Ray that night, either because they had but a limited supply of material for its production or because they did not wish to destroy the country but only to crush and overawe the opposition they had aroused. In the latter aim they certainly succeeded. Sunday night was the end of the organised opposition to their movements. After that no body of men would stand against them, so hopeless was the enterprise. Even the crews of the torpedo-boats and destroyers that had brought their quick-firers up the Thames refused to stop, mutinied, and went down again. The only offensive operation men ventured upon after that night was the preparation of mines and pitfalls, and even in that their energies were frantic and spasmodic.

One has to imagine, as well as one may, the fate of those batteries towards Esher, waiting so tensely in the twilight. Survivors there were none. One may picture the orderly expectation, the officers alert and watchful, the gunners ready, the ammunition piled to hand, the limber gunners with their horses and waggons, the groups of civilian spectators standing as near as they were permitted, the evening stillness, the ambulances and hospital tents with the burned and wounded from Weybridge; then the dull resonance of the shots the Martians fired, and the clumsy projectile whirling over the trees and houses and smashing amid the neighbouring fields.

One may picture, too, the sudden shifting of the attention, the swiftly spreading coils and bellyings of that blackness advancing headlong, towering heavenward, turning the twilight to a palpable darkness, a strange and hor-

que el vapor negro pudiera envolver a los artilleros.

Así que, poniéndose manos a la obra tan metódicamente como los hombres podrían ahumar un nido de avispas, los marcianos esparcieron este extraño y sofocante vapor sobre los alrededores de Londres. Los cuernos de la media luna se apartaron lentamente, hasta que por fin formaron una línea desde Hanwell hasta Coombe y Malden. Durante toda la noche avanzaron sus destructivos tubos. Ni una sola vez, después de derribar el marciano de St. George's Hill, dieron a la artillería la más mínima oportunidad contra ellos. Dondequiera que existiera la posibilidad de que los cañones fueran colocados en su contra sin ser vistos, se descargaba una nueva carga de vapor negro, y cuando los cañones se mostraban abiertamente, utilizaban el Rayo de Calor.

A medianoche, los árboles ardientes de las laderas de Richmond Park y el resplandor de Kingston Hill arrojaban su luz sobre una red de humo negro, que borraba todo el valle del Támesis y se extendía hasta donde alcanzaba la vista. Y a través de ella, dos marcianos vadeaban lentamente, y giraban sus sibilantes chorros de vapor hacia un lado y otro.

Aquella noche no utilizaron el Rayo de Calor, ya sea porque no tenían más que un suministro limitado de material para su producción o porque no querían destruir el territorio, sino sólo aplastar y vencer a la oposición que habían suscitado. En este último objetivo, ciertamente lo lograron. La noche del domingo fue el fin de la oposición organizada. Después de eso, ningún grupo de hombres se enfrentaría a ellos, ya que la empresa era inútil. Incluso las tripulaciones de los torpederos y destructores que habían subido con sus cañones rápidos por el Támesis se negaron a detenerse, se amotinaron y volvieron a bajar. La única operación ofensiva a la que se aventuraron los hombres después de esa noche fue la preparación de minas y trampas, e incluso en eso sus energías fueron frenéticas y espasmódicas.

Hay que suponer, como se pueda, el destino de aquellas baterías hacia Esher, esperando tan tensamente en el crepúsculo. No hubo sobrevivientes. Uno puede imaginarse la ordenada expectación, los oficiales alertas y vigilantes, los artilleros preparados, la munición amontonada a mano, los artilleros con sus caballos y carros, los grupos de espectadores civiles de pie tan cerca como se les permitía, la quietud vespertina, las ambulancias y las tiendas de campaña de los hospitales con los quemados y heridos de Weybridge; luego, la sorda resonancia de los disparos de los marcianos, y el torpe proyectil girando sobre los árboles y las casas y estrellándose en medio de los campos vecinos.

Uno puede suponer, también, el repentino cambio de atención, las rápidas espirales e hinchazones de esa negrura avanzando de frente, elevándose hacia el cielo, convirtiendo el crepúsculo en una oscuridad palpable, un extraño

rible antagonist of vapour striding upon its victims, men and horses near it seen dimly, running, shrieking, falling headlong, shouts of dismay, the guns suddenly abandoned, men choking and writhing on the ground, and the swift broadening-out of the opaque cone of smoke. And then night and extinction—nothing but a silent mass of impenetrable vapour hiding its dead.

Before dawn the black vapour was pouring through the streets of Richmond, and the disintegrating organism of government was, with a last expiring effort, rousing the population of London to the necessity of flight.

y horrible antagonista de vapor que se abalanza sobre sus víctimas; hombres y caballos cerca de él vistos tenuemente, corriendo, chillando, cayendo de cabeza, gritos de consternación, las armas abandonadas de repente, hombres ahogándose y retorciéndose en el suelo, y el rápido ensanchamiento del cono opaco de humo. Y luego la noche y la extinción, nada más que una masa silenciosa de vapor impenetrable que ocultaba a sus muertos.

Antes del amanecer, el vapor negro se extendía por las calles de Richmond, y el desintegrado organismo del gobierno estaba, con un último esfuerzo agotador, despertando a la población de Londres con la noticia de la necesidad de huir.

XVI – THE EXODUS FROM LONDON

So you understand the roaring wave of fear that swept through the greatest city in the world just as Monday was dawning—the stream of flight rising swiftly to a torrent, lashing in a foaming tumult round the railway stations, banked up into a horrible struggle about the shipping in the Thames, and hurrying by every available channel northward and eastward. By ten o'clock the police organisation, and by midday even the railway organisations, were losing coherency, losing shape and efficiency, guttering, softening, running at last in that swift liquefaction of the social body.

All the railway lines north of the Thames and the South-Eastern people at Cannon Street had been warned by midnight on Sunday, and trains were being filled. People were fighting savagely for standing-room in the carriages even at two o'clock. By three, people were being trampled and crushed even in Bishopsgate Street, a couple of hundred yards or more from Liverpool Street station; revolvers were fired, people stabbed, and the policemen who had been sent to direct the traffic, exhausted and infuriated, were breaking the heads of the people they were called out to protect.

And as the day advanced and the engine drivers and stokers refused to return to London, the pressure of the flight drove the people in an ever-thickening multitude away from the stations and along the northward-running roads. By midday a Martian had been seen at Barnes, and a cloud of slowly sinking black vapour drove along the Thames and across the flats of Lambeth, cutting off all escape over the bridges in its sluggish advance. Another bank drove over Ealing, and surrounded a little island of survivors on Castle Hill, alive, but unable to escape.

After a fruitless struggle to get aboard a North-Western train at Chalk Farm—the engines of the trains that had loaded in the goods yard there ploughed through shrieking people, and a dozen stalwart men fought to keep the crowd from crushing the driver against his furnace—my brother emerged upon the Chalk Farm road, dodged across through a hurrying swarm of vehicles, and had the luck to be foremost in the sack of a cycle shop. The front tire of the machine he got was punctured in dragging it through the window, but he got up and off, notwithstanding, with no further injury than a cut wrist. The steep foot of Haverstock Hill was impassable owing to several overturned horses, and my brother struck into Belsize Road.

So he got out of the fury of the panic, and, skirting the Edgware Road, reached Edgware about seven, fasting and wearied, but well ahead of the crowd. Along the road people were standing in the roadway, curious, wondering. He was

XVI — EL ÉXODO DE LONDRES

Para que se entienda la estruendosa ola de miedo que se extendió por la mayor ciudad del mundo justo al amanecer del lunes: la corriente de huida se elevó rápidamente hasta convertirse en un torrente, azotando en un tumulto espumoso alrededor de las estaciones de ferrocarril, se agolpó en una horrible lucha en torno a la navegación en el Támesis, y se precipitó por todos los canales disponibles hacia el norte y el este. A las diez de la mañana, la organización de la policía, e incluso la de los ferrocarriles, perdía coherencia, perdía forma y eficacia, se desplomaba, se ablandaba, y finalmente se hundía en esa rápida licuefacción del cuerpo social.

Todas las líneas de ferrocarril al norte del Támesis y las del South—Eastern en Cannon Street habían sido prevenidas a medianoche del domingo y los trenes se llenaban. La gente luchaba salvajemente por conseguir espacio en los vagones incluso a las dos de la tarde. A las tres, la gente estaba siendo pisoteada y aplastada incluso en Bishopsgate Street, a un par de cientos de yardas o más de la estación de Liverpool Street; se disparaban revólveres, se apuñalaba a la gente, y los policías que habían sido enviados a dirigir el tráfico, exhaustos y enfurecidos, rompían las cabezas de la gente que debían proteger.

Y a medida que avanzaba el día y los maquinistas y fogoneros se negaban a regresar a Londres, la presión de la huida alejaba a la gente en una multitud cada vez más numerosa de las estaciones y a lo largo de las carreteras que corrían hacia el norte. Al mediodía se había visto un marciano en Barnes, y una nube de vapor negro que se hundía lentamente recorrió el Támesis y los departamentos de Lambeth, cortando toda huida por los puentes en su lento avance. Otra nube pasó por Ealing y rodeó una pequeña isla de supervivientes en Castle Hill, vivos, pero incapaces de escapar.

Después de una infructuosa lucha por subir a un tren de la North—Western en Chalk Farm —las locomotoras de los trenes que habían cargado en el patio de mercancías se abrieron paso entre los chillidos de la gente, y una docena de hombres robustos lucharon para evitar que la multitud aplastara al conductor contra su caldera—, mi hermano salió a la carretera de Chalk Farm, se escabulló a través de un apresurado enjambre de vehículos, y tuvo la suerte de estar en primer lugar en el saqueo de una tienda de bicicletas. El neumático delantero de la bicicleta que cogió se pinchó al arrastrarla por el escaparate, pero la usó a pesar de ello, y salió sin más lesiones que un corte en la muñeca. La parte baja del empinado Haverstock Hill estaba intransitable debido a varios caballos volcados, y mi hermano se metió en Belsize Road.

Así se libró de la furia del pánico y, bordeando Edgware Road, llegó a Edgware a eso de las siete, en ayunas y cansado, pero muy por delante de la multitud. A lo largo de la carretera la gente se paraba en la calzada, curiosa,

passed by a number of cyclists, some horsemen, and two motor cars. A mile from Edgware the rim of the wheel broke, and the machine became unridable. He left it by the roadside and trudged through the village. There were shops half opened in the main street of the place, and people crowded on the pavement and in the doorways and windows, staring astonished at this extraordinary procession of fugitives that was beginning. He succeeded in getting some food at an inn.

For a time he remained in Edgware not knowing what next to do. The flying people increased in number. Many of them, like my brother, seemed inclined to loiter in the place. There was no fresh news of the invaders from Mars.

At that time the road was crowded, but as yet far from congested. Most of the fugitives at that hour were mounted on cycles, but there were soon motor cars, hansom cabs, and carriages hurrying along, and the dust hung in heavy clouds along the road to St. Albans.

It was perhaps a vague idea of making his way to Chelmsford, where some friends of his lived, that at last induced my brother to strike into a quiet lane running eastward. Presently he came upon a stile, and, crossing it, followed a footpath northeastward. He passed near several farmhouses and some little places whose names he did not learn. He saw few fugitives until, in a grass lane towards High Barnet, he happened upon two ladies who became his fellow travellers. He came upon them just in time to save them.

He heard their screams, and, hurrying round the corner, saw a couple of men struggling to drag them out of the little pony-chaise in which they had been driving, while a third with difficulty held the frightened pony's head. One of the ladies, a short woman dressed in white, was simply screaming; the other, a dark, slender figure, slashed at the man who gripped her arm with a whip she held in her disengaged hand.

My brother immediately grasped the situation, shouted, and hurried towards the struggle. One of the men desisted and turned towards him, and my brother, realising from his antagonist's face that a fight was unavoidable, and being an expert boxer, went into him forthwith and sent him down against the wheel of the chaise.

It was no time for pugilistic chivalry and my brother laid him quiet with a kick, and gripped the collar of the man who pulled at the slender lady's arm. He heard the clatter of hoofs, the whip stung across his face, a third antagonist struck him between the eyes, and the man he held wrenched himself free and made off down the lane in the direction from which he had come.

haciéndose preguntas. Le pasaron varios ciclistas, algunos jinetes y dos coches de motor. A una milla de Edgware se rompió la llanta de la rueda y la máquina quedó inutilizable. La dejó al lado de la carretera y atravesó el pueblo a duras penas. En la calle principal del lugar había tiendas a medio abrir, y la gente se agolpaba en la acera y en los portales y ventanas, mirando atónita esta extraordinaria procesión de fugitivos que se iniciaba. Logró conseguir algo de comida en una posada.

Durante un tiempo permaneció en Edgware sin saber qué hacer a continuación. Los refugiados aumentaban en número. Muchos de ellos, como mi hermano, parecían inclinarse a merodear por el lugar. No había otras noticias sobre los invasores de Marte.

A esa hora la carretera estaba abarrotada, pero aún no estaba congestionada. La mayoría de los fugitivos a esa hora iban montados en bicicletas, pero pronto hubo coches de motor, taxis y carruajes que se apresuraban, y el polvo colgaba en pesadas nubes a lo largo del camino a St. Albans.

Tal vez fue una vaga idea de dirigirse a Chelmsford, donde vivían unos amigos suyos, lo que indujo a mi hermano a tomar un tranquilo camino hacia el este. En un momento dado, se encontró con un poste y, al cruzarlo, siguió un sendero hacia el noreste. Pasó cerca de varias granjas y de algunos lugares pequeños cuyos nombres no supo. Vio a pocos fugitivos hasta que, en un camino de césped hacia High Barnet, se encontró con dos señoras que se convirtieron en sus compañeras de viaje. Llegó a ellas justo a tiempo para salvarlas.

Oyó sus gritos y, al doblar la esquina a toda prisa, vio a un par de hombres que se esforzaban por sacarlas del pequeño coche de ponis en el que iban, mientras un tercero sujetaba con dificultad la cabeza del asustado poni. Una de las damas, una mujer de baja estatura vestida de blanco, no hacía más que gritar; la otra, de figura oscura y esbelta, azotaba al hombre que la agarraba del brazo con un látigo que sostenía en su mano libre.

Mi hermano comprendió inmediatamente la situación, gritó y se apresuró hacia la lucha. Uno de los hombres desistió y se volvió hacia él, y mi hermano, dándose cuenta por la cara de su antagonista de que la pelea era inevitable, y siendo un experto boxeador, se dirigió a él inmediatamente y lo envió de un golpe contra la rueda del coche.

No era el momento para caballerosidad pugilística y mi hermano lo dejó inmóvil con una patada y luego agarró el cuello del hombre que tiraba del brazo de la esbelta dama. Oyó el estruendo de los cascos, el látigo le picó en la cara, un tercer antagonista le golpeó entre los ojos, y el hombre al que sujetaba se liberó y se alejó por el camino en la misma dirección por donde había venido.

Partly stunned, he found himself facing the man who had held the horse's head, and became aware of the chaise receding from him down the lane, swaying from side to side, and with the women in it looking back. The man before him, a burly rough, tried to close, and he stopped him with a blow in the face. Then, realising that he was deserted, he dodged round and made off down the lane after the chaise, with the sturdy man close behind him, and the fugitive, who had turned now, following remotely.

Suddenly he stumbled and fell; his immediate pursuer went headlong, and he rose to his feet to find himself with a couple of antagonists again. He would have had little chance against them had not the slender lady very pluckily pulled up and returned to his help. It seems she had had a revolver all this time, but it had been under the seat when she and her companion were attacked. She fired at six yards' distance, narrowly missing my brother. The less courageous of the robbers made off, and his companion followed him, cursing his cowardice. They both stopped in sight down the lane, where the third man lay insensible.

"Take this!" said the slender lady, and she gave my brother her revolver.

"Go back to the chaise," said my brother, wiping the blood from his split lip.

She turned without a word—they were both panting—and they went back to where the lady in white struggled to hold back the frightened pony.

The robbers had evidently had enough of it. When my brother looked again they were retreating.

"I'll sit here," said my brother, "if I may"; and he got upon the empty front seat. The lady looked over her shoulder.

"Give me the reins," she said, and laid the whip along the pony's side. In another moment a bend in the road hid the three men from my brother's eyes.

So, quite unexpectedly, my brother found himself, panting, with a cut mouth, a bruised jaw, and bloodstained knuckles, driving along an unknown lane with these two women.

He learned they were the wife and the younger sister of a surgeon living at Stanmore, who had come in the small hours from a dangerous case at Pinner, and heard at some railway station on his way of the Martian advance. He had hurried home, roused the women—their servant had left them two days before—packed some provisions, put his revolver under the seat—luckily for my brother—and told them to drive on to Edgware, with the idea of getting a train

Parcialmente aturdido, se encontró frente al hombre que había sujetado la cabeza del caballo, y se dio cuenta de que el coche se alejaba de él por el camino, balanceándose de un lado a otro, y con las mujeres en ella mirando hacia atrás. El hombre que tenía delante, un fornido bruto, intentó acercarse, y él lo detuvo con un golpe en la cara. Luego, al darse cuenta de que estaba abandonado, esquivó y se alejó por el camino tras el coche, con el hombre robusto cerca de él, y el fugitivo, que ahora había vuelto, siguiéndole a distancia.

De repente tropezó y cayó; su inmediato perseguidor se lanzó de lleno, y él se levantó para encontrarse de nuevo con un par de antagonistas. Habría tenido pocas posibilidades contra ellos si la esbelta dama no se hubiera detenido con mucho tesón y hubiera vuelto en su ayuda. Al parecer, había tenido un revólver todo ese tiempo, pero había estado debajo del asiento cuando ella y su compañera fueron atacadas. Disparó a seis yardas de distancia, fallando por poco a mi hermano. El menos valiente de los ladrones se dio a la fuga, y su compañero le siguió, maldiciendo su cobardía. Ambos se detuvieron a la vista en la calle, donde el tercer hombre yacía insensible.

«¡Toma esto!», dijo la esbelta dama, y le dio a mi hermano su revólver.

«Vuelve al coche», dijo mi hermano, limpiando la sangre de su labio partido.

Ella se volvió sin decir nada —los dos estaban jadeando— y regresaron al lugar donde la dama de blanco luchaba por contener al asustado poni.

Evidentemente, los ladrones ya habían tenido suficiente. Cuando mi hermano volvió a mirar, se estaban retirando.

«Me sentaré aquí», dijo mi hermano, «si puedo», y se sentó en el asiento delantero vacío. La señora miró por encima del hombro.

«Dame las riendas», dijo, y azuzó al poni en el costado con el látigo. Al momento siguiente, un recodo del camino ocultó a los tres hombres de los ojos de mi hermano.

Así que, inesperadamente, mi hermano se encontró, jadeando, con la boca cortada, la mandíbula magullada y los nudillos manchados de sangre, conduciendo por un camino desconocido con estas dos mujeres.

Se enteró de que eran la esposa y la hermana menor de un cirujano que vivía en Stanmore, que había llegado de madrugada de un caso peligroso en Pinner, y se había enterado en alguna estación de tren de camino del avance marciano. Se había apresurado a llegar a casa, despertó a las mujeres —su criado las había dejado dos días antes—, empacó algunas provisiones, puso su revólver bajo el asiento —por suerte para mi hermano— y les dijo que si-

there. He stopped behind to tell the neighbours. He would overtake them, he said, at about half past four in the morning, and now it was nearly nine and they had seen nothing of him. They could not stop in Edgware because of the growing traffic through the place, and so they had come into this side lane.

That was the story they told my brother in fragments when presently they stopped again, nearer to New Barnet. He promised to stay with them, at least until they could determine what to do, or until the missing man arrived, and professed to be an expert shot with the revolver—a weapon strange to him—in order to give them confidence.

They made a sort of encampment by the wayside, and the pony became happy in the hedge. He told them of his own escape out of London, and all that he knew of these Martians and their ways. The sun crept higher in the sky, and after a time their talk died out and gave place to an uneasy state of anticipation. Several wayfarers came along the lane, and of these my brother gathered such news as he could. Every broken answer he had deepened his impression of the great disaster that had come on humanity, deepened his persuasion of the immediate necessity for prosecuting this flight. He urged the matter upon them.

"We have money," said the slender woman, and hesitated.

Her eyes met my brother's, and her hesitation ended.

"So have I," said my brother.

She explained that they had as much as thirty pounds in gold, besides a five-pound note, and suggested that with that they might get upon a train at St. Albans or New Barnet. My brother thought that was hopeless, seeing the fury of the Londoners to crowd upon the trains, and broached his own idea of striking across Essex towards Harwich and thence escaping from the country altogether.

Mrs. Elphinstone—that was the name of the woman in white—would listen to no reasoning, and kept calling upon "George"; but her sister-in-law was astonishingly quiet and deliberate, and at last agreed to my brother's suggestion. So, designing to cross the Great North Road, they went on towards Barnet, my brother leading the pony to save it as much as possible. As the sun crept up the sky the day became excessively hot, and under foot a thick, whitish sand grew burning and blinding, so that they travelled only very slowly. The hedges were grey with dust. And as they advanced towards Barnet a tumultuous murmuring grew stronger.

guieran hasta Edgware, con la idea de tomar un tren allí. Se quedó atrás para avisar a los vecinos. Les alcanzaría, dijo, a eso de las cuatro y media de la mañana, y ahora eran casi las nueve y no lo habían visto. Ellas no podían detenerse en Edgware debido al creciente tráfico que atravesaba el lugar, por lo que habían entrado en este camino secundario.

Esa fue la historia que le contaron a mi hermano, en fragmentos, cuando se detuvieron de nuevo más cerca de New Barnet. Prometió quedarse con ellas, por lo menos hasta que pudieran determinar qué hacer, o hasta que llegara el hombre desaparecido, y afirmó ser un experto tirador con el revólver —un arma desconocida para él— para darles confianza.

Hicieron una especie de campamento junto al camino, y el poni fue feliz en el vallado. Él les habló de su propia huida de Londres y de todo lo que sabía de esos marcianos y sus costumbres. El sol subía en el cielo, y al cabo de un rato su conversación se apagó y dio paso a un estado de inquietud. Varios caminantes se acercaron por el sendero y de ellos mi hermano recogió las noticias que pudo. Cada respuesta que recibía profundizaba su impresión sobre el gran desastre que había sobrevenido a la humanidad, profundizaba su persuasión sobre la necesidad inmediata de proseguir la huida. Les insistió en el asunto.

«Tenemos dinero», dijo la esbelta mujer, y dudó.

Sus ojos se cruzaron con los de mi hermano y su vacilación se acabó.

«Yo también», dijo mi hermano.

Ella explicó que tenían hasta treinta libras en oro, además de un billete de cinco libras, y sugirió que con eso podrían tomar un tren en St. Albans o New Barnet. Mi hermano pensó que eso era inútil, al ver la furia de los londinenses por subirse a los trenes, y propuso su propia idea de atravesar Essex en dirección a Harwich y, desde allí, escapar por completo del país.

La señora Elphinstone —así se llamaba la mujer de blanco— no atendía a ningún razonamiento y seguía invocando a «George»; pero su cuñada se mostraba asombrosamente tranquila y deliberada, y al final accedió a la sugerencia de mi hermano. Así que, proyectando cruzar Great North Road, siguieron en dirección a Barnet, con mi hermano guiando el poni a pie para no cansarlo en cuanto era posible. A medida que el sol subía por el cielo, el día se volvía excesivamente caluroso, y en el suelo se acumulaba una arena espesa y blanquecina que quemaba y cegaba, de modo que sólo viajaban muy lentamente. Los setos estaban grises por el polvo. Y a medida que avanzaban hacia Barnet, un tumultuoso murmullo se hacía más fuerte.

They began to meet more people. For the most part these were staring before them, murmuring indistinct questions, jaded, haggard, unclean. One man in evening dress passed them on foot, his eyes on the ground. They heard his voice, and, looking back at him, saw one hand clutched in his hair and the other beating invisible things. His paroxysm of rage over, he went on his way without once looking back.

As my brother's party went on towards the crossroads to the south of Barnet they saw a woman approaching the road across some fields on their left, carrying a child and with two other children; and then passed a man in dirty black, with a thick stick in one hand and a small portmanteau in the other. Then round the corner of the lane, from between the villas that guarded it at its confluence with the high road, came a little cart drawn by a sweating black pony and driven by a sallow youth in a bowler hat, grey with dust. There were three girls, East End factory girls, and a couple of little children crowded in the cart.

"This'll tike us rahnd Edgware?" asked the driver, wild-eyed, white-faced; and when my brother told him it would if he turned to the left, he whipped up at once without the formality of thanks.

My brother noticed a pale grey smoke or haze rising among the houses in front of them, and veiling the white façade of a terrace beyond the road that appeared between the backs of the villas. Mrs. Elphinstone suddenly cried out at a number of tongues of smoky red flame leaping up above the houses in front of them against the hot, blue sky. The tumultuous noise resolved itself now into the disorderly mingling of many voices, the gride of many wheels, the creaking of waggons, and the staccato of hoofs. The lane came round sharply not fifty yards from the crossroads.

"Good heavens!" cried Mrs. Elphinstone. "What is this you are driving us into?"

My brother stopped.

For the main road was a boiling stream of people, a torrent of human beings rushing northward, one pressing on another. A great bank of dust, white and luminous in the blaze of the sun, made everything within twenty feet of the ground grey and indistinct and was perpetually renewed by the hurrying feet of a dense crowd of horses and of men and women on foot, and by the wheels of vehicles of every description.

Empezaron a encontrarse con más gente. La mayoría de la gente les miraban fijamente, murmurando preguntas indistintas, hastiada, ojerosa, sucia. Un hombre vestido de etiqueta pasó ante ellos a pie, con los ojos en el suelo. Oyeron su voz y, al volver la vista hacia él, vieron una mano agarrada a su pelo y la otra golpeando cosas invisibles. Pasado su paroxismo de rabia, siguió su camino sin mirar atrás.

Cuando el grupo de mi hermano se dirigió hacia el cruce de caminos al sur de Barnet, vieron a una mujer que se acercaba al camino a través de unos campos a su izquierda, llevando un niño en brazos y otros dos niños; y luego pasó un hombre vestido de negro sucio, con un grueso bastón en una mano y un pequeño maletín en la otra. Luego, al doblar la esquina del carril, de entre las villas que lo custodiaban en su confluencia con la carretera principal, llegó un pequeño carro tirado por un sudoroso poni negro y conducido por un joven cetrino con bombín, gris de polvo. Había tres chicas, chicas de fábrica del East End, y un par de niños pequeños apiñados en el carro.

«¿Esto nos llevará a Edgware?», preguntó el conductor, con los ojos desorbitados y la cara blanca; y cuando mi hermano le dijo que lo haría si giraba a la izquierda, se puso en marcha de inmediato sin la formalidad del agradecimiento.

Mi hermano notó que un humo gris pálido o una neblina se elevaba entre las casas frente a ellos, y velaba la fachada blanca de una terraza más allá de la carretera que aparecía entre la parte trasera de las villas. La señora Elphinstone gritó de repente al ver varias lenguas de llamas rojas y humeantes que saltaban por encima de las casas que tenían delante, contra el cielo azul y caliente. El ruido tumultuoso se convirtió ahora en la mezcla desordenada de muchas voces, el chirrido de muchas ruedas, el crujido de los carros y el staccato de los cascos. El camino dio un giro brusco a menos de cincuenta yardas del cruce.

«¡Santo cielo!» gritó la señora Elphinstone. «¿A qué nos estás llevando?».

Mi hermano se detuvo.

El camino principal era una corriente hirviente de gente, un torrente de seres humanos que se precipitaban hacia el norte, unos presionando a otros. Un gran banco de polvo, blanco y luminoso al resplandor del sol, hacía que todo lo que estaba a menos de veinte pies del suelo fuera gris e indistinto, y se renovaba perpetuamente por los pies apresurados de una densa multitud de caballos y de hombres y mujeres a pie, y por las ruedas de vehículos de todo tipo.

"Way!" my brother heard voices crying. "Make way!"

It was like riding into the smoke of a fire to approach the meeting point of the lane and road; the crowd roared like a fire, and the dust was hot and pungent. And, indeed, a little way up the road a villa was burning and sending rolling masses of black smoke across the road to add to the confusion.

Two men came past them. Then a dirty woman, carrying a heavy bundle and weeping. A lost retriever dog, with hanging tongue, circled dubiously round them, scared and wretched, and fled at my brother's threat.

So much as they could see of the road Londonward between the houses to the right was a tumultuous stream of dirty, hurrying people, pent in between the villas on either side; the black heads, the crowded forms, grew into distinctness as they rushed towards the corner, hurried past, and merged their individuality again in a receding multitude that was swallowed up at last in a cloud of dust.

"Go on! Go on!" cried the voices. "Way! Way!"

One man's hands pressed on the back of another. My brother stood at the pony's head. Irresistibly attracted, he advanced slowly, pace by pace, down the lane.

Edgware had been a scene of confusion, Chalk Farm a riotous tumult, but this was a whole population in movement. It is hard to imagine that host. It had no character of its own. The figures poured out past the corner, and receded with their backs to the group in the lane. Along the margin came those who were on foot threatened by the wheels, stumbling in the ditches, blundering into one another.

The carts and carriages crowded close upon one another, making little way for those swifter and more impatient vehicles that darted forward every now and then when an opportunity showed itself of doing so, sending the people scattering against the fences and gates of the villas.

"Push on!" was the cry. "Push on! They are coming!"

In one cart stood a blind man in the uniform of the Salvation Army, gesticulating with his crooked fingers and bawling, "Eternity! Eternity!" His voice was hoarse and very loud so that my brother could hear him long after he was lost to sight in the dust. Some of the people who crowded in the carts whipped stupidly at their horses and quarrelled with other drivers; some sat motionless, staring at nothing with miserable eyes; some gnawed their hands with

«¡Abran paso!» mi hermano escuchó voces gritando. «¡Abran paso!»

Acercarse al punto de encuentro entre el carril y la carretera era como adentrarse en el humo de un incendio; la multitud rugía como un fuego, y el polvo era caliente y acre. Y, en efecto, un poco más arriba sobre la carretera ardía una villa y enviaba masas de humo negro aumentando la confusión.

Dos hombres pasaron junto a ellos. Luego una mujer sucia, que llevaba un pesado fardo y lloraba. Un perro retriever perdido, con la lengua colgando, los rodeó dudosamente, asustado y desdichado, y huyó ante la amenaza de mi hermano.

Todo lo que podían ver del camino hacia Londres, entre las casas de la derecha, era una corriente tumultuosa de gente sucia y apresurada, apiñada entre las villas de ambos lados; las cabezas negras, las formas amontonadas, se fueron distinguiendo a medida que se dirgían hacia la esquina, pasaban apresuradamente y volvían a fundir su individualidad en una multitud que retrocedía y que al final era tragada en una nube de polvo.

«¡Sigan! ¡Sigan!» gritaban las voces. «¡Abran paso! ¡Abran paso!».

Las manos de un hombre presionaban la espalda de otro. Mi hermano se puso a la cabeza del poni. Irresistiblemente atraído, avanzó lentamente, paso a paso, por el camino.

Edgware había sido una sola escena de confusión, Chalk Farm un tumulto alborotado, pero esto era toda una población en movimiento. Es difícil imaginar esa hueste. No tenía carácter propio. Las figuras salían de la esquina y se retiraban de espaldas al grupo de la calle. A lo largo del margen venían los que iban a pie amenazados por las ruedas, tropezando en las zanjas, chocando unos con otros.

Las carretas y los carruajes se amontonaban unos sobre otros, dejando poco paso a aquellos vehículos más rápidos e impacientes que se adelantaban de vez en cuando cuando se presentaba la oportunidad de hacerlo, haciendo que la gente se dispersara contra las vallas y las puertas de las villas.

«¡Empujen!», decía el grito. «¡Adelante! ¡Ya vienen!».

En uno de los carros iba un ciego con el uniforme del Ejército de Salvación, gesticulando con sus dedos torcidos y berreando: «¡Eternidad! ¡Eternidad!». Su voz era ronca y muy fuerte, de modo que mi hermano pudo oírle mucho después de que se perdiera de vista en el polvo. Algunos de los que se amontonaban en los carros fustigaban estúpidamente a sus caballos y se peleaban con otros conductores; otros se sentaban inmóviles, mirando a la nada con

thirst, or lay prostrate in the bottoms of their conveyances. The horses' bits were covered with foam, their eyes bloodshot.

There were cabs, carriages, shop-carts, waggons, beyond counting; a mail cart, a road-cleaner's cart marked "Vestry of St. Pancras," a huge timber waggon crowded with roughs. A brewer's dray rumbled by with its two near wheels splashed with fresh blood.

"Clear the way!" cried the voices. "Clear the way!"

"Eter-nity! Eter-nity!" came echoing down the road.

There were sad, haggard women tramping by, well dressed, with children that cried and stumbled, their dainty clothes smothered in dust, their weary faces smeared with tears. With many of these came men, sometimes helpful, sometimes lowering and savage. Fighting side by side with them pushed some weary street outcast in faded black rags, wide-eyed, loud-voiced, and foul-mouthed. There were sturdy workmen thrusting their way along, wretched, unkempt men, clothed like clerks or shopmen, struggling spasmodically; a wounded soldier my brother noticed, men dressed in the clothes of railway porters, one wretched creature in a nightshirt with a coat thrown over it.

But varied as its composition was, certain things all that host had in common. There were fear and pain on their faces, and fear behind them. A tumult up the road, a quarrel for a place in a waggon, sent the whole host of them quickening their pace; even a man so scared and broken that his knees bent under him was galvanised for a moment into renewed activity. The heat and dust had already been at work upon this multitude. Their skins were dry, their lips black and cracked. They were all thirsty, weary, and footsore. And amid the various cries one heard disputes, reproaches, groans of weariness and fatigue; the voices of most of them were hoarse and weak. Through it all ran a refrain:

"Way! Way! The Martians are coming!"

Few stopped and came aside from that flood. The lane opened slantingly into the main road with a narrow opening, and had a delusive appearance of coming from the direction of London. Yet a kind of eddy of people drove into its mouth; weaklings elbowed out of the stream, who for the most part rested but a moment before plunging into it again. A little way down the lane, with two friends bending over him, lay a man with a bare leg, wrapped about with bloody rags. He was a lucky man to have friends.

ojos miserables; algunos se roían las manos de sed, o yacían postrados en los fondos de sus transportes. Los caballos estaban cubiertos de espuma, con los ojos inyectados en sangre.

Había taxis, carruajes, carros de tienda, vagones más allá de lo que se pueda contar; un carro de correo, un carro limpiador de carreteras con la inscripción «Vestry of St. Pancras», un enorme vagón de madera atestado de bultos. Un carro cervecero pasaba con sus dos ruedas salpicadas de sangre fresca.

«¡Despejen el camino!», gritaban las voces. «¡Despejen el camino!».

«¡Eter-nidad! ¡Eter-nidad!», resonó en la carretera.

Había mujeres tristes y ojerosas que pasaban por allí, bien vestidas, con niños que lloraban y tropezaban, sus delicadas ropas cubiertas de polvo, sus rostros cansados manchados de lágrimas. Con muchas de ellas venían hombres, a veces serviciales, a veces abatidos y salvajes. Luchando codo con codo con ellos, empujaban a algún cansado marginado de la calle, vestido con trapos negros desteñidos, con los ojos muy abiertos, la voz alta y la boca sucia. Había robustos obreros que se abrían paso a empujones, hombres miserables y desaliñados, vestidos como oficinistas o comerciantes, que se debatían espasmódicamente; un soldado herido, en el que se fijó mi hermano, hombres vestidos con las ropas de los porteros del ferrocarril, una miserable criatura en camisa de dormir con un abrigo echado por encima.

Pero por muy variada que fuera su composición, todas aquellas huestes tenían algo en común. Había miedo y dolor en sus rostros, y miedo detrás de ellos. Un tumulto en el camino, una disputa por un lugar en un vagón, hacía que toda la hueste acelerara el paso; incluso había un hombre, tan asustado y destrozado que sus rodillas se doblaban bajo él, que se vio impulsado por un momento a renovar su actividad. El calor y el polvo ya habían actuado sobre esta multitud. Sus pieles estaban secas, sus labios negros y agrietados. Todos estaban sedientos, cansados y doloridos. Y entre los diversos gritos se oían disputas, reproches, gemidos de cansancio y fatiga; las voces de la mayoría eran roncas y débiles. En todos ellos se escuchaba un estribillo:

«¡Abran paso! ¡Abran paso! ¡Vienen los marcianos!».

Pocos se detenían y se apartaban de aquel torrente. El camino se abría oblicuamente en la carretera principal con una estrecha abertura, y tenía una apariencia engañosa de venir de la dirección de Londres. Sin embargo, una especie de remolino de gente se adentraba en su desembocadura; personas débiles que se apartaban a codazos de la corriente y que, en su mayoría, no descansaban más que un momento antes de volver a sumergirse en ella. Un poco más adelante, con dos amigos inclinados sobre él, yacía un hombre con

A little old man, with a grey military moustache and a filthy black frock coat, limped out and sat down beside the trap, removed his boot—his sock was blood-stained—shook out a pebble, and hobbled on again; and then a little girl of eight or nine, all alone, threw herself under the hedge close by my brother, weeping.

"I can't go on! I can't go on!"

My brother woke from his torpor of astonishment and lifted her up, speaking gently to her, and carried her to Miss Elphinstone. So soon as my brother touched her she became quite still, as if frightened.

"Ellen!" shrieked a woman in the crowd, with tears in her voice—"Ellen!" And the child suddenly darted away from my brother, crying "Mother!"

"They are coming," said a man on horseback, riding past along the lane.

"Out of the way, there!" bawled a coachman, towering high; and my brother saw a closed carriage turning into the lane.

The people crushed back on one another to avoid the horse. My brother pushed the pony and chaise back into the hedge, and the man drove by and stopped at the turn of the way. It was a carriage, with a pole for a pair of horses, but only one was in the traces. My brother saw dimly through the dust that two men lifted out something on a white stretcher and put it gently on the grass beneath the privet hedge.

One of the men came running to my brother.

"Where is there any water?" he said. "He is dying fast, and very thirsty. It is Lord Garrick."

"Lord Garrick!" said my brother; "the Chief Justice?"

"The water?" he said.

"There may be a tap," said my brother, "in some of the houses. We have no water. I dare not leave my people."

The man pushed against the crowd towards the gate of the corner house.

una pierna desnuda, envuelta en trapos ensangrentados. Era un hombre afortunado de tener amigos.

Un viejecito, con un gris bigote estilo militar y un sucio levitón negro, salió cojeando y se sentó junto al seto, se quitó la bota —tenía el calcetín manchado de sangre—, sacó una piedrecita y siguió cojeando; y luego una niña de ocho o nueve años, sola, se arrojó bajo el seto cerca de mi hermano, llorando.

«¡No puedo seguir! No puedo seguir!».

Mi hermano se despertó de su torpeza y la levantó, hablándole suavemente, y la llevó hasta la señorita Elphinstone. Tan pronto como mi hermano la tocó, ella se quedó quieta, como si estuviera asustada.

«¡Ellen!», gritó una mujer entre la multitud, con lágrimas en la voz, «¡Ellen!». Y la niña se alejó repentinamente de mi hermano, gritando «¡Madre!».

«Ya vienen», dijo un hombre a caballo que pasaba por el camino.

«¡Fuera del paso, ahí!», gritó un cochero, en lo alto; y mi hermano vio un carruaje cerrado que giraba hacia el camino.

La gente se aplastó entre sí para evitar el caballo. Mi hermano empujó el poni y el coche hacia el seto, y el hombre pasó y se detuvo en la curva del camino. Era un carruaje, con un poste para un par de caballos, pero sólo uno estaba atado. Mi hermano vio vagamente, a través del polvo, que dos hombres sacaban algo en una camilla blanca y lo ponían suavemente en el césped bajo el seto de aligustres.

Uno de los hombres vino corriendo hacia mi hermano.

«¿Dónde hay agua?», dijo. «Se está muriendo rápidamente, y tiene mucha sed. Es Lord Garrick».

«¡Lord Garrick!», dijo mi hermano; «¿el Presidente del Tribunal Supremo?».

«¿El agua?», dijo él.

«Puede que haya un grifo», dijo mi hermano, «en algunas de las casas. No tenemos agua. No me atrevo a dejar a mi gente».

El hombre empujó contra la multitud hacia la puerta de la casa de la esquina.

"Go on!" said the people, thrusting at him. "They are coming! Go on!"

Then my brother's attention was distracted by a bearded, eagle-faced man lugging a small handbag, which split even as my brother's eyes rested on it and disgorged a mass of sovereigns that seemed to break up into separate coins as it struck the ground. They rolled hither and thither among the struggling feet of men and horses. The man stopped and looked stupidly at the heap, and the shaft of a cab struck his shoulder and sent him reeling. He gave a shriek and dodged back, and a cartwheel shaved him narrowly.

"Way!" cried the men all about him. "Make way!"

So soon as the cab had passed, he flung himself, with both hands open, upon the heap of coins, and began thrusting handfuls in his pocket. A horse rose close upon him, and in another moment, half rising, he had been borne down under the horse's hoofs.

"Stop!" screamed my brother, and pushing a woman out of his way, tried to clutch the bit of the horse.

Before he could get to it, he heard a scream under the wheels, and saw through the dust the rim passing over the poor wretch's back. The driver of the cart slashed his whip at my brother, who ran round behind the cart. The multitudinous shouting confused his ears. The man was writhing in the dust among his scattered money, unable to rise, for the wheel had broken his back, and his lower limbs lay limp and dead. My brother stood up and yelled at the next driver, and a man on a black horse came to his assistance.

"Get him out of the road," said he; and, clutching the man's collar with his free hand, my brother lugged him sideways. But he still clutched after his money, and regarded my brother fiercely, hammering at his arm with a handful of gold. "Go on! Go on!" shouted angry voices behind. "Way! Way!"

There was a smash as the pole of a carriage crashed into the cart that the man on horseback stopped. My brother looked up, and the man with the gold twisted his head round and bit the wrist that held his collar. There was a concussion, and the black horse came staggering sideways, and the carthorse pushed beside it. A hoof missed my brother's foot by a hair's breadth. He released his grip on the fallen man and jumped back. He saw anger change to terror on the face of the poor wretch on the ground, and in a moment he was hidden and my brother was borne backward and carried past the entrance of the lane, and had to fight hard in the torrent to recover it.

«¡Sigue!», dijo la gente, empujándolo. «¡Ya vienen! ¡Sigue!».

Entonces, la atención de mi hermano se vio distraída por un hombre con barba y cara aguileña que llevaba un pequeño bolso, el que se partió justo cuando los ojos de mi hermano se posaron en él y dejó caer una masa de soberanos que parecían deshacerse en monedas separadas al caer al suelo. Rodaron de un lado a otro entre los pies de los hombres y los caballos. El hombre se detuvo y miró estúpidamente el montón, y el asta de un taxi le golpeó en el hombro y le hizo tambalearse. Lanzó un grito y esquivó hacia atrás, y una rueda de carro le rozó.

«¡Abran paso!», gritaron los hombres a su alrededor. «¡Abran paso!».

Tan pronto como el taxi pasó, se arrojó, con ambas manos abiertas, sobre el montón de monedas, y comenzó a meterlas a puñados en su bolsillo. Un caballo se acercó a él y entonces, levantado a medias, fue arrastrado bajo los cascos del caballo.

«¡Detente!», gritó mi hermano, y apartando a una mujer de su camino trató de agarrar el freno del caballo.

Antes de que pudiera llegar a él, oyó un grito bajo las ruedas y vio a través del polvo la llanta que pasaba por encima de la espalda del pobre infeliz. El conductor del carro atizó su látigo contra mi hermano, que corrió detrás del carro. El multitudinario griterío le confundió los oídos. El hombre se retorcía en el polvo entre su dinero desparramado, incapaz de levantarse, pues la rueda le había roto la espalda, y sus miembros inferiores yacían inertes. Mi hermano se levantó y gritó al siguiente conductor y un hombre montado en un caballo negro acudió en su ayuda.

«Sácalo del camino», dijo; y, agarrando el cuello del hombre con la mano libre, mi hermano lo arrastró hacia un lado. Pero el hombre seguía aferrado a su dinero y miraba a mi hermano con fiereza, golpeándole el brazo con un puñado de oro. «¡Sigue! ¡Sigue!», gritaron voces airadas detrás. «¡Abran paso! ¡Abran paso!».

Hubo un golpe cuando el poste de un carruaje se estrelló contra el carro que el hombre a caballo detuvo. Mi hermano levantó la vista y el hombre con su oro giró la cabeza y mordió la muñeca que le sujetaba el cuello. Hubo una conmoción y el caballo negro se tambaleó de lado y el carruaje fue empujado a su lado. Un casco no alcanzó el pie de mi hermano por un pelo. Él soltó al hombre caído y saltó hacia atrás. Vio que la ira se transformaba en terror en el rostro del pobre infeliz que estaba en el suelo y en ese momento quedó oculto y mi hermano fue arrastrado hacia atrás y llevado más allá de la entrada del camino; tuvo que luchar duramente en el torrente para recuperarlo.

He saw Miss Elphinstone covering her eyes, and a little child, with all a child's want of sympathetic imagination, staring with dilated eyes at a dusty something that lay black and still, ground and crushed under the rolling wheels. "Let us go back!" he shouted, and began turning the pony round. "We cannot cross this—hell," he said and they went back a hundred yards the way they had come, until the fighting crowd was hidden. As they passed the bend in the lane my brother saw the face of the dying man in the ditch under the privet, deadly white and drawn, and shining with perspiration. The two women sat silent, crouching in their seat and shivering.

Then beyond the bend my brother stopped again. Miss Elphinstone was white and pale, and her sister-in-law sat weeping, too wretched even to call upon "George." My brother was horrified and perplexed. So soon as they had retreated he realised how urgent and unavoidable it was to attempt this crossing. He turned to Miss Elphinstone, suddenly resolute.

"We must go that way," he said, and led the pony round again.

For the second time that day this girl proved her quality. To force their way into the torrent of people, my brother plunged into the traffic and held back a cab horse, while she drove the pony across its head. A waggon locked wheels for a moment and ripped a long splinter from the chaise. In another moment they were caught and swept forward by the stream. My brother, with the cabman's whip marks red across his face and hands, scrambled into the chaise and took the reins from her.

"Point the revolver at the man behind," he said, giving it to her, "if he presses us too hard. No!—point it at his horse."

Then he began to look out for a chance of edging to the right across the road. But once in the stream he seemed to lose volition, to become a part of that dusty rout. They swept through Chipping Barnet with the torrent; they were nearly a mile beyond the centre of the town before they had fought across to the opposite side of the way. It was din and confusion indescribable; but in and beyond the town the road forks repeatedly, and this to some extent relieved the stress.

They struck eastward through Hadley, and there on either side of the road, and at another place farther on they came upon a great multitude of people drinking at the stream, some fighting to come at the water. And farther on, from a lull near East Barnet, they saw two trains running slowly one after the other without signal or order—trains swarming with people, with men even

Vio a la señorita Elphinstone cubriéndose los ojos y a un niño pequeño, con todo el deseo por las imágenes propio a un niño, mirando con ojos dilatados algo polvoriento que yacía negro e inmóvil, molido y aplastado bajo las ruedas rodantes. «¡Regresemos!», gritó, y comenzó a dar vuelta con el poni. «No podemos cruzar este... infierno», dijo él, y retrocedieron unas cien yardas por donde habían venido, hasta que la multitud que luchaba quedó oculta. Cuando pasaron el recodo de la calle, mi hermano vio el rostro del moribundo en la zanja bajo el aligustre, mortalmente blanco y como dibujado, brillante de sudor. Las dos mujeres permanecieron en silencio, agazapadas en su asiento y temblando.

Entonces, más allá del recodo, mi hermano se detuvo de nuevo. La señorita Elphinstone estaba blanca y pálida, y su cuñada estaba sentada llorando, demasiado desgraciada incluso para llamar a «George». Mi hermano estaba horrorizado y perplejo. En cuanto se retiraron se dio cuenta de lo urgente e inevitable que era intentar esta travesía. Se volvió hacia la señorita Elphinstone, repentinamente decidido.

«Debemos ir por ahí», dijo, y volvió a conducir el poni.

Por segunda vez aquel día, esta chica demostró su calidad. Para abrirse paso entre el torrente de gente, mi hermano se lanzó al tráfico y retuvo el caballo de un taxi mientras ella conducía el poni por encime de su cabeza. Un vagón trabó las ruedas por un momento y arrancó una larga astilla del coche. A continuación fueron atrapados y arrastrados por la corriente. Mi hermano, con las marcas del látigo del taxista enrojecidas en la cara y las manos se subió al coche y le quitó las riendas.

«Apunta el revólver al hombre de atrás», dijo, dándoselo, «si nos presiona demasiado... ¡No! Apunta a su caballo».

Entonces él empezó a buscar la posibilidad de desviarse hacia la derecha a través del camino. Pero, una vez en la corriente, pareció perder la voluntad para convertirse en parte de aquella polvorienta ruta. Atravesaron Chipping Barnet con el torrente; estaban casi una milla más allá del centro de la ciudad cuando habían empezado a luchar por cruzar al lado opuesto del camino. Era un estruendo y una confusión indescriptibles; pero dentro y más allá de la ciudad el camino se bifurcaba repetidamente, y esto aliviaba en cierta medida la tensión.

Atravesaron Hadley hacia el este, y allí, a ambos lados de la carretera, y en otro lugar más alejado, se encontraron con una gran multitud de personas que bebían en el arroyo, algunas luchando por llegar al agua. Y más adelante, tras una pausa cerca de East Barnet, vieron dos trenes que circulaban lentamente uno tras otro sin señal ni orden —trenes repletos de gente, con hom-

among the coals behind the engines—going northward along the Great Northern Railway. My brother supposes they must have filled outside London, for at that time the furious terror of the people had rendered the central termini impossible.

Near this place they halted for the rest of the afternoon, for the violence of the day had already utterly exhausted all three of them. They began to suffer the beginnings of hunger; the night was cold, and none of them dared to sleep. And in the evening many people came hurrying along the road nearby their stopping place, fleeing from unknown dangers before them, and going in the direction from which my brother had come.

bres incluso asidos detrás de las máquinas— que se dirigían hacia el norte por Great Northern Railway. Mi hermano supone que los trenes debían de haberse llenado en las afueras de Londres, ya que en aquel momento el furioso terror de la gente había hecho imposible el acceso a las terminales centrales.

Cerca de este lugar se detuvieron para pasar el resto de la tarde, pues la violencia del día ya había agotado por completo a los tres. Comenzaron a sufrir los primeros síntomas de hambre; la noche era fría y ninguno se atrevía a dormir. Al anochecer, muchas personas se apresuraron a recorrer el camino cercano a su parada, huyendo de peligros desconocidos que les acechaban, y dirigiéndose en la dirección de la que había venido mi hermano.

XVII – THE "THUNDER CHILD"

Had the Martians aimed only at destruction, they might on Monday have annihilated the entire population of London, as it spread itself slowly through the home counties. Not only along the road through Barnet, but also through Edgware and Waltham Abbey, and along the roads eastward to Southend and Shoeburyness, and south of the Thames to Deal and Broadstairs, poured the same frantic rout. If one could have hung that June morning in a balloon in the blazing blue above London every northward and eastward road running out of the tangled maze of streets would have seemed stippled black with the streaming fugitives, each dot a human agony of terror and physical distress. I have set forth at length in the last chapter my brother's account of the road through Chipping Barnet, in order that my readers may realise how that swarming of black dots appeared to one of those concerned. Never before in the history of the world had such a mass of human beings moved and suffered together. The legendary hosts of Goths and Huns, the hugest armies Asia has ever seen, would have been but a drop in that current. And this was no disciplined march; it was a stampede—a stampede gigantic and terrible—without order and without a goal, six million people unarmed and unprovisioned, driving headlong. It was the beginning of the rout of civilisation, of the massacre of mankind.

Directly below him the balloonist would have seen the network of streets far and wide, houses, churches, squares, crescents, gardens—already derelict—spread out like a huge map, and in the southward blotted. Over Ealing, Richmond, Wimbledon, it would have seemed as if some monstrous pen had flung ink upon the chart. Steadily, incessantly, each black splash grew and spread, shooting out ramifications this way and that, now banking itself against rising ground, now pouring swiftly over a crest into a new-found valley, exactly as a gout of ink would spread itself upon blotting paper.

And beyond, over the blue hills that rise southward of the river, the glittering Martians went to and fro, calmly and methodically spreading their poison cloud over this patch of country and then over that, laying it again with their steam jets when it had served its purpose, and taking possession of the conquered country. They do not seem to have aimed at extermination so much as at complete demoralisation and the destruction of any opposition. They exploded any stores of powder they came upon, cut every telegraph, and wrecked the railways here and there. They were hamstringing mankind. They seemed in no hurry to extend the field of their operations, and did not come beyond the central part of London all that day. It is possible that a very considerable number of people in London stuck to their houses through Monday

XVII – EL «THUNDER CHILD»

Si los marcianos hubieran tenido como único objetivo la destrucción podrían haber aniquilado a toda la población de Londres ese lunes, mientras se extendía lentamente por los alrededores. No sólo a lo largo de la carretera a través de Barnet, sino también a través de Edgware y Waltham Abbey, y a lo largo de las carreteras hacia el este, hasta Southend y Shoeburyness, y al sur del Támesis, hasta Deal y Broadstairs, se produjo la misma frenética huida. Si uno pudiera haberse suspendido esa mañana de junio en un globo en el azul resplandeciente sobre Londres cada camino hacia el norte y el este que salía del enmarañado laberinto de calles habría parecido salpicado de negro por los fugitivos que corrían, cada punto una agonía humana de terror y angustia física. En el último capítulo he expuesto extensamente el relato de mi hermano sobre el camino a través de Chipping Barnet, a fin de que mis lectores se den cuenta de cómo le pareció a uno de los afectados aquel enjambre de puntos negros. Nunca antes en la historia del mundo se había movido y sufrido conjuntamente una masa tan grande de seres humanos. Las legendarias huestes de godos y hunos, los ejércitos más enormes que Asia haya visto jamás, no habrían sido más que una gota en aquella corriente. Y no se trataba de una marcha disciplinada; era una estampida –una estampida gigantesca y terrible– sin orden y sin meta, seis millones de personas desarmadas y sin provisiones, yendo hacia delante. Fue el comienzo de la derrota de la civilización, de la masacre de la humanidad.

Directamente debajo de él, el aeronauta habría visto el entramado de calles a lo largo y ancho, casas, iglesias, plazas, semicírculos, jardines –ya abandonados– extendidos como un enorme mapa y borrados en el sur. Sobre Ealing, Richmond, Wimbledon hubiera parecido como si una pluma monstruosa hubiera arrojado tinta sobre la carta. Constantemente, sin cesar, cada salpicadura negra crecía y se extendía, lanzando ramificaciones hacia un lado y otro, ahora apoyándose en un terreno elevado, ahora vertiéndose rápidamente sobre una cresta hacia un nuevo valle, exactamente como una gota de tinta se extendería sobre el papel secante.

Y más allá, sobre las colinas azules que se elevan hacia el sur del río, los relucientes marcianos iban de un lado a otro, extendiendo tranquila y metódicamente su nube venenosa sobre esta parte del país y luego sobre aquella, volviéndola a extender con sus chorros de vapor cuando había cumplido su propósito, y tomando posesión del territorio conquistado. No parece que tuvieran como objetivo el exterminio sino la desmoralización completa y la destrucción de cualquier oposición. Explotaron todos los almacenes de pólvora que encontraron, cortaron todos los telégrafos y destruyeron los ferrocarriles aquí y allá. Estaban paralizando a la humanidad. No parecían tener prisa por ampliar el campo de sus operaciones, y no llegaron más allá de la parte central de Londres en todo ese día. Es posible que un número muy considerable

morning. Certain it is that many died at home suffocated by the Black Smoke.

Until about midday the Pool of London was an astonishing scene. Steamboats and shipping of all sorts lay there, tempted by the enormous sums of money offered by fugitives, and it is said that many who swam out to these vessels were thrust off with boathooks and drowned. About one o'clock in the afternoon the thinning remnant of a cloud of the black vapour appeared between the arches of Blackfriars Bridge. At that the Pool became a scene of mad confusion, fighting, and collision, and for some time a multitude of boats and barges jammed in the northern arch of the Tower Bridge, and the sailors and lightermen had to fight savagely against the people who swarmed upon them from the riverfront. People were actually clambering down the piers of the bridge from above.

When, an hour later, a Martian appeared beyond the Clock Tower and waded down the river, nothing but wreckage floated above Limehouse.

Of the falling of the fifth cylinder I have presently to tell. The sixth star fell at Wimbledon. My brother, keeping watch beside the women in the chaise in a meadow, saw the green flash of it far beyond the hills. On Tuesday the little party, still set upon getting across the sea, made its way through the swarming country towards Colchester. The news that the Martians were now in possession of the whole of London was confirmed. They had been seen at Highgate, and even, it was said, at Neasden. But they did not come into my brother's view until the morrow.

That day the scattered multitudes began to realise the urgent need of provisions. As they grew hungry the rights of property ceased to be regarded. Farmers were out to defend their cattle-sheds, granaries, and ripening root crops with arms in their hands. A number of people now, like my brother, had their faces eastward, and there were some desperate souls even going back towards London to get food. These were chiefly people from the northern suburbs, whose knowledge of the Black Smoke came by hearsay. He heard that about half the members of the government had gathered at Birmingham, and that enormous quantities of high explosives were being prepared to be used in automatic mines across the Midland counties.

He was also told that the Midland Railway Company had replaced the desertions of the first day's panic, had resumed traffic, and was running northward trains from St. Albans to relieve the congestion of the home counties. There was also a placard in Chipping Ongar announcing that large stores of flour were available in the northern towns and that within twenty-four hours bread

de personas en Londres se quedaran en sus casas durante la mañana del lunes. Es cierto que muchos murieron en casa sofocados por el Humo Negro.

Hasta cerca del mediodía, el Pool of London era una escena asombrosa. Barcos de vapor y embarcaciones de todo tipo se encontraban allí, tentados por las enormes sumas de dinero ofrecidas por los fugitivos, y se dice que muchos de los que nadaron hacia estos barcos fueron empujados con garfios y se ahogaron. Alrededor de la una de la tarde, los restos de una nube de vapor negro aparecieron entre los arcos del puente de Blackfriars. En ese momento, el Pool se convirtió en una escena de loca confusión, lucha y colisión, y durante algún tiempo una multitud de barcos y barcazas se atascaron en el arco norte del Tower Bridge, y los marineros y faroleros tuvieron que luchar salvajemente contra la gente que se arremolinaba sobre ellos desde la orilla del río. De hecho, la gente trepaba por los pilares del puente desde arriba.

Cuando, una hora más tarde, un marciano apareció más allá del Big Ben y vadeó el río, no había más que escombros flotando por encima de Limehouse.

Todavía tengo que hablar de la caída del quinto cilindro. El sexto lucero cayó en Wimbledon. Mi hermano, que vigilaba junto a las mujeres en la caravana, en un prado, vio el destello verde del mismo más allá de las colinas. El martes, el pequeño grupo, que seguía empeñado en cruzar el mar, se abrió paso a través del territorio enjuto hacia Colchester. Se confirmó la noticia de que los marcianos estaban ya en posesión de todo Londres. Habían sido vistos en Highgate, e incluso, se decía, en Neasden. Pero no llegaron a la vista de mi hermano hasta el día siguiente.

Ese día, las multitudes dispersas comenzaron a darse cuenta de la urgente necesidad de provisiones. A medida que crecía el hambre los derechos de propiedad dejaron de ser considerados. Los campesinos salieron a defender con las armas sus establos, sus graneros y los cultivos de tubérculos que estaban madurando. Muchas personas, como mi hermano, miraban ahora hacia el este, y había algunas almas desesperadas que incluso volvían hacia Londres para conseguir comida. Se trataba sobre todo de gente de los suburbios del norte, cuyo conocimiento del Humo Negro procedía de oídas. Mi hermano oyó que cerca de la mitad de los miembros del gobierno se había reunido en Birmingham, y que se estaban preparando enormes cantidades de explosivos de gran potencia para ser utilizados en las minas automáticas de las comarcas del Midland.

También se le informó de que la Midland Railway Company había sustituido las deserciones del primer día de pánico, había reanudado el tráfico y ponía en marcha trenes hacia el norte desde St. Albans para aliviar la congestión de las comarcas del interior. También había un cartel en Chipping Ongar que anunciaba que había grandes reservas de harina en las ciudades del norte y

would be distributed among the starving people in the neighbourhood. But this intelligence did not deter him from the plan of escape he had formed, and the three pressed eastward all day, and heard no more of the bread distribution than this promise. Nor, as a matter of fact, did anyone else hear more of it. That night fell the seventh star, falling upon Primrose Hill. It fell while Miss Elphinstone was watching, for she took that duty alternately with my brother. She saw it.

On Wednesday the three fugitives—they had passed the night in a field of unripe wheat—reached Chelmsford, and there a body of the inhabitants, calling itself the Committee of Public Supply, seized the pony as provisions, and would give nothing in exchange for it but the promise of a share in it the next day. Here there were rumours of Martians at Epping, and news of the destruction of Waltham Abbey Powder Mills in a vain attempt to blow up one of the invaders.

People were watching for Martians here from the church towers. My brother, very luckily for him as it chanced, preferred to push on at once to the coast rather than wait for food, although all three of them were very hungry. By midday they passed through Tillingham, which, strangely enough, seemed to be quite silent and deserted, save for a few furtive plunderers hunting for food. Near Tillingham they suddenly came in sight of the sea, and the most amazing crowd of shipping of all sorts that it is possible to imagine.

For after the sailors could no longer come up the Thames, they came on to the Essex coast, to Harwich and Walton and Clacton, and afterwards to Foulness and Shoebury, to bring off the people. They lay in a huge sickle-shaped curve that vanished into mist at last towards the Naze. Close inshore was a multitude of fishing smacks—English, Scotch, French, Dutch, and Swedish; steam launches from the Thames, yachts, electric boats; and beyond were ships of larger burden, a multitude of filthy colliers, trim merchantmen, cattle ships, passenger boats, petroleum tanks, ocean tramps, an old white transport even, neat white and grey liners from Southampton and Hamburg; and along the blue coast across the Blackwater my brother could make out dimly a dense swarm of boats chaffering with the people on the beach, a swarm which also extended up the Blackwater almost to Maldon.

About a couple of miles out lay an ironclad, very low in the water, almost, to my brother's perception, like a water-logged ship. This was the ram Thunder Child. It was the only warship in sight, but far away to the right over the smooth surface of the sea—for that day there was a dead calm—lay a serpent of black smoke to mark the next ironclads of the Channel Fleet, which hovered in an extended line, steam up and ready for action, across the Thames

que en veinticuatro horas se distribuiría pan entre la gente hambrienta de los alrededores. Pero esta información no le disuadió del plan de huida que había formado, y los tres siguieron hacia el este durante todo el día, sin oír más sobre la distribución de pan que esta promesa. De hecho, nadie más oyó hablar de ello. Esa noche cayó la séptima estrella sobre Primrose Hill. Cayó mientras la señorita Elphinstone estaba vigilando, pues se encargaba de esa tarea alternativamente con mi hermano. Ella la vio.

El miércoles los tres fugitivos —habían pasado la noche en un campo de trigo sin madurar— llegaron a Chelmsford, y allí un grupo de habitantes, autodenominado Comité de Abastecimiento Público, se apoderó del poni como provisión, y no quisieron dar nada a cambio sino la promesa de participar en el abastecimiento al día siguiente. También hubo rumores de marcianos en Epping y noticias de la destrucción de Waltham Abbey Powder Mills en un vano intento de volar uno de los invasores.

La gente vigilaba a los marcianos desde las torres de la iglesia. Mi hermano, por suerte para él, prefirió avanzar de inmediato hacia la costa en lugar de esperar y comer, aunque los tres tenían mucha hambre. Al mediodía pasaron por Tillingham, que, curiosamente, parecía estar bastante silencioso y desierto, salvo por algunos saqueadores furtivos que buscaban comida. Cerca de Tillingham, de repente, tuvieron a la vista el mar y la más asombrosa multitud de embarcaciones de todo tipo que es posible imaginar.

Porque después de que los marineros ya no pudieron remontar el Támesis llegaron a la costa de Essex, a Harwich y Walton y Clacton, y después a Foulness y Shoebury, para sacar a la gente. Se encontraban en una enorme curva en forma de hoz que se desvanecía en la niebla al final hacia el Naze. Cerca de la costa había una multitud de barcos de pesca —ingleses, escoceses, franceses, holandeses y suecos—; lanchas de vapor del Támesis, yates, barcos eléctricos; y más allá había barcos de mayor tonelaje, una multitud de sucios colectores, barcos mercantes, de ganado, de pasajeros, tanques de petróleo, navíos de comercio oceánicos, incluso un viejo transporte blanco, pulcros transatlánticos blancos y grises de Southampton y Hamburgo; y a lo largo de la costa azul, al otro lado del Blackwater, mi hermano podía distinguir vagamente un denso enjambre de embarcaciones que se peleaban con la gente en la playa, un enjambre que también se extendía por el Blackwater casi hasta Maldon.

A un par de millas yacía un acorazado, muy bajo en el agua, casi, a la percepción de mi hermano, como un barco anegado. Se trataba del espolón Thunder Child. Era el único buque de guerra a la vista, pero a lo lejos, a la derecha, sobre la superficie lisa del mar —pues aquel día había una calma total—, se extendía una serpiente de humo negro que señalaba los otros acorazados de la Flota del Canal, que rondaban en una línea extendida, con el vapor en alto

estuary during the course of the Martian conquest, vigilant and yet powerless to prevent it.

At the sight of the sea, Mrs. Elphinstone, in spite of the assurances of her sister-in-law, gave way to panic. She had never been out of England before, she would rather die than trust herself friendless in a foreign country, and so forth. She seemed, poor woman, to imagine that the French and the Martians might prove very similar. She had been growing increasingly hysterical, fearful, and depressed during the two days' journeyings. Her great idea was to return to Stanmore. Things had been always well and safe at Stanmore. They would find George at Stanmore....

It was with the greatest difficulty they could get her down to the beach, where presently my brother succeeded in attracting the attention of some men on a paddle steamer from the Thames. They sent a boat and drove a bargain for thirty-six pounds for the three. The steamer was going, these men said, to Ostend.

It was about two o'clock when my brother, having paid their fares at the gangway, found himself safely aboard the steamboat with his charges. There was food aboard, albeit at exorbitant prices, and the three of them contrived to eat a meal on one of the seats forward.

There were already a couple of score of passengers aboard, some of whom had expended their last money in securing a passage, but the captain lay off the Blackwater until five in the afternoon, picking up passengers until the seated decks were even dangerously crowded. He would probably have remained longer had it not been for the sound of guns that began about that hour in the south. As if in answer, the ironclad seaward fired a small gun and hoisted a string of flags. A jet of smoke sprang out of her funnels.

Some of the passengers were of opinion that this firing came from Shoeburyness, until it was noticed that it was growing louder. At the same time, far away in the southeast the masts and upperworks of three ironclads rose one after the other out of the sea, beneath clouds of black smoke. But my brother's attention speedily reverted to the distant firing in the south. He fancied he saw a column of smoke rising out of the distant grey haze.

The little steamer was already flapping her way eastward of the big crescent of shipping, and the low Essex coast was growing blue and hazy, when a Martian appeared, small and faint in the remote distance, advancing along the muddy coast from the direction of Foulness. At that the captain on the bridge swore at the top of his voice with fear and anger at his own delay, and the paddles seemed infected with his terror. Every soul aboard stood at the bulwarks

y listos para la acción, a través del estuario del Támesis y durante el curso de la conquista marciana, vigilantes y sin embargo impotentes para impedirla.

Al ver el mar, la señora Elphinstone, a pesar de las promesas de su cuñada, se dejó llevar por el pánico. Nunca había salido de Inglaterra, prefería morir antes que confiarse sin amigos en un país extranjero, etc. Parecía, pobre mujer, imaginar que los franceses y los marcianos podrían resultar muy similares. Durante los dos días de viaje se había puesto cada vez más histérica, temerosa y deprimida. Su gran idea era volver a Stanmore. Las cosas siempre habían estado bien y seguras en Stanmore. Encontrarían a George en Stanmore....

Con gran dificultad pudieron bajarla a la playa, donde al poco tiempo mi hermano logró llamar la atención de unos hombres que venían en un vapor de remos desde el Támesis. Enviaron una embarcación y negociaron treinta y seis libras por los tres. El vapor se dirigía, dijeron estos hombres, a Ostende.

Eran aproximadamente las dos de la tarde cuando mi hermano, después de haber pagado el billete en la pasarela, se encontró a salvo a bordo del barco de vapor con sus compañeras. Había comida a bordo, aunque a precios exorbitantes, y los tres se las ingeniaron para comer en uno de los asientos de proa.

Ya había unos cuarenta pasajeros a bordo, algunos de los cuales habían gastado su último dinero en asegurarse un pasaje, pero el capitán hizo quedarse el Blackwater hasta las cinco de la tarde, recogiendo pasajeros hasta que los asientos de cubierta estaban incluso peligrosamente llenos. Probablemente habría permanecido más tiempo de no ser por el sonido de los cañones que comenzó a esa hora en el sur. Como si se tratara de una respuesta, el acorazado que estaba en el mar disparó un pequeño cañón e izó una ristra de banderas. Un chorro de humo salió de sus chimeneas.

Algunos de los pasajeros creían que los disparos procedían de Shoeburyness, hasta que notaron que eran cada vez más fuertes. Al mismo tiempo, a lo lejos, en el sureste, los mástiles y los armazones de tres acorazados se elevaban uno tras otro fuera del mar, bajo nubes de humo negro. Pero la atención de mi hermano volvió rápidamente a los disparos lejanos en el sur. Le pareció ver una columna de humo que surgía de la lejana bruma gris.

El pequeño vapor ya se abría paso hacia el este de la gran media luna de barcos, y la baja costa de Essex se volvía azul y brumosa, cuando apareció un marciano, pequeño y tenue en la remota distancia, avanzando por la fangosa costa desde la dirección de Foulness. En ese momento, el capitán en el puente juró a voz en cuello con miedo y rabia por su propio retraso, y los remos parecían contagiados de su terror. Todas las almas a bordo se colocaron en los

or on the seats of the steamer and stared at that distant shape, higher than the trees or church towers inland, and advancing with a leisurely parody of a human stride.

It was the first Martian my brother had seen, and he stood, more amazed than terrified, watching this Titan advancing deliberately towards the shipping, wading farther and farther into the water as the coast fell away. Then, far away beyond the Crouch, came another, striding over some stunted trees, and then yet another, still farther off, wading deeply through a shiny mudflat that seemed to hang halfway up between sea and sky. They were all stalking seaward, as if to intercept the escape of the multitudinous vessels that were crowded between Foulness and the Naze. In spite of the throbbing exertions of the engines of the little paddle-boat, and the pouring foam that her wheels flung behind her, she receded with terrifying slowness from this ominous advance.

Glancing northwestward, my brother saw the large crescent of shipping already writhing with the approaching terror; one ship passing behind another, another coming round from broadside to end on, steamships whistling and giving off volumes of steam, sails being let out, launches rushing hither and thither. He was so fascinated by this and by the creeping danger away to the left that he had no eyes for anything seaward. And then a swift movement of the steamboat (she had suddenly come round to avoid being run down) flung him headlong from the seat upon which he was standing. There was a shouting all about him, a trampling of feet, and a cheer that seemed to be answered faintly. The steamboat lurched and rolled him over upon his hands.

He sprang to his feet and saw to starboard, and not a hundred yards from their heeling, pitching boat, a vast iron bulk like the blade of a plough tearing through the water, tossing it on either side in huge waves of foam that leaped towards the steamer, flinging her paddles helplessly in the air, and then sucking her deck down almost to the waterline.

A douche of spray blinded my brother for a moment. When his eyes were clear again he saw the monster had passed and was rushing landward. Big iron upperworks rose out of this headlong structure, and from that twin funnels projected and spat a smoking blast shot with fire. It was the torpedo ram, Thunder Child, steaming headlong, coming to the rescue of the threatened shipping.

Keeping his footing on the heaving deck by clutching the bulwarks, my brother looked past this charging leviathan at the Martians again, and he saw the three of them now close together, and standing so far out to sea that their

macarrones o en los asientos del vapor y miraron fijamente aquella forma lejana, más alta que los árboles o las torres de las iglesias del interior, y que avanzaba con una parodia pausada de zancada humana.

Era el primer marciano que mi hermano veía, y se quedó de pie, más asombrado que aterrorizado, observando a este Titán que avanzaba deliberadamente hacia la embarcación, adentrándose cada vez más en el agua a medida que la costa se alejaba. Luego, más allá del Crouch, apareció otro, caminando a grandes zancadas sobre unos árboles achaparrados, y luego otro, aún más lejos, vadeando profundamente por un lodazal brillante que parecía colgar a medio camino entre el mar y el cielo. Todos ellos se dirigían hacia el mar, como si quisieran interceptar la huida de las multitudinarias embarcaciones que se agolpaban entre Foulness y el Naze. A pesar de los palpitantes esfuerzos de los motores de la pequeña embarcación de remos, y de la vertiginosa espuma que sus ruedas arrojaban tras ella, ésta retrocedía con aterradora lentitud ante aquel ominoso avance.

Mirando hacia el noroeste, mi hermano vio la gran media luna de barcos que ya se retorcía con el terror que se acercaba; un barco que pasaba detrás de otro, otro que se acercaba de costado a costado, barcos de vapor que silbaban y despedían grandes cantidades de vapor, velas que se desplegaban, lanchas que se dirigían de un lado a otro. Él estaba tan fascinado por todo esto y por el peligro que se arrastraba hacia la izquierda, que no tenía ojos para nada más allá del mar. Y entonces un rápido movimiento del barco de vapor (que había girado repentinamente para evitar ser atropellado) lo arrojó de cabeza desde el asiento en el que estaba. Hubo gritos a su alrededor, un pisoteo de pies y una ovación que pareció ser respondida débilmente. El barco de vapor se tambaleó y le hizo rodar sobre sus manos.

Se puso en pie de un salto y vio a estribor, y a no más de cien yardas de su barco escorado y cabeceante, un enorme bulto de hierro como la hoja de un arado que rasgaba el agua, lanzándola a ambos lados en enormes olas de espuma que saltaban hacia el vapor, lanzando sus remos impotentes al aire, y luego succionando su cubierta hasta casi la línea de flotación.

Un chorro de agua cegó a mi hermano por un momento. Cuando su vista volvió a estar clara vio que el monstruo había pasado y se dirgía hacia la costa. De esta estructura cabalgante se alzaban grandes estructuras de hierro, de las que se proyectaban dos embudos gemelos que escupían una humeante ráfaga de fuego. Era el espolón torpedero, el Thunder Child, que se lanzaba de lleno al rescate de la embarcación amenazada.

Manteniendo el equilibrio en la cubierta agarrada a los macarrones, mi hermano miró de nuevo a los marcianos más allá de este leviatán que embestía, y vio que los tres estaban ahora muy juntos y se encontraban tan lejos en el

tripod supports were almost entirely submerged. Thus sunken, and seen in remote perspective, they appeared far less formidable than the huge iron bulk in whose wake the steamer was pitching so helplessly. It would seem they were regarding this new antagonist with astonishment. To their intelligence, it may be, the giant was even such another as themselves. The Thunder Child fired no gun, but simply drove full speed towards them. It was probably her not firing that enabled her to get so near the enemy as she did. They did not know what to make of her. One shell, and they would have sent her to the bottom forthwith with the Heat-Ray.

She was steaming at such a pace that in a minute she seemed halfway between the steamboat and the Martians—a diminishing black bulk against the receding horizontal expanse of the Essex coast.

Suddenly the foremost Martian lowered his tube and discharged a canister of the black gas at the ironclad. It hit her larboard side and glanced off in an inky jet that rolled away to seaward, an unfolding torrent of Black Smoke, from which the ironclad drove clear. To the watchers from the steamer, low in the water and with the sun in their eyes, it seemed as though she were already among the Martians.

They saw the gaunt figures separating and rising out of the water as they retreated shoreward, and one of them raised the camera-like generator of the Heat-Ray. He held it pointing obliquely downward, and a bank of steam sprang from the water at its touch. It must have driven through the iron of the ship's side like a white-hot iron rod through paper.

A flicker of flame went up through the rising steam, and then the Martian reeled and staggered. In another moment he was cut down, and a great body of water and steam shot high in the air. The guns of the Thunder Child sounded through the reek, going off one after the other, and one shot splashed the water high close by the steamer, ricocheted towards the other flying ships to the north, and smashed a smack to matchwood.

But no one heeded that very much. At the sight of the Martian's collapse the captain on the bridge yelled inarticulately, and all the crowding passengers on the steamer's stern shouted together. And then they yelled again. For, surging out beyond the white tumult, drove something long and black, the flames streaming from its middle parts, its ventilators and funnels spouting fire.

She was alive still; the steering gear, it seems, was intact and her engines working. She headed straight for a second Martian, and was within a hundred yards of him when the Heat-Ray came to bear. Then with a violent thud, a blinding flash, her decks, her funnels, leaped upward. The Martian staggered

mar que los soportes de sus trípodes estaban casi completamente sumergidos. Así hundidos, y vistos en perspectiva remota, parecían mucho menos formidables que el enorme bulto de hierro en cuya estela el vapor se lanzaba tan impotente. Parece que miraban con asombro a este nuevo antagonista. Para su inteligencia, tal vez, el gigante era incluso otro como ellos. El Thunder Child no disparó, sino que simplemente se dirigió a toda velocidad hacia ellos. Probablemente, el hecho de no disparar es lo que le permitió acercarse tanto al enemigo. No sabían qué hacer con la embarcación. Un solo proyectil y la habrían mandado al fondo inmediatamente con el Rayo de Calor.

El barco navegaba a tal velocidad que en un minuto parecía estar a medio camino entre el barco de vapor y los marcianos, una mole negra que disminuía frente a la extensión horizontal de la costa de Essex.

De repente, el primer marciano bajó su tubo y descargó un bote de gas negro contra el acorazado. Éste golpeó su costado de babor y se desprendió un chorro de tinta que rodó hacia el mar, un torrente de humo negro, del que el acorazado se alejó. Para los observadores del vapor, a poca altura y con el sol en los ojos, parecía como si ya estuviera entre los marcianos.

Vieron que las figuras esqueléticas se separaban y salían del agua mientras se retiraban hacia la orilla, y uno de ellos levantó el generador del Rayo de Calor, parecido a una cámara. Lo sostuvo apuntando oblicuamente hacia abajo, y un banco de vapor surgió del agua al tocarlo. Debió de atravesar el hierro de la borda del barco como una barra de hierro al rojo vivo atraviesa el papel.

Un destello de llama se elevó a través del vapor ascendente, y entonces el marciano se tambaleó y se sacudió. A continuación se desplomó, y una gran masa de agua y vapor se disparó en el aire. Los cañones del Thunder Child sonaron a través del tufo, disparándose uno tras otro, y un disparo salpicó el agua a gran altura cerca del barco de vapor, rebotó hacia los otros barcos que huían hacia el norte, y destrozó una lancha.

Pero nadie le hizo mucho caso. Al ver el derrumbe del marciano, el capitán del puente gritó inarticuladamente, y todos los pasajeros que se agolpaban en la popa del vapor gritaron al mismo tiempo. Y luego volvieron a gritar. Porque, surgiendo más allá del blanco vapor, se dirigía algo largo y negro, cuyas llamas brotaban de sus partes centrales, sus ventiladores y embudos escupían fuego.

El destructor seguía con vida; el mecanismo de dirección, al parecer, estaba intacto y sus motores funcionaban. Se dirigió directamente hacia un segundo marciano, y estaba a menos de cien yardas de él cuando el Rayo de Calor lo atacó. Entonces, con un violento golpe, un destello cegador, sus cubiertas y

with the violence of her explosion, and in another moment the flaming wreckage, still driving forward with the impetus of its pace, had struck him and crumpled him up like a thing of cardboard. My brother shouted involuntarily. A boiling tumult of steam hid everything again.

"Two!" yelled the captain.

Everyone was shouting. The whole steamer from end to end rang with frantic cheering that was taken up first by one and then by all in the crowding multitude of ships and boats that was driving out to sea.

The steam hung upon the water for many minutes, hiding the third Martian and the coast altogether. And all this time the boat was paddling steadily out to sea and away from the fight; and when at last the confusion cleared, the drifting bank of black vapour intervened, and nothing of the Thunder Child could be made out, nor could the third Martian be seen. But the ironclads to seaward were now quite close and standing in towards shore past the steamboat.

The little vessel continued to beat its way seaward, and the ironclads receded slowly towards the coast, which was hidden still by a marbled bank of vapour, part steam, part black gas, eddying and combining in the strangest way. The fleet of refugees was scattering to the northeast; several smacks were sailing between the ironclads and the steamboat. After a time, and before they reached the sinking cloud bank, the warships turned northward, and then abruptly went about and passed into the thickening haze of evening southward. The coast grew faint, and at last indistinguishable amid the low banks of clouds that were gathering about the sinking sun.

Then suddenly out of the golden haze of the sunset came the vibration of guns, and a form of black shadows moving. Everyone struggled to the rail of the steamer and peered into the blinding furnace of the west, but nothing was to be distinguished clearly. A mass of smoke rose slanting and barred the face of the sun. The steamboat throbbed on its way through an interminable suspense.

The sun sank into grey clouds, the sky flushed and darkened, the evening star trembled into sight. It was deep twilight when the captain cried out and pointed. My brother strained his eyes. Something rushed up into the sky out of the greyness—rushed slantingly upward and very swiftly into the luminous clearness above the clouds in the western sky; something flat and broad, and very large, that swept round in a vast curve, grew smaller, sank slowly, and vanished again into the grey mystery of the night. And as it flew it rained down darkness upon the land.

sus chimeneas saltaron hacia arriba. El marciano se tambaleó por la violencia de la explosión; los restos en llamas, que seguían avanzando con el ímpetu de su paso, lo habían golpeado y arrugado como si fuera una cosa de cartón. Mi hermano gritó involuntariamente. Un tumulto hirviente de vapor volvió a ocultar la vista.

«¡Dos!», gritó el capitán.

Todo el mundo gritaba. Todo el barco de vapor, de punta a punta, sonó con una frenética ovación que fue iniciada por un barco y luego por todos ellos, en la multitud de barcos y botes que se dirigían al mar.

El vapor se mantuvo en el agua durante muchos minutos, ocultando al tercer marciano y la costa. Durante todo este tiempo, el barco remaba constantemente hacia el mar y se alejaba del combate; y cuando por fin se despejó la confusión, el banco de vapor negro a la deriva se interpuso, y no se pudo distinguir nada del Thunder Child, ni tampoco se pudo ver al tercer marciano. Pero los acorazados que se encontraban en el mar estaban ahora muy cerca y se acercaban a la orilla más allá del barco de vapor.

El pequeño buque continuó avanzando hacia el mar, y los acorazados retrocedieron lentamente hacia la costa, que seguía oculta por un banco jaspeado de vapor, en parte vapor, en parte gas negro, que se arremolinaba y combinaba de la manera más extraña. La flota de refugiados se dispersaba hacia el noreste; varios paquebotes navegaban entre los acorazados y el barco de vapor. Al cabo de un rato, y antes de que alcanzaran el banco de nubes que se hundía, los buques de guerra giraron hacia el norte, y luego doblaron bruscamente y se adentraron en la espesa bruma de la tarde hacia el sur. La costa se desvaneció, y al final fue indistinguible entre los bajos bancos de nubes que se acumulaban alrededor del sol que se hundía.

Entonces, de repente, de la bruma dorada del atardecer surgió la vibración de los cañones y una forma de sombras negras que se movía. Todo el mundo se acercó a la barandilla del vapor y miró hacia el oeste, pero no se distinguía nada con claridad. Una masa de humo se elevaba oblicuamente y tapaba la cara del sol. El vapor siguió su camino en un interminable suspenso.

El sol se hundió en las nubes grises, el cielo se sonrojó y oscureció, el lucero de la tarde tembló a la vista. El crepúsculo era profundo cuando el capitán gritó y señaló. Mi hermano forzó la vista. Algo se dirigió hacia el cielo desde la grisura, se dirigió oblicuamente hacia arriba y muy rápidamente hacia la claridad luminosa por encima de las nubes en el cielo del oeste; algo plano y ancho, y muy grande, que se desplazó en una vasta curva, se hizo más pequeño, se hundió lentamente, y se desvaneció de nuevo en el misterioso gris de la noche. Y mientras huía, llovía oscuridad sobre la tierra.

BOOK TWO — THE EARTH UNDER THE MARTIANS

I — UNDER FOOT

In the first book I have wandered so much from my own adventures to tell of the experiences of my brother that all through the last two chapters I and the curate have been lurking in the empty house at Halliford whither we fled to escape the Black Smoke. There I will resume. We stopped there all Sunday night and all the next day—the day of the panic—in a little island of daylight, cut off by the Black Smoke from the rest of the world. We could do nothing but wait in aching inactivity during those two weary days.

My mind was occupied by anxiety for my wife. I figured her at Leatherhead, terrified, in danger, mourning me already as a dead man. I paced the rooms and cried aloud when I thought of how I was cut off from her, of all that might happen to her in my absence. My cousin I knew was brave enough for any emergency, but he was not the sort of man to realise danger quickly, to rise promptly. What was needed now was not bravery, but circumspection. My only consolation was to believe that the Martians were moving Londonward and away from her. Such vague anxieties keep the mind sensitive and painful. I grew very weary and irritable with the curate's perpetual ejaculations; I tired of the sight of his selfish despair. After some ineffectual remonstrance I kept away from him, staying in a room—evidently a children's schoolroom—containing globes, forms, and copybooks. When he followed me thither, I went to a box room at the top of the house and, in order to be alone with my aching miseries, locked myself in.

We were hopelessly hemmed in by the Black Smoke all that day and the morning of the next. There were signs of people in the next house on Sunday evening—a face at a window and moving lights, and later the slamming of a door. But I do not know who these people were, nor what became of them. We saw nothing of them next day. The Black Smoke drifted slowly riverward all through Monday morning, creeping nearer and nearer to us, driving at last along the roadway outside the house that hid us.

A Martian came across the fields about midday, laying the stuff with a jet of superheated steam that hissed against the walls, smashed all the windows it touched, and scalded the curate's hand as he fled out of the front room. When at last we crept across the sodden rooms and looked out again, the country northward was as though a black snowstorm had passed over it. Looking towards the river, we were astonished to see an unaccountable redness mingling with the black of the scorched meadows.

LIBRO DOS — LA TIERRA BAJO LOS MARCIANOS

I — PISOTEADOS

En el primer libro me he desviado tanto de mis propias aventuras para contar las experiencias de mi hermano, que a lo largo de los dos últimos capítulos yo y el cura hemos estado merodeando en la casa vacía de Halliford a la que huimos para escapar del Humo Negro. Continuaré desde ese punto. Estuvimos allí toda la noche del domingo y todo el día siguiente —el día del pánico—, en una pequeña isla de luz diurna, aislada del resto del mundo por el Humo Negro. No pudimos hacer otra cosa que esperar en una dolorosa inactividad durante esos dos días agotadores.

Mi mente estaba ocupada con la ansiedad por mi esposa. Me la imaginaba en Leatherhead, aterrorizada, en peligro, llorándome ya como muerto. Me paseaba por las habitaciones y lloraba en voz alta cuando pensaba en cómo estaba aislado de ella, en todo lo que podría ocurrirle en mi ausencia. Sabía que mi primo era lo suficientemente valiente para cualquier emergencia, pero no era el tipo de hombre que se da cuenta del peligro rápidamente, que obrara rápidamente. Lo que se necesitaba ahora no era valentía, sino circunspección. Mi único consuelo era creer que los marcianos se movían hacia Londres y se alejaban de ella. Tales ansiedades vagas mantienen la mente sensible y dolorosa. Me cansé e irrité con las perpetuas aclamaciones del cura; me cansé de ver su egoísta desesperación. Después de algunas protestas ineficaces, me alejé de él y me quedé en una habitación —evidentemente un aula de niños— que contenía globos terráqueos, formularios y cuadernos. Cuando me siguió hasta allí, me dirigí a una habitación con cajas en la parte superior de la casa y, para estar a solas con mis dolorosas miserias, me encerré en ella.

Estuvimos irremediablemente acorralados por el Humo Negro todo ese día y la mañana del siguiente. El domingo por la tarde hubo señales de gente en la casa de al lado: una cara en una ventana y luces que se movían, y más tarde un portazo. Pero no sé quiénes eran ni qué fue de ellos. No vimos nada de ellos al día siguiente. El Humo Negro se desplazó lentamente hacia el río durante toda la mañana del lunes, acercándose cada vez más a nosotros, pasando por fin a lo largo de la calzada fuera de la casa que nos ocultaba.

Un marciano atravesó los campos hacia el mediodía, lanzando un chorro de vapor sobrecalentado que silbó contra las paredes, rompió todas las ventanas que tocó y escaldó la mano del cura cuando huía de la habitación delantera. Cuando por fin nos arrastramos por las habitaciones empapadas y miramos de nuevo hacia fuera, el territorio hacia el norte se veía tal como si hubiera pasado una negra tormenta de nieve. Al mirar hacia el río, nos asombró ver un inexplicable color rojo que se mezclaba con el negro de los prados calcinados.

For a time we did not see how this change affected our position, save that we were relieved of our fear of the Black Smoke. But later I perceived that we were no longer hemmed in, that now we might get away. So soon as I realised that the way of escape was open, my dream of action returned. But the curate was lethargic, unreasonable.

"We are safe here," he repeated; "safe here."

I resolved to leave him—would that I had! Wiser now for the artilleryman's teaching, I sought out food and drink. I had found oil and rags for my burns, and I also took a hat and a flannel shirt that I found in one of the bedrooms. When it was clear to him that I meant to go alone—had reconciled myself to going alone—he suddenly roused himself to come. And all being quiet throughout the afternoon, we started about five o'clock, as I should judge, along the blackened road to Sunbury.

In Sunbury, and at intervals along the road, were dead bodies lying in contorted attitudes, horses as well as men, overturned carts and luggage, all covered thickly with black dust. That pall of cindery powder made me think of what I had read of the destruction of Pompeii. We got to Hampton Court without misadventure, our minds full of strange and unfamiliar appearances, and at Hampton Court our eyes were relieved to find a patch of green that had escaped the suffocating drift. We went through Bushey Park, with its deer going to and fro under the chestnuts, and some men and women hurrying in the distance towards Hampton, and so we came to Twickenham. These were the first people we saw.

Away across the road the woods beyond Ham and Petersham were still afire. Twickenham was uninjured by either Heat-Ray or Black Smoke, and there were more people about here, though none could give us news. For the most part they were like ourselves, taking advantage of a lull to shift their quarters. I have an impression that many of the houses here were still occupied by scared inhabitants, too frightened even for flight. Here too the evidence of a hasty rout was abundant along the road. I remember most vividly three smashed bicycles in a heap, pounded into the road by the wheels of subsequent carts. We crossed Richmond Bridge about half past eight. We hurried across the exposed bridge, of course, but I noticed floating down the stream a number of red masses, some many feet across. I did not know what these were—there was no time for scrutiny—and I put a more horrible interpretation on them than they deserved. Here again on the Surrey side were black dust that had once been smoke, and dead bodies—a heap near the approach to the station; but we had no glimpse of the Martians until we were some way towards Barnes.

Durante un tiempo no vimos cómo afectaba este cambio a nuestra posición, salvo que nos habíamos librado del miedo al Humo Negro. Pero más tarde percibí que ya no estábamos encerrados, que ahora podíamos escapar. Tan pronto como me di cuenta de que la vía de escape estaba abierta, mi sueño de acción regresó. Pero el cura estaba aletargado, irracional.

«Estamos a salvo aquí», repitió él; «a salvo aquí».

Resolví dejarlo, ¡ojalá lo hubiera hecho! Más sabio ahora por las enseñanzas del artillero, busqué comida y bebida. Había encontrado aceite y trapos para mis quemaduras, y también tomé un sombrero y una camisa de franela que encontré en uno de los dormitorios. Cuando le quedó claro que tenía la intención de ir solo —me había reconciliado con la idea de ir solo—, se energizó de repente para venir. Y estando todo en calma durante la tarde, partimos hacia las cinco, según debo juzgar, por el camino ennegrecido hacia Sunbury.

En Sunbury, y a intervalos a lo largo de la carretera, había cadáveres que yacían en actitudes contorsionadas, tanto de caballos como de hombres, carros volcados y equipajes, todo cubierto densamente de polvo negro. Ese manto de polvo ceniciento me hizo pensar en lo que había leído sobre la destrucción de Pompeya. Llegamos a Hampton Court sin contratiempos, con nuestras mentes llenas de apariciones extrañas y desconocidas, y en Hampton Court nuestros ojos se sintieron aliviados al encontrar una parcela de verde que había escapado a la sofocante estela. Atravesamos Bushey Park, con sus ciervos yendo y viniendo bajo los castaños, y algunos hombres y mujeres que se apresuraban a lo lejos hacia Hampton, y así llegamos a Twickenham. Estas fueron las primeras personas que vimos.

Al otro lado de la carretera, los bosques más allá de Ham y Petersham seguían ardiendo. Twickenham no había sido afectada por el Rayo de Calor ni por el Humo Negro, y había más gente por aquí, aunque nadie podía darnos noticias. En su mayor parte eran como nosotros, que aprovechaban la calma para cambiar de lugar. Tengo la impresión de que muchas de las casas de aquí estaban todavía ocupadas por habitantes asustados, demasiado asustados incluso para huir. También aquí las pruebas de una huida precipitada eran abundantes a lo largo de la carretera. Recuerdo muy bien tres bicicletas destrozadas en un montón, golpeadas en la carretera por las ruedas de carros. Cruzamos Richmond Bridge sobre las ocho y media. Nos apresuramos a cruzar el puente así expuesto, por supuesto, pero noté que flotaban por la corriente varias masas rojas, algunas de muchos pies de ancho. No sabía lo que eran —no había tiempo para examinarlas— y les di una interpretación más horrible de lo que merecían. También aquí, en el lado de Surrey, había polvo negro que había sido humo y cadáveres, un montón cerca de la estación; pero no vimos a los marcianos hasta que nos acercamos a Barnes.

We saw in the blackened distance a group of three people running down a side street towards the river, but otherwise it seemed deserted. Up the hill Richmond town was burning briskly; outside the town of Richmond there was no trace of the Black Smoke.

Then suddenly, as we approached Kew, came a number of people running, and the upperworks of a Martian fighting-machine loomed in sight over the housetops, not a hundred yards away from us. We stood aghast at our danger, and had the Martian looked down we must immediately have perished. We were so terrified that we dared not go on, but turned aside and hid in a shed in a garden. There the curate crouched, weeping silently, and refusing to stir again.

But my fixed idea of reaching Leatherhead would not let me rest, and in the twilight I ventured out again. I went through a shrubbery, and along a passage beside a big house standing in its own grounds, and so emerged upon the road towards Kew. The curate I left in the shed, but he came hurrying after me.

That second start was the most foolhardy thing I ever did. For it was manifest the Martians were about us. No sooner had the curate overtaken me than we saw either the fighting-machine we had seen before or another, far away across the meadows in the direction of Kew Lodge. Four or five little black figures hurried before it across the green-grey of the field, and in a moment it was evident this Martian pursued them. In three strides he was among them, and they ran radiating from his feet in all directions. He used no Heat-Ray to destroy them, but picked them up one by one. Apparently he tossed them into the great metallic carrier which projected behind him, much as a workman's basket hangs over his shoulder.

It was the first time I realised that the Martians might have any other purpose than destruction with defeated humanity. We stood for a moment petrified, then turned and fled through a gate behind us into a walled garden, fell into, rather than found, a fortunate ditch, and lay there, scarce daring to whisper to each other until the stars were out.

I suppose it was nearly eleven o'clock before we gathered courage to start again, no longer venturing into the road, but sneaking along hedgerows and through plantations, and watching keenly through the darkness, he on the right and I on the left, for the Martians, who seemed to be all about us. In one place we blundered upon a scorched and blackened area, now cooling and ashen, and a number of scattered dead bodies of men, burned horribly about the heads and trunks but with their legs and boots mostly intact; and of dead

Vimos en la ennegrecida distancia a un grupo de tres personas corriendo por una calle lateral hacia el río, pero, por lo demás, todo parecía desierto. En la colina la ciudad de Richmond ardía vigorosamente; fuera de la ciudad de Richmond no había rastro del Humo Negro.

De repente, cuando nos acercábamos a Kew, se acercó un grupo de gente corriendo, y la parte superior de una máquina de combate marciana se asomó por encima de los tejados, a menos de cien yardas de nosotros. Nos quedamos atónitos ante nuestro peligro, si el marciano hubiera mirado hacia abajo habríamos perecido inmediatamente. Estábamos tan aterrorizados que no nos atrevimos a seguir adelante, sino que nos apartamos y nos escondimos en un cobertizo del jardín. Allí se agachó el cura, llorando en silencio y negándose a continuar.

Pero mi idea fija de llegar a Leatherhead no me dejaba descansar, y en el crepúsculo me aventuré de nuevo. Atravesé unos arbustos y seguí por un camino junto a una gran casa, y así salí a la carretera hacia Kew. Dejé al cura en el cobertizo, pero vino corriendo tras de mí.

Esa segunda salida fue la cosa más temeraria que he hecho. Porque era evidente que los marcianos nos rodeaban. Apenas el cura me alcanzó, vimos la máquina de combate que habíamos visto antes, u otra, a lo lejos, a través de los prados, en dirección a Kew Lodge. Cuatro o cinco pequeñas figuras negras se apresuraron ante ella a través del verde-gris del campo, y en un momento fue evidente que este marciano los perseguía. En tres zancadas estaba entre ellos, y corrían en todas direcciones bajo sus pies. No utilizó ningún Rayo de Calor para destruirlos, sino que los recogió uno por uno. Al parecer, los arrojó en el gran soporte metálico que se proyectaba detrás de él, de forma parecida a la cesta de un obrero que cuelga de su hombro.

Fue la primera vez que me di cuenta de que los marcianos podían tener otro propósito —y no la destrucción— con la humanidad derrotada. Nos quedamos un momento petrificados, luego nos dimos la vuelta y huimos a través de una puerta que había detrás de nosotros hacia un jardín amurallado, caímos en una zanja, afortunadamente (en lugar de encontrarla), y nos quedamos allí, sin apenas atrevernos a susurrar hasta que se vieron las estrellas.

Supongo que fueron casi las once antes de que reuniéramos el valor para reemprender la marcha, sin aventurarnos ya en el camino, sino escabulléndonos a lo largo de los setos y a través de las plantaciones, y vigilando concienzudamente en la oscuridad, él a la derecha y yo a la izquierda, en busca de los marcianos, que parecían estar a nuestro alrededor. En un lugar nos topamos con una zona chamuscada y ennegrecida, ahora fría y cenicienta, y con un número de cadáveres dispersos de hombres, quemados horriblemen-

horses, fifty feet, perhaps, behind a line of four ripped guns and smashed gun carriages.

Sheen, it seemed, had escaped destruction, but the place was silent and deserted. Here we happened on no dead, though the night was too dark for us to see into the side roads of the place. In Sheen my companion suddenly complained of faintness and thirst, and we decided to try one of the houses.

The first house we entered, after a little difficulty with the window, was a small semi-detached villa, and I found nothing eatable left in the place but some mouldy cheese. There was, however, water to drink; and I took a hatchet, which promised to be useful in our next house-breaking.

We then crossed to a place where the road turns towards Mortlake. Here there stood a white house within a walled garden, and in the pantry of this domicile we found a store of food—two loaves of bread in a pan, an uncooked steak, and the half of a ham. I give this catalogue so precisely because, as it happened, we were destined to subsist upon this store for the next fortnight. Bottled beer stood under a shelf, and there were two bags of haricot beans and some limp lettuces. This pantry opened into a kind of wash-up kitchen, and in this was firewood; there was also a cupboard, in which we found nearly a dozen of burgundy, tinned soups and salmon, and two tins of biscuits.

We sat in the adjacent kitchen in the dark—for we dared not strike a light—and ate bread and ham, and drank beer out of the same bottle. The curate, who was still timorous and restless, was now, oddly enough, for pushing on, and I was urging him to keep up his strength by eating when the thing happened that was to imprison us.

"It can't be midnight yet," I said, and then came a blinding glare of vivid green light. Everything in the kitchen leaped out, clearly visible in green and black, and vanished again. And then followed such a concussion as I have never heard before or since. So close on the heels of this as to seem instantaneous came a thud behind me, a clash of glass, a crash and rattle of falling masonry all about us, and the plaster of the ceiling came down upon us, smashing into a multitude of fragments upon our heads. I was knocked headlong across the floor against the oven handle and stunned. I was insensible for a long time, the curate told me, and when I came to we were in darkness again, and he, with a face wet, as I found afterwards, with blood from a cut forehead, was dabbing water over me.

te por la cabeza y los troncos, pero con las piernas y las botas casi intactas; también caballos muertos, a unos cincuenta pies, detrás de una línea de cuatro cañones arrancados y carros de combate destrozados.

Al parecer, Sheen había escapado a la destrucción, pero el lugar estaba silencioso y desierto. Aquí no encontramos ningún muerto, aunque la noche era demasiado oscura para que pudiéramos ver los caminos laterales del lugar. En Sheen, mi compañero se quejó repentinamente de cansancio y sed, y decidimos probar en una de las casas.

La primera casa en la que entramos, después de una pequeña dificultad con la ventana, era una pequeña villa adosada, y no encontré nada comestible en el lugar, salvo un poco de queso mohoso. Sin embargo, había agua para beber, y cogí un hacha, que prometía ser útil en nuestro próximo asalto a una casa.

Luego cruzamos hasta un lugar donde la carretera gira hacia Mortlake. Aquí había una casa blanca dentro de un jardín amurallado, y en la despensa de este domicilio encontramos una reserva de alimentos: dos panes grandes, un filete sin cocinar y la mitad de un jamón. Doy este catálogo tan precisamente porque, como sucedió, estábamos destinados a subsistir con esta tienda durante los siguientes quince días. Debajo de un estante había cerveza embotellada, dos bolsas de alubias blancas y algunas lechugas. Esta despensa se abría a una especie de cocina para lavar, y en ella había leña; también había un armario, en el que encontramos casi una docena de borgoñas, sopas y salmón en lata, y dos latas de galletas.

Nos sentamos en la cocina adyacente, en la oscuridad —pues no nos atrevimos a encender la luz—, y comimos pan y jamón, y bebimos cerveza de la misma botella. El cura, que seguía tímido e inquieto, se mostraba ahora, curiosamente, partidario de seguir adelante, y yo le instaba a juntar fuerzas comiendo cuando ocurrió lo que iba a encarcelarnos.

«Todavía no puede ser medianoche», dije, y entonces llegó un resplandor cegador de vívida luz verde. Todo lo que había en la cocina saltó, claramente visible en verde y negro, y desapareció de nuevo. Y luego siguió una conmoción como nunca antes ni después había escuchado. Justo después, como instantáneamente, vino un golpe detrás de mí, un choque de vidrios, un choque y traqueteo de mampostería cayendo a nuestro alrededor, y el yeso del techo cayó sobre nosotros, rompiendo en una multitud de fragmentos sobre nuestras cabezas. Yo caí de cabeza en el suelo contra el asa del horno y quedé aturdido. Estuve insensible durante mucho tiempo, según me dijo el cura, y cuando recobré el conocimiento estábamos de nuevo en la oscuridad, y él, con la cara mojada, como descubrí después, con sangre de un corte en la frente, me estaba despertando con agua.

For some time I could not recollect what had happened. Then things came to me slowly. A bruise on my temple asserted itself.

"Are you better?" asked the curate in a whisper.

At last I answered him. I sat up.

"Don't move," he said. "The floor is covered with smashed crockery from the dresser. You can't possibly move without making a noise, and I fancy they are outside."

We both sat quite silent, so that we could scarcely hear each other breathing. Everything seemed deadly still, but once something near us, some plaster or broken brickwork, slid down with a rumbling sound. Outside and very near was an intermittent, metallic rattle.

"That!" said the curate, when presently it happened again.

"Yes," I said. "But what is it?"

"A Martian!" said the curate.

I listened again.

"It was not like the Heat-Ray," I said, and for a time I was inclined to think one of the great fighting-machines had stumbled against the house, as I had seen one stumble against the tower of Shepperton Church.

Our situation was so strange and incomprehensible that for three or four hours, until the dawn came, we scarcely moved. And then the light filtered in, not through the window, which remained black, but through a triangular aperture between a beam and a heap of broken bricks in the wall behind us. The interior of the kitchen we now saw greyly for the first time.

The window had been burst in by a mass of garden mould, which flowed over the table upon which we had been sitting and lay about our feet. Outside, the soil was banked high against the house. At the top of the window frame we could see an uprooted drainpipe. The floor was littered with smashed hardware; the end of the kitchen towards the house was broken into, and since the daylight shone in there, it was evident the greater part of the house had collapsed. Contrasting vividly with this ruin was the neat dresser, stained in the fashion, pale green, and with a number of copper and tin vessels below it, the wallpaper imitating blue and white tiles, and a couple of coloured supple-

Durante algún tiempo no pude recordar lo que había sucedido. Luego, las cosas vinieron a mí lentamente. Un moretón en la sien se hizo notar.

«¿Estás mejor?», preguntó el cura en un susurro.

Al final le respondí. Me senté.

«No te muevas», dijo. «El suelo está cubierto de vajilla rota del tocador. No puedes moverte sin hacer ruido, y me imagino que están fuera».

Los dos estábamos sentados en silencio, de modo que incluso podíamos oírnos respirar. Todo parecía mortalmente quieto, pero en una ocasión algo cercano a nosotros, algún yeso o ladrillo roto, se deslizó hacia abajo con un sonido estruendoso. Afuera y muy cerca se escuchaba un traqueteo intermitente y metálico.

«¡Eso!», dijo el cura, cuando en seguida volvió a ocurrir.

«Sí», dije. «¿Pero qué es?».

«¡Un marciano!», dijo el cura.

Volví a escuchar.

«No parece ser el Rayo de Calor», dije, y por un momento me sentí inclinado a pensar que una de las grandes máquinas de combate había tropezado con la casa, como había visto tropezar a una contra la torre de la iglesia de Shepperton.

Nuestra situación era tan extraña e incomprensible que durante tres o cuatro horas, hasta que amaneció, apenas nos movimos. Y entonces la luz se filtró, no a través de la ventana, que seguía estando negra, sino a través de una abertura triangular entre una viga y un montón de ladrillos rotos en la pared detrás de nosotros. El interior de la cocina lo vimos gris por primera vez.

La ventana había sido reventada por una masa de moho del jardín, que caía sobre la mesa en la que habíamos estado sentados y se extendía alrededor de nuestros pies. En el exterior, la tierra estaba amontonada contra la casa. En la parte superior del marco de la ventana podíamos ver un tubo de desagüe arrancado. El suelo estaba lleno de herrajes rotos; el extremo de la cocina que daba a la casa estaba roto, y como la luz del día brillaba allí, era evidente que la mayor parte de la casa se había derrumbado. Contrastaba vivamente con esta ruina la pulcra cómoda, pintada a la moda, de color verde pálido, y con una serie de recipientes de cobre y estaño debajo de ella; se veía el papel pin-

ments fluttering from the walls above the kitchen range.

As the dawn grew clearer, we saw through the gap in the wall the body of a Martian, standing sentinel, I suppose, over the still glowing cylinder. At the sight of that we crawled as circumspectly as possible out of the twilight of the kitchen into the darkness of the scullery.

Abruptly the right interpretation dawned upon my mind.

"The fifth cylinder," I whispered, "the fifth shot from Mars, has struck this house and buried us under the ruins!"

For a time the curate was silent, and then he whispered:

"God have mercy upon us!"

I heard him presently whimpering to himself.

Save for that sound we lay quite still in the scullery; I for my part scarce dared breathe, and sat with my eyes fixed on the faint light of the kitchen door. I could just see the curate's face, a dim, oval shape, and his collar and cuffs. Outside there began a metallic hammering, then a violent hooting, and then again, after a quiet interval, a hissing like the hissing of an engine. These noises, for the most part problematical, continued intermittently, and seemed if anything to increase in number as time wore on. Presently a measured thudding and a vibration that made everything about us quiver and the vessels in the pantry ring and shift, began and continued. Once the light was eclipsed, and the ghostly kitchen doorway became absolutely dark. For many hours we must have crouched there, silent and shivering, until our tired attention failed...

At last I found myself awake and very hungry. I am inclined to believe we must have spent the greater portion of a day before that awakening. My hunger was at a stride so insistent that it moved me to action. I told the curate I was going to seek food, and felt my way towards the pantry. He made me no answer, but so soon as I began eating the faint noise I made stirred him up and I heard him crawling after me.

tado imitando azulejos azules y blancos, y un par de suplementos de colores que revoloteaban por las paredes encima de la cocina.

A medida que el amanecer se hacía más claro, vimos a través de la brecha en la pared el cuerpo de un marciano, que se mantenía como centinela, supongo, sobre el cilindro aún incandescente. Al ver eso, nos arrastramos tan discretamente como era posible, fuera de la penumbra de la cocina hacia la oscuridad del fregadero.

De repente, la interpretación correcta surgió en mi mente.

«El quinto cilindro», susurré, «el quinto disparo de Marte, ha golpeado esta casa y nos ha enterrado bajo las ruinas».

El cura guardó silencio durante un rato, y luego susurró:

«¡Dios se apiade de nosotros!».

Le oí gemir para sus adentros.

A excepción de ese sonido, permanecimos inmóviles en el fregadero; yo, por mi parte, apenas me atrevía a respirar, y estaba sentado con los ojos fijos en la débil luz de la puerta de la cocina. Apenas podía ver la cara del cura, una forma ovalada y tenue, y su cuello y sus puños. Afuera comenzó un martilleo metálico, luego un violento ulular, y de nuevo, tras un intervalo de silencio, un silbido como el de un motor. Estos ruidos, en su mayor parte misteriosos, continuaron de forma intermitente, y parecían aumentar en número a medida que pasaba el tiempo. En un momento dado, comenzó y continuó un ruido sordo y una vibración que hizo que todo lo que nos rodeaba se estremeciera y que los recipientes de la despensa sonaran y se desplazaran. Una vez la luz se eclipsó, y la fantasmagórica puerta de la cocina quedó absolutamente a oscuras. Durante muchas horas debimos estar agazapados allí, en silencio y temblando, hasta que nuestra cansada atención falló...

Por fin me encontré despierto y con mucha hambre. Me inclino a creer que debimos pasar la mayor parte de un día antes de despertarnos. Mi hambre era tan fuerte que me movió a la acción. Le dije al cura que iba a buscar comida, y me dirigí hacia la despensa. No me respondió, pero tan pronto como empecé a comer, el débil ruido que hice le despertó y le oí arrastrarse tras de mí.

II — WHAT WE SAW FROM THE RUINED HOUSE

After eating we crept back to the scullery, and there I must have dozed again, for when presently I looked round I was alone. The thudding vibration continued with wearisome persistence. I whispered for the curate several times, and at last felt my way to the door of the kitchen. It was still daylight, and I perceived him across the room, lying against the triangular hole that looked out upon the Martians. His shoulders were hunched, so that his head was hidden from me.

I could hear a number of noises almost like those in an engine shed; and the place rocked with that beating thud. Through the aperture in the wall I could see the top of a tree touched with gold and the warm blue of a tranquil evening sky. For a minute or so I remained watching the curate, and then I advanced, crouching and stepping with extreme care amid the broken crockery that littered the floor.

I touched the curate's leg, and he started so violently that a mass of plaster went sliding down outside and fell with a loud impact. I gripped his arm, fearing he might cry out, and for a long time we crouched motionless. Then I turned to see how much of our rampart remained. The detachment of the plaster had left a vertical slit open in the debris, and by raising myself cautiously across a beam I was able to see out of this gap into what had been overnight a quiet suburban roadway. Vast, indeed, was the change that we beheld.

The fifth cylinder must have fallen right into the midst of the house we had first visited. The building had vanished, completely smashed, pulverised, and dispersed by the blow. The cylinder lay now far beneath the original foundations—deep in a hole, already vastly larger than the pit I had looked into at Woking. The earth all round it had splashed under that tremendous impact—"splashed" is the only word—and lay in heaped piles that hid the masses of the adjacent houses. It had behaved exactly like mud under the violent blow of a hammer. Our house had collapsed backward; the front portion, even on the ground floor, had been destroyed completely; by a chance the kitchen and scullery had escaped, and stood buried now under soil and ruins, closed in by tons of earth on every side save towards the cylinder. Over that aspect we hung now on the very edge of the great circular pit the Martians were engaged in making. The heavy beating sound was evidently just behind us, and ever and again a bright green vapour drove up like a veil across our peephole.

The cylinder was already opened in the centre of the pit, and on the farther

II — LO QUE VIMOS DESDE LA CASA EN RUINAS

Después de comer, nos arrastramos hasta el fregadero, y allí debí quedarme dormido de nuevo, porque cuando miré a mi alrededor estaba solo. La vibración del ruido continuaba con una persistencia agotadora. Susurré varias veces llamando al cura, y por fin me dirigí a la puerta de la cocina. Todavía era de día, y lo vi al otro lado de la habitación, recostado contra el agujero triangular que daba a los marcianos. Tenía los hombros encorvados, de modo que su cabeza me quedaba oculta.

Podía oír una serie de ruidos casi como los de un cobertizo para motores; y el lugar se mecía con ese golpeteo. A través de la abertura en la pared pude ver la copa de un árbol tocada de oro y el cálido azul de un tranquilo cielo nocturno. Durante un minuto, más o menos, me quedé observando al cura, y luego avancé, agachado y pisando con sumo cuidado entre la vajilla rota que cubría el suelo.

Toqué la pierna del cura y éste se sobresaltó tan violentamente que una masa de yeso se deslizó hacia el exterior y cayó con un fuerte impacto. Me agarré a su brazo, temiendo que pudiera gritar, y durante mucho tiempo nos quedamos agachados e inmóviles. Luego me volví para ver cuánto quedaba de nuestra muralla. El desprendimiento del yeso había dejado una hendidura vertical abierta en los escombros, y levantándome cautelosamente a través de una viga pude ver por esta brecha lo que de la noche a la mañana había sido una tranquila calzada suburbana. El cambio que vimos fue enorme.

El quinto cilindro debió de haber caído justo en medio de la casa que habíamos visitado primero. El edificio había desaparecido, esta a completamente destrozado, pulverizado y dispersado por el golpe. El cilindro yacía ahora muy por debajo de los cimientos originales, en un agujero que ya era mucho más grande que la fosa en la que había mirado en Woking. La tierra que lo rodeaba había salpicado bajo aquel tremendo impacto —«salpicado» es la única palabra— y yacía en montones que ocultaban las masas de las casas adyacentes. Se había comportado exactamente como el barro bajo el violento golpe de un martillo. Nuestra casa se había derrumbado hacia atrás; la parte delantera, incluso en la planta baja, había sido destruida por completo; por casualidad, la cocina y el fregadero habían escapado, y se encontraban ahora enterrados bajo la tierra y las ruinas, encerrados por toneladas de tierra por todos los lados, excepto hacia el cilindro. Sobre ese lado colgábamos ahora, en el mismo borde del gran pozo circular que los marcianos estaban construyendo. El fuerte ruido de los golpes venía evidentemente desde detrás de nosotros, y de vez en cuando un vapor verde brillante se elevaba como un velo a través de nuestra mirilla.

El cilindro estaba ya abierto en el centro de la fosa, y en el borde más aleja-

edge of the pit, amid the smashed and gravel-heaped shrubbery, one of the great fighting-machines, deserted by its occupant, stood stiff and tall against the evening sky. At first I scarcely noticed the pit and the cylinder, although it has been convenient to describe them first, on account of the extraordinary glittering mechanism I saw busy in the excavation, and on account of the strange creatures that were crawling slowly and painfully across the heaped mould near it.

The mechanism it certainly was that held my attention first. It was one of those complicated fabrics that have since been called handling-machines, and the study of which has already given such an enormous impetus to terrestrial invention. As it dawned upon me first, it presented a sort of metallic spider with five jointed, agile legs, and with an extraordinary number of jointed levers, bars, and reaching and clutching tentacles about its body. Most of its arms were retracted, but with three long tentacles it was fishing out a number of rods, plates, and bars which lined the covering and apparently strengthened the walls of the cylinder. These, as it extracted them, were lifted out and deposited upon a level surface of earth behind it.

Its motion was so swift, complex, and perfect that at first I did not see it as a machine, in spite of its metallic glitter. The fighting-machines were coordinated and animated to an extraordinary pitch, but nothing to compare with this. People who have never seen these structures, and have only the ill-imagined efforts of artists or the imperfect descriptions of such eye-witnesses as myself to go upon, scarcely realise that living quality.

I recall particularly the illustration of one of the first pamphlets to give a consecutive account of the war. The artist had evidently made a hasty study of one of the fighting-machines, and there his knowledge ended. He presented them as tilted, stiff tripods, without either flexibility or subtlety, and with an altogether misleading monotony of effect. The pamphlet containing these renderings had a considerable vogue, and I mention them here simply to warn the reader against the impression they may have created. They were no more like the Martians I saw in action than a Dutch doll is like a human being. To my mind, the pamphlet would have been much better without them.

At first, I say, the handling-machine did not impress me as a machine, but as a crablike creature with a glittering integument, the controlling Martian whose delicate tentacles actuated its movements seeming to be simply the equivalent of the crab's cerebral portion. But then I perceived the resemblance of its grey-brown, shiny, leathery integument to that of the other sprawling bodies beyond, and the true nature of this dexterous workman dawned upon me. With that realisation my interest shifted to those other creatures, the real

do de la misma, entre los arbustos destrozados y cubiertos de grava, una de las grandes máquinas de combate, abandonada por su ocupante, se alzaba rígida y alta contra el cielo del atardecer. Al principio apenas me fijé en la fosa y en el cilindro —aunque me ha sido conveniente describirlos primero— a causa del extraordinario mecanismo brillante que vi ocupado en la excavación, y a causa de las extrañas criaturas que se arrastraban lenta y penosamente por el montón amontonado cerca de él.

El mecanismo fue ciertamente lo que primero atrajo mi atención. Era uno de esos complicados aparatos que desde entonces se han llamado máquinas de manipulación, y cuyo estudio ha dado ya un enorme impulso a la invención terrestre. Tal y como lo vi primero, era una especie de araña metálica con cinco patas articuladas y ágiles, y con un número extraordinario de palancas articuladas, barras y tentáculos para alcanzar y agarrar en su cuerpo. La mayor parte de sus brazos estaban retraídos, pero con tres largos tentáculos extraía una serie de varillas, placas y barras que revestían la cubierta y aparentemente reforzaban las paredes del cilindro. A medida que los extraía, los levantaba y los depositaba en una superficie de tierra plana detrás del aparato.

Su movimiento era tan rápido, complejo y perfecto que al principio no lo vi como una máquina, a pesar de su brillo metálico. Las máquinas de combate estaban coordinadas y animadas hasta un punto extraordinario, pero nada comparable a esto. La gente que nunca ha visto estas estructuras, y que sólo cuenta con los esfuerzos mal imaginados de los artistas o con las descripciones imperfectas de testigos presenciales como yo, apenas se da cuenta de esta cualidad viva.

Recuerdo especialmente la ilustración de uno de los primeros panfletos que ofrecía un relato consecutivo de la guerra. El artista había hecho evidentemente un estudio apresurado de una de las máquinas de combate, y ahí terminaban sus conocimientos. Las presentó como trípodes inclinados y rígidos, sin flexibilidad ni sutileza, y con una monotonía de efecto totalmente engañosa. El panfleto que contenía estas representaciones se puso de moda, y las menciono aquí simplemente para advertir al lector de la impresión que pueden haber creado. No se parecían más a los marcianos que vi en acción que una muñeca holandesa a un ser humano. En mi opinión, el folleto habría sido mucho mejor sin ellas.

Al principio, digo, la máquina manipuladora no me impresionó como una máquina, sino como una criatura parecida a un cangrejo con un tegumento reluciente, el marciano que controlaba, cuyos delicados tentáculos accionaban sus movimientos, parecía ser simplemente el equivalente de la parte cerebral del cangrejo. Pero entonces percibí el parecido de su tegumento marrón grisácco, brillante y coriáceo con el de los otros cuerpos que se extendían más allá, y me di cuenta de la verdadera naturaleza de este hábil trabajador.

Martians. Already I had had a transient impression of these, and the first nausea no longer obscured my observation. Moreover, I was concealed and motionless, and under no urgency of action.

They were, I now saw, the most unearthly creatures it is possible to conceive. They were huge round bodies—or, rather, heads—about four feet in diameter, each body having in front of it a face. This face had no nostrils—indeed, the Martians do not seem to have had any sense of smell, but it had a pair of very large dark-coloured eyes, and just beneath this a kind of fleshy beak. In the back of this head or body—I scarcely know how to speak of it—was the single tight tympanic surface, since known to be anatomically an ear, though it must have been almost useless in our dense air. In a group round the mouth were sixteen slender, almost whiplike tentacles, arranged in two bunches of eight each. These bunches have since been named rather aptly, by that distinguished anatomist, Professor Howes, the hands. Even as I saw these Martians for the first time they seemed to be endeavouring to raise themselves on these hands, but of course, with the increased weight of terrestrial conditions, this was impossible. There is reason to suppose that on Mars they may have progressed upon them with some facility.

The internal anatomy, I may remark here, as dissection has since shown, was almost equally simple. The greater part of the structure was the brain, sending enormous nerves to the eyes, ear, and tactile tentacles. Besides this were the bulky lungs, into which the mouth opened, and the heart and its vessels. The pulmonary distress caused by the denser atmosphere and greater gravitational attraction was only too evident in the convulsive movements of the outer skin.

And this was the sum of the Martian organs. Strange as it may seem to a human being, all the complex apparatus of digestion, which makes up the bulk of our bodies, did not exist in the Martians. They were heads—merely heads. Entrails they had none. They did not eat, much less digest. Instead, they took the fresh, living blood of other creatures, and injected it into their own veins. I have myself seen this being done, as I shall mention in its place. But, squeamish as I may seem, I cannot bring myself to describe what I could not endure even to continue watching. Let it suffice to say, blood obtained from a still living animal, in most cases from a human being, was run directly by means of a little pipette into the recipient canal...

The bare idea of this is no doubt horribly repulsive to us, but at the same time I think that we should remember how repulsive our carnivorous habits would seem to an intelligent rabbit.

Al darme cuenta de ello, mi interés se desplazó hacia esas otras criaturas, los verdaderos marcianos. Ya había tenido una impresión transitoria de ellos, y la primera náusea ya no obstruía mi observación. Además, estaba oculto e inmóvil, y no tenía ninguna urgencia de acción.

Ahora vi que eran las criaturas más extraterrestres que es posible concebir. Eran enormes cuerpos redondos —o, mejor dicho, cabezas— de unos cuatro pies de diámetro, y cada cuerpo tenía delante una cara. Esta cara no tenía orificios nasales —de hecho, los marcianos no parecen haber tenido ningún sentido del olfato—, pero tenía un par de ojos muy grandes de color oscuro, y justo debajo de esto una especie de pico carnoso. En la parte posterior de esta cabeza o cuerpo —apenas sé cómo hablar de ella— se encontraba la única y apretada superficie timpánica, que desde entonces se sabe que es anatómicamente una oreja, aunque debe haber sido casi inútil en nuestro aire denso. Alrededor de la boca había dieciséis tentáculos delgados, casi como un látigo, dispuestos en dos grupos de ocho cada uno. Desde entonces, el distinguido anatomista, el profesor Howes, ha bautizado estos racimos con el nombre de «manos». Incluso cuando vi a estos marcianos por primera vez, parecían estar intentando levantarse sobre estas manos, pero por supuesto, con el mayor peso de las condiciones terrestres, esto era imposible. Hay razones para suponer que en Marte pueden haber avanzado sobre ellas con cierta facilidad.

La anatomía interna, puedo comentar aquí, como la disección ha demostrado desde entonces, era casi igualmente simple. La mayor parte de la estructura era el cerebro, que comandaba enormes nervios que iban a los ojos, al oído y a los tentáculos táctiles. Además, estaban los voluminosos pulmones, a los que daba la boca, y luego el corazón y sus vasos. La angustia pulmonar causada por la atmósfera más densa y la mayor atracción gravitatoria era demasiado evidente en los movimientos convulsivos de la piel exterior.

Y esta era la suma de los órganos marcianos. Por extraño que pueda parecer a un ser humano, todo el complejo aparato de la digestión, que constituye la mayor parte de nuestro cuerpo, no existía en los marcianos. Eran cabezas, simplemente cabezas. No tenían entrañas. No comían, y mucho menos digerían. En cambio, tomaban la sangre fresca y viva de otras criaturas y la inyectaban en sus propias venas. Yo mismo he visto cómo se hace esto, como mencionaré en su lugar. Pero, por muy aprensivo que parezca, no me atrevo a describir lo que no podría soportar ni siquiera viéndolo. Baste decir que la sangre obtenida de un animal aún vivo, en la mayoría de los casos de un ser humano, se introducía directamente por medio de una pequeña pipeta en el canal receptor...

La mera idea de esto es sin duda horriblemente repulsiva para nosotros, pero al mismo tiempo creo que deberíamos recordar lo repulsivos que serían nuestros hábitos carnívoros para un conejo inteligente.

The physiological advantages of the practice of injection are undeniable, if one thinks of the tremendous waste of human time and energy occasioned by eating and the digestive process. Our bodies are half made up of glands and tubes and organs, occupied in turning heterogeneous food into blood. The digestive processes and their reaction upon the nervous system sap our strength and colour our minds. Men go happy or miserable as they have healthy or unhealthy livers, or sound gastric glands. But the Martians were lifted above all these organic fluctuations of mood and emotion.

Their undeniable preference for men as their source of nourishment is partly explained by the nature of the remains of the victims they had brought with them as provisions from Mars. These creatures, to judge from the shrivelled remains that have fallen into human hands, were bipeds with flimsy, silicious skeletons (almost like those of the silicious sponges) and feeble musculature, standing about six feet high and having round, erect heads, and large eyes in flinty sockets. Two or three of these seem to have been brought in each cylinder, and all were killed before earth was reached. It was just as well for them, for the mere attempt to stand upright upon our planet would have broken every bone in their bodies.

And while I am engaged in this description, I may add in this place certain further details which, although they were not all evident to us at the time, will enable the reader who is unacquainted with them to form a clearer picture of these offensive creatures.

In three other points their physiology differed strangely from ours. Their organisms did not sleep, any more than the heart of man sleeps. Since they had no extensive muscular mechanism to recuperate, that periodical extinction was unknown to them. They had little or no sense of fatigue, it would seem. On earth they could never have moved without effort, yet even to the last they kept in action. In twenty-four hours they did twenty-four hours of work, as even on earth is perhaps the case with the ants.

In the next place, wonderful as it seems in a sexual world, the Martians were absolutely without sex, and therefore without any of the tumultuous emotions that arise from that difference among men. A young Martian, there can now be no dispute, was really born upon earth during the war, and it was found attached to its parent, partially budded off, just as young lilybulbs bud off, or like the young animals in the fresh-water polyp.

In man, in all the higher terrestrial animals, such a method of increase has disappeared; but even on this earth it was certainly the primitive method.

Las ventajas fisiológicas de la práctica de la inyección son innegables, si se piensa en el tremendo desperdicio de tiempo y energía humanos ocasionado por la alimentación y el proceso digestivo. Nuestro cuerpo está formado en su mitad por glándulas, tubos y órganos, ocupados en convertir los alimentos heterogéneos en sangre. Los procesos digestivos y su reacción sobre el sistema nervioso minan nuestra fuerza y colorean nuestras mentes. Los hombres son felices o desgraciados según tengan hígados sanos o enfermos, o glándulas gástricas sanas. Pero los marcianos se elevan por encima de todas estas fluctuaciones orgánicas del estado de ánimo y la emoción.

Su innegable preferencia por los humanos como fuente de alimentación se explica en parte por la naturaleza de los restos de las víctimas que trajeron consigo como provisiones desde Marte. Estas criaturas, a juzgar por los restos destrozados que han caído en manos humanas, eran bípedos con esqueletos endebles y silíceos (casi como los de las esponjas silíceas) y una musculatura débil, de unos seis pies de altura y con cabezas redondas y erguidas y grandes ojos. Parece que trajeron dos o tres de ellos en cada cilindro, y todos fueron asesinados antes de llegar a tierra. Menos mal, porque el mero intento de mantenerse erguidos en nuestro planeta les habría roto todos los huesos del cuerpo.

Y ya que me dedico a esta descripción puedo añadir en este lugar ciertos detalles adicionales que, aunque no eran todos evidentes para nosotros en ese momento, permitirán al lector que no esté familiarizado con ellos formarse una imagen más clara de estas ofensivas criaturas.

En otros tres puntos su fisiología difería extrañamente de la nuestra. Sus organismos no dormían, como tampoco duerme el corazón del hombre. Como no tenían ningún mecanismo muscular extenso para recuperarse, esa extinción periódica era desconocida para ellos. Al parecer, tenían poco o ningún sentido de la fatiga. En la tierra nunca habrían podido moverse sin esfuerzo, y sin embargo, hasta el último momento se mantuvieron en acción. En veinticuatro horas hacían veinticuatro horas de trabajo, como quizás también en la Tierra es el caso de las hormigas.

En segundo lugar, por maravilloso que parezca en un mundo sexual, los marcianos carecían absolutamente de sexo y, por lo tanto, de todas las tumultuosas emociones que surgen de esa diferencia entre los humanos. Un joven marciano, ya no se puede discutir, nació realmente uno en la Tierra durante la guerra, se le encontró unido a su progenitor, un brote parcial, como brotan los jóvenes lirios, o como los jóvenes animales se gestan en el pólipo de agua dulce.

En el hombre, en todos los animales terrestres superiores, tal método de reproducción ha desaparecido; pero incluso en esta tierra fue ciertamente el

Among the lower animals, up even to those first cousins of the vertebrated animals, the Tunicates, the two processes occur side by side, but finally the sexual method superseded its competitor altogether. On Mars, however, just the reverse has apparently been the case.

It is worthy of remark that a certain speculative writer of quasi-scientific repute, writing long before the Martian invasion, did forecast for man a final structure not unlike the actual Martian condition. His prophecy, I remember, appeared in November or December, 1893, in a long-defunct publication, the Pall Mall Budget, and I recall a caricature of it in a pre-Martian periodical called Punch. He pointed out—writing in a foolish, facetious tone—that the perfection of mechanical appliances must ultimately supersede limbs; the perfection of chemical devices, digestion; that such organs as hair, external nose, teeth, ears, and chin were no longer essential parts of the human being, and that the tendency of natural selection would lie in the direction of their steady diminution through the coming ages. The brain alone remained a cardinal necessity. Only one other part of the body had a strong case for survival, and that was the hand, "teacher and agent of the brain." While the rest of the body dwindled, the hands would grow larger.

There is many a true word written in jest, and here in the Martians we have beyond dispute the actual accomplishment of such a suppression of the animal side of the organism by the intelligence. To me it is quite credible that the Martians may be descended from beings not unlike ourselves, by a gradual development of brain and hands (the latter giving rise to the two bunches of delicate tentacles at last) at the expense of the rest of the body. Without the body the brain would, of course, become a mere selfish intelligence, without any of the emotional substratum of the human being.

The last salient point in which the systems of these creatures differed from ours was in what one might have thought a very trivial particular. Micro-organisms, which cause so much disease and pain on earth, have either never appeared upon Mars or Martian sanitary science eliminated them ages ago. A hundred diseases, all the fevers and contagions of human life, consumption, cancers, tumours and such morbidities, never enter the scheme of their life. And speaking of the differences between the life on Mars and terrestrial life, I may allude here to the curious suggestions of the red weed.

Apparently the vegetable kingdom in Mars, instead of having green for a dominant colour, is of a vivid blood-red tint. At any rate, the seeds which the Martians (intentionally or accidentally) brought with them gave rise in all cases to red-coloured growths. Only that known popularly as the red weed, how-

método primitivo. Entre los animales inferiores, hasta aquellos primos hermanos de los animales vertebrados, los tunicados, los dos procesos se dan paralelamente, pero finalmente el método sexual sustituyó totalmente a su competidor. En Marte, sin embargo, parece que ha sucedido justamente lo contrario.

Es digno de mención que cierto escritor especulativo de reputación casi científica, que escribió mucho antes de la invasión marciana, predijo para el hombre una estructura final no muy diferente de la condición marciana actual. Su profecía, recuerdo, apareció en noviembre o diciembre de 1893 en una publicación ya desaparecida, el *Pall Mall Budget*, y recuerdo una caricatura de la misma en una revista premarciana llamada *Punch*. Señalaba —escribiendo en un tono insensato y caricaturesco— que la perfección de los aparatos mecánicos debía acabar sustituyendo a los miembros; la perfección de los aparatos químicos, a la digestión; que órganos como el pelo, la nariz externa, los dientes, las orejas y la barbilla ya no eran partes esenciales del ser humano, y que la tendencia de la selección natural iría en la dirección de su constante disminución a lo largo de las edades venideras. Sólo el cerebro seguiría siendo una necesidad cardinal. Sólo otra parte del cuerpo tenía argumentos sólidos para sobrevivir, y era la mano, «maestra y agente del cerebro». Mientras el resto del cuerpo disminuía, las manos aumentaban.

Hay muchas palabras verdaderas escritas en broma, y aquí, en los marcianos, tenemos sin duda la realización real de tal supresión del lado animal del organismo por la inteligencia. Para mí es bastante creíble que los marcianos puedan descender de seres no muy diferentes a nosotros, por un desarrollo gradual del cerebro y las manos (este último dando lugar finalmente a los dos racimos de delicados tentáculos) a expensas del resto del cuerpo. Sin el cuerpo, el cerebro se convertiría, por supuesto, en una mera inteligencia egoísta, sin nada del sustrato emocional del ser humano.

El último punto a destacar en el que los sistemas de estas criaturas difieren de los nuestros es en lo que podría pensarse que es un detalle muy trivial. Los microorganismos, que causan tantas enfermedades y dolores en la Tierra, o bien nunca han aparecido en Marte, o bien la ciencia sanitaria marciana los eliminó hace mucho tiempo. Cientos de enfermedades, todas las fiebres y contagios de la vida humana, la tisis, los cánceres, los tumores y esas morbilidades, nunca entraron en el esquema de su vida. Y hablando de las diferencias entre la vida en Marte y la vida terrestre, puedo aludir aquí a las curiosas sugerencias de la hierba roja.

Al parecer, el reino vegetal de Marte, en lugar de tener el verde como color dominante, es de un vivo color rojo sangre. En cualquier caso, las semillas que los marcianos trajeron (con intención o accidentalmente) dieron lugar en todos los casos a crecimientos de color rojo. Sin embargo, sólo la conocida

ever, gained any footing in competition with terrestrial forms. The red creeper was quite a transitory growth, and few people have seen it growing. For a time, however, the red weed grew with astonishing vigour and luxuriance. It spread up the sides of the pit by the third or fourth day of our imprisonment, and its cactus-like branches formed a carmine fringe to the edges of our triangular window. And afterwards I found it broadcast throughout the country, and especially wherever there was a stream of water.

The Martians had what appears to have been an auditory organ, a single round drum at the back of the head-body, and eyes with a visual range not very different from ours except that, according to Philips, blue and violet were as black to them. It is commonly supposed that they communicated by sounds and tentacular gesticulations; this is asserted, for instance, in the able but hastily compiled pamphlet (written evidently by someone not an eye-witness of Martian actions) to which I have already alluded, and which, so far, has been the chief source of information concerning them. Now no surviving human being saw so much of the Martians in action as I did. I take no credit to myself for an accident, but the fact is so. And I assert that I watched them closely time after time, and that I have seen four, five, and (once) six of them sluggishly performing the most elaborately complicated operations together without either sound or gesture. Their peculiar hooting invariably preceded feeding; it had no modulation, and was, I believe, in no sense a signal, but merely the expiration of air preparatory to the suctional operation. I have a certain claim to at least an elementary knowledge of psychology, and in this matter I am convinced—as firmly as I am convinced of anything—that the Martians interchanged thoughts without any physical intermediation. And I have been convinced of this in spite of strong preconceptions. Before the Martian invasion, as an occasional reader here or there may remember, I had written with some little vehemence against the telepathic theory.

The Martians wore no clothing. Their conceptions of ornament and decorum were necessarily different from ours; and not only were they evidently much less sensible of changes of temperature than we are, but changes of pressure do not seem to have affected their health at all seriously. Yet though they wore no clothing, it was in the other artificial additions to their bodily resources that their great superiority over man lay. We men, with our bicycles and road-skates, our Lilienthal soaring-machines, our guns and sticks and so forth, are just in the beginning of the evolution that the Martians have worked out. They have become practically mere brains, wearing different bodies according to their needs just as men wear suits of clothes and take a bicycle in a hurry or an umbrella in the wet. And of their appliances, perhaps nothing is more wonderful to a man than the curious fact that what is the dominant feature of almost all human devices in mechanism is absent—the

popularmente como «hierba roja» se impuso en competencia con las formas terrestres. La enredadera roja tuvo un crecimiento bastante transitorio, y poca gente la ha visto crecer. Sin embargo, durante un tiempo, la hierba roja creció con un vigor y una exuberancia sorprendentes. Al tercer o cuarto día de nuestro encierro se extendía por los lados de la fosa y sus ramas, parecidas a las de los cactus, formaban una franja de color carmín en los bordes de nuestra ventana triangular. Y después la encontré extendida por todo el país, y especialmente donde había una corriente de agua.

Los marcianos tenían lo que parece haber sido un órgano auditivo, un único tambor redondo en la parte posterior de la cabeza-cuerpo, y ojos con un rango visual no muy diferente al nuestro, excepto que, según Philips, el azul y el violeta eran como el negro para ellos. Se supone comúnmente que se comunicaban por medio de sonidos y gesticulaciones tentaculares; esto se afirma, por ejemplo, en el hábil pero apresurado folleto (escrito evidentemente por alguien que no fue testigo presencial de las acciones marcianas) al que ya he aludido, y que, hasta ahora, ha sido la principal fuente de información sobre ellos. Ningún ser humano superviviente vio tanto a los marcianos en acción como yo. No me atribuyo el mérito de un accidente, pero el hecho es así. Y afirmo que los he observado de cerca una y otra vez, y que he visto a cuatro, cinco y (una vez) seis de ellos realizar juntos y con lentitud las operaciones más complicadas, sin sonido ni gesto alguno. Su peculiar grito precedía invariablemente a la alimentación; no tenía ninguna modulación, y no era, creo, en ningún sentido una señal, sino simplemente la expiración de aire preparada para la operación de succión. Tengo cierta pretensión de poseer al menos un conocimiento elemental de psicología, y en este asunto estoy convencido —tan firmemente como lo estoy de cualquier cosa— de que los marcianos intercambiaban pensamientos sin ninguna intermediación física. Y me he convencido de ello a pesar de fuertes prejuicios. Antes de la invasión marciana, como algún lector ocasional recordará, había escrito con cierta vehemencia contra la teoría telepática.

Los marcianos no llevaban ropa. Sus concepciones del ornamento y el decoro eran necesariamente diferentes de las nuestras; y no sólo eran evidentemente mucho menos sensibles a los cambios de temperatura que nosotros, sino que los cambios de presión no parecen haber afectado gravemente a su salud. Sin embargo, aunque no llevaban ropa, su gran superioridad sobre el hombre residía en los otros complementos artificiales de sus recursos corporales. Nosotros, los hombres, con nuestras bicicletas y patines, nuestras máquinas de vuelo Lilienthal, nuestras pistolas y palos, etc., sólo estamos en el principio de la evolución que los marcianos ya han llevado a cabo. Se han convertido prácticamente en meros cerebros, vistiendo diferentes cuerpos según sus necesidades, al igual que los hombres llevan trajes y cogen una bicicleta en caso de apuro o un paraguas en caso de lluvia. Y de sus aparatos, tal vez nada sea más maravilloso para un hombre que el curioso hecho de que

wheel is absent; among all the things they brought to earth there is no trace or suggestion of their use of wheels. One would have at least expected it in locomotion. And in this connection it is curious to remark that even on this earth Nature has never hit upon the wheel, or has preferred other expedients to its development. And not only did the Martians either not know of (which is incredible), or abstain from, the wheel, but in their apparatus singularly little use is made of the fixed pivot or relatively fixed pivot, with circular motions thereabout confined to one plane. Almost all the joints of the machinery present a complicated system of sliding parts moving over small but beautifully curved friction bearings. And while upon this matter of detail, it is remarkable that the long leverages of their machines are in most cases actuated by a sort of sham musculature of the disks in an elastic sheath; these disks become polarised and drawn closely and powerfully together when traversed by a current of electricity. In this way the curious parallelism to animal motions, which was so striking and disturbing to the human beholder, was attained. Such quasi-muscles abounded in the crablike handling-machine which, on my first peeping out of the slit, I watched unpacking the cylinder. It seemed infinitely more alive than the actual Martians lying beyond it in the sunset light, panting, stirring ineffectual tentacles, and moving feebly after their vast journey across space.

While I was still watching their sluggish motions in the sunlight, and noting each strange detail of their form, the curate reminded me of his presence by pulling violently at my arm. I turned to a scowling face, and silent, eloquent lips. He wanted the slit, which permitted only one of us to peep through; and so I had to forego watching them for a time while he enjoyed that privilege.

When I looked again, the busy handling-machine had already put together several of the pieces of apparatus it had taken out of the cylinder into a shape having an unmistakable likeness to its own; and down on the left a busy little digging mechanism had come into view, emitting jets of green vapour and working its way round the pit, excavating and embanking in a methodical and discriminating manner. This it was which had caused the regular beating noise, and the rhythmic shocks that had kept our ruinous refuge quivering. It piped and whistled as it worked. So far as I could see, the thing was without a directing Martian at all.

lo que es la característica dominante de casi todos los aparatos humanos en el mecanismo está ausente: la rueda está ausente; entre todas las cosas que trajeron a la tierra no hay ningún rastro o sugerencia de su uso de ruedas. Al menos se habría esperado que lo hicieran en la locomoción. Y a este respecto es curioso observar que incluso en esta tierra la naturaleza nunca ha dado con la rueda, o ha preferido otros expedientes a su desarrollo. Y no sólo los marcianos no conocían (lo que es increíble), o se abstenían de la rueda, sino que en sus aparatos se hace un uso singularmente escaso del pivote fijo o del pivote relativamente fijo, con movimientos circulares en torno a él limitados a un plano. Casi todas las articulaciones de la maquinaria presentan un complicado sistema de piezas deslizantes que se mueven sobre cojinetes de fricción pequeños pero bellamente curvados. Y en cuanto a esta cuestión de detalle, es notable que las largas palancas de sus máquinas son accionadas en la mayoría de los casos por una especie de musculatura falsa de los discos en una vaina elástica; estos discos se polarizan y se juntan estrecha y poderosamente cuando son atravesados por una corriente eléctrica. De este modo se lograba el curioso paralelismo con los movimientos de los animales, tan sorprendente e inquietante para el observador humano. Tales cuasi-músculos abundaban en la máquina manipuladora de tipo cangrejo que, al asomarme por primera vez a la rendija, vi desembalar el cilindro. Parecía infinitamente más viva que los marcianos reales que yacían más allá de ella a la luz del atardecer, jadeando, agitando tentáculos ineficaces y moviéndose débilmente después de su vasto viaje a través del espacio.

Mientras seguía observando sus perezosos movimientos a la luz del sol, y observando cada extraño detalle de su forma, el cura me recordó su presencia tirando violentamente de mi brazo. Me volví hacia un rostro fruncido y unos labios silenciosos y elocuentes. Quería la rendija, que permitía a uno solo de nosotros asomarse a través de ella; y así tuve que renunciar a observarlos por un tiempo mientras él disfrutaba de ese privilegio.

Cuando volví a mirar, la atareada máquina de manipulación ya había reunido varias de las piezas del aparato que había sacado del cilindro, dándoles una forma inconfundiblemente parecida a la suya; y abajo, a la izquierda, había aparecido un pequeño y atareado mecanismo de excavación, que emitía chorros de vapor verde y se abría paso alrededor del pozo, excavando y encajonando de manera metódica y discriminante. Esto era lo que había provocado el golpeteo regular y los choques rítmicos que habían mantenido nuestro ruinoso refugio temblando. El tubo silbaba mientras trabajaba. Por lo que pude ver, la cosa no tenía ningún marciano que la dirigiera.

III — THE DAYS OF IMPRISONMENT

The arrival of a second fighting-machine drove us from our peephole into the scullery, for we feared that from his elevation the Martian might see down upon us behind our barrier. At a later date we began to feel less in danger of their eyes, for to an eye in the dazzle of the sunlight outside our refuge must have been blank blackness, but at first the slightest suggestion of approach drove us into the scullery in heart-throbbing retreat. Yet terrible as was the danger we incurred, the attraction of peeping was for both of us irresistible. And I recall now with a sort of wonder that, in spite of the infinite danger in which we were between starvation and a still more terrible death, we could yet struggle bitterly for that horrible privilege of sight. We would race across the kitchen in a grotesque way between eagerness and the dread of making a noise, and strike each other, and thrust and kick, within a few inches of exposure.

The fact is that we had absolutely incompatible dispositions and habits of thought and action, and our danger and isolation only accentuated the incompatibility. At Halliford I had already come to hate the curate's trick of helpless exclamation, his stupid rigidity of mind. His endless muttering monologue vitiated every effort I made to think out a line of action, and drove me at times, thus pent up and intensified, almost to the verge of craziness. He was as lacking in restraint as a silly woman. He would weep for hours together, and I verily believe that to the very end this spoiled child of life thought his weak tears in some way efficacious. And I would sit in the darkness unable to keep my mind off him by reason of his importunities. He ate more than I did, and it was in vain I pointed out that our only chance of life was to stop in the house until the Martians had done with their pit, that in that long patience a time might presently come when we should need food. He ate and drank impulsively in heavy meals at long intervals. He slept little.

As the days wore on, his utter carelessness of any consideration so intensified our distress and danger that I had, much as I loathed doing it, to resort to threats, and at last to blows. That brought him to reason for a time. But he was one of those weak creatures, void of pride, timorous, anæmic, hateful souls, full of shifty cunning, who face neither God nor man, who face not even themselves.

It is disagreeable for me to recall and write these things, but I set them down that my story may lack nothing. Those who have escaped the dark and terrible aspects of life will find my brutality, my flash of rage in our final tragedy, easy enough to blame; for they know what is wrong as well as any, but not

III — LOS DÍAS DE PRISIÓN

La llegada de una segunda máquina de combate nos hizo mudarnos de nuestra mirilla hacia el fregadero, pues temíamos que desde su elevación el marciano pudiera vernos detrás de nuestra barrera. Más tarde empezamos a sentirnos menos en peligro de sus ojos, porque para un ojo en el deslumbramiento de la luz del sol fuera de nuestro refugio debe haber sido una negrura absoluta, pero en un primer momento la menor sugerencia de acercamiento nos llevó a la cocina en la retirada palpitante. Sin embargo, por terrible que fuera el peligro que corríamos, la atracción de mirar era para ambos irresistible. Y recuerdo ahora con una especie de asombro que, a pesar del infinito peligro en que nos encontrábamos entre la inanición y una muerte aún más terrible, podíamos luchar amargamente por ese horrible privilegio de visualización. Corríamos por la cocina pasando de manera grotesca del afán al temor a hacer ruido, y nos golpeábamos, nos empujábamos y pateábamos, a pocas pulgadas de quedar expuestos.

El hecho es que teníamos disposiciones y hábitos de pensamiento y acción absolutamente incompatibles, y nuestro peligro y aislamiento no hacían sino acentuar la incompatibilidad. En Halliford ya había llegado a odiar el truco del cura, exclamando impotente, y su estúpida rigidez mental. Su interminable monólogo de murmullos viciaba cada esfuerzo que yo hacía para pensar en una línea de acción, y me llevaba a veces, así reprimido e intensificado, casi al borde de la locura. Era tan falto de contención como una mujer tonta. Lloraba durante horas, y creo sinceramente que hasta el final este niño mimado de la vida creía que sus débiles lágrimas eran en cierto modo eficaces. Y yo me sentaba en la oscuridad sin poder apartar mi mente de él a causa de sus importunidades. Él comía más que yo, y en vano le señalaba que nuestra única posibilidad de vida era quedarnos en la casa hasta que los marcianos hubiesen terminado con su fosa, que en esa larga paciencia podría llegar el momento en que necesitáramos comida. Él comía y bebía impulsivamente en copiosas porciones a largos intervalos. Dormía poco.

A medida que pasaban los días, su total despreocupación por cualquier consideración intensificó de tal manera nuestra angustia y peligro que, por mucho que odiara hacerlo, tuve que recurrir a las amenazas y, finalmente, a los golpes. Eso le hizo entrar en razón durante un tiempo. Pero era una de esas criaturas débiles, carentes de orgullo, timoratas, anémicas, de alma odiosa, llenas de astucia furtiva, que no se enfrentan ni a Dios ni a los hombres, que no se enfrentan ni siquiera a sí mismas.

Me resulta desagradable recordar y escribir estas cosas, pero las expongo para que a mi historia no le falte nada. Aquellos que han escapado a los aspectos oscuros y terribles de la vida encontrarán mi brutalidad, mi destello de rabia en nuestra tragedia final, bastante fácil de culpar; porque ellos saben

what is possible to tortured men. But those who have been under the shadow, who have gone down at last to elemental things, will have a wider charity.

And while within we fought out our dark, dim contest of whispers, snatched food and drink, and gripping hands and blows, without, in the pitiless sunlight of that terrible June, was the strange wonder, the unfamiliar routine of the Martians in the pit. Let me return to those first new experiences of mine. After a long time I ventured back to the peephole, to find that the new-comers had been reinforced by the occupants of no fewer than three of the fighting-machines. These last had brought with them certain fresh appliances that stood in an orderly manner about the cylinder. The second handling-machine was now completed, and was busied in serving one of the novel contrivances the big machine had brought. This was a body resembling a milk can in its general form, above which oscillated a pear-shaped receptacle, and from which a stream of white powder flowed into a circular basin below.

The oscillatory motion was imparted to this by one tentacle of the handling-machine. With two spatulate hands the handling-machine was digging out and flinging masses of clay into the pear-shaped receptacle above, while with another arm it periodically opened a door and removed rusty and blackened clinkers from the middle part of the machine. Another steely tentacle directed the powder from the basin along a ribbed channel towards some receiver that was hidden from me by the mound of bluish dust. From this unseen receiver a little thread of green smoke rose vertically into the quiet air. As I looked, the handling-machine, with a faint and musical clinking, extended, telescopic fashion, a tentacle that had been a moment before a mere blunt projection, until its end was hidden behind the mound of clay. In another second it had lifted a bar of white aluminium into sight, untarnished as yet, and shining dazzlingly, and deposited it in a growing stack of bars that stood at the side of the pit. Between sunset and starlight this dexterous machine must have made more than a hundred such bars out of the crude clay, and the mound of bluish dust rose steadily until it topped the side of the pit.

The contrast between the swift and complex movements of these contrivances and the inert panting clumsiness of their masters was acute, and for days I had to tell myself repeatedly that these latter were indeed the living of the two things.

The curate had possession of the slit when the first men were brought to the pit. I was sitting below, huddled up, listening with all my ears. He made a sud-

lo que está mal tan bien como cualquiera, pero no lo que es posible para los hombres bajo la tortura. Pero aquellos que han estado bajo la sombra, que han descendido al menos a las cosas elementales, tendrán una caridad más amplia.

Y mientras dentro luchábamos en nuestra oscura y tenue contienda de susurros, comida y bebida arrebatada, manos agarradas y golpes, fuera, a la despiadada luz del sol de aquel terrible junio, estaba la extraña maravilla, la desconocida rutina de los marcianos en la fosa. Permítanme volver a esas primeras experiencias mías. Después de un largo rato me aventuré a volver a la mirilla para descubrir que los recién llegados habían sido reforzados por los ocupantes de al menos de tres de las máquinas de combate. Estos últimos habían traído consigo algunos aparatos nuevos que estaban ordenados alrededor del cilindro. La segunda máquina de manipulación estaba ya terminada y se ocupaba de servir uno de los nuevos artilugios que la gran máquina había traído. Se trataba de un objeto que se asemejaba a una lata de leche en su forma general, sobre el cual oscilaba un receptáculo en forma de pera, y del cual fluía un chorro de polvo blanco hacia un recipiente circular situado debajo.

Uno de los tentáculos de la máquina manipuladora le imprimía un movimiento oscilante. Con dos manos espatuladas, la máquina manipuladora extraía y arrojaba masas de arcilla en el receptáculo en forma de pera que había encima, mientras que con otro brazo abría periódicamente una puerta y sacaba tachuelas oxidadas y ennegrecidas de la parte central de la máquina. Otro tentáculo acerado dirigía el polvo de la cubeta a lo largo de un canal estriado hacia algún receptor que me quedaba oculto por el montón de polvo azulado. Desde este receptor invisible, un pequeño hilo de humo verde se elevaba verticalmente en el aire tranquilo. Mientras miraba, la máquina manipuladora, con un tenue y musical tintineo, extendió, de forma telescópica, un tentáculo que un momento antes había sido un mero saliente romo, hasta que su extremo quedó oculto tras el montículo de arcilla. En un segundo más, la máquina había levantado una barra de aluminio blanco a la vista, sin manchas, y brillando deslumbrantemente, y la depositó en una creciente pila de barras que se encontraban al lado de la fosa. Entre la puesta de sol y la luz de las estrellas, esta hábil máquina debió de fabricar más de cien barras de este tipo a partir de la arcilla cruda, y el montículo de polvo azulado se elevó sin cesar hasta coronar el lateral de la fosa.

El contraste entre los rápidos y complejos movimientos de estos artilugios y la inerte y jadeante torpeza de sus amos era agudo, y durante días tuve que repetirme a mí mismo que estos últimos eran realmente los vivos de las dos cosas.

El cura estaba en posesión de la rendija cuando los primeros hombres fueron llevados a la fosa. Yo estaba sentado abajo, acurrucado, escuchando con

den movement backward, and I, fearful that we were observed, crouched in a spasm of terror. He came sliding down the rubbish and crept beside me in the darkness, inarticulate, gesticulating, and for a moment I shared his panic. His gesture suggested a resignation of the slit, and after a little while my curiosity gave me courage, and I rose up, stepped across him, and clambered up to it. At first I could see no reason for his frantic behaviour. The twilight had now come, the stars were little and faint, but the pit was illuminated by the flickering green fire that came from the aluminium-making. The whole picture was a flickering scheme of green gleams and shifting rusty black shadows, strangely trying to the eyes. Over and through it all went the bats, heeding it not at all. The sprawling Martians were no longer to be seen, the mound of blue-green powder had risen to cover them from sight, and a fighting-machine, with its legs contracted, crumpled, and abbreviated, stood across the corner of the pit. And then, amid the clangour of the machinery, came a drifting suspicion of human voices, that I entertained at first only to dismiss.

I crouched, watching this fighting-machine closely, satisfying myself now for the first time that the hood did indeed contain a Martian. As the green flames lifted I could see the oily gleam of his integument and the brightness of his eyes. And suddenly I heard a yell, and saw a long tentacle reaching over the shoulder of the machine to the little cage that hunched upon its back. Then something—something struggling violently—was lifted high against the sky, a black, vague enigma against the starlight; and as this black object came down again, I saw by the green brightness that it was a man. For an instant he was clearly visible. He was a stout, ruddy, middle-aged man, well dressed; three days before, he must have been walking the world, a man of considerable consequence. I could see his staring eyes and gleams of light on his studs and watch chain. He vanished behind the mound, and for a moment there was silence. And then began a shrieking and a sustained and cheerful hooting from the Martians.

I slid down the rubbish, struggled to my feet, clapped my hands over my ears, and bolted into the scullery. The curate, who had been crouching silently with his arms over his head, looked up as I passed, cried out quite loudly at my desertion of him, and came running after me.

That night, as we lurked in the scullery, balanced between our horror and the terrible fascination this peeping had, although I felt an urgent need of action I tried in vain to conceive some plan of escape; but afterwards, during the second day, I was able to consider our position with great clearness. The curate, I found, was quite incapable of discussion; this new and culminating atrocity had robbed him of all vestiges of reason or forethought. Practically he had already sunk to the level of an animal. But as the saying goes, I gripped

todos mis oídos. Él hizo un repentino movimiento hacia atrás, y yo, temiendo que nos observaran, me agaché en un espasmo de terror. Bajó deslizándose por la basura y se arrastró junto a mí en la oscuridad, inarticulado, gesticulando, y por un momento compartí su pánico. Su gesto me sugirió que había renunciado a la rendija y, al cabo de un rato, mi curiosidad me infundió valor y me levanté, pasé por encima de él y trepé hasta ella. Al principio no pude ver la razón de su frenético comportamiento. Había llegado el crepúsculo, las estrellas eran pequeñas y débiles, pero el pozo estaba iluminado por el vacilante fuego verde que salía de la fabricación de aluminio. Todo el panorama era un esquema parpadeante de destellos verdes y sombras negras oxidadas y cambiantes, extrañamente atrayente para los ojos. Los murciélagos pasaron por encima y a través de todo ello, sin prestar atención. Los marcianos ya no se veían, el montículo de polvo verde azulado se había levantado para cubrirlos de la vista, y una máquina de combate, con las extremidades contraídas, arrugadas y abreviadas, estaba de pie en la esquina de la fosa. Y entonces, entre el estruendo de la maquinaria, surgió una sospecha de voces humanas, que al principio sólo pude descartar.

Me agaché, observando atentamente a esta máquina de combate, convenciéndome ahora por primera vez de que la capucha contenía efectivamente un marciano. Al levantarse las llamas verdes pude ver el brillo aceitoso de su tegumento y el resplandor de sus ojos. Y de repente oí un grito, y vi un largo tentáculo que se extendía por encima del hombro de la máquina hasta la pequeña jaula que se encorvaba sobre su espalda. Entonces algo —algo que luchaba violentamente— se elevó en lo alto del cielo, un enigma negro y vago contra la luz de las estrellas; y cuando este objeto negro volvió a bajar, vi por el brillo verde que era un hombre. Por un instante fue claramente visible. Era un hombre corpulento, rubicundo, de mediana edad, bien vestido; tres días antes debía de andar por el mundo, un hombre de considerable importancia. Pude ver sus ojos fijos y los destellos de luz en sus gemelos y en la cadena del reloj. Desapareció detrás del montículo, y por un momento hubo silencio. Y entonces comenzó un chillido y un ulular sostenido y alegre de los marcianos.

Me deslicé por la basura, me puse en pie con dificultad, me tapé las orejas con las manos y salí corriendo hacia el fregadero. El cura, que había estado agachado en silencio con los brazos sobre la cabeza, levantó la vista cuando pasé, gritó fuerte debido a mi abandono y vino corriendo detrás de mí.

Aquella noche, mientras acechábamos en el fregadero, equilibrados entre nuestro horror y la terrible fascinación que ejercía este espionaje, sentía una urgente necesidad de actuar y traté en vano de concebir algún plan de fuga; pero después, durante el segundo día, pude considerar nuestra posición con gran claridad. Descubrí que el cura era totalmente incapaz de discutir; esta nueva y culminante atrocidad le había robado todo vestigio de razón o previsión. Prácticamente se había hundido al nivel de un animal. Pero, como dice

myself with both hands. It grew upon my mind, once I could face the facts, that terrible as our position was, there was as yet no justification for absolute despair. Our chief chance lay in the possibility of the Martians making the pit nothing more than a temporary encampment. Or even if they kept it permanently, they might not consider it necessary to guard it, and a chance of escape might be afforded us. I also weighed very carefully the possibility of our digging a way out in a direction away from the pit, but the chances of our emerging within sight of some sentinel fighting-machine seemed at first too great. And I should have had to do all the digging myself. The curate would certainly have failed me.

It was on the third day, if my memory serves me right, that I saw the lad killed. It was the only occasion on which I actually saw the Martians feed. After that experience I avoided the hole in the wall for the better part of a day. I went into the scullery, removed the door, and spent some hours digging with my hatchet as silently as possible; but when I had made a hole about a couple of feet deep the loose earth collapsed noisily, and I did not dare continue. I lost heart, and lay down on the scullery floor for a long time, having no spirit even to move. And after that I abandoned altogether the idea of escaping by excavation.

It says much for the impression the Martians had made upon me that at first I entertained little or no hope of our escape being brought about by their overthrow through any human effort. But on the fourth or fifth night I heard a sound like heavy guns.

It was very late in the night, and the moon was shining brightly. The Martians had taken away the excavating-machine, and, save for a fighting-machine that stood in the remoter bank of the pit and a handling-machine that was buried out of my sight in a corner of the pit immediately beneath my peephole, the place was deserted by them. Except for the pale glow from the handling-machine and the bars and patches of white moonlight the pit was in darkness, and, except for the clinking of the handling-machine, quite still. That night was a beautiful serenity; save for one planet, the moon seemed to have the sky to herself. I heard a dog howling, and that familiar sound it was that made me listen. Then I heard quite distinctly a booming exactly like the sound of great guns. Six distinct reports I counted, and after a long interval six again. And that was all.

el refrán, me agarré con las dos manos. Una vez que pude enfrentarme a los hechos, me di cuenta de que, por muy terrible que fuera nuestra situación, no había justificación alguna para la desesperación absoluta. Nuestra principal oportunidad residía en la posibilidad de que los marcianos no hicieran de la fosa más que un campamento temporal. O incluso si lo mantuvieran permanentemente podrían no considerar necesario vigilarlo y se nos podría ofrecer una oportunidad de escapar. También sopesé con mucho cuidado la posibilidad de que caváramos una salida en dirección contraria a la fosa, pero las posibilidades de que saliéramos a la vista de alguna máquina de combate centinela parecían al principio demasiado grandes. Y habría tenido que hacer yo mismo toda la excavación. El cura me fallaría.

Fue al tercer día, si mi memoria no me falla, cuando vi matar al hombre. Fue la única ocasión en la que realmente vi a los marcianos alimentarse. Después de esa experiencia evité el agujero en la pared durante la mayor parte del día. Entré en el fregadero, quité la puerta y pasé algunas horas cavando con mi hacha lo más silenciosamente posible; pero cuando había hecho un agujero de un par de pies de profundidad la tierra suelta se derrumbó ruidosamente y no me atreví a continuar. Me desanimé y me quedé tumbado en el suelo del fregadero durante mucho tiempo, sin ánimos ni para moverme. Y después abandoné por completo la idea de escapar excavando.

Dice mucho de la impresión que me causaron los marcianos el hecho de que al principio tuviera poca o ninguna esperanza de que nuestra huida se produjera por su derrocamiento mediante cualquier esfuerzo humano. Pero en la cuarta o quinta noche escuché un sonido como de armas pesadas.

Era muy tarde y la luna brillaba con fuerza. Los marcianos se habían llevado la máquina excavadora y, salvo una máquina de combate que estaba en la orilla más alejada de la fosa y una máquina de manipulación que estaba enterrada fuera de mi vista en un rincón de la fosa justo debajo de mi mirilla, el lugar estaba desierto. Salvo por el pálido resplandor de la máquina de manipulación y las barras y manchas de luz blanca de la luna, el pozo estaba en penumbra y, salvo por el tintineo de la máquina de manipulación, bastante quieto. Aquella noche era de una hermosa serenidad; salvo un planeta, la luna parecía tener el cielo para ella sola. Oí el aullido de un perro, y ese sonido familiar fue el que me hizo escuchar. Luego oí con toda claridad un estruendo como de grandes cañones. Conté seis claros disparos y, después de un largo intervalo, seis de nuevo. Y eso fue todo.

IV – THE DEATH OF THE CURATE

It was on the sixth day of our imprisonment that I peeped for the last time, and presently found myself alone. Instead of keeping close to me and trying to oust me from the slit, the curate had gone back into the scullery. I was struck by a sudden thought. I went back quickly and quietly into the scullery. In the darkness I heard the curate drinking. I snatched in the darkness, and my fingers caught a bottle of burgundy.

For a few minutes there was a tussle. The bottle struck the floor and broke, and I desisted and rose. We stood panting and threatening each other. In the end I planted myself between him and the food, and told him of my determination to begin a discipline. I divided the food in the pantry, into rations to last us ten days. I would not let him eat any more that day. In the afternoon he made a feeble effort to get at the food. I had been dozing, but in an instant I was awake. All day and all night we sat face to face, I weary but resolute, and he weeping and complaining of his immediate hunger. It was, I know, a night and a day, but to me it seemed—it seems now—an interminable length of time.

And so our widened incompatibility ended at last in open conflict. For two vast days we struggled in undertones and wrestling contests. There were times when I beat and kicked him madly, times when I cajoled and persuaded him, and once I tried to bribe him with the last bottle of burgundy, for there was a rain-water pump from which I could get water. But neither force nor kindness availed; he was indeed beyond reason. He would neither desist from his attacks on the food nor from his noisy babbling to himself. The rudimentary precautions to keep our imprisonment endurable he would not observe. Slowly I began to realise the complete overthrow of his intelligence, to perceive that my sole companion in this close and sickly darkness was a man insane.

From certain vague memories I am inclined to think my own mind wandered at times. I had strange and hideous dreams whenever I slept. It sounds paradoxical, but I am inclined to think that the weakness and insanity of the curate warned me, braced me, and kept me a sane man.

On the eighth day he began to talk aloud instead of whispering, and nothing I could do would moderate his speech.

"It is just, O God!" he would say, over and over again. "It is just. On me and mine be the punishment laid. We have sinned, we have fallen short. There was poverty, sorrow; the poor were trodden in the dust, and I held my peace. I preached acceptable folly—my God, what folly!—when I should have stood up, though I died for it, and called upon them to repent—repent! ... Oppressors of

IV – LA MUERTE DEL CURA

Fue el sexto día de nuestro encierro cuando me asomé por última vez, y en ese momento me encontré solo. En lugar de mantenerse cerca de mí y tratar de expulsarme de la rendija, el cura había vuelto al fregadero. Me asaltó un pensamiento repentino. Volví rápidamente y en silencio al fregadero. En la oscuridad oí al cura beber. Me acerqué en la oscuridad y mis dedos atraparon una botella de borgoña.

Durante unos minutos hubo un forcejeo. La botella golpeó el suelo y se rompió, y yo desistí y me levanté. Nos quedamos jadeando y amenazándonos mutuamente. Al final me planté entre él y la comida y le comuniqué mi determinación de instalar la disciplina. Dividí la comida de la despensa en raciones para diez días. Ese día no le dejé comer más. Por la tarde hizo un débil esfuerzo para conseguir la comida. Yo había estado dormitando, pero en un instante me desperté. Todo el día y toda la noche estuvimos sentados frente a frente, yo cansado pero resuelto, y él llorando y quejándose de su hambre inmediata. Fue, lo sé, una noche y un día, pero a mí me pareció —todavía me parece— un tiempo interminable.

Y así, nuestra creciente incompatibilidad terminó por fin en un conflicto abierto. Durante dos inmensos días luchamos subiendo el tono y luchando. Hubo momentos en que lo golpeé y pateé con locura, otros en que lo engatusé y persuadí, y una vez traté de sobornarlo con la última botella de borgoña, pues había una bomba de agua de lluvia de la que podía obtener agua. Pero ni la fuerza ni la amabilidad sirvieron de nada. Él no desistía de sus ataques a la comida ni de sus ruidosos balbuceos para sí mismo. No quiso tomar las precauciones rudimentarias para que nuestro encierro fuera soportable. Poco a poco empecé a darme cuenta de que su inteligencia estaba completamente destruida, a percibir que mi único compañero en esta oscuridad cerrada y enfermiza era un hombre demente.

Por ciertos recuerdos vagos me inclino a pensar que mi propia mente divagaba a veces. Yo tenía sueños extraños y horribles cada vez que dormía. Suena paradójico, pero me inclino a pensar que la debilidad y la locura del cura me advertían, me reforzaban y me mantenían cuerdo.

Al octavo día empezó a hablar en voz alta en lugar de susurrar, y nada de lo que yo podía hacer moderaba su discurso.

«¡Es justo, oh Dios!», decía una y otra vez. «Es justo. Que el castigo recaiga sobre mí y los míos. Hemos pecado, nos hemos quedado cortos. Hubo pobreza, dolor; los pobres fueron pisoteados en el polvo, y yo callé. Prediqué una insensatez aceptable —¡Dios mío, qué insensatez!— cuando debería haberme puesto de pie, aunque muriera por ello, y haberles pedido que se arrepientan

the poor and needy...! The wine press of God!"

Then he would suddenly revert to the matter of the food I withheld from him, praying, begging, weeping, at last threatening. He began to raise his voice—I prayed him not to. He perceived a hold on me—he threatened he would shout and bring the Martians upon us. For a time that scared me; but any concession would have shortened our chance of escape beyond estimating. I defied him, although I felt no assurance that he might not do this thing. But that day, at any rate, he did not. He talked with his voice rising slowly, through the greater part of the eighth and ninth days—threats, entreaties, mingled with a torrent of half-sane and always frothy repentance for his vacant sham of God's service, such as made me pity him. Then he slept awhile, and began again with renewed strength, so loudly that I must needs make him desist.

"Be still!" I implored.

He rose to his knees, for he had been sitting in the darkness near the copper.

"I have been still too long," he said, in a tone that must have reached the pit, "and now I must bear my witness. Woe unto this unfaithful city! Woe! Woe! Woe! Woe! Woe! To the inhabitants of the earth by reason of the other voices of the trumpet——"

"Shut up!" I said, rising to my feet, and in a terror lest the Martians should hear us. "For God's sake——"

"Nay," shouted the curate, at the top of his voice, standing likewise and extending his arms. "Speak! The word of the Lord is upon me!"

In three strides he was at the door leading into the kitchen.

"I must bear my witness! I go! It has already been too long delayed."

I put out my hand and felt the meat chopper hanging to the wall. In a flash I was after him. I was fierce with fear. Before he was halfway across the kitchen I had overtaken him. With one last touch of humanity I turned the blade back and struck him with the butt. He went headlong forward and lay stretched on the ground. I stumbled over him and stood panting. He lay still.

Suddenly I heard a noise without, the run and smash of slipping plaster,

—¡que se arrepientan! ... ¡Opresores de los pobres y necesitados! ¡El lagar de Dios!».

Entonces volvía de repente al asunto de la comida que yo le retenía, rezando, suplicando, llorando y, por último, amenazando. Empezó a levantar la voz y yo le rogué que no lo hiciera. Se dio cuenta de que me tenía agarrado en eso y me amenazó con gritar y atraer a los marcianos sobre nosotros. Por un momento me asustó; pero cualquier concesión habría acortado nuestras posibilidades de escapar más allá de lo imaginable. Le desafié, aunque no tenía ninguna seguridad de que no fuera a hacerlo. Pero ese día, en todo caso, no lo hizo. Durante la mayor parte de los días octavo y noveno habló con una voz que se elevaba lentamente: amenazas y súplicas mezcladas con un torrente de arrepentimiento medio cuerdo y siempre espumoso por su vacía farsa de servicio a Dios, que me hizo sentir lástima por él. Luego durmió un rato, y comenzó de nuevo con renovadas fuerzas, tan fuerte que tuve que hacerle desistir.

«¡Cállate!», le imploré.

Se levantó de rodillas, pues había estado sentado en la oscuridad cerca del horno de cobre.

«He estado callado demasiado tiempo», dijo, en un tono que debió de llegar al pozo, «y ahora debo dar mi testimonio. ¡Ay de esta ciudad infiel! ¡Ay! ¡Ay! ¡Ay! ¡Ay! ¡Ay! A los habitantes de la tierra que no oyen las voces de la trompeta...».

«¡Cállate!», dije, poniéndome en pie, y con el terror de que los marcianos nos oyeran. «Por el amor de Dios...».

«No», gritó el cura, a voz en cuello, poniéndose en pie y extendiendo los brazos al mismo tiempo. «¡Habla! La palabra del Señor está sobre mí».

En tres zancadas él estaba en la puerta que daba a la cocina.

«¡Debo dar mi testimonio! Me voy. Ya se ha retrasado demasiado».

Extendí la mano y sentí el cuchillo para cortar carne que colgaba de la pared. En un instante fui tras él. Me sentía ferozmente asustado. Antes de que estuviera a mitad de camino en la cocina le había alcanzado. Con un último toque de humanidad giré la cuchilla hacia atrás y le golpeé con la culata. Cayó de cabeza y quedó tendido en el suelo. Tropecé con él y me quedé jadeando. Se quedó quieto.

De repente oí un ruido en el exterior, el correr y el chocar del yeso que se

and the triangular aperture in the wall was darkened. I looked up and saw the lower surface of a handling-machine coming slowly across the hole. One of its gripping limbs curled amid the debris; another limb appeared, feeling its way over the fallen beams. I stood petrified, staring. Then I saw through a sort of glass plate near the edge of the body the face, as we may call it, and the large dark eyes of a Martian, peering, and then a long metallic snake of tentacle came feeling slowly through the hole.

I turned by an effort, stumbled over the curate, and stopped at the scullery door. The tentacle was now some way, two yards or more, in the room, and twisting and turning, with queer sudden movements, this way and that. For a while I stood fascinated by that slow, fitful advance. Then, with a faint, hoarse cry, I forced myself across the scullery. I trembled violently; I could scarcely stand upright. I opened the door of the coal cellar, and stood there in the darkness staring at the faintly lit doorway into the kitchen, and listening. Had the Martian seen me? What was it doing now?

Something was moving to and fro there, very quietly; every now and then it tapped against the wall, or started on its movements with a faint metallic ringing, like the movements of keys on a split-ring. Then a heavy body—I knew too well what—was dragged across the floor of the kitchen towards the opening. Irresistibly attracted, I crept to the door and peeped into the kitchen. In the triangle of bright outer sunlight I saw the Martian, in its Briareus of a handling-machine, scrutinizing the curate's head. I thought at once that it would infer my presence from the mark of the blow I had given him.

I crept back to the coal cellar, shut the door, and began to cover myself up as much as I could, and as noiselessly as possible in the darkness, among the firewood and coal therein. Every now and then I paused, rigid, to hear if the Martian had thrust its tentacles through the opening again.

Then the faint metallic jingle returned. I traced it slowly feeling over the kitchen. Presently I heard it nearer—in the scullery, as I judged. I thought that its length might be insufficient to reach me. I prayed copiously. It passed, scraping faintly across the cellar door. An age of almost intolerable suspense intervened; then I heard it fumbling at the latch! It had found the door! The Martians understood doors!

It worried at the catch for a minute, perhaps, and then the door opened.

In the darkness I could just see the thing—like an elephant's trunk more

deslizaba, y la abertura triangular de la pared se oscureció. Miré hacia arriba y vi la superficie inferior de una máquina de manipulación que se acercaba lentamente por el agujero. Una de sus extremidades de agarre se enroscó entre los escombros; otra extremidad apareció tanteando el camino sobre las vigas caídas. Me quedé petrificado, mirando. Entonces vi, a través de una especie de placa de cristal cerca del borde del cuerpo, la cara, como podamos llamarlo, y los grandes ojos oscuros de un marciano, mirando, y luego una larga serpiente metálica de tentáculos vino tanteando lentamente a través del agujero.

Me giré con un esfuerzo, tropecé con el cura y me detuve en la puerta del fregadero. El tentáculo estaba ahora a unas dos yardas o más en la habitación, y se retorcía y giraba, con extraños movimientos repentinos, hacia un lado y otro. Durante un rato me quedé fascinado por aquel avance lento e irregular. Luego, con un grito débil y ronco, me obligué a cruzar el fregadero. Temblaba violentamente; apenas podía mantenerme en pie. Abrí la puerta del depósito de carbón y me quedé allí, en la oscuridad, mirando la puerta de la cocina, débilmente iluminada, y escuchando. ¿Me había visto el marciano? ¿Qué estaba haciendo ahora?

Algo se movía de un lado a otro, muy silenciosamente; de vez en cuando golpeaba contra la pared, o reiniciaba sus movimientos acompañado de un débil timbre metálico, como el movimiento de las llaves en un llavero. Entonces un cuerpo pesado —sabía muy bien qué— fue arrastrado por el suelo de la cocina hacia la abertura. Irresistiblemente atraído, me arrastré hasta la puerta y me asomé a la cocina. En el triángulo de brillante luz solar exterior vi al marciano, en su Briareo de máquina manipuladora, escudriñando la cabeza del cura. Pensé de inmediato que inferiría mi presencia por la marca del golpe que yo le había dado.

Me arrastré de nuevo al depósito de carbón, cerré la puerta y empecé a cubrirme como pude y lo más silenciosamente posible en la oscuridad, entre la leña y el carbón que había allí. De vez en cuando me detenía, rígido, para oír si el marciano había vuelto a meter sus tentáculos por la abertura.

Entonces volvió el débil tintineo metálico. Lo rastreé lentamente palpando la cocina. Al cabo de un rato lo oí cerca, en el fregadero, según creí. Pensé que su longitud podría ser insuficiente para alcanzarme. Recé copiosamente. Pasó, rozando débilmente la puerta del sótano. Transcurrió un tiempo de suspenso casi insoportable, y entonces oí que tanteaba el pestillo. ¡Había encontrado la puerta! ¡Los marcianos entendían de puertas!

Se ocupó del pestillo durante un minuto, tal vez, y luego la puerta se abrió.

En la oscuridad pude ver la cosa —como la trompa de un elefante más que

than anything else—waving towards me and touching and examining the wall, coals, wood and ceiling. It was like a black worm swaying its blind head to and fro.

Once, even, it touched the heel of my boot. I was on the verge of screaming; I bit my hand. For a time the tentacle was silent. I could have fancied it had been withdrawn. Presently, with an abrupt click, it gripped something—I thought it had me!—and seemed to go out of the cellar again. For a minute I was not sure. Apparently it had taken a lump of coal to examine.

I seized the opportunity of slightly shifting my position, which had become cramped, and then listened. I whispered passionate prayers for safety.

Then I heard the slow, deliberate sound creeping towards me again. Slowly, slowly it drew near, scratching against the walls and tapping the furniture.

While I was still doubtful, it rapped smartly against the cellar door and closed it. I heard it go into the pantry, and the biscuit-tins rattled and a bottle smashed, and then came a heavy bump against the cellar door. Then silence that passed into an infinity of suspense.

Had it gone?

At last I decided that it had.

It came into the scullery no more; but I lay all the tenth day in the close darkness, buried among coals and firewood, not daring even to crawl out for the drink for which I craved. It was the eleventh day before I ventured so far from my security.

otra cosa— agitándose hacia mí y tocando y examinando la pared, las brasas, la madera y el techo. Era como un gusano negro que movía su cabeza ciega de un lado a otro.

Una vez, incluso, tocó el tacón de mi bota. Estuve a punto de gritar; me mordí la mano. El tentáculo permaneció en silencio durante un tiempo. Podría haber creído que se había retirado. Luego, con un brusco chasquido, se aferró a algo —¡pensé que me tenía a mí!— y pareció salir de nuevo del sótano. Por un momento no estuve seguro. Al parecer, había cogido un trozo de carbón para examinarlo.

Aproveché la oportunidad para cambiar ligeramente mi posición, que se había vuelto incómoda, y luego escuché. Susurré oraciones apasionadas pidiendo seguridad.

Entonces oí de nuevo el sonido lento y deliberado que se acercaba a mí. Lentamente se acercó, arañando las paredes y golpeando los muebles.

Mientras yo aún dudaba, golpeó con fuerza la puerta del sótano y la cerró. Oí que entraba en la despensa, y las latas de galletas sonaron y una botella se rompió, y luego se sintió un fuerte golpe contra la puerta del sótano. A continuación un silencio que se convirtió en una infinidad de suspenso.

¿Se había ido?

Por fin decidí que sí.

No volvió a entrar en el fregadero; pero estuve todo el décimo día en la oscuridad, enterrado entre carbones y leña, sin atreverme a salir siquiera para beber lo que tanto ansiaba. El undécimo día había llegado antes de aventurarme lejos de mi seguridad.

V – THE STILLNESS

My first act before I went into the pantry was to fasten the door between the kitchen and the scullery. But the pantry was empty; every scrap of food had gone. Apparently, the Martian had taken it all on the previous day. At that discovery I despaired for the first time. I took no food, or no drink either, on the eleventh or the twelfth day.

At first my mouth and throat were parched, and my strength ebbed sensibly. I sat about in the darkness of the scullery, in a state of despondent wretchedness. My mind ran on eating. I thought I had become deaf, for the noises of movement I had been accustomed to hear from the pit had ceased absolutely. I did not feel strong enough to crawl noiselessly to the peephole, or I would have gone there.

On the twelfth day my throat was so painful that, taking the chance of alarming the Martians, I attacked the creaking rain-water pump that stood by the sink, and got a couple of glassfuls of blackened and tainted rain water. I was greatly refreshed by this, and emboldened by the fact that no enquiring tentacle followed the noise of my pumping.

During these days, in a rambling, inconclusive way, I thought much of the curate and of the manner of his death.

On the thirteenth day I drank some more water, and dozed and thought disjointedly of eating and of vague impossible plans of escape. Whenever I dozed I dreamt of horrible phantasms, of the death of the curate, or of sumptuous dinners; but, asleep or awake, I felt a keen pain that urged me to drink again and again. The light that came into the scullery was no longer grey, but red. To my disordered imagination it seemed the colour of blood.

On the fourteenth day I went into the kitchen, and I was surprised to find that the fronds of the red weed had grown right across the hole in the wall, turning the half-light of the place into a crimson-coloured obscurity.

It was early on the fifteenth day that I heard a curious, familiar sequence of sounds in the kitchen, and, listening, identified it as the snuffing and scratching of a dog. Going into the kitchen, I saw a dog's nose peering in through a break among the ruddy fronds. This greatly surprised me. At the scent of me he barked shortly.

I thought if I could induce him to come into the place quietly I should be able, perhaps, to kill and eat him; and in any case, it would be advisable to kill him, lest his actions attracted the attention of the Martians.

V — LA CALMA

Lo primero que hice antes de entrar en la despensa fue cerrar la puerta entre la cocina y el fregadero. Pero la despensa estaba vacía; todos los restos de comida habían desaparecido. Al parecer, el marciano se lo había llevado todo el día anterior. Al descubrirlo, me desesperé por primera vez. El undécimo y el duodécimo día no comí ni bebí nada.

Al principio tenía la boca y la garganta resecas, y mis fuerzas disminuían sensiblemente. Me senté en la oscuridad del fregadero, en un estado de desaliento. Mi mente no paraba de pensar en comida. Creí que me había quedado sordo, pues los ruidos de movimiento que estaba acostumbrado a oír desde la fosa habían cesado por completo. No me sentía con fuerzas para arrastrarme sin hacer ruido hasta la mirilla, o habría ido allí.

Al duodécimo día me dolía tanto la garganta que, arriesgándome a alertar a los marcianos, ataqué la chirriante bomba de agua de lluvia que había junto al fregadero y conseguí un par de vasos llenos de agua de lluvia ennegrecida y contaminada. Esto me refrescó mucho, y me animó el hecho de que ningún tentáculo inquisidor siguiera el ruido de mi bombeo.

Durante estos días, de forma vaga e inconclusa, pensé mucho en el cura y en la forma de su muerte.

El decimotercer día bebí un poco más de agua, y me adormecí y pensé inconexamente en comer y en vagos e imposibles planes de fuga. Siempre que me adormecía soñaba con horribles fantasmas, con la muerte del cura o con suntuosas cenas; pero, dormido o despierto, sentía un agudo dolor que me impulsaba a beber una y otra vez. La luz que entraba en el fregadero ya no era gris, sino roja. A mi desordenada imaginación le parecía el color de la sangre.

El decimocuarto día entré en la cocina, y me sorprendió ver que las frondas de la hierba roja habían crecido a lo largo del agujero de la pared, convirtiendo la penumbra del lugar en una oscuridad de color carmesí.

El decimoquinto día, a primera hora, oí una curiosa y familiar secuencia de sonidos en la cocina y, al escucharla, la identifiqué como los chillidos y arañazos de un perro. Al entrar en la cocina, vi el hocico de un perro que se asomaba por un hueco entre las frondas rojizas. Esto me sorprendió mucho. Al olerme, ladró brevemente.

Pensé que si podía inducirlo a entrar en el lugar tranquilamente podría, tal vez, matarlo y comerlo; y en cualquier caso, sería aconsejable matarlo, no fuera que sus acciones atrajeran la atención de los marcianos.

I crept forward, saying "Good dog!" very softly; but he suddenly withdrew his head and disappeared.

I listened—I was not deaf—but certainly the pit was still. I heard a sound like the flutter of a bird's wings, and a hoarse croaking, but that was all.

For a long while I lay close to the peephole, but not daring to move aside the red plants that obscured it. Once or twice I heard a faint pitter-patter like the feet of the dog going hither and thither on the sand far below me, and there were more birdlike sounds, but that was all. At length, encouraged by the silence, I looked out.

Except in the corner, where a multitude of crows hopped and fought over the skeletons of the dead the Martians had consumed, there was not a living thing in the pit.

I stared about me, scarcely believing my eyes. All the machinery had gone. Save for the big mound of greyish-blue powder in one corner, certain bars of aluminium in another, the black birds, and the skeletons of the killed, the place was merely an empty circular pit in the sand.

Slowly I thrust myself out through the red weed, and stood upon the mound of rubble. I could see in any direction save behind me, to the north, and neither Martians nor sign of Martians were to be seen. The pit dropped sheerly from my feet, but a little way along the rubbish afforded a practicable slope to the summit of the ruins. My chance of escape had come. I began to tremble.

I hesitated for some time, and then, in a gust of desperate resolution, and with a heart that throbbed violently, I scrambled to the top of the mound in which I had been buried so long.

I looked about again. To the northward, too, no Martian was visible.

When I had last seen this part of Sheen in the daylight it had been a straggling street of comfortable white and red houses, interspersed with abundant shady trees. Now I stood on a mound of smashed brickwork, clay, and gravel, over which spread a multitude of red cactus-shaped plants, knee-high, without a solitary terrestrial growth to dispute their footing. The trees near me were dead and brown, but further a network of red thread scaled the still living stems.

Me acerqué sigilosamente, diciendo «¡Perro bueno!» en voz muy baja; pero de repente retiró la cabeza y desapareció.

Escuché, no estaba sordo, pero ciertamente el pozo estaba quieto. Oí un sonido como el batir de las alas de un pájaro y un ronco graznido, pero eso fue todo.

Durante un largo rato estuve cerca de la mirilla, pero sin atreverme a apartar las plantas rojas que la ocultaban. Una o dos veces oí un débil repiqueteo como el de las patas del perro yendo de aquí para allá en la arena, muy por debajo de mí, y hubo más sonidos de pájaros, pero eso fue todo. Al final, animado por el silencio, me asomé.

Salvo en la esquina, donde una multitud de cuervos saltaba y se peleaba por los esqueletos de los muertos que los marcianos habían consumido, no había ningún ser vivo en el pozo.

Miré a mi alrededor, sin poder creer lo que veían mis ojos. Toda la maquinaria había desaparecido. Salvo el gran montículo de polvo azul grisáceo en una esquina, ciertas barras de aluminio en otra, los pájaros negros y los esqueletos de los muertos, el lugar no era más que un pozo circular vacío en la arena.

Lentamente, me abrí paso a través de la hierba roja y me situé sobre el montículo de escombros. Podía ver en cualquier dirección excepto detrás de mí, hacia el norte, y no se veían marcianos ni señales de marcianos. La fosa caía en picado desde mis pies, pero un poco más allá de los escombros ofrecía una pendiente practicable hasta la cima de las ruinas. Había llegado mi oportunidad de escapar. Empecé a temblar.

Dudé durante algún tiempo, y luego, con un impulso desesperado y con un corazón que palpitaba violentamente, trepé a la cima del montículo en el que había estado enterrado tanto tiempo.

Volví a mirar a mi alrededor. Hacia el norte tampoco se veía ningún marciano.

La última vez que había visto esta parte de Sheen a la luz del día era una calle repleta de confortables casas blancas y rojas, intercaladas con abundantes árboles que daban sombra. Ahora me encontraba en un montículo de ladrillos rotos, arcilla y grava, sobre el que se extendía una multitud de plantas rojas en forma de cactus, que llegaban a la altura de las rodillas sin que una sola planta terrestre les disputara el paso. Los árboles cercanos a mí estaban muertos y marrones, pero más allá una red de hilos rojos escalaba los tallos aún vivos.

The neighbouring houses had all been wrecked, but none had been burned; their walls stood, sometimes to the second story, with smashed windows and shattered doors. The red weed grew tumultuously in their roofless rooms. Below me was the great pit, with the crows struggling for its refuse. A number of other birds hopped about among the ruins. Far away I saw a gaunt cat slink crouchingly along a wall, but traces of men there were none.

The day seemed, by contrast with my recent confinement, dazzlingly bright, the sky a glowing blue. A gentle breeze kept the red weed that covered every scrap of unoccupied ground gently swaying. And oh! the sweetness of the air

Todas las casas vecinas habían quedado destrozadas, pero ninguna había sido quemada; sus paredes se mantenían en pie, a veces hasta el segundo piso, con las ventanas rotas y las puertas destrozadas. La hierba roja crecía tumultuosamente en sus habitaciones sin techo. Debajo de mí estaba la gran fosa, con los cuervos luchando por sus desechos. Otras aves saltaban entre las ruinas. A lo lejos vi un gato enjuto que se deslizaba agazapado a lo largo de una pared, pero no había rastros de personas.

El día parecía, en contraste con mi reciente confinamiento, deslumbrantemente brillante, el cielo de un azul resplandeciente. Una suave brisa balanceaba la hierba roja que cubría cada trozo de suelo desocupado. ¡Y, oh, la dulzura del aire!

VI – THE WORK OF FIFTEEN DAYS

For some time I stood tottering on the mound regardless of my safety. Within that noisome den from which I had emerged I had thought with a narrow intensity only of our immediate security. I had not realised what had been happening to the world, had not anticipated this startling vision of unfamiliar things. I had expected to see Sheen in ruins—I found about me the landscape, weird and lurid, of another planet.

For that moment I touched an emotion beyond the common range of men, yet one that the poor brutes we dominate know only too well. I felt as a rabbit might feel returning to his burrow and suddenly confronted by the work of a dozen busy navvies digging the foundations of a house. I felt the first inkling of a thing that presently grew quite clear in my mind, that oppressed me for many days, a sense of dethronement, a persuasion that I was no longer a master, but an animal among the animals, under the Martian heel. With us it would be as with them, to lurk and watch, to run and hide; the fear and empire of man had passed away.

But so soon as this strangeness had been realised it passed, and my dominant motive became the hunger of my long and dismal fast. In the direction away from the pit I saw, beyond a red-covered wall, a patch of garden ground unburied. This gave me a hint, and I went knee-deep, and sometimes neck-deep, in the red weed. The density of the weed gave me a reassuring sense of hiding. The wall was some six feet high, and when I attempted to clamber it I found I could not lift my feet to the crest. So I went along by the side of it, and came to a corner and a rockwork that enabled me to get to the top, and tumble into the garden I coveted. Here I found some young onions, a couple of gladiolus bulbs, and a quantity of immature carrots, all of which I secured, and, scrambling over a ruined wall, went on my way through scarlet and crimson trees towards Kew—it was like walking through an avenue of gigantic blood drops—possessed with two ideas: to get more food, and to limp, as soon and as far as my strength permitted, out of this accursed unearthly region of the pit.

Some way farther, in a grassy place, was a group of mushrooms which also I devoured, and then I came upon a brown sheet of flowing shallow water, where meadows used to be. These fragments of nourishment served only to whet my hunger. At first I was surprised at this flood in a hot, dry summer, but afterwards I discovered that it was caused by the tropical exuberance of the red weed. Directly this extraordinary growth encountered water it straightway became gigantic and of unparalleled fecundity. Its seeds were simply

VI – EL TRABAJO DE QUINCE DÍAS

Durante algún tiempo permanecí tambaleándome en el montículo sin tener en cuenta mi seguridad. Dentro de aquella ruidosa madriguera de la que había salido había pensado con una estrecha intensidad sólo en nuestra seguridad inmediata. No me había dado cuenta de lo que estaba ocurriendo en el mundo, no había previsto esta sorprendente visión de cosas desconocidas. Esperaba ver a Sheen en ruinas, pero encontré a mi alrededor el paisaje, extraño y escabroso, de otro planeta.

En ese momento sentí una emoción que va más allá del campo habitual humano, pero que los pobres brutos que dominamos conocen muy bien. Me sentí como un conejo que regresa a su madriguera y se encuentra de repente con el trabajo de una docena de obreros que están cavando los cimientos de una casa. Sentí el primer indicio de una cosa que en ese momento se hizo muy clara en mi mente, que me oprimió durante muchos días, una sensación de destronamiento, una persuasión de que ya no era un amo, sino un animal entre los animales, bajo el dominio marciano. Con nosotros sería como con ellos, acechar y vigilar, correr y esconderse; el terror y el imperio del hombre habían desaparecido.

Pero tan pronto como me di cuenta de esta extrañeza, se me pasó, y mi motivo dominante se convirtió en el hambre causado por mi largo y lúgubre ayuno. En la dirección opuesta a la fosa vi, más allá de un muro cubierto de rojo, una parcela de jardín al descubierto. Esto me dio una pista y me metí hasta las rodillas, y a veces hasta el cuello, en la hierba roja. La densidad de la maleza me daba una sensación tranquilizadora de ocultamiento. El muro tenía unos seis pies de altura, y cuando intenté escalarlo me di cuenta de que no podía levantar los pies hasta la parte superior. Así que avancé por el costado y llegué a una esquina y a una roca que me permitió llegar a la cima y caer en el jardín que codiciaba. Aquí encontré algunas cebollas jóvenes, un par de bulbos de gladiolo y una cantidad de zanahorias sin madurar, todo lo cual conservé y, trepando por un muro en ruinas, seguí mi camino a través de árboles escarlata y carmesí hacia Kew —era como caminar a través de una avenida de gigantescas gotas de sangre—, poseído por dos ideas: conseguir más comida y escapar tan pronto y tan lejos como mis fuerzas me lo permitieran de esta maldita región extraterrestre del pozo.

Un poco más lejos, en un lugar cubierto de hierba, había un grupo de hongos que también devoré, y luego me encontré con una lámina marrón de agua poco profunda que fluía donde antes había praderas. Estos fragmentos de alimento sólo sirvieron para avivar mi hambre. Al principio me sorprendió esta inundación en un verano caluroso y seco, pero después descubrí que estaba causada por la exuberancia tropical de la hierba roja. En cuanto esta extraordinaria hierba encontró el agua, se volvió gigantesca y de una fecundidad sin

poured down into the water of the Wey and Thames, and its swiftly growing and Titanic water fronds speedily choked both those rivers.

At Putney, as I afterwards saw, the bridge was almost lost in a tangle of this weed, and at Richmond, too, the Thames water poured in a broad and shallow stream across the meadows of Hampton and Twickenham. As the water spread the weed followed them, until the ruined villas of the Thames valley were for a time lost in this red swamp, whose margin I explored, and much of the desolation the Martians had caused was concealed.

In the end the red weed succumbed almost as quickly as it had spread. A cankering disease, due, it is believed, to the action of certain bacteria, presently seized upon it. Now by the action of natural selection, all terrestrial plants have acquired a resisting power against bacterial diseases—they never succumb without a severe struggle, but the red weed rotted like a thing already dead. The fronds became bleached, and then shrivelled and brittle. They broke off at the least touch, and the waters that had stimulated their early growth carried their last vestiges out to sea.

My first act on coming to this water was, of course, to slake my thirst. I drank a great deal of it and, moved by an impulse, gnawed some fronds of red weed; but they were watery, and had a sickly, metallic taste. I found the water was sufficiently shallow for me to wade securely, although the red weed impeded my feet a little; but the flood evidently got deeper towards the river, and I turned back to Mortlake. I managed to make out the road by means of occasional ruins of its villas and fences and lamps, and so presently I got out of this spate and made my way to the hill going up towards Roehampton and came out on Putney Common.

Here the scenery changed from the strange and unfamiliar to the wreckage of the familiar: patches of ground exhibited the devastation of a cyclone, and in a few score yards I would come upon perfectly undisturbed spaces, houses with their blinds trimly drawn and doors closed, as if they had been left for a day by the owners, or as if their inhabitants slept within. The red weed was less abundant; the tall trees along the lane were free from the red creeper. I hunted for food among the trees, finding nothing, and I also raided a couple of silent houses, but they had already been broken into and ransacked. I rested for the remainder of the daylight in a shrubbery, being, in my enfeebled condition, too fatigued to push on.

All this time I saw no human beings, and no signs of the Martians. I encountered a couple of hungry-looking dogs, but both hurried circuitously away

precedentes. Sus semillas simplemente se vertieron en las aguas del Wey y del Támesis, y sus frondas acuáticas, que crecían rápidamente, ahogaron ambos ríos.

En Putney, como vi después, el puente estaba casi perdido en una maraña de esta maleza, y en Richmond también, el agua del Támesis se vertía en una corriente amplia y poco profunda a través de los prados de Hampton y Twickenham. A medida que el agua se extendía la maleza la seguía, hasta que las villas en ruinas del valle del Támesis se perdieron durante un tiempo en este pantano rojo, cuyo margen exploré, y gran parte de la desolación que los marcianos habían causado quedó oculta.

Al final, la hierba roja sucumbió casi tan rápidamente como se había extendido. Se cree que una enfermedad de las cortezas, debida a la acción de ciertas bacterias, se apoderó de ella. Ahora bien, por la acción de la selección natural, todas las plantas terrestres han adquirido un poder de resistencia contra las enfermedades bacterianas: nunca sucumben sin una dura lucha, pero la hierba roja se pudrió como algo ya muerto. Las frondas se blanquearon y luego se marchitaron y se volvieron frágiles. Se rompieron al menor contacto, y las aguas que habían estimulado su crecimiento temprano arrastraron sus últimos vestigios al mar.

Mi primer acto al llegar a esta agua fue, por supuesto, saciar mi sed. Bebí una gran cantidad y, movido por un impulso, roí algunas hojas de hierba roja; pero estaban aguadas y tenían un sabor enfermizo y metálico. Encontré que el agua era lo suficientemente poco profunda como para vadearla con seguridad, aunque la hierba roja me estorbaba un poco los pies; pero la crecida se hacía evidentemente más profunda hacia el río, y me volví hacia Mortlake. Conseguí distinguir el camino por medio de las ruinas ocasionales de sus villas y vallas y lámparas, y así, al poco tiempo, salí de esta riada y me dirigí a la colina que sube hacia Roehampton y llegué a Putney Common.

Aquí el paisaje cambiaba de lo extraño y desconocido a los restos de lo familiar: parches de tierra exhibían la devastación de un ciclón, y en unas pocas yardas me encontraba con espacios que no habían sido perturbados, casas con las persianas bajadas y las puertas cerradas, como si hubieran sido dejadas por un día por los propietarios, o como si sus habitantes durmieran dentro. La hierba roja era menos abundante; los altos árboles a lo largo del camino estaban libres de la enredadera roja. Busqué comida entre los árboles, sin encontrar nada, y también entré en un par de casas silenciosas, pero ya habían sido saqueadas. Descansé el resto del día bajo un arbusto, ya que, en mi débil estado, estaba demasiado fatigado como para seguir adelante.

Durante todo este tiempo no vi a ningún ser humano ni señales de los marcianos. Me encontré con un par de perros de aspecto hambriento, pero ambos

from the advances I made them. Near Roehampton I had seen two human skeletons—not bodies, but skeletons, picked clean—and in the wood by me I found the crushed and scattered bones of several cats and rabbits and the skull of a sheep. But though I gnawed parts of these in my mouth, there was nothing to be got from them.

After sunset I struggled on along the road towards Putney, where I think the Heat-Ray must have been used for some reason. And in the garden beyond Roehampton I got a quantity of immature potatoes, sufficient to stay my hunger. From this garden one looked down upon Putney and the river. The aspect of the place in the dusk was singularly desolate: blackened trees, blackened, desolate ruins, and down the hill the sheets of the flooded river, red-tinged with the weed. And over all—silence. It filled me with indescribable terror to think how swiftly that desolating change had come.

For a time I believed that mankind had been swept out of existence, and that I stood there alone, the last man left alive. Hard by the top of Putney Hill I came upon another skeleton, with the arms dislocated and removed several yards from the rest of the body. As I proceeded I became more and more convinced that the extermination of mankind was, save for such stragglers as myself, already accomplished in this part of the world. The Martians, I thought, had gone on and left the country desolated, seeking food elsewhere. Perhaps even now they were destroying Berlin or Paris, or it might be they had gone northward.

se alejaron tortuosamente de los avances que les hice. Cerca de Roehampton había visto dos esqueletos humanos —no cuerpos, sino esqueletos, recogidos y limpios— y en el bosque que había junto a mí encontré los huesos aplastados y dispersos de varios gatos y conejos y el cráneo de una oveja. Pero aunque roí partes de ellos, no pude sacar nada de ellos.

Después de la puesta de sol, seguí con dificultad el camino hacia Putney, donde creo que el Rayo de Calor debe haber sido utilizado por alguna razón. Y en el jardín más allá de Roehampton encontré unas patatas verdes, suficiente para calmar mi hambre. Desde este jardín se podía contemplar Putney y el río. El aspecto del lugar en el crepúsculo era singularmente desolador: árboles ennegrecidos, ruinas negras y desoladas, y colina abajo las láminas del río inundado, teñidas de rojo por la maleza. Y sobre todo ello, el silencio. Me llenó de un terror indescriptible pensar en la rapidez con que se había producido ese cambio desolador.

Por un momento creí que la humanidad había sido barrida de la existencia, y que yo estaba allí solo, el último hombre que quedaba vivo. Junto a la cima de Putney Hill me encontré con otro esqueleto, con los brazos dislocados y separados varias yardas del resto del cuerpo. A medida que avanzaba, me convencía cada vez más de que el exterminio de la humanidad, salvo los rezagados como yo, ya se había consumado en esta parte del mundo. Pensé que los marcianos se habían marchado y habían dejado el país desolado, buscando alimento en otra parte. Quizás ahora mismo estaban destruyendo Berlín o París, o puede que se hayan ido hacia el norte.

VII – THE MAN ON PUTNEY HILL

I spent that night in the inn that stands at the top of Putney Hill, sleeping in a made bed for the first time since my flight to Leatherhead. I will not tell the needless trouble I had breaking into that house—afterwards I found the front door was on the latch—nor how I ransacked every room for food, until just on the verge of despair, in what seemed to me to be a servant's bedroom, I found a rat-gnawed crust and two tins of pineapple. The place had been already searched and emptied. In the bar I afterwards found some biscuits and sandwiches that had been overlooked. The latter I could not eat, they were too rotten, but the former not only stayed my hunger, but filled my pockets. I lit no lamps, fearing some Martian might come beating that part of London for food in the night. Before I went to bed I had an interval of restlessness, and prowled from window to window, peering out for some sign of these monsters. I slept little. As I lay in bed I found myself thinking consecutively—a thing I do not remember to have done since my last argument with the curate. During all the intervening time my mental condition had been a hurrying succession of vague emotional states or a sort of stupid receptivity. But in the night my brain, reinforced, I suppose, by the food I had eaten, grew clear again, and I thought.

Three things struggled for possession of my mind: the killing of the curate, the whereabouts of the Martians, and the possible fate of my wife. The former gave me no sensation of horror or remorse to recall; I saw it simply as a thing done, a memory infinitely disagreeable but quite without the quality of remorse. I saw myself then as I see myself now, driven step by step towards that hasty blow, the creature of a sequence of accidents leading inevitably to that. I felt no condemnation; yet the memory, static, unprogressive, haunted me. In the silence of the night, with that sense of the nearness of God that sometimes comes into the stillness and the darkness, I stood my trial, my only trial, for that moment of wrath and fear. I retraced every step of our conversation from the moment when I had found him crouching beside me, heedless of my thirst, and pointing to the fire and smoke that streamed up from the ruins of Weybridge. We had been incapable of co-operation—grim chance had taken no heed of that. Had I foreseen, I should have left him at Halliford. But I did not foresee; and crime is to foresee and do. And I set this down as I have set all this story down, as it was. There were no witnesses—all these things I might have concealed. But I set it down, and the reader must form his judgment as he will.

And when, by an effort, I had set aside that picture of a prostrate body, I faced the problem of the Martians and the fate of my wife. For the former I had

VII – EL HOMBRE DE PUTNEY HILL

Aquella noche la pasé en la posada que se alza en lo alto de Putney Hill, durmiendo en una cama hecha por primera vez desde mi huida a Leatherhead. No contaré los innecesarios problemas que tuve para entrar en aquella casa —después descubrí que la puerta principal estaba cerrada con pestillo— ni cómo registré todas las habitaciones en busca de comida, hasta que, al borde de la desesperación, en lo que me pareció el dormitorio de un criado, encontré un mendrugo roído por las ratas y dos latas de piña. El lugar ya había sido registrado y vaciado. En el bar encontré después algunas galletas y sándwiches que habían sido pasados por alto. Estos últimos no pude comerlos, estaban demasiado podridos, pero los primeros no sólo me quitaron el hambre, sino que me llenaron los bolsillos. No encendí ninguna lámpara, temiendo que algún marciano viniera a devastar esa parte de Londres en busca de comida durante la noche. Antes de acostarme tuve un intervalo de inquietud, y merodeé de ventana en ventana, asomándome en busca de alguna señal de esos monstruos. Dormí poco. Mientras estaba en la cama me encontré pensando consecutivamente, cosa que no recuerdo haber hecho desde mi última discusión con el cura. Durante todo el tiempo transcurrido, mi estado mental había sido una apresurada sucesión de vagos estados emocionales o una especie de estúpida receptividad. Pero por la noche mi cerebro, reforzado, supongo, por la comida que había ingerido, volvió a aclararse, y pensé.

Tres cosas luchaban por la posesión de mi mente: la matanza del cura, el paradero de los marcianos y el posible destino de mi esposa. El primero no me producía ninguna sensación de horror o remordimiento al recordarlo; lo veía simplemente como una cosa hecha, un recuerdo infinitamente desagradable pero sin la cualidad del remordimiento. Me veía entonces como me veo ahora, impulsado paso a paso hacia ese golpe precipitado, la criatura de una secuencia de accidentes que conducían inevitablemente a eso. No sentí ninguna condena; sin embargo, el recuerdo, estático, no progresivo, me perseguía. En el silencio de la noche, con esa sensación de la cercanía de Dios que a veces entra en la quietud y la oscuridad, tuve mi juicio, mi único juicio, por ese momento de ira y miedo. Repasé cada paso de nuestra conversación desde el momento en que lo encontré agazapado a mi lado, sin prestar atención a mi sed, y señalando el fuego y el humo que surgían de las ruinas de Weybridge. Habíamos sido incapaces de cooperar; el azar no había tenido en cuenta eso. Si lo hubiera previsto, le habría dejado en Halliford. Pero no lo preví; y crimen es prever y sin embargo hacer. Y relato esto como he relatado toda esta historia, tal como fue. No hubo testigos; todas estas cosas podría haberlas ocultado. Pero lo pongo por escrito, y el lector debe formar su juicio como quiera.

Y cuando, por un esfuerzo, hube dejado de lado aquella imagen de un cuerpo postrado, me enfrenté al problema de los marcianos y al destino de mi

no data; I could imagine a hundred things, and so, unhappily, I could for the latter. And suddenly that night became terrible. I found myself sitting up in bed, staring at the dark. I found myself praying that the Heat-Ray might have suddenly and painlessly struck her out of being. Since the night of my return from Leatherhead I had not prayed. I had uttered prayers, fetish prayers, had prayed as heathens mutter charms when I was in extremity; but now I prayed indeed, pleading steadfastly and sanely, face to face with the darkness of God. Strange night! Strangest in this, that so soon as dawn had come, I, who had talked with God, crept out of the house like a rat leaving its hiding place—a creature scarcely larger, an inferior animal, a thing that for any passing whim of our masters might be hunted and killed. Perhaps they also prayed confidently to God. Surely, if we have learned nothing else, this war has taught us pity—pity for those witless souls that suffer our dominion.

The morning was bright and fine, and the eastern sky glowed pink, and was fretted with little golden clouds. In the road that runs from the top of Putney Hill to Wimbledon was a number of poor vestiges of the panic torrent that must have poured Londonward on the Sunday night after the fighting began. There was a little two-wheeled cart inscribed with the name of Thomas Lobb, Greengrocer, New Malden, with a smashed wheel and an abandoned tin trunk; there was a straw hat trampled into the now hardened mud, and at the top of West Hill a lot of blood-stained glass about the overturned water trough. My movements were languid, my plans of the vaguest. I had an idea of going to Leatherhead, though I knew that there I had the poorest chance of finding my wife. Certainly, unless death had overtaken them suddenly, my cousins and she would have fled thence; but it seemed to me I might find or learn there whither the Surrey people had fled. I knew I wanted to find my wife, that my heart ached for her and the world of men, but I had no clear idea how the finding might be done. I was also sharply aware now of my intense loneliness. From the corner I went, under cover of a thicket of trees and bushes, to the edge of Wimbledon Common, stretching wide and far.

That dark expanse was lit in patches by yellow gorse and broom; there was no red weed to be seen, and as I prowled, hesitating, on the verge of the open, the sun rose, flooding it all with light and vitality. I came upon a busy swarm of little frogs in a swampy place among the trees. I stopped to look at them, drawing a lesson from their stout resolve to live. And presently, turning suddenly, with an odd feeling of being watched, I beheld something crouching amid a clump of bushes. I stood regarding this. I made a step towards it, and it rose up and became a man armed with a cutlass. I approached him slowly. He

esposa. Para lo primero no tenía datos; podía imaginar cientos de cosas, y lo mismo, desgraciadamente, para lo segundo. Y de repente aquella noche se convirtió en algo terrible. Me encontré sentado en la cama, mirando la oscuridad. Me encontré rezando para que el Rayo de Calor la hubiera fulminado de repente y sin dolor. Desde la noche de mi regreso de Leatherhead no había rezado. Había pronunciado oraciones, oraciones fetiches, había rezado como los paganos murmuran amuletos cuando están en una situación extrema; pero ahora rezaba de verdad, suplicando con firmeza y cordura, cara a cara con la oscuridad de Dios. ¡Extraña noche! Lo más extraño es que, tan pronto como amaneció, yo, que había hablado con Dios, salí de la casa como una rata que abandona su escondite, una criatura apenas mayor, un animal inferior, una cosa que por cualquier capricho pasajero de nuestros amos podría ser cazada y matada. Quizás también rezaron confiadamente a Dios. Seguramente, si no hemos aprendido nada más, esta guerra nos ha enseñado a tener piedad, piedad por esas almas sin sentido que sufren nuestro dominio.

La mañana era luminosa y buena, y el cielo del este resplandecía de color rosa, y estaba salpicado de pequeñas nubes doradas. En el camino que va desde la cima de Putney Hill hasta Wimbledon había una serie de pobres vestigios del torrente de pánico que debió de verterse hacia Londres la noche del domingo siguiente al comienzo de los combates. Había un pequeño carro de dos ruedas con la inscripción a nombre de Thomas Lobb, Verdulero, New Malden, con una rueda destrozada y un baúl de hojalata abandonado; había un sombrero de paja pisoteado en el barro ahora endurecido, y en la cima de West Hill un montón de cristales manchados de sangre alrededor del abrevadero volcado. Mis movimientos eran lánguidos, mis planes de lo más vagos. Tenía la idea de ir a Leatherhead, aunque sabía que allí tenía las mínimas posibilidades de encontrar a mi esposa. Ciertamente, a menos que la muerte los hubiera alcanzado repentinamente, mis primos y ella habrían huido de allí; pero me parecía que podría encontrar o aprender allí a dónde habían huido los habitantes de Surrey. Sabía que quería encontrar a mi esposa, que mi corazón sufría por ella y por el mundo de los hombres, pero no tenía una idea clara de cómo podría hacerlo. También era muy consciente ahora de mi intensa soledad. Desde la esquina me dirigí, al amparo de una espesura de árboles y arbustos, a Wimbledon Common, que se extendía a lo largo y a lo ancho.

Aquella oscura extensión estaba iluminada a trozos por tojos y retamas amarillas; no se veía ninguna hierba roja, y mientras merodeaba, vacilante, al borde del descampado, el sol se alzaba, inundándolo todo de luz y vitalidad. Me topé con un ajetreado enjambre de ranitas en un lugar pantanoso entre los árboles. Me detuve a mirarlas, extrayendo una lección de su firme decisión de vivir. Y en ese momento, volviéndome de repente, con una extraña sensación de ser observado, vi algo agazapado en medio de un grupo de arbustos. Me quedé mirando. Di un paso hacia ello, y se levantó y se convirtió

stood silent and motionless, regarding me.

As I drew nearer I perceived he was dressed in clothes as dusty and filthy as my own; he looked, indeed, as though he had been dragged through a culvert. Nearer, I distinguished the green slime of ditches mixing with the pale drab of dried clay and shiny, coaly patches. His black hair fell over his eyes, and his face was dark and dirty and sunken, so that at first I did not recognise him. There was a red cut across the lower part of his face.

"Stop!" he cried, when I was within ten yards of him, and I stopped. His voice was hoarse. "Where do you come from?" he said.

I thought, surveying him.

"I come from Mortlake," I said. "I was buried near the pit the Martians made about their cylinder. I have worked my way out and escaped."

"There is no food about here," he said. "This is my country. All this hill down to the river, and back to Clapham, and up to the edge of the common. There is only food for one. Which way are you going?"

I answered slowly.

"I don't know," I said. "I have been buried in the ruins of a house thirteen or fourteen days. I don't know what has happened."

He looked at me doubtfully, then started, and looked with a changed expression.

"I've no wish to stop about here," said I. "I think I shall go to Leatherhead, for my wife was there."

He shot out a pointing finger.

"It is you," said he; "the man from Woking. And you weren't killed at Weybridge?"

I recognised him at the same moment.

"You are the artilleryman who came into my garden."

"Good luck!" he said. "We are lucky ones! Fancy you!" He put out a hand, and I took it. "I crawled up a drain," he said. "But they didn't kill everyone. And after they went away I got off towards Walton across the fields. But—— It's not

en un hombre armado con un machete. Me acerqué a él lentamente. Se quedó callado e inmóvil, mirándome.

Al acercarme percibí que iba vestido con ropas tan polvorientas y sucias como las mías; parecía, en efecto, como si lo hubieran arrastrado por una alcantarilla. Más cerca distinguí el limo verde de las zanjas mezclado con el pálido color de la arcilla seca y las manchas brillantes y carbonosas. Su pelo negro le caía sobre los ojos, y su rostro era oscuro, sucio y hundido, de modo que al principio no lo reconocí. Tenía un corte rojo en la parte inferior de la cara.

«¡Detente!», gritó cuando estuve a menos de diez yardas de él, y me detuve. Su voz era ronca. «¿De dónde vienes?», dijo.

Pensé, observándolo.

«Vengo de Mortlake», dije. «Estuve enterrado cerca de la fosa que los marcianos hicieron en torno a su cilindro. Me he abierto camino y he escapado».

«Aquí no hay comida», dijo. «Esta es mi región. Toda esta colina hasta el río, y de vuelta a Clapham, y hasta el borde del campo abierto. Sólo hay comida para uno. ¿Hacia dónde vas?».

Respondí lentamente.

«No lo sé», dije. «Llevo trece o catorce días enterrado en las ruinas de una casa. No sé qué ha pasado».

Me miró dubitativo, luego se sobresaltó, y miró con una expresión cambiada.

«No tengo ningún deseo de detenerme por aquí», dije yo. «Creo que iré a Leatherhead, pues mi esposa estaba allí».

Me señaló con el dedo.

«Eres tú», dijo; «el hombre de Woking. ¿Y no te mataron en Weybridge?».

Le reconocí en el mismo momento.

«Tú eres el artillero que entró en mi jardín».

«¡Qué buena suerte!», dijo. «¡Somos afortunados! Fantástico». Extendió una mano y la tomé. «Me arrastré por una alcantarilla», dijo. «Pero no mataron a todos. Y después de que se fueron, me alejé hacia Walton a través de los cam-

sixteen days altogether—and your hair is grey." He looked over his shoulder suddenly. "Only a rook," he said. "One gets to know that birds have shadows these days. This is a bit open. Let us crawl under those bushes and talk."

"Have you seen any Martians?" I said. "Since I crawled out——"

"They've gone away across London," he said. "I guess they've got a bigger camp there. Of a night, all over there, Hampstead way, the sky is alive with their lights. It's like a great city, and in the glare you can just see them moving. By daylight you can't. But nearer—I haven't seen them—" (he counted on his fingers) "five days. Then I saw a couple across Hammersmith way carrying something big. And the night before last"—he stopped and spoke impressively—"it was just a matter of lights, but it was something up in the air. I believe they've built a flying-machine, and are learning to fly."

I stopped, on hands and knees, for we had come to the bushes.

"Fly!"

"Yes," he said, "fly."

I went on into a little bower, and sat down.

"It is all over with humanity," I said. "If they can do that they will simply go round the world."

He nodded.

"They will. But—— It will relieve things over here a bit. And besides——" He looked at me. "Aren't you satisfied it is up with humanity? I am. We're down; we're beat."

I stared. Strange as it may seem, I had not arrived at this fact—a fact perfectly obvious so soon as he spoke. I had still held a vague hope; rather, I had kept a lifelong habit of mind. He repeated his words, "We're beat." They carried absolute conviction.

"It's all over," he said. "They've lost one—just one. And they've made their footing good and crippled the greatest power in the world. They've walked over us. The death of that one at Weybridge was an accident. And these are only pioneers. They kept on coming. These green stars—I've seen none these five or six days, but I've no doubt they're falling somewhere every night. Noth-

pos. Pero... no hace ni dieciséis días y tu pelo está gris». Miró de repente por encima del hombro. «Sólo un mechón», dijo. «Uno llega a saber que los pájaros hacen sombra en estos días. Esto está un poco expuesto. Arrastrémonos bajo esos arbustos y hablemos».

«¿Has visto algún marciano?», dije. «Desde que salí arrastrándome...».

«Se han ido al otro lado de Londres», dijo. «Supongo que tienen un campamento más grande allí. De noche, por allí, camino a Hampstead, el cielo está vivo con sus luces. Es como una gran ciudad, y en el resplandor puedes verlos moverse. A la luz del día no puedes. Pero más cerca... no los he visto...» (contó con los dedos) «por cinco días. Luego vi a una par de ellos al otro lado de Hammersmith llevando algo grande. Y anteanoche —se detuvo y habló de forma altisonante— «fue sólo una cuestión de luces, pero era algo que estaba en el aire. Creo que han construido una máquina volante y están aprendiendo a volar».

Me detuve, sobre las manos y las rodillas, pues habíamos llegado a los arbustos.

«¡Volar!».

«Sí», dijo, «volar».

Seguí hasta una pequeña enramada y me senté.

«Todo ha terminado para la humanidad», dije. «Si pueden hacerlo, simplemente darán la vuelta al mundo».

Asintió con la cabeza.

«Lo harán. Pero... aliviará un poco las cosas por aquí. Y además...», me miró. «¿No estás convencido de que la humanidad ha sido aniquilada? Yo lo estoy. Estamos vencidos; estamos derrotados».

Me quedé mirando. Por extraño que parezca, no había llegado a este hecho, un hecho perfectamente obvio tan pronto como él habló. Yo todavía mantenía una vaga esperanza; más bien, había mantenido un hábito mental de toda la vida. Él repitió sus palabras: «Estamos derrotados». Llevaban una convicción absoluta.

«Todo ha terminado», dijo. «Han perdido a uno, sólo uno. Han avanzado bien y han paralizado a la mayor potencia del mundo. Han pasado por encima de nosotros. La muerte de aquél en Weybridge fue un accidente. Y estos son sólo pioneros. Han seguido viniendo. Estas estrellas verdes... no he visto ninguna en estos cinco o seis días, pero no me cabe duda de que están cayendo

ing's to be done. We're under! We're beat!"

I made him no answer. I sat staring before me, trying in vain to devise some countervailing thought.

"This isn't a war," said the artilleryman. "It never was a war, any more than there's war between man and ants."

Suddenly I recalled the night in the observatory.

"After the tenth shot they fired no more—at least, until the first cylinder came."

"How do you know?" said the artilleryman. I explained. He thought. "Something wrong with the gun," he said. "But what if there is? They'll get it right again. And even if there's a delay, how can it alter the end? It's just men and ants. There's the ants builds their cities, live their lives, have wars, revolutions, until the men want them out of the way, and then they go out of the way. That's what we are now—just ants. Only——"

"Yes," I said.

"We're eatable ants."

We sat looking at each other.

"And what will they do with us?" I said.

"That's what I've been thinking," he said; "that's what I've been thinking. After Weybridge I went south—thinking. I saw what was up. Most of the people were hard at it squealing and exciting themselves. But I'm not so fond of squealing. I've been in sight of death once or twice; I'm not an ornamental soldier, and at the best and worst, death—it's just death. And it's the man that keeps on thinking comes through. I saw everyone tracking away south. Says I, 'Food won't last this way,' and I turned right back. I went for the Martians like a sparrow goes for man. All round"—he waved a hand to the horizon—"they're starving in heaps, bolting, treading on each other. . . ."

He saw my face, and halted awkwardly.

"No doubt lots who had money have gone away to France," he said. He seemed to hesitate whether to apologise, met my eyes, and went on: "There's

en algún lugar cada noche. No hay nada que hacer. Estamos hundidos. Estamos derrotados».

No le respondí. Me quedé mirando fijamente, tratando en vano de idear algún pensamiento compensatorio.

«Esto no es una guerra», dijo el artillero. «Nunca fue una guerra, como tampoco hay guerra entre el hombre y las hormigas».

De repente recordé la noche en el observatorio.

«Después del décimo disparo no dispararon más; al menos, hasta que llegó el primer cilindro».

«¿Cómo lo sabes?», dijo el artillero. Se lo expliqué. Él pensó. «Algo está mal con el cañón», dijo. «¿Pero qué pasa si es así? Lo volverán a hacer bien. E incluso si hay un retraso, ¿cómo puede eso alterar el resultado final? Son sólo hombres y hormigas. Las hormigas construyen sus ciudades, viven sus vidas, hacen la guerra, organizan revoluciones, hasta que los hombres quieren quitarlas de en medio, y entonces son quitadas de en medio. Eso es lo que somos ahora: sólo hormigas. Sólo que...».

«Sí», dije.

«Somos hormigas comestibles».

Nos sentamos mirándonos el uno al otro.

«¿Y qué harán con nosotros?», dije.

«Eso es lo que he estado pensando», dijo; «eso es lo que he estado pensando. Después de Weybridge me fui al sur, pensando. Vi lo que pasaba. La mayoría de la gente se dedicó a chillar y excitarse. Pero a mí no me gusta tanto chillar. He visto la muerte una o dos veces; no soy un soldado de adorno, y en el mejor y peor de los casos, la muerte... es sólo la muerte. Y es el hombre que sigue pensando el que sale adelante. Vi que todos se alejaban hacia el sur. Dije: «La comida no durará por aquí», y di la vuelta. Fui a por los marcianos como un gorrión va a por el hombre. «Por todas partes» —hizo un gesto con la mano hacia el horizonte— «se están muriendo de hambre a montones, huyendo, pisándose unos a otros...».

Me vio la cara y se detuvo incómodamente.

«Sin duda, muchos de los que tenían dinero se han ido a Francia», dijo. Pareció dudar si disculparse, me miró a los ojos y continuó: «Hay comida por to-

food all about here. Canned things in shops; wines, spirits, mineral waters; and the water mains and drains are empty. Well, I was telling you what I was thinking. 'Here's intelligent things,' I said, 'and it seems they want us for food. First, they'll smash us up—ships, machines, guns, cities, all the order and organisation. All that will go. If we were the size of ants we might pull through. But we're not. It's all too bulky to stop. That's the first certainty.' Eh?"

I assented.

"It is; I've thought it out. Very well, then—next; at present we're caught as we're wanted. A Martian has only to go a few miles to get a crowd on the run. And I saw one, one day, out by Wandsworth, picking houses to pieces and routing among the wreckage. But they won't keep on doing that. So soon as they've settled all our guns and ships, and smashed our railways, and done all the things they are doing over there, they will begin catching us systematic, picking the best and storing us in cages and things. That's what they will start doing in a bit. Lord! They haven't begun on us yet. Don't you see that?"

"Not begun!" I exclaimed.

"Not begun. All that's happened so far is through our not having the sense to keep quiet—worrying them with guns and such foolery. And losing our heads, and rushing off in crowds to where there wasn't any more safety than where we were. They don't want to bother us yet. They're making their things—making all the things they couldn't bring with them, getting things ready for the rest of their people. Very likely that's why the cylinders have stopped for a bit, for fear of hitting those who are here. And instead of our rushing about blind, on the howl, or getting dynamite on the chance of busting them up, we've got to fix ourselves up according to the new state of affairs. That's how I figure it out. It isn't quite according to what a man wants for his species, but it's about what the facts point to. And that's the principle I acted upon. Cities, nations, civilisation, progress—it's all over. That game's up. We're beat."

"But if that is so, what is there to live for?"

The artilleryman looked at me for a moment.

"There won't be any more blessed concerts for a million years or so; there won't be any Royal Academy of Arts, and no nice little feeds at restaurants. If it's amusement you're after, I reckon the game is up. If you've got any draw-

das partes. Hay conservas en las tiendas, vinos, licores, agua mineral, y las cañerías y desagües están vacíos. Bueno, te decía lo que estaba pensando. "Aquí hay cosas inteligentes", me dije, "y parece que nos quieren para comernos. Primero, nos destrozarán: barcos, máquinas, armas, ciudades, todo el orden y toda organización. Todo eso desaparecerá. Si tuviéramos el tamaño de las hormigas, podríamos salir adelante. Pero no lo tenemos. Todo es demasiado voluminoso para detenerlo. Esa es la primera certeza". ¿Eh?».

Asentí.

«Así es; lo he pensado. Muy bien, entonces... ahora, en este momento, estamos atrapados tal como ellos quieren. Un marciano no tiene más que recorrer unas pocas millas para encontrar una multitud huyendo. Y vi uno, un día, por Wandsworth, recogiendo casas en pedazos y rastreando entre los restos. Pero no seguirán haciendo eso. Tan pronto como hayan liquidado todas nuestras armas y barcos, y destrozado nuestros ferrocarriles, y hecho todo lo que están haciendo allí, empezarán a capturarnos sistemáticamente, escogiendo a los mejores y almacenándonos en jaulas y lugares así. Eso es lo que empezarán a hacer dentro de poco. ¡Señor! Todavía no han empezado con nosotros. ¿No lo ves?».

«¡No han empezado!», exclamé.

«No han empezado. Todo lo que ha sucedido hasta ahora es porque no hemos tenido el sentido común de mantenernos callados, preocupándolos con armas y esas tonterías. Y por perder la cabeza, y salir corriendo en tropel hacia donde no había más seguridad que donde estábamos. Todavía no quieren molestarnos. Están haciendo sus cosas, construyendo todas los aparatos que no pudieron traer con ellos, preparando las cosas para el resto de su gente. Muy probablemente por eso los cilindros se han detenido un poco, por miedo a golpear a los que están aquí. Y en lugar de que nos apresuremos a ir a ciegas, aullando, o que consigamos dinamita explorando la posibilidad de reventarlos, tenemos que acomodarnos al nuevo estado de cosas. Así es como me lo imagino. No es del todo acorde con lo que un hombre quiere para su especie, pero se trata de lo que los hechos señalan. Y ese es el principio sobre el que actué. Las ciudades, las naciones, la civilización, el progreso... todo se acabó. Este juego se acabó. Estamos derrotados».

«Pero si eso es así, ¿para qué vivir?».

El artillero me miró un momento.

«No habrá más buenos conciertos por un millón de años más o menos; no habrá ninguna Royal Academy of Arts, y no habrá agradables banquetes en los restaurantes. Si lo que buscas es diversión, creo que se acabó el juego. Si

ing-room manners or a dislike to eating peas with a knife or dropping aitches, you'd better chuck 'em away. They ain't no further use."

"You mean——"

"I mean that men like me are going on living—for the sake of the breed. I tell you, I'm grim set on living. And if I'm not mistaken, you'll show what insides you've got, too, before long. We aren't going to be exterminated. And I don't mean to be caught either, and tamed and fattened and bred like a thundering ox. Ugh! Fancy those brown creepers!"

"You don't mean to say——"

"I do. I'm going on, under their feet. I've got it planned; I've thought it out. We men are beat. We don't know enough. We've got to learn before we've got a chance. And we've got to live and keep independent while we learn. See! That's what has to be done."

I stared, astonished, and stirred profoundly by the man's resolution.

"Great God!" cried I. "But you are a man indeed!" And suddenly I gripped his hand.

"Eh!" he said, with his eyes shining. "I've thought it out, eh?"

"Go on," I said.

"Well, those who mean to escape their catching must get ready. I'm getting ready. Mind you, it isn't all of us that are made for wild beasts; and that's what it's got to be. That's why I watched you. I had my doubts. You're slender. I didn't know that it was you, you see, or just how you'd been buried. All these—the sort of people that lived in these houses, and all those damn little clerks that used to live down that way—they'd be no good. They haven't any spirit in them—no proud dreams and no proud lusts; and a man who hasn't one or the other—Lord! What is he but funk and precautions? They just used to skedaddle off to work—I've seen hundreds of 'em, bit of breakfast in hand, running wild and shining to catch their little season-ticket train, for fear they'd get dismissed if they didn't; working at businesses they were afraid to take the trouble to understand; skedaddling back for fear they wouldn't be in time for dinner; keeping indoors after dinner for fear of the back streets, and sleeping with the wives they married, not because they wanted them, but because they had a bit of money that would make for safety in their one little miserable skedaddle through the world. Lives insured and a bit invested for fear of accidents. And on Sundays—fear of the hereafter. As if hell was built for rabbits!

tienes modales de salón o no te gusta comer guisantes con un cuchillo o decir malas palabras, será mejor que te deshagas de ellos. Ya no sirven de nada».

«Quieres decir...».

«Quiero decir que los hombres como yo siguen viviendo... por el bien de la raza. Te digo que estoy decidido a vivir. Y si no me equivoco, tú también mostrarás tus agallas dentro de poco. No vamos a ser exterminados. Y tampoco quiero que me atrapen, y me domestiquen, engorden y críen como a un buey de carga. ¡Uf! ¡Esos malditos bichos marrones que se arrastran!».

«No querrás decir que...».

«Así es. Voy a seguir, bajo sus pies. Lo tengo planeado; lo he pensado. Los hombres estamos vencidos. No sabemos lo suficiente. Tenemos que aprender antes de tener una oportunidad. Y tenemos que vivir y mantenernos independientes mientras aprendemos. Eso es lo que hay que hacer».

Me quedé mirando, asombrado, y profundamente conmovido por su resolución.

«¡Dios mío!», grité. «¡Tú sí que eres un hombre!». Y de repente le agarré la mano.

«¡Eh!», dijo, con los ojos brillantes. «Lo he pensado, ¿eh?».

«Continúa», dije.

«Bueno, los que pretenden escapar de su captura deben prepararse. Yo me estoy preparando. Eso sí, no todos estamos hechos para las fieras; y eso es lo que tiene que ser. Por eso te he observado. Tenía mis dudas. Eres delgado. No sabía que eras tú, ves, o cómo habías sido enterrado. Toda esa gente que vivía en esas casas, y todos esos malditos oficinistas que solían vivir por ahí, no serían buenos. No tienen ningún espíritu, ni sueños ni deseos orgullosos, y un hombre que no tiene ni lo uno ni lo otro, ¡Señor! ¿Qué es sino un montón de precauciones? Solían salir corriendo al trabajo; he visto a cientos de ellos, con un poco del desayuno en la mano, corriendo a toda prisa para coger su pequeño tren con abono, por miedo a ser despedidos si no lo hacían; trabajando en negocios que temían tomarse la molestia de entender; regresando a hurtadillas por miedo a no llegar a tiempo para la cena; quedándose en casa después de la cena por miedo a las calles laterales, y acostándose con las esposas con las que se casaron, no porque las quisieran, sino porque tenían un poco de dinero que les daría seguridad en su pequeña y miserable escapada por el mundo. Vidas aseguradas y apenas comprometidas por miedo a los accidentes. Y los domingos, el miedo al más allá. ¡Como si el infierno quisiera

Well, the Martians will just be a godsend to these. Nice roomy cages, fattening food, careful breeding, no worry. After a week or so chasing about the fields and lands on empty stomachs, they'll come and be caught cheerful. They'll be quite glad after a bit. They'll wonder what people did before there were Martians to take care of them. And the bar loafers, and mashers, and singers—I can imagine them. I can imagine them," he said, with a sort of sombre gratification. "There'll be any amount of sentiment and religion loose among them. There's hundreds of things I saw with my eyes that I've only begun to see clearly these last few days. There's lots will take things as they are—fat and stupid; and lots will be worried by a sort of feeling that it's all wrong, and that they ought to be doing something. Now whenever things are so that a lot of people feel they ought to be doing something, the weak, and those who go weak with a lot of complicated thinking, always make for a sort of do-nothing religion, very pious and superior, and submit to persecution and the will of the Lord. Very likely you've seen the same thing. It's energy in a gale of funk, and turned clean inside out. These cages will be full of psalms and hymns and piety. And those of a less simple sort will work in a bit of—what is it?—eroticism."

He paused.

"Very likely these Martians will make pets of some of them; train them to do tricks—who knows?—get sentimental over the pet boy who grew up and had to be killed. And some, maybe, they will train to hunt us."

"No," I cried, "that's impossible! No human being——"

"What's the good of going on with such lies?" said the artilleryman. "There's men who'd do it cheerful. What nonsense to pretend there isn't!"

And I succumbed to his conviction.

"If they come after me," he said; "Lord, if they come after me!" and subsided into a grim meditation.

I sat contemplating these things. I could find nothing to bring against this man's reasoning. In the days before the invasion no one would have questioned my intellectual superiority to his—I, a professed and recognised writer on philosophical themes, and he, a common soldier; and yet he had already formulated a situation that I had scarcely realised.

conejos! Bueno, los marcianos serán un regalo del cielo para estos. Bonitas y espaciosas jaulas, comida para engordar, crianza cuidadosa, sin preocupaciones. Después de una semana más o menos corriendo por los campos y las tierras con los estómagos vacíos vendrán con alegría a ser atrapados. Estarán muy contentos después de un rato. Se preguntarán qué hacía la gente antes de que hubiera marcianos que los cuidaran. Y a los holgazanes de los bares, y a los vendedores de comida, y a los cantantes, ya me los imagino. Me los imagino», dijo, con una especie de sombría gratificación. «Habrá mucha sentimentalidad y religiosidad entre ellos. Hay cientos de cosas que he visto con mis ojos y que sólo he empezado a ver con claridad estos últimos días. Hay muchos que tomarán las cosas como son: gordas y estúpidas; y muchos estarán preocupados por una especie de sentimiento de que todo está mal, y que deberían hacer algo. Ahora bien, siempre que las cosas son de esa manera, que mucha gente siente que debería estar haciendo algo, los débiles, y los que se debilitan con un montón de pensamientos complicados, hacen una especie de religión del "no hacer nada", muy piadosa y superior, y se someten a la persecución y a la voluntad del Señor. Es muy probable que hayas visto lo mismo. Es la energía de un vendaval dado vuelta. Estas jaulas estarán llenas de salmos e himnos y piedad. Y los de un tipo menos simple trabajarán en un poco de —¿qué exactamente?— erotismo».

Hizo una pausa.

«Es muy probable que estos marcianos hagan mascotas de algunos de ellos; los entrenen para hacer trucos —quién sabe—, se pongan sentimentales con el muchacho hecho mascota que creció y tuvo que ser asesinado. Y a algunos, tal vez, los entrenarán para que nos cacen».

«No», grité, «¡eso es imposible! Ningún ser humano...».

«¿De qué sirve seguir con esas mentiras?», dijo el artillero. «Hay hombres que lo harían alegremente. ¡Qué tontería pretender que no los hay!».

Y yo sucumbí a su convicción.

«Si vienen a por mí», dijo; «¡Señor, si vienen a por mí!» y se sumió en una sombría meditación.

Me senté a contemplar estas cosas. No podía encontrar nada que aportar contra el razonamiento de este hombre. En los días anteriores a la invasión nadie habría puesto en duda mi superioridad intelectual sobre la suya: yo, un escritor reconocido de temas filosóficos, y él, un vulgar soldado; y, sin embargo, él había logrado formular una situación de la que yo apenas me había dado cuenta.

"What are you doing?" I said presently. "What plans have you made?"

He hesitated.

"Well, it's like this," he said. "What have we to do? We have to invent a sort of life where men can live and breed, and be sufficiently secure to bring the children up. Yes—wait a bit, and I'll make it clearer what I think ought to be done. The tame ones will go like all tame beasts; in a few generations they'll be big, beautiful, rich-blooded, stupid—rubbish! The risk is that we who keep wild will go savage—degenerate into a sort of big, savage rat. . . . You see, how I mean to live is underground. I've been thinking about the drains. Of course those who don't know drains think horrible things; but under this London are miles and miles—hundreds of miles—and a few days rain and London empty will leave them sweet and clean. The main drains are big enough and airy enough for anyone. Then there's cellars, vaults, stores, from which bolting passages may be made to the drains. And the railway tunnels and subways. Eh? You begin to see? And we form a band—able-bodied, clean-minded men. We're not going to pick up any rubbish that drifts in. Weaklings go out again."

"As you meant me to go?"

"Well—I parleyed, didn't I?"

"We won't quarrel about that. Go on."

"Those who stop obey orders. Able-bodied, clean-minded women we want also—mothers and teachers. No lackadaisical ladies—no blasted rolling eyes. We can't have any weak or silly. Life is real again, and the useless and cumbersome and mischievous have to die. They ought to die. They ought to be willing to die. It's a sort of disloyalty, after all, to live and taint the race. And they can't be happy. Moreover, dying's none so dreadful; it's the funking makes it bad. And in all those places we shall gather. Our district will be London. And we may even be able to keep a watch, and run about in the open when the Martians keep away. Play cricket, perhaps. That's how we shall save the race. Eh? It's a possible thing? But saving the race is nothing in itself. As I say, that's only being rats. It's saving our knowledge and adding to it is the thing. There men like you come in. There's books, there's models. We must make great safe places down deep, and get all the books we can; not novels and poetry swipes, but ideas, science books. That's where men like you come in. We must go to the British Museum and pick all those books through. Especially we must keep up our science—learn more. We must watch these Martians. Some of us must go as spies. When it's all working, perhaps I will. Get caught, I mean. And the great thing is, we must leave the Martians alone. We mustn't even steal. If

«¿Qué has decidido hacer?», dije en ese momento. «¿Qué planes tienes?».

Dudó.

«Bueno, es así», dijo. «¿Qué tenemos que hacer? Tenemos que inventar un tipo de vida en el que los hombres puedan vivir y reproducirse, y estar lo suficientemente seguros para criar a los niños. Sí, espera un poco y te aclararé lo que creo que hay que hacer. Los mansos seguirán siendo como todas las bestias mansas; en unas pocas generaciones serán grandes, hermosos, sanguíneos y estúpidos. El riesgo es que los que nos mantenemos en lo salvaje nos volvamos salvajes... que degeneremos en una especie de rata grande y salvaje... Ya ves, cómo quiero vivir es bajo tierra. He estado pensando en los desagües. Por supuesto, los que no conocen los desagües piensan cosas horribles; pero bajo este Londres hay millas y millas —cientos de millas— y unos días de lluvia y Londres vacío los dejarán dulces y limpios. Los desagües principales son lo suficientemente grandes y aireados para cualquiera. Luego hay sótanos, bóvedas, almacenes, desde los que se pueden hacer pasillos de cerrojo a los desagües. Y los túneles del ferrocarril y el subterráneo. ¿Eh? ¿Empiezas a ver? Y formamos una banda de hombres con cuerpo y mente limpia. No aceptaremos a cualquier persona. Los débiles serán rechazados».

«¿Tal como querías que yo me fuera?».

«Bueno, he negociado, ¿no es así?».

«No vamos a discutir por eso. Continúa».

«Los que se quedan con nosotros deberán obedecer órdenes. También queremos mujeres capaces y de mente limpia, madres y maestras. Nada de señoras indolentes, nada de ojos en blanco. No podemos tener ninguna débil o tonta. La vida vuelve a ser real, y los inútiles y engorrosos y traviesos tienen que morir. Deben morir. Deberían estar dispuestos a morir. Es una especie de deslealtad, después de todo, vivir y manchar la raza. Y no pueden ser felices. Además, morir no es tan espantoso; es estar muerto de miedo lo que lo hace malo. Y en todos esos lugares nos reuniremos. Nuestro distrito será Londres. Y puede que incluso seamos capaces de vigilar y correr al aire libre cuando los marcianos se mantengan alejados. Jugar al cricket, tal vez. Así es como salvaremos la raza. ¿Eh? ¿Es posible? Pero salvar la raza no es nada en sí mismo. Como digo, eso es sólo ser ratas. La cosa es salvar nuestro conocimiento y hacerlo crecer. Ahí entran hombres como tú. Hay libros, hay modelos. Tenemos que hacer grandes lugares seguros en las profundidades, y conseguir todos los libros que podamos; no novelas ni poesías, sino ideas, libros de ciencia. Ahí es donde entran hombres como tú. Debemos ir al Museo Británico y recoger todos esos libros. Especialmente debemos mantener nuestra ciencia, aprender más. Debemos vigilar a esos marcianos. Algunos de

we get in their way, we clear out. We must show them we mean no harm. Yes, I know. But they're intelligent things, and they won't hunt us down if they have all they want, and think we're just harmless vermin."

The artilleryman paused and laid a brown hand upon my arm.

"After all, it may not be so much we may have to learn before—Just imagine this: four or five of their fighting machines suddenly starting off—Heat-Rays right and left, and not a Martian in 'em. Not a Martian in 'em, but men—men who have learned the way how. It may be in my time, even—those men. Fancy having one of them lovely things, with its Heat-Ray wide and free! Fancy having it in control! What would it matter if you smashed to smithereens at the end of the run, after a bust like that? I reckon the Martians'll open their beautiful eyes! Can't you see them, man? Can't you see them hurrying, hurrying—puffing and blowing and hooting to their other mechanical affairs? Something out of gear in every case. And swish, bang, rattle, swish! Just as they are fumbling over it, swish comes the Heat-Ray, and, behold! man has come back to his own."

For a while the imaginative daring of the artilleryman, and the tone of assurance and courage he assumed, completely dominated my mind. I believed unhesitatingly both in his forecast of human destiny and in the practicability of his astonishing scheme, and the reader who thinks me susceptible and foolish must contrast his position, reading steadily with all his thoughts about his subject, and mine, crouching fearfully in the bushes and listening, distracted by apprehension. We talked in this manner through the early morning time, and later crept out of the bushes, and, after scanning the sky for Martians, hurried precipitately to the house on Putney Hill where he had made his lair. It was the coal cellar of the place, and when I saw the work he had spent a week upon—it was a burrow scarcely ten yards long, which he designed to reach to the main drain on Putney Hill—I had my first inkling of the gulf between his dreams and his powers. Such a hole I could have dug in a day. But I believed in him sufficiently to work with him all that morning until past midday at his digging. We had a garden barrow and shot the earth we removed against the kitchen range. We refreshed ourselves with a tin of mock-turtle soup and wine from the neighbouring pantry. I found a curious relief from the aching strangeness of the world in this steady labour. As we worked, I turned his project over in my mind, and presently objections and doubts began to arise; but I worked there all the morning, so glad was I to find myself with a purpose again. After working an hour I began to speculate on the distance one had to go before the cloaca was reached, the chances we had of missing it alto-

nosotros debemos ir como espías. Cuando todo funcione, tal vez yo lo haga. Que nos atrapen, quiero decir. Y lo mejor es que debemos dejar a los marcianos en paz. No debemos ni siquiera robarles. Si nos metemos en su camino, nos vamos. Debemos mostrarles que no queremos hacer daño. Sí, lo sé. Pero son cosas inteligentes, y no nos perseguirán si tienen todo lo que quieren, y piensan que sólo somos alimañas inofensivas».

El artillero hizo una pausa y puso una mano marrón sobre mi brazo.

«Después de todo, puede que no sea tanto lo que tengamos que aprender antes de que... imagínate esto: cuatro o cinco de sus máquinas de combate arrancando de repente... Rayos de Calor a derecha e izquierda, y ni un marciano en ellas. Ni un marciano en ellas, sino hombres que han aprendido cómo hacerlo. Pueden existir en mi tiempo, incluso, esos hombres. ¡Imagina tener una de esas cosas encantadoras, con su Rayo de Calor amplio y libre! ¡Imagina tenerlo bajo control! ¿Qué importaría si te hicieras pedazos al final de la carrera, después de un golpe como ese? ¡Creo que los marcianos abrirán sus hermosos ojos! ¿No los ves, hombre? ¿No ves que se apresuran, que se apresuran, que soplan y ululan hacia sus otros asuntos mecánicos? Hay algo fuera de lugar en todos los casos. Y ¡pum, pum, trac, pum! Justo cuando están buscando a tientas, llega el Rayo de Calor, y, ¡he aquí!, el hombre ha vuelto a lo suyo».

Durante un tiempo la imaginativa audacia del artillero, y el tono de seguridad y valor que asumió, dominaron completamente mi mente. Creí sin vacilar tanto en su previsión del destino humano como en la viabilidad de su asombroso plan, y el lector que me considere susceptible y necio debe contrastar su posición, leyendo con constancia todos sus pensamientos sobre su tema, y la mía, agazapado temerosamente entre los arbustos y escuchando, distraído por la aprensión. Hablamos de esta manera durante toda la madrugada y más tarde salimos sigilosamente de los arbustos y, después de escudriñar el cielo en busca de marcianos, nos precipitamos a la casa de Putney Hill donde él había hecho su guarida. Era el sótano de carbón del lugar, y cuando vi la obra en la que había invertido una semana —era una madriguera de apenas diez yardas de largo, con la que pretendía llegar hasta el desagüe principal de Putney Hill— tuve mi primer indicio del abismo existente entre sus sueños y sus poderes. Yo podría haber cavado un agujero así en un día. Pero creí en él lo suficiente como para trabajar con él toda esa mañana hasta pasado el mediodía en su excavación. Teníamos una carretilla de jardín y tirábamos la tierra que quitamos contra la cocina. Nos refrescamos con una lata de sopa de tortuga y un poco de vino de la despensa vecina. Encontré un curioso alivio de la dolorosa extrañeza del mundo en este trabajo constante. Mientras trabajábamos, le di vueltas a su proyecto en mi mente, y enseguida empezaron a surgir objeciones y dudas; pero trabajé allí toda la mañana, tan contento estaba de encontrarme de nuevo con un propósito. Después de una hora de

gether. My immediate trouble was why we should dig this long tunnel, when it was possible to get into the drain at once down one of the manholes, and work back to the house. It seemed to me, too, that the house was inconveniently chosen, and required a needless length of tunnel. And just as I was beginning to face these things, the artilleryman stopped digging, and looked at me.

"We're working well," he said. He put down his spade. "Let us knock off a bit" he said. "I think it's time we reconnoitred from the roof of the house."

I was for going on, and after a little hesitation he resumed his spade; and then suddenly I was struck by a thought. I stopped, and so did he at once.

"Why were you walking about the common," I said, "instead of being here?"

"Taking the air," he said. "I was coming back. It's safer by night."

"But the work?"

"Oh, one can't always work," he said, and in a flash I saw the man plain. He hesitated, holding his spade. "We ought to reconnoitre now," he said, "because if any come near they may hear the spades and drop upon us unawares."

I was no longer disposed to object. We went together to the roof and stood on a ladder peeping out of the roof door. No Martians were to be seen, and we ventured out on the tiles, and slipped down under shelter of the parapet.

From this position a shrubbery hid the greater portion of Putney, but we could see the river below, a bubbly mass of red weed, and the low parts of Lambeth flooded and red. The red creeper swarmed up the trees about the old palace, and their branches stretched gaunt and dead, and set with shrivelled leaves, from amid its clusters. It was strange how entirely dependent both these things were upon flowing water for their propagation. About us neither had gained a footing; laburnums, pink mays, snowballs, and trees of arbor-vitae, rose out of laurels and hydrangeas, green and brilliant into the sunlight. Beyond Kensington dense smoke was rising, and that and a blue haze hid the northward hills.

trabajo empecé a especular sobre la distancia que había que recorrer antes de llegar a la cloaca, y las posibilidades que teníamos de no encontrarla. Mi problema inmediato era por qué debíamos cavar este largo túnel cuando era posible entrar en la cloaca de inmediato por uno de los pozos de registro y cavar de allí a la casa. También me parecía que la casa no había sido elegida de forma inconveniente y que requería una longitud innecesaria de túnel. Y justo cuando empezaba a enfrentarme a estos pensamiento, el artillero dejó de cavar y me miró.

«Estamos trabajando bien», dijo. Dejó la pala. «Descansemos un poco», dijo. «Creo que es hora de hacer un reconocimiento desde el techo de la casa».

Yo estaba a favor de seguir adelante, y después de una pequeña vacilación él reanudó el trabajo con su pala; y de repente me asaltó un pensamiento. Me detuve, y él también lo hizo al instante.

«¿Por qué estabas paseando por el campo abierto», le dije, «en lugar de estar aquí?».

«Tomando aire», dijo. «Iba a volver. Es más seguro por la noche».

«¿Pero, y el trabajo?».

«Oh, uno no puede trabajar siempre», dijo, y en un instante vi al hombre tal y como era. Dudó, sosteniendo su pala. «Deberíamos hacer un reconocimiento ahora», dijo, «porque si alguno se acerca puede oír las palas y caer sobre nosotros sin que nos demos cuenta».

Yo ya no estaba dispuesto a oponerme. Fuimos juntos al tejado y nos colocamos en una escalera para asomarnos a la puerta del tejado. No se veía ningún marciano, y nos aventuramos a salir a las tejas y a deslizarnos al amparo del parapeto.

Desde esta posición, los arbustos ocultaban la mayor parte de Putney, pero abajo podíamos ver el río, una masa burbujeante de hierba roja, y las partes bajas de Lambeth inundadas y rojas. La enredadera roja trepaba por los árboles que rodeaban el viejo palacio, y sus ramas se extendían demacradas y muertas, con hojas arrugadas, en medio de sus racimos. Era extraño que ambas cosas dependieran totalmente del agua corriente para su propagación. A nuestro alrededor, ninguna de las dos cosas había ganado terreno; los laburnos, las mayas rosas, las bolas de nieve y los árboles de arbor-vitae se alzaban sobre los laureles y las hortensias, verdes y brillantes a la luz del sol. Más allá de Kensington se elevaba una densa humareda que, junto con una bruma azul, ocultaba las colinas del norte.

The artilleryman began to tell me of the sort of people who still remained in London.

"One night last week," he said, "some fools got the electric light in order, and there was all Regent Street and the Circus ablaze, crowded with painted and ragged drunkards, men and women, dancing and shouting till dawn. A man who was there told me. And as the day came they became aware of a fighting-machine standing near by the Langham and looking down at them. Heaven knows how long he had been there. It must have given some of them a nasty turn. He came down the road towards them, and picked up nearly a hundred too drunk or frightened to run away."

Grotesque gleam of a time no history will ever fully describe!

From that, in answer to my questions, he came round to his grandiose plans again. He grew enthusiastic. He talked so eloquently of the possibility of capturing a fighting-machine that I more than half believed in him again. But now that I was beginning to understand something of his quality, I could divine the stress he laid on doing nothing precipitately. And I noted that now there was no question that he personally was to capture and fight the great machine.

After a time we went down to the cellar. Neither of us seemed disposed to resume digging, and when he suggested a meal, I was nothing loath. He became suddenly very generous, and when we had eaten he went away and returned with some excellent cigars. We lit these, and his optimism glowed. He was inclined to regard my coming as a great occasion.

"There's some champagne in the cellar," he said.

"We can dig better on this Thames-side burgundy," said I.

"No," said he; "I am host today. Champagne! Great God! We've a heavy enough task before us! Let us take a rest and gather strength while we may. Look at these blistered hands!"

And pursuant to this idea of a holiday, he insisted upon playing cards after we had eaten. He taught me euchre, and after dividing London between us, I taking the northern side and he the southern, we played for parish points. Grotesque and foolish as this will seem to the sober reader, it is absolutely true, and what is more remarkable, I found the card game and several others we played extremely interesting.

Strange mind of man! that, with our species upon the edge of extermination or appalling degradation, with no clear prospect before us but the chance of a

El artillero comenzó a hablarme de la clase de gente que aún permanecía en Londres.

«Una noche de la semana pasada», dijo, «algunos tontos arreglaron la luz eléctrica, y estaba toda Regent Street y Oxford Circus encendidos, atestados de mujeres pintadas y borrachos harapientos, hombres y mujeres, bailando y gritando hasta el amanecer. Me lo contó un hombre que estaba allí. Y al llegar el día se dieron cuenta de que una máquina de combate estaba cerca del Langham y los miraba. Dios sabe cuánto tiempo llevaba allí. A algunos de ellos les debe haber dado un disgusto. Bajó por el camino hacia ellos, y cogió a casi un centenar demasiado borrachos o asustados como para huir».

¡Un destello grotesco de una época que ninguna historia podrá describir del todo!

A partir de ahí, en respuesta a mis preguntas, volvió a sus grandiosos planes. Se entusiasmó. Habló tan elocuentemente de la posibilidad de capturar una máquina de combate que volví a creer en él a medias. Pero ahora que empezaba a comprender algo de su carácter, podía adivinar el énfasis que ponía en no hacer nada precipitadamente. Y noté que ahora no había duda de que él personalmente iba a capturar y luchar con la gran máquina.

Al cabo de un rato bajamos al sótano. Ninguno de los dos parecía dispuesto a seguir cavando, y cuando él sugirió una comida, yo no me mostré nada reacio. Se volvió de repente muy generoso, y cuando hubimos comido se fue y volvió con unos excelentes puros. Los encendimos y su optimismo brilló. Se sentía inclinado a considerar mi llegada como una gran ocasión.

«Hay algo de champán en la bodega», dijo.

«Podemos cavar mejor con este borgoña del Támesis», dije yo.

«No», dijo él; «hoy soy el anfitrión. ¡Champán! ¡Por Dios! ¡Tenemos una tarea bastante pesada por delante! Descansemos y juntemos fuerzas mientras podamos. Mira estas manos llenas de ampollas».

Y acorde con estas pequeñas vacaciones, insistió en jugar a las cartas después de haber comido. Me enseñó a jugar al euchre, y después de dividir Londres entre nosotros, yo tomando el lado norte y él el sur, jugamos por puntos cada distrito. Por grotesco y tonto que le parezca esto al lector sobrio, es absolutamente cierto, y lo que es más notable, el juego de cartas y varios otros juegos que jugamos me parecieron sumamente interesantes.

Extraña la mente del hombre que, con nuestra especie al borde del exterminio o de una degradación atroz, sin otra perspectiva clara ante nosotros

horrible death, we could sit following the chance of this painted pasteboard, and playing the "joker" with vivid delight. Afterwards he taught me poker, and I beat him at three tough chess games. When dark came we decided to take the risk, and lit a lamp.

After an interminable string of games, we supped, and the artilleryman finished the champagne. We went on smoking the cigars. He was no longer the energetic regenerator of his species I had encountered in the morning. He was still optimistic, but it was a less kinetic, a more thoughtful optimism. I remember he wound up with my health, proposed in a speech of small variety and considerable intermittence. I took a cigar, and went upstairs to look at the lights of which he had spoken that blazed so greenly along the Highgate hills.

At first I stared unintelligently across the London valley. The northern hills were shrouded in darkness; the fires near Kensington glowed redly, and now and then an orange-red tongue of flame flashed up and vanished in the deep blue night. All the rest of London was black. Then, nearer, I perceived a strange light, a pale, violet-purple fluorescent glow, quivering under the night breeze. For a space I could not understand it, and then I knew that it must be the red weed from which this faint irradiation proceeded. With that realisation my dormant sense of wonder, my sense of the proportion of things, awoke again. I glanced from that to Mars, red and clear, glowing high in the west, and then gazed long and earnestly at the darkness of Hampstead and Highgate.

I remained a very long time upon the roof, wondering at the grotesque changes of the day. I recalled my mental states from the midnight prayer to the foolish card-playing. I had a violent revulsion of feeling. I remember I flung away the cigar with a certain wasteful symbolism. My folly came to me with glaring exaggeration. I seemed a traitor to my wife and to my kind; I was filled with remorse. I resolved to leave this strange undisciplined dreamer of great things to his drink and gluttony, and to go on into London. There, it seemed to me, I had the best chance of learning what the Martians and my fellowmen were doing. I was still upon the roof when the late moon rose.

que la posibilidad de una muerte horrible, podía sentarse siguiendo el azar de este tablero pintado, y jugar con vívido deleite. Después me enseñó a jugar al póquer y le gané tres duras partidas de ajedrez. Cuando oscureció, decidimos arriesgarnos y encendimos una lámpara.

Después de una interminable cadena de juegos, cenamos, y el artillero terminó el champán. Seguimos fumando los puros. Ya no era el enérgico regenerador de su especie que había encontrado por la mañana. Seguía siendo optimista, pero era un optimismo menos kinético, más reflexivo. Recuerdo que terminó con un brindis a mi salud, propuesto en un discurso poco original y con considerables pausas. Tomé un cigarro y subí a mirar las luces de las que había hablado y que resplandecían tan verdemente a lo largo de las colinas de Highgate.

Al principio miré sin comprender el valle de Londres. Las colinas del norte estaban envueltas en la oscuridad; los fuegos cerca de Kensington brillaban rojos, y de vez en cuando una lengua de fuego rojo anaranjado brillaba y se desvanecía en la profunda noche azul. Todo el resto de Londres era negro. Luego, más cerca, percibí una extraña luz, un pálido resplandor fluorescente de color violeta y púrpura, que temblaba bajo la brisa nocturna. Durante un instante no pude entenderlo, y luego entendí que esta débil irradiación debía proceer de la hierba roja. Al darme cuenta mi sentido de la maravilla, mi sentido de la proporción de las cosas, se despertó de nuevo. Miré a Marte, rojo y claro, brillando en lo alto al oeste, y luego miré largamente y con seriedad la oscuridad de Hampstead y Highgate.

Permanecí mucho tiempo en el tejado, maravillado por los grotescos cambios del día. Recordé mis estados mentales desde la oración de medianoche hasta el insensato juego de cartas. Tuve una violenta revulsión de sentimientos. Recuerdo que tiré el cigarro y su cierto simbolismo de despilfarro. Mi locura se me presentó con una exageración flagrante. Me parecía un traidor a mi mujer y a los de mi clase; estaba lleno de remordimientos. Resolví dejar a este extraño e indisciplinado soñador de grandes cosas con su bebida y su glotonería, y seguir a Londres. Allí, me pareció, yo tenía la mejor oportunidad de enterarme de lo que hacían los marcianos y mis compañeros. Todavía estaba en el tejado cuando salió la luna tardía.

VIII — DEAD LONDON

After I had parted from the artilleryman, I went down the hill, and by the High Street across the bridge to Fulham. The red weed was tumultuous at that time, and nearly choked the bridge roadway; but its fronds were already whitened in patches by the spreading disease that presently removed it so swiftly.

At the corner of the lane that runs to Putney Bridge station I found a man lying. He was as black as a sweep with the black dust, alive, but helplessly and speechlessly drunk. I could get nothing from him but curses and furious lunges at my head. I think I should have stayed by him but for the brutal expression of his face.

There was black dust along the roadway from the bridge onwards, and it grew thicker in Fulham. The streets were horribly quiet. I got food—sour, hard, and mouldy, but quite eatable—in a baker's shop here. Some way towards Walham Green the streets became clear of powder, and I passed a white terrace of houses on fire; the noise of the burning was an absolute relief. Going on towards Brompton, the streets were quiet again.

Here I came once more upon the black powder in the streets and upon dead bodies. I saw altogether about a dozen in the length of the Fulham Road. They had been dead many days, so that I hurried quickly past them. The black powder covered them over, and softened their outlines. One or two had been disturbed by dogs.

Where there was no black powder, it was curiously like a Sunday in the City, with the closed shops, the houses locked up and the blinds drawn, the desertion, and the stillness. In some places plunderers had been at work, but rarely at other than the provision and wine shops. A jeweller's window had been broken open in one place, but apparently the thief had been disturbed, and a number of gold chains and a watch lay scattered on the pavement. I did not trouble to touch them. Farther on was a tattered woman in a heap on a doorstep; the hand that hung over her knee was gashed and bled down her rusty brown dress, and a smashed magnum of champagne formed a pool across the pavement. She seemed asleep, but she was dead.

The farther I penetrated into London, the profounder grew the stillness. But it was not so much the stillness of death—it was the stillness of suspense, of expectation. At any time the destruction that had already singed the northwestern borders of the metropolis, and had annihilated Ealing and Kilburn, might strike among these houses and leave them smoking ruins. It was a city

VIII — LONDRES MUERTA

Después de separarme del artillero bajé la colina y crucé el puente hacia Fulham por High Street. La hierba roja había crecido profusamente allí y casi ahogaba la calzada del puente; pero sus frondas estaban ya blanqueadas en parches por la enfermedad que se extendía y que en ese momento la eliminaba tan rápidamente.

En la esquina del camino que lleva a la estación de Putney Bridge encontré a un hombre tumbado. Estaba tan negro como una escoba por el polvo, vivo, pero impotente e indescriptiblemente borracho. No pude obtener de él más que maldiciones y furiosas embestidas contra mi cabeza. Creo que me hubiera quedado a su lado de no ser por la brutal expresión de su rostro.

Había polvo negro a lo largo de la calzada desde el puente y se hacía más espeso en Fulham. Las calles estaban terriblemente silenciosas. Conseguí comida —agria, dura y mohosa, pero bastante comestible— en una panadería de aquí. Hacia Walham Green, las calles se despejaron de polvo y pasé por delante de una terraza blanca de casas en llamas; el ruido del incendio fue un alivio entre tanto silencio. Siguiendo hacia Brompton, las calles volvieron a estar tranquilas.

Aquí me encontré de nuevo con este polvo negra en las calles y con cadáveres. Vi en total una docena a lo largo de Fulham Road. Llevaban muchos días muertos, por lo que me apresuré a pasar junto a ellos. El polvo negro los cubría y suavizaba sus contornos. Uno o dos habían sido molestados por los perros.

Donde no había polvo negro todo se veía, curiosamente, como un domingo en la ciudad, con las tiendas cerradas, las casas cerradas y las persianas bajadas, con la deserción y la quietud. En algunos lugares los saqueadores habían estado trabajando, pero raramente en otros lugares que no fueran las tiendas de provisiones y de vinos. En un lugar habían roto el escaparate de una joyería pero al parecer el ladrón había sido interrumpido y varias cadenas de oro y un reloj yacían esparcidos por la acera. No me molesté en tocarlos. Más adelante había una mujer hecha jirones en el umbral de una puerta; la mano que le colgaba de la rodilla estaba cortada y sangraba por su vestido marrón y una botella de champán rota formaba un charco en la acera. Parecía dormida, pero estaba muerta.

Cuanto más me adentraba en Londres, más profunda era la quietud. Pero no era tanto la quietud de la muerte, sino la quietud del suspenso, de la expectativa. En cualquier momento la destrucción que ya había chamuscado los límites del noroeste de la metrópoli, y que había aniquilado Ealing y Kilburn, podría golpear estas casas y dejarlas en ruinas humeantes. Era una ciudad

condemned and derelict...

In South Kensington the streets were clear of dead and of black powder. It was near South Kensington that I first heard the howling. It crept almost imperceptibly upon my senses. It was a sobbing alternation of two notes, "Ulla, ulla, ulla, ulla," keeping on perpetually. When I passed streets that ran northward it grew in volume, and houses and buildings seemed to deaden and cut it off again. It came in a full tide down Exhibition Road. I stopped, staring towards Kensington Gardens, wondering at this strange, remote wailing. It was as if that mighty desert of houses had found a voice for its fear and solitude.

"Ulla, ulla, ulla, ulla," wailed that superhuman note—great waves of sound sweeping down the broad, sunlit roadway, between the tall buildings on each side. I turned northwards, marvelling, towards the iron gates of Hyde Park. I had half a mind to break into the Natural History Museum and find my way up to the summits of the towers, in order to see across the park. But I decided to keep to the ground, where quick hiding was possible, and so went on up the Exhibition Road. All the large mansions on each side of the road were empty and still, and my footsteps echoed against the sides of the houses. At the top, near the park gate, I came upon a strange sight—a bus overturned, and the skeleton of a horse picked clean. I puzzled over this for a time, and then went on to the bridge over the Serpentine. The voice grew stronger and stronger, though I could see nothing above the housetops on the north side of the park, save a haze of smoke to the northwest.

"Ulla, ulla, ulla, ulla," cried the voice, coming, as it seemed to me, from the district about Regent's Park. The desolating cry worked upon my mind. The mood that had sustained me passed. The wailing took possession of me. I found I was intensely weary, footsore, and now again hungry and thirsty.

It was already past noon. Why was I wandering alone in this city of the dead? Why was I alone when all London was lying in state, and in its black shroud? I felt intolerably lonely. My mind ran on old friends that I had forgotten for years. I thought of the poisons in the chemists' shops, of the liquors the wine merchants stored; I recalled the two sodden creatures of despair, who so far as I knew, shared the city with myself...

I came into Oxford Street by the Marble Arch, and here again were black powder and several bodies, and an evil, ominous smell from the gratings of the cellars of some of the houses. I grew very thirsty after the heat of my long walk. With infinite trouble I managed to break into a public-house and get food and drink. I was weary after eating, and went into the parlour behind the

condenada y abandonada...

En South Kensington las calles estaban limpias de muertos y de polvo negro. Fue cerca de South Kensington donde oí por primera vez los aullidos. Se deslizó casi imperceptiblemente sobre mis sentidos. Era una alternancia sollozante de dos notas: «Ula, ula, ula, ula», que no cesaba. Cuando pasaba por las calles que corrían hacia el norte, aumentaba su volumen, y las casas y los edificios parecían amortiguarlo y cortarlo de nuevo. Llegó en total plenitud por Exhibition Road. Me detuve, mirando hacia Kensington Gardens, maravillado por este extraño y remoto lamento. Era como si aquel poderoso desierto de casas hubiera encontrado una voz para su miedo y su soledad.

«Ula, ula, ula, ula», gritó aquella nota sobrehumana... grandes ondas de sonido que recorrían la amplia calzada iluminada por el sol, entre los altos edificios de cada lado. Me volví hacia el norte, maravillado, hacia las puertas de hierro de Hyde Park. Tenía la intención de entrar en el Museo de Historia Natural y subir a la cima de las torres para ver el parque. Pero decidí mantenerme en el suelo, donde era posible esconderse rápidamente, y así seguí subiendo por Exhibition Road. Todas las grandes mansiones a cada lado de la calle estaban vacías y quietas, y mis pasos resonaban contra los lados de las casas. En la cima, cerca de la puerta del parque, me encontré con un extraño espectáculo: un autobús volcado y el esqueleto limpio de un caballo. Me quedé perplejo durante un rato y luego seguí hasta el puente sobre el Serpentine. La voz era cada vez más fuerte, aunque no podía ver nada por encima de las casas del lado norte del parque, salvo una bruma de humo hacia el noroeste.

«Ula, ula, ula, ula», gritó la voz, procedente, según me pareció, del barrio de Regent's Park. El grito desolador se apoderó de mi mente. El ánimo que me había sostenido pasó. Los lamentos se apoderaron de mí. Me di cuenta de que estaba intensamente cansado, dolorido en los pies, y ahora de nuevo hambriento y sediento.

Ya era pasado el mediodía. ¿Por qué andaba yo solo en esta ciudad de muertos? ¿Por qué estaba solo yo en pie cuando todo Londres era velado en su negra mortaja? Me sentía intolerablemente solo. Mi mente recordaba a viejos amigos que había olvidado durante años. Pensé en los venenos de las farmacias, en los licores que almacenaban los comerciantes de vino; recordé a las dos criaturas empapadas de desesperación, que, por lo que yo sabía, compartían la ciudad conmigo...

Entré en Oxford Street por Marble Arch y aquí también había polvo negro y varios cadáveres, y un olor maligno y ominoso procedente de las rejas de los sótanos de algunas casas. Me dio mucha sed después del calor de mi larga caminata. Tras infinitos problemas conseguí entrar en un bar y conseguir comida y bebida. Después de comer estaba cansado y me dirigí al salón que

bar, and slept on a black horsehair sofa I found there.

I awoke to find that dismal howling still in my ears, "Ulla, ulla, ulla, ulla." It was now dusk, and after I had routed out some biscuits and a cheese in the bar—there was a meat safe, but it contained nothing but maggots—I wandered on through the silent residential squares to Baker Street—Portman Square is the only one I can name—and so came out at last upon Regent's Park. And as I emerged from the top of Baker Street, I saw far away over the trees in the clearness of the sunset the hood of the Martian giant from which this howling proceeded. I was not terrified. I came upon him as if it were a matter of course. I watched him for some time, but he did not move. He appeared to be standing and yelling, for no reason that I could discover.

I tried to formulate a plan of action. That perpetual sound of "Ulla, ulla, ulla, ulla," confused my mind. Perhaps I was too tired to be very fearful. Certainly I was more curious to know the reason of this monotonous crying than afraid. I turned back away from the park and struck into Park Road, intending to skirt the park, went along under the shelter of the terraces, and got a view of this stationary, howling Martian from the direction of St. John's Wood. A couple of hundred yards out of Baker Street I heard a yelping chorus, and saw, first a dog with a piece of putrescent red meat in his jaws coming headlong towards me, and then a pack of starving mongrels in pursuit of him. He made a wide curve to avoid me, as though he feared I might prove a fresh competitor. As the yelping died away down the silent road, the wailing sound of "Ulla, ulla, ulla, ulla," reasserted itself.

I came upon the wrecked handling-machine halfway to St. John's Wood station. At first I thought a house had fallen across the road. It was only as I clambered among the ruins that I saw, with a start, this mechanical Samson lying, with its tentacles bent and smashed and twisted, among the ruins it had made. The forepart was shattered. It seemed as if it had driven blindly straight at the house, and had been overwhelmed in its overthrow. It seemed to me then that this might have happened by a handling-machine escaping from the guidance of its Martian. I could not clamber among the ruins to see it, and the twilight was now so far advanced that the blood with which its seat was smeared, and the gnawed gristle of the Martian that the dogs had left, were invisible to me.

Wondering still more at all that I had seen, I pushed on towards Primrose Hill. Far away, through a gap in the trees, I saw a second Martian, as motionless as the first, standing in the park towards the Zoological Gardens, and silent. A little beyond the ruins about the smashed handling-machine I came upon the red weed again, and found the Regent's Canal, a spongy mass of

había detrás de la barra y dormí en un sofá negro de crin que encontré allí.

Me desperté y descubrí que aquel lúgubre aullido seguía en mis oídos: «Ula, ula, ula, ula». Ya había anochecido y después de haber sacado unas galletas y un queso del bar —había un depósito de carne, pero no contenía más que gusanos— seguí caminando por las silenciosas plazas residenciales hasta Baker Street —Portman Square es la única que puedo nombrar— y así llegué por fin a Regent's Park. Y cuando dejé la parte superior de Baker Street, vi a lo lejos, por encima de los árboles, en la claridad del atardecer, la capucha del gigante marciano del que procedían esos aullidos. No me aterroricé. Me acerqué a él como si fuera algo natural. Lo observé durante algún tiempo, pero no se movió. Parecía estar de pie y gritando, sin ninguna razón que yo pudiera descubrir.

Intenté formular un plan de acción. Ese sonido perpetuo de «Ula, ula, ula, ula», confundía mi mente. Tal vez yo estaba demasiado cansado como para tener mucho miedo. Ciertamente, tenía más curiosidad por saber el motivo de aquel llanto monótono que miedo. Me alejé del parque y me metí en Park Road, con la intención de bordear el parque, pasé al abrigo de las terrazas y pude ver a este marciano inmóvil y aullante desde la dirección de St. John's Wood. A unos doscientos yardas de Baker Street oí un coro de aullidos y vi, primero, a un perro con un trozo de carne roja putrefacta en las mandíbulas que venía de frente hacia mí, y luego a una jauría de perros callejeros hambrientos que lo perseguían. Hizo una amplia curva para evitarme, como si temiera que yo pudiera ser un nuevo competidor. Cuando los aullidos se apagaron en la silenciosa carretera, se reafirmó el sonido ululante de «Ula, ula, ula, ula».

Me encontré con la máquina de manipulación destrozada a medio camino de la estación de St. John's Wood. Al principio pensé que una casa se había caído en la carretera. Sólo cuando trepé entre las ruinas vi, con sobresalto, a este Sansón mecánico tendido, con sus tentáculos doblados, destrozados y retorcidos, entre las ruinas que había causado. La parte delantera estaba hecha añicos. Parecía como si se hubiera dirigido ciegamente hacia la casa y se hubiera visto abrumado en su caída. Me pareció entonces que esto podría haber sucedido por una máquina de manipulación sin la guía de su marciano. No pude trepar entre las ruinas para verlo, y el crepúsculo estaba ya tan avanzado que la sangre con la que estaba embadurnado su asiento, y el cartílago roído del marciano que habían dejado los perros, me resultaban invisibles.

Preguntándome aún más por todo lo que había visto seguí adelante hacia Primrose Hill. A lo lejos, a través de un hueco entre los árboles, vi un segundo marciano, tan inmóvil como el primero, de pie en el parque hacia los Jardines Zoológicos, y silencioso. Un poco más allá de las ruinas en torno a la máquina de manipulación destrozada volví a encontrarme con la hierba roja y con el

dark-red vegetation.

As I crossed the bridge, the sound of "Ulla, ulla, ulla, ulla," ceased. It was, as it were, cut off. The silence came like a thunderclap.

The dusky houses about me stood faint and tall and dim; the trees towards the park were growing black. All about me the red weed clambered among the ruins, writhing to get above me in the dimness. Night, the mother of fear and mystery, was coming upon me. But while that voice sounded the solitude, the desolation, had been endurable; by virtue of it London had still seemed alive, and the sense of life about me had upheld me. Then suddenly a change, the passing of something—I knew not what—and then a stillness that could be felt. Nothing but this gaunt quiet.

London about me gazed at me spectrally. The windows in the white houses were like the eye sockets of skulls. About me my imagination found a thousand noiseless enemies moving. Terror seized me, a horror of my temerity. In front of me the road became pitchy black as though it was tarred, and I saw a contorted shape lying across the pathway. I could not bring myself to go on. I turned down St. John's Wood Road, and ran headlong from this unendurable stillness towards Kilburn. I hid from the night and the silence, until long after midnight, in a cabmen's shelter in Harrow Road. But before the dawn my courage returned, and while the stars were still in the sky I turned once more towards Regent's Park. I missed my way among the streets, and presently saw down a long avenue, in the half-light of the early dawn, the curve of Primrose Hill. On the summit, towering up to the fading stars, was a third Martian, erect and motionless like the others.

An insane resolve possessed me. I would die and end it. And I would save myself even the trouble of killing myself. I marched on recklessly towards this Titan, and then, as I drew nearer and the light grew, I saw that a multitude of black birds was circling and clustering about the hood. At that my heart gave a bound, and I began running along the road.

I hurried through the red weed that choked St. Edmund's Terrace (I waded breast-high across a torrent of water that was rushing down from the waterworks towards the Albert Road), and emerged upon the grass before the rising of the sun. Great mounds had been heaped about the crest of the hill, making a huge redoubt of it—it was the final and largest place the Martians had made—and from behind these heaps there rose a thin smoke against the sky. Against the sky line an eager dog ran and disappeared. The thought that had flashed into my mind grew real, grew credible. I felt no fear, only a wild, trembling exultation, as I ran up the hill towards the motionless monster. Out

Regent's Canal, una masa esponjosa de vegetación de color rojo oscuro.

Al cruzar el puente, el sonido de «Ula, ula, ula, ula» cesó. Se cortó, por así decirlo. El silencio llegó como si fuera un trueno.

Las casas oscuras que me rodeaban se mantenían débiles, altas y tenues; los árboles hacia el parque se volvían negros. A mi alrededor la hierba roja trepaba entre las ruinas, retorciéndose para llegar por encima de mí en la penumbra. La noche, la madre del miedo y del misterio, se acercaba a mí. Pero mientras sonaba aquella voz, la soledad, la desolación, habían sido soportables; en virtud de ella, Londres había parecido aún vivo, y la sensación de vida a mi alrededor me había sostenido. Luego, de repente, un cambio, el paso de algo —no sabía qué— y luego una quietud que se podía sentir. Nada más que esa tranquilidad enjuta.

El Londres que me rodeaba me miraba espectralmente. Las ventanas de las casas blancas eran como las cuencas de los ojos de los cráneos. A mi alrededor mi imaginación encontró mil enemigos silenciosos moviéndose. El terror se apoderó de mí, un horror a mi temeridad. Delante de mí, el camino se volvió negro como si estuviera alquitranado y vi una forma contorsionada tendida en el camino. No me atreví a seguir adelante por St. John's Wood Road y corrí de lleno desde esta insoportable quietud hacia Kilburn. Me escondí de la noche y del silencio, hasta mucho después de la medianoche, en un refugio de taxistas en Harrow Road. Pero antes de que amaneciera volvió mi coraje, y con las estrellas aún en el cielo me dirigí una vez más hacia Regent's Park. Me perdí entre las calles y en seguida vi por una larga avenida, en la penumbra del temprano amanecer, la curva de Primrose Hill. En la cima, elevándose hacia las estrellas que se desvanecían, había un tercer marciano, erguido e inmóvil como los demás.

Una determinación insana me poseyó. Moriría y acabaría con esto. Y me ahorraría incluso la molestia de matarme. Avancé temerariamente hacia ese Titán y entonces, a medida que me acercaba y la luz crecía, vi que una multitud de pájaros negros daba vueltas y se agrupaba alrededor de la capucha. En ese momento mi corazón dio un salto, y comencé a correr por el camino.

Me apresuré a atravesar la hierba roja que ahogaba St. Edmund's Terrace (vadeé a la altura del pecho un torrente de agua que se precipitaba desde las obras hidráulicas hacia Albert Road), y llegué al césped antes de que saliera el sol. Había grandes montículos alrededor de la cresta de la colina, formando un enorme reducto —era el último y más grande lugar que habían hecho los marcianos— y desde detrás de estos montones se elevaba un fino humo contra el cielo. Contra la línea del cielo un perro ansioso corrió y desapareció. El pensamiento que se había gestado en mi mente se hizo real, creíble. No sentí miedo, sólo una exultación salvaje y temblorosa, mientras corría colina arriba

of the hood hung lank shreds of brown, at which the hungry birds pecked and tore.

In another moment I had scrambled up the earthen rampart and stood upon its crest, and the interior of the redoubt was below me. A mighty space it was, with gigantic machines here and there within it, huge mounds of material and strange shelter places. And scattered about it, some in their overturned war-machines, some in the now rigid handling-machines, and a dozen of them stark and silent and laid in a row, were the Martians—dead!—slain by the putrefactive and disease bacteria against which their systems were unprepared; slain as the red weed was being slain; slain, after all man's devices had failed, by the humblest things that God, in his wisdom, has put upon this earth.

For so it had come about, as indeed I and many men might have foreseen had not terror and disaster blinded our minds. These germs of disease have taken toll of humanity since the beginning of things—taken toll of our prehuman ancestors since life began here. But by virtue of this natural selection of our kind we have developed resisting power; to no germs do we succumb without a struggle, and to many—those that cause putrefaction in dead matter, for instance—our living frames are altogether immune. But there are no bacteria in Mars, and directly these invaders arrived, directly they drank and fed, our microscopic allies began to work their overthrow. Already when I watched them they were irrevocably doomed, dying and rotting even as they went to and fro. It was inevitable. By the toll of a billion deaths man has bought his birthright of the earth, and it is his against all comers; it would still be his were the Martians ten times as mighty as they are. For neither do men live nor die in vain.

Here and there they were scattered, nearly fifty altogether, in that great gulf they had made, overtaken by a death that must have seemed to them as incomprehensible as any death could be. To me also at that time this death was incomprehensible. All I knew was that these things that had been alive and so terrible to men were dead. For a moment I believed that the destruction of Sennacherib had been repeated, that God had repented, that the Angel of Death had slain them in the night.

I stood staring into the pit, and my heart lightened gloriously, even as the rising sun struck the world to fire about me with his rays. The pit was still in darkness; the mighty engines, so great and wonderful in their power and complexity, so unearthly in their tortuous forms, rose weird and vague and strange

hacia el monstruo inmóvil. De la capucha colgaban unos jirones marrones que los pájaros hambrientos picoteaban y desgarraban.

A continuación yo había subido la muralla de tierra y me encontraba en su cima y el interior del reducto estaba debajo de mí. Era un espacio imponente, con gigantescas máquinas aquí y allá, enormes montículos de material y extraños refugios. Y esparcidos por él, algunos en sus máquinas de guerra volcadas, otros en las ahora rígidas máquinas de manipulación, y una docena de ellos descarnados y silenciosos y colocados en fila, estaban los marcianos —¡muertos!—, asesinados por las bacterias causando una putrefacción y enfermedad contra las que sus sistemas no estaban preparados; asesinados como la hierba roja estaba siendo asesinada; asesinados, después de que todos los dispositivos del hombre hubieran fracasado, por las cosas más humildes que Dios, en su sabiduría, ha puesto en esta tierra.

Porque así ha sucedido, como yo y muchos podríamos haber previsto si el terror y el desastre no hubieran cegado nuestras mentes. Estos gérmenes de la enfermedad han hecho mella en la humanidad desde el principio de las cosas; han hecho mella en nuestros antepasados prehumanos desde que la vida comenzó aquí. Pero en virtud de esta selección natural de nuestra especie hemos desarrollado un poder de resistencia; no sucumbimos a ningún germen sin luchar, y a muchos —los que causan la putrefacción en la materia muerta, por ejemplo— nuestras estructuras vivientes son totalmente inmunes. Pero en Marte no hay bacterias, y en cuanto llegaron estos invasores, en cuanto bebieron y se alimentaron, nuestros microscópicos aliados empezaron a trabajar para derrocarlos. Ya cuando los observé estaban irremediablemente condenados, muriendo y pudriéndose incluso mientras iban de un lado a otro. Era inevitable. Por el precio de mil millones de muertes el hombre ha comprado su derecho de nacimiento sobre la tierra, y es suyo contra todos los que vienen; seguiría siendo suyo si los marcianos fueran diez veces más poderosos que ellos. Porque los hombres viven ni mueren en vano.

Aquí y allá estaban dispersos, casi cincuenta en total, en ese gran abismo que habían hecho, alcanzados por una muerte que debió parecerles tan incomprensible como cualquier muerte puede serlo. También para mí, en aquel momento, esta muerte era incomprensible. Todo lo que sabía era que esas cosas que habían estado vivas y eran tan terribles para los hombres estaban muertas. Por un momento creí que la destrucción de Senaquerib se había repetido, que Dios se había arrepentido, que el Ángel de la Muerte los había matado por la noche.

Me quedé mirando la fosa y mi corazón se iluminó de gloria, incluso cuando el sol naciente golpeó el mundo para incendiarlo a mi alrededor con sus rayos. La fosa seguía a oscuras; las poderosas máquinas, tan grandes y maravillosas en su poder y complejidad, tan sobrenaturales en sus tortuosas formas,

out of the shadows towards the light. A multitude of dogs, I could hear, fought over the bodies that lay darkly in the depth of the pit, far below me. Across the pit on its farther lip, flat and vast and strange, lay the great flying-machine with which they had been experimenting upon our denser atmosphere when decay and death arrested them. Death had come not a day too soon. At the sound of a cawing overhead I looked up at the huge fighting-machine that would fight no more for ever, at the tattered red shreds of flesh that dripped down upon the overturned seats on the summit of Primrose Hill.

I turned and looked down the slope of the hill to where, enhaloed now in birds, stood those other two Martians that I had seen overnight, just as death had overtaken them. The one had died, even as it had been crying to its companions; perhaps it was the last to die, and its voice had gone on perpetually until the force of its machinery was exhausted. They glittered now, harmless tripod towers of shining metal, in the brightness of the rising sun.

All about the pit, and saved as by a miracle from everlasting destruction, stretched the great Mother of Cities. Those who have only seen London veiled in her sombre robes of smoke can scarcely imagine the naked clearness and beauty of the silent wilderness of houses.

Eastward, over the blackened ruins of the Albert Terrace and the splintered spire of the church, the sun blazed dazzling in a clear sky, and here and there some facet in the great wilderness of roofs caught the light and glared with a white intensity.

Northward were Kilburn and Hampsted, blue and crowded with houses; westward the great city was dimmed; and southward, beyond the Martians, the green waves of Regent's Park, the Langham Hotel, the dome of the Albert Hall, the Imperial Institute, and the giant mansions of the Brompton Road came out clear and little in the sunrise, the jagged ruins of Westminster rising hazily beyond. Far away and blue were the Surrey hills, and the towers of the Crystal Palace glittered like two silver rods. The dome of St. Paul's was dark against the sunrise, and injured, I saw for the first time, by a huge gaping cavity on its western side.

And as I looked at this wide expanse of houses and factories and churches, silent and abandoned; as I thought of the multitudinous hopes and efforts, the innumerable hosts of lives that had gone to build this human reef, and of the swift and ruthless destruction that had hung over it all; when I realised that the shadow had been rolled back, and that men might still live in the streets, and this dear vast dead city of mine be once more alive and powerful, I felt a wave of emotion that was near akin to tears.

se alzaban extrañas y vagas desde las sombras hacia la luz. Pude oír que una multitud de perros se peleaba por los cuerpos que yacían en la profundidad de la fosa, muy por debajo de mí. Al otro lado de la fosa, en su borde más lejano, plano y vasto y extraño, yacía la gran máquina voladora con la que habían estado experimentando en nuestra atmósfera más densa cuando la decadencia y la muerte los detuvo. La muerte había llegado al momento justo. Al oír un graznido en lo alto, miré la enorme máquina de combate que ya no lucharía nunca más, los jirones rojos de carne que caían sobre los asientos volcados de las máquinas en la cima de Primrose Hill.

Me volví y miré hacia la ladera de la colina, donde, realzados ahora por los pájaros, se encontraban aquellos otros dos marcianos que yo había visto durante la noche, justo cuando la muerte los había alcanzado. Uno de ellos había muerto, incluso cuando había estado llorando a sus compañeros; tal vez fue el último en morir, y su voz había continuado perpetuamente hasta que la fuerza de su maquinaria se agotó. Ahora resplandecían, inofensivas torres de tres patas y metal brillante, bajo el brillo del sol naciente.

Alrededor de la fosa y salvada como por un milagro de la destrucción eterna se extendía la gran Madre de Ciudades. Aquéllos que sólo han visto a Londres velada por sus sombríos ropajes de humo apenas pueden imaginar la desnuda claridad y belleza del silencioso desierto de casas.

Hacia el este, sobre las ruinas ennegrecidas de Albert Terrace y la astillada aguja de la iglesia, el sol brillaba deslumbrante en un cielo despejado, y aquí y allá alguna faceta en el gran desierto de tejados captaba la luz y brillaba con una intensidad blanca.

Hacia el norte se encontraban Kilburn y Hampsted, azules y atestados de casas; hacia el oeste la gran ciudad se oscurecía; y hacia el sur, más allá de los marcianos, las verdes olas de Regent's Park, el Hotel Langham, la cúpula del Albert Hall; el Imperial Institute y las gigantescas mansiones de Brompton Road aparecían nítidos y pequeños en el amanecer, y las dentadas ruinas de Westminster se alzaban nebulosamente más allá. Lejos y azules estaban las colinas de Surrey y las torres del Crystal Palace brillaban como dos varas de plata. La cúpula de St. Paul's estaba oscura contra el amanecer, y herida, según vi por primera vez, por una enorme cavidad abierta en su lado oeste.

Y al contemplar esta amplia extensión de casas y fábricas e iglesias, silenciosa y abandonada; al pensar en las multitudinarias esperanzas y esfuerzos, en las innumerables huestes de vidas que habían ido a construir este arrecife humano, y en la rápida y despiadada destrucción que se había cernido sobre todo ello; cuando me di cuenta de que la sombra había retrocedido, y de que los hombres podían seguir viviendo en las calles, y de que esta querida y vasta ciudad mía muerta volvía a estar viva y a ser poderosa, sentí una oleada de

The torment was over. Even that day the healing would begin. The survivors of the people scattered over the country—leaderless, lawless, foodless, like sheep without a shepherd—the thousands who had fled by sea, would begin to return; the pulse of life, growing stronger and stronger, would beat again in the empty streets and pour across the vacant squares. Whatever destruction was done, the hand of the destroyer was stayed. All the gaunt wrecks, the blackened skeletons of houses that stared so dismally at the sunlit grass of the hill, would presently be echoing with the hammers of the restorers and ringing with the tapping of their trowels. At the thought I extended my hands towards the sky and began thanking God. In a year, thought I—in a year...

With overwhelming force came the thought of myself, of my wife, and the old life of hope and tender helpfulness that had ceased for ever.

emoción cercana a las lágrimas.

El tormento había terminado. Incluso ese día comenzaría la cura. Los sobrevivientes de entre la gente dispersa por el país —sin líder, sin ley, sin comida, como ovejas sin pastor—, los miles que habían huido por mar, comenzarían a regresar; el pulso de la vida, cada vez más fuerte, volvería a latir en las calles vacías y se derramaría por las plazas. Cualquiera que fuera la destrucción, la mano del destructor se detenía. Todos los despojos, los esqueletos ennegrecidos de las casas que miraban con tristeza hacia el césped iluminado por el sol de la colina, pronto resonarían con los martillos de los restauradores y con el golpeteo de sus paletas. Al pensarlo, extendí las manos hacia el cielo y comencé a dar gracias a Dios. Dentro de un año, pensé, dentro de un año...

Con una fuerza abrumadora llegó el pensamiento sobre mí mismo, sombre mi esposa, y sobre la antigua vida de esperanza y tierna ayuda que había cesado para siempre.

IX — WRECKAGE

And now comes the strangest thing in my story. Yet, perhaps, it is not altogether strange. I remember, clearly and coldly and vividly, all that I did that day until the time that I stood weeping and praising God upon the summit of Primrose Hill. And then I forget.

Of the next three days I know nothing. I have learned since that, so far from my being the first discoverer of the Martian overthrow, several such wanderers as myself had already discovered this on the previous night. One man—the first—had gone to St. Martin's-le-Grand, and, while I sheltered in the cabmen's hut, had contrived to telegraph to Paris. Thence the joyful news had flashed all over the world; a thousand cities, chilled by ghastly apprehensions, suddenly flashed into frantic illuminations; they knew of it in Dublin, Edinburgh, Manchester, Birmingham, at the time when I stood upon the verge of the pit. Already men, weeping with joy, as I have heard, shouting and staying their work to shake hands and shout, were making up trains, even as near as Crewe, to descend upon London. The church bells that had ceased a fortnight since suddenly caught the news, until all England was bell-ringing. Men on cycles, lean-faced, unkempt, scorched along every country lane shouting of unhoped deliverance, shouting to gaunt, staring figures of despair. And for the food! Across the Channel, across the Irish Sea, across the Atlantic, corn, bread, and meat were tearing to our relief. All the shipping in the world seemed going Londonward in those days. But of all this I have no memory. I drifted—a demented man. I found myself in a house of kindly people, who had found me on the third day wandering, weeping, and raving through the streets of St. John's Wood. They have told me since that I was singing some insane doggerel about "The Last Man Left Alive! Hurrah! The Last Man Left Alive!" Troubled as they were with their own affairs, these people, whose name, much as I would like to express my gratitude to them, I may not even give here, nevertheless cumbered themselves with me, sheltered me, and protected me from myself. Apparently they had learned something of my story from me during the days of my lapse.

Very gently, when my mind was assured again, did they break to me what they had learned of the fate of Leatherhead. Two days after I was imprisoned it had been destroyed, with every soul in it, by a Martian. He had swept it out of existence, as it seemed, without any provocation, as a boy might crush an ant hill, in the mere wantonness of power.

I was a lonely man, and they were very kind to me. I was a lonely man and

IX – DESPERDICIO

Y ahora viene lo más extraño de mi historia. Sin embargo, tal vez no sea del todo extraño. Recuerdo con claridad, frialdad y viveza todo lo que hice aquel día hasta el momento en que me quedé llorando y alabando a Dios en la cima de Primrose Hill. Y luego, ya no recuerdo...

De los tres días siguientes no sé nada. Desde entonces me he enterado de que, lejos de ser yo el primer descubridor del derrocamiento marciano, varios vagabundos lo habían descubierto ya la noche anterior. Uno de ellos —el primero— había ido a St. Martin's-le-Grand y, mientras yo me refugiaba en la cabaña de los taxistas, había conseguido telegrafiar a París. Desde allí, la alegre noticia se había difundido por todo el mundo; mil ciudades, aterradas por espantosos temores, se iluminaron repentinamente de forma frenética; lo sabían en Dublín, Edimburgo, Manchester, Birmingham, en el momento en que yo me encontraba al borde de la fosa. Ya los hombres, llorando de alegría, como he oído, gritando y deteniendo su trabajo para darse la mano y gritar, estaban preparando trenes, incluso en lugares cercanos como Crewe, para venir a Londres. Las campanas de las iglesias, que habían dejado de sonar hace quince días, recibieron de repente la noticia, hasta que toda Inglaterra empezó a tocar las campanas. Los hombres en bicicleta, con el rostro delgado y desaliñado, recorrieron todos los caminos rurales gritando una liberación inesperada, gritando a las figuras demacradas y con la mirada fija en la desesperación. ¡Y la comida! A través del Canal de la Mancha, del Mar de Irlanda, del Atlántico, el maíz, el pan y la carne llegaban para aliviarnos. Todo el transporte marítimo del mundo parecía ir hacia Londres en aquellos días. Pero de todo esto no tengo ningún recuerdo. Me quedé a la deriva, un hombre demente. Me encontré en una casa de gente amable, que me había encontrado al tercer día vagando, llorando y desvariando por las calles de St. John's Wood. Desde entonces, me han dicho que estaba cantando un galimatías demente sobre «¡El último hombre con vida! ¡Hurra! ¡El último hombre con vida!». Atribulados como estaban por sus propios asuntos, estas personas, cuyo nombre, por mucho que me gustaría expresarles mi gratitud, ni siquiera puedo dar aquí, sin embargo, me ampararon, me cobijaron y me protegieron de mí mismo. Al parecer, se habían enterado de algo de mi historia durante los días de mi lapso.

Con mucho cuidado, cuando mi mente se tranquilizó de nuevo, me contaron lo que habían sabido del destino de Leatherhead. Dos días después de mi encarcelamiento había sido destruida, con todas sus almas, por un marciano. La había barrido de la existencia, según parecía, sin ninguna provocación, como un muchacho podría aplastar un hormiguero, en un mero afán de poder.

Yo era un hombre solitario, y ellos fueron muy amables conmigo. Yo era un

a sad one, and they bore with me. I remained with them four days after my recovery. All that time I felt a vague, a growing craving to look once more on whatever remained of the little life that seemed so happy and bright in my past. It was a mere hopeless desire to feast upon my misery. They dissuaded me. They did all they could to divert me from this morbidity. But at last I could resist the impulse no longer, and, promising faithfully to return to them, and parting, as I will confess, from these four-day friends with tears, I went out again into the streets that had lately been so dark and strange and empty.

Already they were busy with returning people; in places even there were shops open, and I saw a drinking fountain running water.

I remember how mockingly bright the day seemed as I went back on my melancholy pilgrimage to the little house at Woking, how busy the streets and vivid the moving life about me. So many people were abroad everywhere, busied in a thousand activities, that it seemed incredible that any great proportion of the population could have been slain. But then I noticed how yellow were the skins of the people I met, how shaggy the hair of the men, how large and bright their eyes, and that every other man still wore his dirty rags. Their faces seemed all with one of two expressions—a leaping exultation and energy or a grim resolution. Save for the expression of the faces, London seemed a city of tramps. The vestries were indiscriminately distributing bread sent us by the French government. The ribs of the few horses showed dismally. Haggard special constables with white badges stood at the corners of every street. I saw little of the mischief wrought by the Martians until I reached Wellington Street, and there I saw the red weed clambering over the buttresses of Waterloo Bridge.

At the corner of the bridge, too, I saw one of the common contrasts of that grotesque time—a sheet of paper flaunting against a thicket of the red weed, transfixed by a stick that kept it in place. It was the placard of the first newspaper to resume publication—the Daily Mail. I bought a copy for a blackened shilling I found in my pocket. Most of it was in blank, but the solitary compositor who did the thing had amused himself by making a grotesque scheme of advertisement stereo on the back page. The matter he printed was emotional; the news organisation had not as yet found its way back. I learned nothing fresh except that already in one week the examination of the Martian mechanisms had yielded astonishing results. Among other things, the article assured me what I did not believe at the time, that the "Secret of Flying," was discovered. At Waterloo I found the free trains that were taking people to their homes. The first rush was already over. There were few people in the train, and I was in no mood for casual conversation. I got a compartment to myself,

hombre solitario y triste, y ellos me dieron soporte. Me quedé con ellos cuatro días después de mi recuperación. Durante todo ese tiempo sentí un vago y creciente deseo de volver a ver lo que quedaba de la pequeña vida que parecía tan feliz y brillante en mi pasado. Era un mero deseo irremediable de deleitarme en mi miseria. Me disuadieron. Hicieron todo lo posible para apartarme de este morbo. Pero al final no pude resistir más el impulso, y, prometiendo fielmente volver a ellos, y despidiéndome, como confesaré, de estos amigos de cuatro días con lágrimas, salí de nuevo a las calles que últimamente habían sido tan oscuras y extrañas y vacías.

Ya estaban ocupados con el regreso de la gente; en algunos lugares incluso había tiendas abiertas, y vi funcionando una fuente de agua corriente.

Recuerdo lo burlonamente brillante que parecía el día cuando regresé en mi melancólico peregrinaje a la casita de Woking, lo concurridas que estaban las calles y lo viva que era la vida en movimiento a mi alrededor. Había tanta gente en todas partes, ocupada en mil actividades, que parecía increíble que una gran proporción de la población pudiera haber sido asesinada. Pero entonces me di cuenta de lo amarilla que era la piel de la gente con la que me encontraba, de lo desgreñado que estaba el pelo de los hombres, de lo grandes y brillantes que eran sus ojos, y de que la mitad de la gente seguía llevando sus trapos sucios. Sus rostros parecían tener una de estas dos expresiones: una exaltación y energía saltarinas o una resolución sombría. Salvo por la expresión de los rostros, Londres parecía una ciudad de vagabundos. Las sacristías distribuían indiscriminadamente el pan que nos enviaba el gobierno francés. Las costillas de los escasos caballos se mostraban de forma desoladora. En las esquinas de todas las calles se encontraban agentes especiales con insignias blancas. Apenas si vi las fechorías realizadas por los marcianos hasta que llegué a Wellington Street, y allí vi la hierba roja trepando por los contrafuertes de Waterloo Bridge.

También en la esquina del puente vi uno de los contrastes habituales de ese tiempo tan grotesco: una hoja de papel que ondeaba contra un matorral de hierba roja, atravesada por un palo que la mantenía en su sitio. Era el rótulo del primer periódico que volvió a publicarse: el Daily Mail. Compré un ejemplar por un chelín ennegrecido que encontré en mi bolsillo. La mayor parte estaba en blanco, pero el solitario compositor que lo hizo se había entretenido haciendo un grotesco esquema de anuncios estereoscópicos en la última página. El asunto que imprimió era emocional; la organización de las noticias aún no había encontrado su camino de vuelta. No me enteré de nada nuevo, salvo que ya en una semana el examen de los mecanismos marcianos había dado resultados sorprendentes. Entre otras cosas, el artículo me aseguraba lo que yo no creía en ese momento, que el «secreto para volar» había sido descubierto. En Waterloo encontré los trenes gratuitos que llevaban a la gente a sus casas. Ya había pasado el primer ajetreo. Había poca gente en el tren, y yo no

and sat with folded arms, looking greyly at the sunlit devastation that flowed past the windows. And just outside the terminus the train jolted over temporary rails, and on either side of the railway the houses were blackened ruins. To Clapham Junction the face of London was grimy with powder of the Black Smoke, in spite of two days of thunderstorms and rain, and at Clapham Junction the line had been wrecked again; there were hundreds of out-of-work clerks and shopmen working side by side with the customary navvies, and we were jolted over a hasty relaying.

All down the line from there the aspect of the country was gaunt and unfamiliar; Wimbledon particularly had suffered. Walton, by virtue of its unburned pine woods, seemed the least hurt of any place along the line. The Wandle, the Mole, every little stream, was a heaped mass of red weed, in appearance between butcher's meat and pickled cabbage. The Surrey pine woods were too dry, however, for the festoons of the red climber. Beyond Wimbledon, within sight of the line, in certain nursery grounds, were the heaped masses of earth about the sixth cylinder. A number of people were standing about it, and some sappers were busy in the midst of it. Over it flaunted a Union Jack, flapping cheerfully in the morning breeze. The nursery grounds were everywhere crimson with the weed, a wide expanse of livid colour cut with purple shadows, and very painful to the eye. One's gaze went with infinite relief from the scorched greys and sullen reds of the foreground to the blue-green softness of the eastward hills.

The line on the London side of Woking station was still undergoing repair, so I descended at Byfleet station and took the road to Maybury, past the place where I and the artilleryman had talked to the hussars, and on by the spot where the Martian had appeared to me in the thunderstorm. Here, moved by curiosity, I turned aside to find, among a tangle of red fronds, the warped and broken dog cart with the whitened bones of the horse scattered and gnawed. For a time I stood regarding these vestiges...

Then I returned through the pine wood, neck-high with red weed here and there, to find the landlord of the Spotted Dog had already found burial, and so came home past the College Arms. A man standing at an open cottage door greeted me by name as I passed.

I looked at my house with a quick flash of hope that faded immediately. The door had been forced; it was unfast and was opening slowly as I approached.

estaba de humor para una conversación casual. Conseguí un compartimento para mí solo, y me senté con los brazos cruzados, mirando con ojos grises la devastación iluminada por el sol que pasaba por las ventanas. A las afueras de la terminal, el tren se sacudía sobre raíles provisionales, y a ambos lados de la vía férrea las casas eran ruinas ennegrecidas. Hasta Clapham Junction, la cara de Londres estaba sucia con el polvo del Humo Negro, a pesar de dos días de tormentas y lluvia, y en Clapham Junction la línea había sido destrozada de nuevo; había cientos de oficinistas y comerciantes desempleados trabajando codo a codo con los marineros habituales, y nos sacudimos a causa de un desvío sorpresivo.

A partir de ahí, el aspecto del territorio era demacrado y desconocido; Wimbledon había sufrido especialmente. Walton, en virtud de sus bosques de pinos sin quemar, parecía el lugar menos dañado de todo el horizonte. El Wandle, el Mole, cada pequeño arroyo, era una masa amontonada de hierba roja, con un aspecto entre carne de carnicero y repollo en escabeche. Los bosques de pinos de Surrey eran demasiado secos, sin embargo, para los festones de la trepadora roja. Más allá de Wimbledon, a la vista de la línea, en ciertos terrenos cultivados, estaban las masas de tierra amontonadas alrededor del sexto cilindro. Varias personas estaban de pie a su alrededor y algunos zapadores estaban ocupados en él. Sobre él ondeaba nuestra bandera, que flameaba alegremente con la brisa de la mañana. El terreno cultivado se veía carmesí por todas partes por la maleza, una amplia extensión de color lívido cortada con sombras púrpuras que molestaba la vista. La mirada se dirigía con infinito alivio desde los grises abrasados y los rojos sombríos del primer plano hasta la suavidad azul verdosa de las colinas del este.

La línea del lado londinense de la estación de Woking estaba todavía en reparación, así que bajé en la estación de Byfleet y tomé la carretera de Maybury, pasando por el lugar donde el artillero y yo habíamos hablado con los húsares, y por el sitio donde el marciano se me había aparecido en la tormenta. Aquí, movido por la curiosidad, me desvié para encontrar, entre una maraña de frondas rojas, el carro deformado y roto, con los huesos blanqueados del caballo esparcidos y roídos. Durante un rato me quedé mirando estos vestigios...

Luego volví a través del bosque de pinos, con la hierba roja hasta el cuello aquí y allá, para encontrar que el propietario del «Perro manchado» ya había encontrado sepultura, y así volví a casa pasando por el College Arms. Un hombre que estaba junto a la puerta abierta de una casa de campo me saludó por mi nombre al pasar.

Miré mi casa con un rápido destello de esperanza que se desvaneció inmediatamente. La puerta había sido forzada; estaba desprendida y se abría lentamente mientras me acercaba.

It slammed again. The curtains of my study fluttered out of the open window from which I and the artilleryman had watched the dawn. No one had closed it since. The smashed bushes were just as I had left them nearly four weeks ago. I stumbled into the hall, and the house felt empty. The stair carpet was ruffled and discoloured where I had crouched, soaked to the skin from the thunderstorm the night of the catastrophe. Our muddy footsteps I saw still went up the stairs.

I followed them to my study, and found lying on my writing-table still, with the selenite paper weight upon it, the sheet of work I had left on the afternoon of the opening of the cylinder. For a space I stood reading over my abandoned arguments. It was a paper on the probable development of Moral Ideas with the development of the civilising process; and the last sentence was the opening of a prophecy: "In about two hundred years," I had written, "we may expect——" The sentence ended abruptly. I remembered my inability to fix my mind that morning, scarcely a month gone by, and how I had broken off to get my Daily Chronicle from the newsboy. I remembered how I went down to the garden gate as he came along, and how I had listened to his odd story of "Men from Mars."

I came down and went into the dining room. There were the mutton and the bread, both far gone now in decay, and a beer bottle overturned, just as I and the artilleryman had left them. My home was desolate. I perceived the folly of the faint hope I had cherished so long. And then a strange thing occurred. "It is no use," said a voice. "The house is deserted. No one has been here these ten days. Do not stay here to torment yourself. No one escaped but you."

I was startled. Had I spoken my thought aloud? I turned, and the French window was open behind me. I made a step to it, and stood looking out.

And there, amazed and afraid, even as I stood amazed and afraid, were my cousin and my wife—my wife white and tearless. She gave a faint cry.

"I came," she said. "I knew—knew——"

She put her hand to her throat—swayed. I made a step forward, and caught her in my arms.

Volvió a dar un portazo. Las cortinas de mi estudio se agitaron en la ventana abierta desde la que el artillero y yo habíamos contemplado el amanecer. Nadie la había cerrado desde entonces. Los arbustos destrozados estaban tal y como yo los había dejado hacía casi cuatro semanas. Entré a trompicones en el vestíbulo y la casa me pareció vacía. La alfombra de la escalera estaba erizada y descolorida donde me había agachado, empapado hasta la piel por la tormenta en la noche de la catástrofe. Subiendo las escaleras vi que nuestras huellas embarradas continuaban por allí.

Las seguí hasta mi estudio y encontré sobre mi escritorio, todavía con el papel de selenita sobre él, la hoja de trabajo que había dejado la tarde de la apertura del cilindro. Me quedé un rato leyendo mis argumentos abandonados. Era un ensayo sobre el probable desarrollo de las ideas morales con el desarrollo del proceso de la civilización; y la última frase era la apertura de una profecía: «Dentro de unos doscientos años», había escrito, «podemos esperar...». La frase terminaba bruscamente. Recordé mi incapacidad para enfocar mi mente aquella mañana, de la que apenas había transcurrido un mes, y cómo había interrumpido mi trabajo para conseguir mi *Daily Chronicle* del vendedor de periódicos. Recordé cómo bajé a la puerta del jardín mientras él llegaba y cómo había escuchado su extraña historia acerca de los «hombres de Marte».

Bajé y entré en el comedor. Allí estaban el cordero y el pan, ambos muy corrompidos, y una botella de cerveza volcada, tal y como los habíamos dejado el artillero y yo. Mi casa estaba desolada. Me di cuenta de la locura de la débil esperanza que había abrigado durante tanto tiempo. Y entonces ocurrió algo extraño. «Es inútil», dijo una voz, «la casa está desierta. Nadie ha estado aquí por diez días. No te quedes aquí para atormentarte. Nadie ha escapado más que tú».

Me sobresalté. ¿Había dicho mi pensamiento en voz alta? Di un giro y la ventana francesa estaba abierta detrás de mí. Di un paso hacia la ventana y me quedé mirando hacia fuera.

Y allí, asombrados y asustados, igual que yo, estaban mi primo y mi mujer, mi mujer blanca y sin lágrimas. Ella lanzó un débil grito.

«He venido», dijo. «Yo sabía... sabía...».

Se llevó la mano a la garganta y se tambaleó. Di un paso adelante y la cogí en mis brazos.

X – THE EPILOGUE

I cannot but regret, now that I am concluding my story, how little I am able to contribute to the discussion of the many debatable questions which are still unsettled. In one respect I shall certainly provoke criticism. My particular province is speculative philosophy. My knowledge of comparative physiology is confined to a book or two, but it seems to me that Carver's suggestions as to the reason of the rapid death of the Martians is so probable as to be regarded almost as a proven conclusion. I have assumed that in the body of my narrative.

At any rate, in all the bodies of the Martians that were examined after the war, no bacteria except those already known as terrestrial species were found. That they did not bury any of their dead, and the reckless slaughter they perpetrated, point also to an entire ignorance of the putrefactive process. But probable as this seems, it is by no means a proven conclusion.

Neither is the composition of the Black Smoke known, which the Martians used with such deadly effect, and the generator of the Heat-Rays remains a puzzle. The terrible disasters at the Ealing and South Kensington laboratories have disinclined analysts for further investigations upon the latter. Spectrum analysis of the black powder points unmistakably to the presence of an unknown element with a brilliant group of three lines in the green, and it is possible that it combines with argon to form a compound which acts at once with deadly effect upon some constituent in the blood. But such unproven speculations will scarcely be of interest to the general reader, to whom this story is addressed. None of the brown scum that drifted down the Thames after the destruction of Shepperton was examined at the time, and now none is forthcoming.

The results of an anatomical examination of the Martians, so far as the prowling dogs had left such an examination possible, I have already given. But everyone is familiar with the magnificent and almost complete specimen in spirits at the Natural History Museum, and the countless drawings that have been made from it; and beyond that the interest of their physiology and structure is purely scientific.

A question of graver and universal interest is the possibility of another attack from the Martians. I do not think that nearly enough attention is being given to this aspect of the matter. At present the planet Mars is in conjunction, but with every return to opposition I, for one, anticipate a renewal of their adventure. In any case, we should be prepared. It seems to me that it should be possible to define the position of the gun from which the shots are discharged,

X — EL EPÍLOGO

No puedo dejar de lamentar, ahora que concluyo mi relato, lo poco que puedo aportar a la discusión sobre las numerosas cuestiones que aún quedan sin resolver. En un aspecto provocaré ciertamente la crítica. Mi ámbito particular es la filosofía especulativa. Mis conocimientos de fisiología comparada se limitan a uno o dos libros, pero me parece que las sugerencias de Carver sobre la razón de la rápida muerte de los marcianos son tan probables que pueden considerarse casi como una conclusión probada. Así lo he asumido en el cuerpo de mi narración.

En todo caso, en todos los cadáveres de los marcianos que se examinaron después de la guerra no se encontró ninguna bacteria, salvo las ya conocidas como especies terrestres. El hecho de que no enterraran a ninguno de sus muertos y la imprudente matanza que perpetraron apuntan también a una total ignorancia del proceso de putrefacción. Pero, por muy probable que parezca, no es en absoluto una conclusión probada.

Tampoco se conoce la composición del Humo Negro, que los marcianos utilizaron con tanto efecto mortal, y el generador de los Rayos de Calor sigue siendo un enigma. Los terribles desastres ocurridos en los laboratorios de Ealing y South Kensington han desanimado a los analistas a realizar más investigaciones sobre este último. El análisis del espectro del polvo negro apunta inequívocamente a la presencia de un elemento desconocido con un grupo brillante de tres líneas en el verde, y es posible que se combine con el argón para formar un compuesto que actúe de inmediato con efecto mortal sobre algún constituyente de la sangre. Pero tales especulaciones no probadas apenas tendrán interés para el lector general, a quien va dirigida esta historia. No se examinó en su momento ninguna de las partículas pardas que bajaron por el Támesis después de la destrucción de Shepperton, y ahora no queda ninguna.

Los resultados de un examen anatómico de los marcianos, en la medida en que los perros merodeadores habían dejado tal examen posible, ya los he dado. Pero todo el mundo conoce el magnífico y casi completo espécimen conservado en alcohol en el Museo de Historia Natural y los innumerables dibujos que se han hecho a partir de él; y más allá de eso el interés de su fisiología y estructura es puramente científico.

Una cuestión más grave y de interés universal es la posibilidad de otro ataque de los marcianos. No creo que se preste suficiente atención a este aspecto del asunto. Actualmente el planeta Marte está en conjunción pero con cada vuelta a la oposición yo, por mi parte, anticipo una renovación de la aventura. En cualquier caso, deberíamos estar preparados. Me parece que debería ser posible definir la posición del cañón desde el que se efectúan los disparos

to keep a sustained watch upon this part of the planet, and to anticipate the arrival of the next attack.

In that case the cylinder might be destroyed with dynamite or artillery before it was sufficiently cool for the Martians to emerge, or they might be butchered by means of guns so soon as the screw opened. It seems to me that they have lost a vast advantage in the failure of their first surprise. Possibly they see it in the same light.

Lessing has advanced excellent reasons for supposing that the Martians have actually succeeded in effecting a landing on the planet Venus. Seven months ago now, Venus and Mars were in alignment with the sun; that is to say, Mars was in opposition from the point of view of an observer on Venus. Subsequently a peculiar luminous and sinuous marking appeared on the unillumined half of the inner planet, and almost simultaneously a faint dark mark of a similar sinuous character was detected upon a photograph of the Martian disk. One needs to see the drawings of these appearances in order to appreciate fully their remarkable resemblance in character.

At any rate, whether we expect another invasion or not, our views of the human future must be greatly modified by these events. We have learned now that we cannot regard this planet as being fenced in and a secure abiding place for Man; we can never anticipate the unseen good or evil that may come upon us suddenly out of space. It may be that in the larger design of the universe this invasion from Mars is not without its ultimate benefit for men; it has robbed us of that serene confidence in the future which is the most fruitful source of decadence, the gifts to human science it has brought are enormous, and it has done much to promote the conception of the commonweal of mankind. It may be that across the immensity of space the Martians have watched the fate of these pioneers of theirs and learned their lesson, and that on the planet Venus they have found a securer settlement. Be that as it may, for many years yet there will certainly be no relaxation of the eager scrutiny of the Martian disk, and those fiery darts of the sky, the shooting stars, will bring with them as they fall an unavoidable apprehension to all the sons of men.

The broadening of men's views that has resulted can scarcely be exaggerated. Before the cylinder fell there was a general persuasion that through all the deep of space no life existed beyond the petty surface of our minute sphere. Now we see further. If the Martians can reach Venus, there is no reason to suppose that the thing is impossible for men, and when the slow cooling of the sun makes this earth uninhabitable, as at last it must do, it may be that the thread of life that has begun here will have streamed out and caught our sister planet within its toils.

para mantener una vigilancia sostenida sobre esta parte del planeta y anticipar la llegada del próximo ataque.

En ese caso, el cilindro podría ser destruido con dinamita o artillería antes de que se enfriara lo suficiente como para que los marcianos salieran, o podrían ser masacrados por medio de cañones tan pronto como se abriera el mecanismo. Me parece que han perdido una gran ventaja con el fracaso de su primera visita sorpresa. Posiblemente ellos lo vean de la misma manera.

Lessing ha dado excelentes razones para suponer que los marcianos han logrado aterrizar en el planeta Venus. Hace ahora siete meses Venus y Marte estaban alineados con el sol; es decir, Marte estaba en oposición desde el punto de vista de un observador en Venus. Posteriormente apareció una peculiar marca luminosa y sinuosa en la mitad no iluminada del planeta interior y casi simultáneamente se detectó una débil marca oscura de similar carácter sinuoso en una fotografía del disco marciano. Es necesario ver los dibujos de estos fenómenos para apreciar plenamente su notable parecido en el carácter.

En cualquier caso, tanto si esperamos otra invasión como si no, nuestra visión del futuro humano debe modificarse en gran medida por estos acontecimientos. Ahora hemos aprendido que no podemos considerar este planeta como un lugar cercado y seguro para el hombre; nunca podemos anticipar el bien o el mal invisible que puede llegar a nosotros repentinamente desde el espacio. Puede ser que en el gran diseño del universo esta invasión desde Marte no esté exenta de beneficios para los hombres; nos ha robado esa serena confianza en el futuro que es la fuente más segura de decadencia, los regalos que ha aportado a la ciencia humana son enormes, y ha hecho mucho para promover la concepción del bien común de la humanidad. Puede ser que a través de la inmensidad del espacio los marcianos hayan observado el destino de estos pioneros suyos y hayan aprendido la lección, y que en el planeta Venus hayan encontrado un asentamiento más seguro. Sea como fuere, durante muchos años todavía no se relajará el ansioso escrutinio del disco marciano, y esos ardientes dardos del cielo, las estrellas fugaces, traerán consigo al caer una inevitable aprensión para todos los hijos de los hombres.

La ampliación de los puntos de vista de los hombres como resultado no puede ser exagerada. Antes de la caída del cilindro existía la convicción generalizada de que en todas las profundidades del espacio no existía vida alguna más allá de la insignificante superficie de nuestra diminuta esfera. Ahora vemos más allá. Si los marcianos pueden llegar a Venus no hay razón para suponer que la cosa sea imposible para los hombres, y cuando el lento enfriamiento del sol haga inhabitable esta tierra, como finalmente debe ocurrir, puede ser que el hilo de la vida que ha comenzado aquí se habrá derramado y habrá atrapado a nuestro planeta hermano entre sus esfuerzos.

Dim and wonderful is the vision I have conjured up in my mind of life spreading slowly from this little seed bed of the solar system throughout the inanimate vastness of sidereal space. But that is a remote dream. It may be, on the other hand, that the destruction of the Martians is only a reprieve. To them, and not to us, perhaps, is the future ordained.

I must confess the stress and danger of the time have left an abiding sense of doubt and insecurity in my mind. I sit in my study writing by lamplight, and suddenly I see again the healing valley below set with writhing flames, and feel the house behind and about me empty and desolate. I go out into the Byfleet Road, and vehicles pass me, a butcher boy in a cart, a cabful of visitors, a workman on a bicycle, children going to school, and suddenly they become vague and unreal, and I hurry again with the artilleryman through the hot, brooding silence. Of a night I see the black powder darkening the silent streets, and the contorted bodies shrouded in that layer; they rise upon me tattered and dog-bitten. They gibber and grow fiercer, paler, uglier, mad distortions of humanity at last, and I wake, cold and wretched, in the darkness of the night.

I go to London and see the busy multitudes in Fleet Street and the Strand, and it comes across my mind that they are but the ghosts of the past, haunting the streets that I have seen silent and wretched, going to and fro, phantasms in a dead city, the mockery of life in a galvanised body. And strange, too, it is to stand on Primrose Hill, as I did but a day before writing this last chapter, to see the great province of houses, dim and blue through the haze of the smoke and mist, vanishing at last into the vague lower sky, to see the people walking to and fro among the flower beds on the hill, to see the sight-seers about the Martian machine that stands there still, to hear the tumult of playing children, and to recall the time when I saw it all bright and clear-cut, hard and silent, under the dawn of that last great day...

And strangest of all is it to hold my wife's hand again, and to think that I have counted her, and that she has counted me, among the dead.

Tenue y maravillosa es la visión que he conjurado en mi mente de la vida extendiéndose lentamente desde este pequeño lecho de semillas del sistema solar a través de la inmensidad inanimada del espacio sideral. Pero eso es un sueño remoto. Puede ser, por otra parte, que la destrucción de los marcianos sea sólo una prórroga. Para beneficio de ellos, y no para el nuestro, quizás, está ordenado el futuro.

Debo confesar que el estrés y el peligro de este tiempo han dejado una sensación permanente de duda e inseguridad en mi mente. Estoy sentado en mi estudio escribiendo a la luz de la lámpara y, de repente, vuelvo a ver abajo el valle envuelto en llamas retorcidas, y siento la casa detrás y alrededor de mí vacía y desolada. Salgo a Byfleet Road y los vehículos pasan junto a mí, un muchacho de la carnicería en un carro, un taxi lleno de visitantes, un obrero en bicicleta, niños que van a la escuela, y de repente se vuelven vagos e irreales, y corro de nuevo con el artillero a través del silencio caliente y melancólico. De noche veo el polvo negro oscureciendo las calles silenciosas y los cuerpos contorsionados envueltos en su capa; se levantan sobre mí hechos jirones y mordidos por los perros. Balbucean y se vuelven más feroces, más pálidos, más feos, locas distorsiones de la humanidad al fin, y me despierto, frío y desdichado, en la oscuridad de la noche.

Voy a Londres y veo las multitudes ocupadas en Fleet Street y en el Strand, y me viene a la mente que no son más que los fantasmas del pasado, rondando las calles que he visto silenciosas y miserables, yendo de un lado a otro, fantasmas en una ciudad muerta, la burla de la vida en un cuerpo galvanizado. Y también es extraño estar en Primrose Hill, como lo hice un día antes de escribir este último capítulo, y ver la gran extensión de casas, tenues y azules a través de la bruma del humo y la niebla, desapareciendo finalmente en el vago cielo, ver a la gente caminando de un lado a otro entre los macizos de flores de la colina, ver a los observadores en torno a la máquina marciana que aún permanece allí, oír el tumulto de los niños jugando, y recordar el momento en que lo vi todo brillante y claro, duro y silencioso, bajo el amanecer de aquel último gran día...

Y lo más extraño de todo es volver a tomar la mano de mi esposa, y pensar que la he contado, y que ella me ha contado, entre los muertos.

ROSETTA EDU

www.ingramcontent.com/pod-product-compliance
Lightning Source LLC
Chambersburg PA
CBHW030622310726
48979CB00003B/843

* 9 7 8 1 8 3 6 4 7 0 8 4 7 *